Meinen Lesern

Heinz G. Konsalik

Heinz G. Konsalik, 1921 in Köln geboren, begann schon früh zu schreiben. Der Durchbruch kam 1958 mit der Veröffentlichung des Romans »Der Arzt von Stalingrad«. Konsalik, der erfolgreichste deutsche Autor der Gegenwart, hat inzwischen mehr als hundert Bücher geschrieben, die in viele Sprachen übersetzt wurden. Die Weltauflage beträgt über sechzig Millionen Exemplare. Ein Dutzend Romane wurden verfilmt.

Heinz G. Konsalik

Die schöne Ärztin

Roman

Originalausgabe

GOLDMANN VERLAG

Made in Germany · 19. Auflage · 4/87
© 1977 bei Autor und Hestia-Verlag GmbH, Bayreuth
Umschlagentwurf: Atelier Adolf & Angelika Bachmann, München
Umschlagfoto: Four by Five, New York
Satz: IBV Lichtsatz KG, Berlin
Druck: Elsnerdruck, Berlin
Verlagsnummer: 3503
Lektorat: Putz/MV · Herstellung: Harry Heiß/Voi
ISBN 3-442-03503-1

Als die drei großen, rotgestrichenen Sonder-Omnibusse um die Ecke bogen und durch die Hauptstraße von Buschhausen fuhren, winkte ihnen niemand zu. Sie rollten an den Schaufenstern der Geschäfte vorbei, ein paar einkaufende Frauen blieben stehen, einige Kinder unterbrachen ihr Ballspiel und blickten ihnen mit neugierigen Augen nach und hinter dem Fenster der Wirtschaft »Zum Theodor« hoben sich einige Köpfe, senkten sich aber dann wieder auf die Biergläser.

»Da sind sie!« sagte jemand. »Jungs, ich bin ja ein guter und friedlicher Bürger... aber ich ahne Böses...«

Aus den drei Sonderbussen klangen Musik und Singen. Einhundertzwanzig braungebrannte Köpfe mit schwarzen Haaren wiegten sich im Takt des Gesanges, Zähne blitzten, und schwarze Augen leuchteten. Auf den Dächern der Fahrzeuge schwankte das festgezurrte Gepäck... Kästen aus Holz und Pappe, Säcke, Kartons, Koffer, mit Bindfäden umwickelt, geflochtene Körbe, Wäschebündel, in Decken eingerollt. Ein paarmal winkten hundert Hände und Arme aus den Fenstern der Busse, wenn diese an einem Mädchen vorbeifuhren; Pfeifen und Rufen wurde laut und verstärkte sich, wenn die Mädchen die Köpfe abwandten oder verlegen wurden. Dann, ganz plötzlich, wurde es stiller... Vor ihnen tauchten die Gebäude und Fördertürme der Zeche Emma II auf, der Hauptschacht V mit den Verwaltungsbauten, der Direktion, der großen Waschkaue und dem Gewirr von Schienen und Laderampen, umgeben von den dunklen, täglich wachsenden Bergen der Kohlenhalden.

Dr. Bernhard Pillnitz, der Werkarzt von Emma II, blickte aus dem Fenster, als die drei Busse auf den Hof der Verwaltung rollten und knirschend bremsten. Er wusch sich gerade die Hände und rieb sie sich mit dem Handtuch trocken.

»Sie kommen, schöne Kollegin«, sagte er. »Die Sonne des Südens fällt auf Buschhausen. Wir werden uns bemühen müssen, Italienisch zu lernen. Unsere Italien-Erinnerungen mit den Vokabeln dolce vita und amore werden nicht ausreichen.«

Dr. Waltraud Born trat neben Dr. Pillnitz an das Fenster des Untersuchungsraumes. Seit einem halben Jahr war sie als Assistentin des Werkarztes hier tätig. Zuerst hatte es sie Überwindung gekostet, mit den oft derben Bergleuten umzugehen, aber dann hatte sie entdeckt, daß man sich Respekt nur durch die gleiche Derbheit verschaffen kann. Willi Korfeck, den man in Buschhausen nur »Willis-Bums« nannte, weil ein Schlag seiner rechten Faust wirksamer war als 10 ccm Äther, war der erste, der Dr. Waltraud Borns Umstellung zu spüren bekommen hatte. »Los! Hose runter!« hatte sie ihn angeschrien, als er verlegen und blinzelnd im Untersuchungszimmer gestanden war und über einen Furunkel am Gesäß geklagt hatte. »Sie sind ja sonst nicht so zimperlich.«

Seit diesem Tage war Dr. Waltraud, wie man sie nur noch nannte, ein anerkanntes Belegschaftsmitglied der Zeche Emma II. Es war sogar bekannt, daß man bei Krankschreibungen besser zu ihr als zu Dr. Pillnitz gehen müsse, denn – so sagte man – die kleine Dr. Waltraud hat ein Herz für den Arbeiter.

»Die sehen ja ganz passabel aus«, sagte Dr. Waltraud zu Dr. Pillnitz, als sich die Türen der Busse öffneten und die Italiener auf den betonierten Hof sprangen. »Wenn man bedenkt, daß sie sich nie sattessen konnten...«

Dr. Pillnitz schielte zur Seite. »Sie sind blond, Kollegin. Und daß Sie hübsch sind, sagt Ihnen jeder Spiegel. Was dort ausgeladen wird, sind 120 heißblütige Casanovas, die in zwei Stunden hier an Ihnen entlangmarschieren werden zur Untersuchung. Wie Sie diese Glut aushalten wollen...« Er lächelte sarkastisch. Dr. Waltraud trat vom Fenster zurück und warf den Kopf in den Nacken.

»Ich bin Ärztin, weiter nichts!« sagte sie knapp.

»Das ›weiter nichts‹ möchte ich stark anzweifeln.«

»Wenn ich Sie nicht kennen würde, Bernhard, müßte ich jetzt wütend werden. Aber Ironie ist Ihr Salz des Lebens... Wann kommen die Söhne Siziliens?«

»In zwei Stunden. Erst rollt der ganze Pipapo ab... Begrüßung durch die Werksleitung, Ansprache des Chefs, Einweisung in die Quartiere, Begrüßungskaffee mit Kuchen, Händeschütteln, Versicherungen von Freundschaft und Kameradschaft... Es wird ein kräftiges Sandstreuen in die schwarzen Augen werden.«

Dr. Waltraud setzte sich an ihren Schreibtisch und klopfte mit einem langen Bleistift auf die Platte. »Was haben Sie eigentlich gegen die Italiener?«

»Nichts, schöne Kollegin.«

»Wohin ich in den vergangenen Tagen hörte, überall das gleiche: Das kann ja heiter werden! Na, laß die mal kommen! Denen werden wir mal zeigen, was arbeiten heißt... Und so ging es weiter in den gehässigsten Tönen. Warum eigentlich? Diese Männer kommen 1 500 km weit quer durch Europa zu uns gefahren, um unsere Kohlen aus der Erde zu brechen und selbst einmal das erträumte Glück zu genießen, satt zu sein und Geld in der Hand zu fühlen. Zu Hause, in ihren Steinhütten, haben sie Frauen und Kinder, Mütter und Väter, die vor Glück weinten, als ihre Männer und Söhne hinausziehen konnten in das Goldland Germania.«

»Himmel! Die kleine Waltraud entwickelt dichterische Talente. Fängt der Zauber des Südens schon an? Kaum erblickt man eine schwarze Locke, schmilzt das nordische Eis...«

»Sie reden Quatsch!« sagte Dr. Waltraud Born böse. »Ich hasse diese deutsche Überheblichkeit! Sie hat uns schon zwei Kriege eingebracht.«

Dr. Pillnitz schwieg. Er trat wieder an das Fenster. Im Hof standen die Italiener vor den roten Sonderbussen, die sie vom Bahnhof Gelsenkirchen nach Buschhausen gebracht hatten. Der Personalchef, der Obersteiger, ein Herr von der Verwaltung und der neu ernannte Lagerleiter des Italienerlagers kamen aus dem Direktionsgebäude. Am Eingang stand Dr. Fritz Sassen, der Sohn des Zechendirektors Dr. Ludwig Sassen, und unterhielt sich mit dem Transportleiter.

»Jetzt geht's los, Waltraud!« sagte Dr. Pillnitz laut. »Zuerst spricht der Personalchef. Soll ich Ihnen sagen, wie er anfängt? ›Liebe neue Mitarbeiter, im Namen der Zeche Emma II...‹ Psst... hören Sie!« Er öffnete das Fenster und legte den Finger auf den Mund.

Vom Hof drang Stimmengewirr ins Zimmer, das langsam verebbte. Dann wurde eine helle Stimme laut.

»Liebe, neue Mitarbeiter. Im Namen der Zeche Emma II heiße ich Sie auf das herzlichste willkommen...«

»Sehen Sie!« Dr. Pillnitz lächelte breit. »Man kommt als Personalchef mit vierzehn Floskeln und Stammredensarten blendend aus. Er wird jetzt gleich weiterreden von Arbeitsgemeinschaft, Völkerfreundschaft, gemeinsamem Ziel, Wohlstand und Familienglück...

aber er wird tunlichst verschweigen, daß ab morgen acht Stunden Knochenarbeit auf die Söhne des Südens warten, 400 Meter tief unter der Erde.«

»Machen Sie das Fenster zu, Bernhard.« Dr. Waltraud trat zurück. »Warum sind Sie eigentlich Zechenarzt geworden? Mit Ihrem Sarkasmus hätten Sie eine glänzende klinische Karriere machen können.«

Dr. Pillnitz schloß das Fenster. Waltraud Born hörte gerade noch die Worte: »...die geschichtliche Freundschaft unserer Völker...« dann knallte das Fenster zu.

»Mein Vater war Bergmann«, sagte Dr. Pillnitz plötzlich ernst. »Er starb an einer Silikose. Damals starben mehr als 40% aller Bergleute daran. Ich habe mir unter Tage das Geld für das Studium verdient und mir geschworen, meinen Kumpels zu helfen, wenn ich es einmal schaffe und Arzt bin. Man soll solche Schwüre nie vergessen, Waltraud.«

Dr. Born schwieg. Sie sah Dr. Pillnitz plötzlich mit anderen Augen an. Zum erstenmal erfuhr sie etwas Privates von ihm. In dem halben Jahr, in dem sie nun schon zusammen das Krankenrevier der Zeche Emma II betreuten, hatte es bisher nur berufliche Diskussionen oder läppische Neckereien zwischen ihnen gegeben. Sie wußte eigentlich nicht mehr von Dr. Pillnitz, als daß er unverheiratet war, weil seine Verlobte bei einem Autounfall gestorben, und er seitdem von einer merkwürdigen Scheu Frauen gegenüber war, wenn er spürte, daß sie sich für ihn zu interessieren begannen. Er bewohnte eine Neubauetage, verkehrte in keiner Wirtschaft Buschhausens, hatte keinen Stammtisch, trat nicht dem neu gegründeten Tennisclub bei und war lediglich zahlendes Mitglied des Brieftaubenvereins und ehrenhalber Sportarzt des Fußballvereins Buschhausen 09. Ein Sonderling, hieß es in Buschhausen, ein guter Arzt, aber ein scharfer Hund, wenn's um das Krankschreiben ging. Bei der Zechenleitung war er nicht gerade beliebt, weil er das sagte, was er dachte, unverblümt, ohne diplomatische Schnörkel, frei heraus wie ein Bergmann, der er trotz des weißen Kittels geblieben war.

Dr. Waltraud lauschte. Draußen wurden noch immer Reden gehalten. »Verstehen die denn, was man ihnen sagt?« fragte sie. Dr. Pillnitz lächelte wieder.

»Warum? Es genügt, daß die das Gefühl haben, ehrenvoll empfangen zu werden. Wenn Sie in Venedig in einer Gondel fahren und ein

Gondoliere singt Sie an, verstehen Sie ja auch nichts. Aber schön finden Sie's. Darauf kommt's an.«

Im Hof redete nun der Lagerleiter. Er war der einzige, der Italienisch sprach, zwar mühsam, aber die grinsenden Italiener verstanden ihn wenigstens und klatschten und jubelten nach jedem Satz. Sie hörten von gutem Essen, heimatlicher Küche, guten Zimmern und vorbildlicher Hygiene, ließen einen Vortrag über Benehmen und Sauberhaltung der Unterkünfte über sich ergehen und sahen zu den Fenstern des Verwaltungsgebäudes hinauf, wo sich einige Mädchenköpfe zeigten. Da schnalzten sie mit den Zungen und warfen sich in die Brust.

Der Lagerleiter sprach reichlich lange. Dem Transport der ersten 120 Italiener für Zeche Emma II war eine hektische Vorbereitung vorausgegangen. Das Wohnproblem hatte man schnell gelöst. 400 Meter von Schacht V entfernt standen noch die Barackenlager aus dem Krieg, in dem einmal 400 russische Kriegsgefangene gehaust hatten. Es waren langgestreckte, grün gestrichene Gebäude aus Holz, mit einem Sammelwaschraum, einigen Kaninchenställen und einem sogenannten Revier, in dem bis 1945 die furunkelkranken und halbverhungerten Russen von sowjetischen Feldschern und einem deutschen Sanitäter behandelt worden waren. In den Jahren nach dem Krieg waren die Baracken verrottet, die Dächer angefault, die Leitungen verrostet. Aus der Küchenbaracke hatte man die Kochkessel entfernt. In den Wassertrögen nisteten Hühner oder warfen Katzen ihre Jungen.

Drei Monate lang wurden die Baracken wieder in Ordnung gebracht, bis sie bewohnbar waren. Aber selbst der schönste grüne Anstrich konnte nicht den doppelten Stacheldrahtzaun vergessen machen, der noch aus dem Krieg stammte. Er umzog das ganze Lager und trennte es von der Außenwelt. Ein breites Tor war der einzige Weg in die Freiheit.

»Die werden sich daran gewöhnen«, hatte Direktor Dr. Sassen bei der letzten Besprechung gesagt. »Schließlich bekommen sie saubere Zimmer, Toiletten, Waschräume, einen Aufenthaltsraum, gute Betten … so haben die Brüder noch nie in ihrem Leben gewohnt. Wichtig scheint mir fürs erste zu sein, den Zaun zu belassen. Sie kennen unsere jungen Burschen, meine Herren, und wir kennen die Mentalität der Sonnensöhne, für die ein Rock das Signal zum Angriff ist!«

In der letzten Reihe der 120 Italiener stand auch Luigi Cabanazzi. Er war der einzige, der nicht direkt aus Sizilien kam. In München war er zu dem Transport gestoßen, mit ordentlichen Papieren. Man nahm ihn mit, weil gerade in München sich ein unliebsamer Zwischenfall ereignet hatte. Bei dem sechsstündigen Aufenthalt auf dem Hauptbahnhof bis zur Weiterfahrt nach Gelsenkirchen war der Italiener Giulio Bosco verschwunden. Man hatte gesehen, wie er durch die Sperre gegangen war. Zurück aber kam er nicht. Man nahm an, daß er in München untertauchte und war froh, als sich Luigi Cabanazzi meldete und den Transport von 120 Mann wieder vervollständigte.

Nun stand Cabanazzi auf dem Hof der Zeche Emma II und sah sich um. Schon während der Fahrt durch Buschhausen hatte er Dinge gesehen, um die er sich kümmern wollte … ein Geschäft mit schönen Anzügen, eine Wirtschaft mit dem Namen »Onkel Huberts Hütte«, ein Kino, in dem man einen Film von Vittorio de Sica spielte, und einige schöne Mädchen auf hochhackigen Schuhen, die in Cabanazzi ein kribbeliges Gefühl erzeugten.

Das Leben kann schön sein, dachte er und lächelte versonnen. Ich werde dafür arbeiten müssen, sicherlich … aber die Stunden des dolce far niente würde man ausfüllen mit der Süße des Lebens, die sich einem auftut, wenn man schwarze Locken hat, dunkle, sprechende Augen und einen Mund, der zärtlich sagt: O bella bionda …

Genau zwei Stunden später, wie es Dr. Pillnitz vorausgesagt hatte, wurden die neuen Kumpels von Schacht V zum Krankenrevier geführt.

Die Stimmung war merklich gesunken. Die ersten Proteste waren bereits verhallt, die ersten Auseinandersetzungen mit gestenreichen Gebärden überstanden. Da waren zunächst die Baracken mit den Zimmern, in denen zehn Mann schlafen mußten. Und da war der verfluchte Stacheldrahtzaun, den man nicht übersehen konnte. Und dann die Küche – o mama mia! – undenkbar, daß man darin Spaghetti oder gar eine gute Pizza zubereiten konnte. Das waren Kessel für deutsche Erbsensuppe, aber nicht für Makkaroni oder eine schöne Pasta al brodo. Alles in allem aber … es war besser als in der verfallenden Hütte von Postamente am Meer, wo die Ziege neben dem Bett lag und die Hühner auf dem Tisch herumspazierten. Und außerdem hatte die Zechenleitung versprochen, alles noch zu verbessern. Für den Anfang ließ es sich leben. Auch Gott hat die Welt nicht in einem Tag erschaffen.

»An die Gewehre!« sagte Dr. Pillnitz, als sich das Wartezimmer mit dem ersten Schub füllte. »Ich gehe mal raus und lasse die den Oberkörper freimachen. Ich nehme an, daß Ihnen die Herz-Lungen-Untersuchung am angenehmsten ist. Das andere mache ich denn schon.«

»Wenn Sie nur nicht so viel und so dumm reden würden, Bernhard.« Dr. Waltraud drückte sich die beiden Enden des Membranstethoskops in die Ohren. Dr. Pillnitz verließ das Untersuchungszimmer. Durch die angelehnte Tür hörte Waltraud mit Verwunderung, daß er seine Anweisungen auf italienisch gab. Dann raschelten Kleidungsstücke, Füße schabten, Gemurmel und einmal ein Lachen waren zu vernehmen.

Dr. Pillnitz kam zurück. Ihm folgten die ersten zehn mit nacktem Oberkörper, die meisten mit den Händen ihre Hosen festhaltend. Schmächtige, knochige Gestalten, an denen man die Rippenbögen abzählen konnte wie Leitersprossen. Dünne Hälse, hervorstechende Schulterblätter. Menschen, die wußten, was hungern heißt. Dr. Pillnitz ließ sie sich an der Wand aufstellen.

»Die ersten Adonisse!« sagte er. »Waltraud, wem reichen Sie den goldenen Apfel?!«

»Prego!« sagte sie kurz und winkte dem ersten Italiener. Es war Luigi Cabanazzi. Er stand an der Wand und ließ keinen Blick von Dr. Waltraud Born. Ihm schien, als habe er noch nie ein so schönes Mädchen gesehen. Lange, blonde Haare, unter dem weißen Arztkittel der Körper einer Venus, lange, schlanke Beine, das Gesicht einer Madonna... für Cabanazzi begann die Welt zu leuchten, und je heller es um ihn wurde, desto heißer pulste ihm das Blut durch die Adern.

Waltraud winkte noch einmal, als Cabanazzi sich nicht rührte.

»Prego!« sagte sie wieder. Sie blickte zur Seite und sah, wie Dr. Pillnitz am anderen Ende der Zehnerreihe begann und den ersten Patienten auf Leistenbrüche abtastete. Plötzlich erschrak sie leicht, sie fuhr zusammen. Cabanazzi stand vor ihr, sein dunkel behaarter Brustkorb wölbte sich vor ihren Augen.

»Signorina dottore...« sagte eine dunkle, einschmeichelnde, warme Stimme, mit einem Ton, als sänge sie ein seliges Piano. »Da isch bin.«

»Sie... Sie können Deutsch?« fragte Dr. Waltraud einen Augenblick verwirrt.

»Bisken...« Cabanazzi lächelte strahlend. »Bella signorina dottore...«

Waltraud setzte das Stethoskop auf die Brust Cabanazzis. Aber sie hörte nichts. Ein Rauschen war in ihren Ohren, als hielte sie die empfindliche Membrane an einen Wasserfall. Sie zwang sich, ganz ruhig zu sein und tastete mit dem Stethoskop hinunter zur Herzspitze Cabanazzis.

»Isch gesund...« sagte die zärtliche, warme Stimme über ihr. Es war, als flüstere er es ihr ins Ohr. »Isch ganz gesund, madonna.«

»Halten Sie die Luft an! Nicht atmen!« sagte Dr. Waltraud mit belegter Stimme. Noch immer war das Rauschen in ihren Ohren. Über sich selbst zornig preßte sie die Lippen zusammen. Ich bin kindisch, dachte sie. Ich bin wirklich kindisch.

In diesem Augenblick spürte sie einen Druck. Eine braune Hand lag auf ihrer rechten Brust und streichelte sie. Mit einem Ruck fuhr sie aus der gebückten Haltung empor und stieß die Hand weg. Cabanazzis Gesicht strahlte.

»Bella!« sagte er wieder. Dann griff er wieder zu, fester und fordernder.

Dr. Waltraud Born zögerte einen kurzen Augenblick, dann hob sie die Hand und schlug kräftig auf den Arm Cabanazzis. Es gab ein lautes Klatschen, das Dr. Pillnitz aufblicken ließ. Zunächst sah er nur die breit grinsenden Gesichter der Männer an der Wand, dann blickte er zu Waltraud und Cabanazzi und sah, wie sie bemüht war, sich gegen den Mann zur Wehr zu setzen.

»Verdammt!« stieß Dr. Pillnitz hervor. Mit ein paar Schritten war er bei Cabanazzi, packte ihn am Genick und riß ihn herum. Die Augen Cabanazzis flammten auf, als er in das entschlossene Gesicht des Arztes blickte. Er wollte sich dem Griff des Arztes entwinden, aber das gelang ihm nicht. Zwei harte Hände hielten ihn fest und beförderten ihn aus dem Untersuchungszimmer hinaus in den Warteraum.

Vierzig Augenpaare starrten auf den Landsmann, der plötzlich durch einen Arzt in ihre Mitte gestoßen wurde. Sie schwiegen. Ihre Blicke, die Cabanazzi galten, waren abweisend. Nur Mario Giovannoni, der sich auf der Fahrt mit ihm angefreundet hatte, weil er aus der gleichen Küstengegend stammte, ging auf ihn zu.

»Was ist denn, Luigi?« fragte er. »Was war denn da los?«

»Nichts.« Cabanazzi griff nach seinem Hemd und zog es wieder über. »Es gibt nur einige Gesichter, die man sich merken muß.«

Im Untersuchungszimmer wusch sich Dr. Waltraud die Hände, als habe sie sie beschmutzt. Dr. Pillnitz reichte ihr ein Handtuch.

»Danke, Bernhard«, sagte sie leise. »Vielleicht lag es auch an mir. Ich habe mich nicht vorgesehen. Wollen Sie den Vorfall der Werksleitung melden?«

»Warum?« Dr. Pillnitz schüttelte den Kopf. »Der dachte sich vielleicht gar nichts dabei. Ich habe nur Angst davor, wie unsere Jungs reagieren werden, wenn diese 120 glühenden Südländer Samstag und Sonntag in Buschhausen ausschwärmen werden.«

Zunächst schien es, als merke man den Belegschaftszuwachs gar nicht. Die 120 wurden auf die einzelnen Schichten verteilt, sie kamen vor Ort, halfen dem Schießsteiger beim Tragen der Sprengladungen, arbeiteten als Schlepper, stemmten sich mit den Bohrhämmern gegen den Fels und bohrten in das Flöz die Löcher für die Sprengungen, verkästeten die Strecke, halfen am Bremsfördergestell oder arbeiteten mit den Kolonnen, die von einem neuen Förderquerschlag aus das Hochbrechen des neuen Wetterschachtes ausführten.

Auch in der Waschkaue fielen sie nicht auf. Sie waren schwarz wie die anderen, sprangen nackt unter die dampfende Brause und wuschen den fetten Kohlenstaub von ihren glänzenden Leibern. In ihren Barakken hatten sie sich schnell eingewöhnt und innerhalb von zwei Tagen die Atmosphäre sizilianischer Leichtigkeit verbreitet. Wäsche flatterte an Leinen von Baracke zu Baracke, Gitarren erklangen abends, an den Wänden hingen Chiantiflaschen und die bunten Bilder der Heimat. Es roch nach Tomatensoße und Parmesan, alter Salami und heißem Olivenöl. In der Küche arbeiteten vier Köche und stellten auf langen Nudelbrettern Ravioli her. Ein großer Kessel mit Tomatensoße stand immer unter Feuer. Am Sonntag, das wurde mit echtem südländischen Jubel aufgenommen, sollte es eine Minestrone geben, wie zu Hause in Postamente.

Auch die deutschen Kollegen waren vorerst freundlich und halfen den Söhnen des Südens, sich unter Tage und vor Ort zurechtzufinden. Ein wenig lächelten sie über den Eifer, mit dem sich die Italiener an die Arbeit machten, wie sie mit der Keilhaue gegen die Kohle wüteten und unermüdlich, Stunde um Stunde, an der Spannsäule standen und die Bohrmaschine gegen das Gestein trieben. Willi Korfeck sprach das aus, was die anderen dachten: »Das machen die nur ein paar Tage, dann fallen die vom Fleisch. Und wenn die uns den Rhythmus verderben, muß man mal deutsch mit ihnen reden.«

In den Wirtschaften wurde das Thema Fremdarbeiter fleißig diskutiert. Nach Schichtwechsel traf man sich am Tresen, kippte seinen Korn und hinterher das Bier, kratzte sich den Kopf und sah das ganze Problem zunächst von der falschen Seite.

»Es ist alles Scheiße, von wegen Wirtschaftswunder und Vollbeschäftigung, und was die Knilche von der Gewerkschaft uns vorquatschen«, sagte der Hauer Theo Barnitzki. Man nickte ihm beifällig zu, denn Barnitzki war etwas Besseres, er machte seit einiger Zeit in Abendkursen einen Lehrgang als Steiger mit. »Verdienen wollen die, immer mehr und mehr verdienen, das ist alles. Bisher hat auf Emma II alles geklappt, und wenn ihr euch die Halden anseht und das Geschrei über die Absatzkrise – Jungs, warum sollen wir immer mehr fördern? Aber nein, da holt man die Itacker nach hier – und es sollen noch zweihundert dazukommen! – Im Schacht stehen sie nur im Weg, weil man mit ihnen wie mit Taubstummen sprechen muß, mit Händen und Füßen, die Halden wachsen und wachsen, Jungs, sagt mal selbst: Wo ist denn da noch ein Sinn?« Er feuchtete seine trockene Kehle erneut mit einem Korn an und hieb mit der Faust auf den kleinen, runden Tisch mit der Kunststoffplatte. »Ich sage euch, das gibt einmal eine riesige Pleite! Und wer ist in'n Fot gekniffen? Wir! Wie immer! Dem Sassen tut dann kein Zahn mehr weh... der hat seine Millionen im Sack!«

Die Stimmung in Buschhausen richtete sich also bald nach dem Eintreffen der Fremdarbeiter gegen diese. Aber nicht allein in den Wirtschaften warf der Zuwachs der Belegschaft Schatten auf die Gemüter, auch in den kleinen, schmucken Siedlungshäusern war dieses Thema ebenso aktuell wie in der Villa des Grubendirektors, Dr. Ludwig Sassen.

Am Sonntag lag eine merkwürdige Stille über Buschhausen. Die jungen Buschhausener waren nach Gelsenkirchen gefahren, um Schalke 04 zuzujubeln. Die älteren gruben ihre Gärten um oder kümmerten sich um ihre Brieftauben. Es war ein schöner Frühlingstag, warm und fast windstill. Der Rauch aus den hohen Schornsteinen der nahen Kokerei stieg fast senkrecht in den blauen Himmel, das Seilscheibengerüst des Förderschachtes V hob sich gegen das wolkenlose Blau wie ein bizarrer, schwarzer Scherenschnitt ab.

Hans Holtmann saß zufrieden auf der Bank an der Gartenwand seines Häuschens und rauchte eine Pfeife. Elsi, seine Frau, und Barbara, seine Tochter, saßen vor ihm an einem selbstgeschreinerten Tisch und putzten holländischen Blumenkohl für das Mittagessen. Sohn Kurt war in Gelsenkirchen.

»Was gibt's heute im Fernsehen?« fragte Hans Holtmann und drückte mit dem Daumen den glimmenden Tabak tiefer in den Pfeifenkopf. Daß er daraufhin den schmutzigen Daumen an der Hose abwischte, war ein Ärgernis, mit dem Elsi Holtmann sich seit zehn Jahren herumschlug. Strafend sah sie auf die Hand, und Holtmann versteckte sie mit einem wie um Verzeihung bittenden Lächeln unter der Tischplatte.

»Guck mal, wer da kommt«, sagte Barbara, ehe die Frage nach dem Fernsehen beantwortet werden konnte. »Das ist doch einer von den Italienern.«

Über die Straße fuhr langsam auf einem Fahrrad Luigi Cabanazzi. Die Geschichte des Fahrrades war ein Roman für sich. Es hatte im Krieg dem deutschen Wehrmachtsposten gehört, der die Russen jeden Morgen um 5 Uhr zum Schacht V gebracht hatte. Dann war das Rad jahrelang in einem Schuppen des Lagers herumgelegen, unbemerkt, unter Bauholz und Trümmern. Auch beim Herrichten des Lagers für die Italiener hatte man es nicht entdeckt, weil man den Schuppen noch nicht brauchte. Luigi Cabanazzi aber fand es, als er seine Umgebung inspizierte. Es war seine Angewohnheit, jeden neuen Ort, an den er kam, erst genau zu untersuchen, so wie ein Hund eine fremde Gegend abschnüffelt, um alles kennenzulernen. Zweimal war ihm das schon von Nutzen gewesen und hatte ihn gerettet, aber das wußte man in Buschhausen nicht. Es war ein Geheimnis, das Cabanazzi mit sich herumtrug. Ein Geheimnis, das ihn zu größter Vorsicht mahnte und ihn immer auf der Hut sein ließ wie einen gejagten Wolf.

Cabanazzi blickte von der Straße hinüber zu dem kleinen Siedlungshaus, das aussah wie alle Häuser in dieser stillen Straße. Ein spitzes, rot gedecktes Dach, ein Vorgarten, ein schmaler, langer Hintergarten, drumherum eine Hecke, ein paar Obstbäume, ein Kaninchenstall, im Dach eingelassen ein Taubenschlag. Alles zusammen eine kleine, in sich abgeschlossene, saubere, glückliche Welt. Das Besondere aber dieses Hauses war das Aufleuchten von blonden Haaren in der Sonne; es war ein Anblick, der Cabanazzi sofort zum Bremsen reizte. Er schob das Rad an den Gartenzaun, hob sich auf die Zehenspitzen, blickte über die Hecke und zeigte sein schönstes Lächeln.

»Buon giorno«, sagte er und winkte. »Schönes Tag heute.«

»Ja.« Hans Holtmann hielt die Pfeife mit den Zähnen fest und suchte nach der Sonntagszeitung, um so zu demonstrieren, daß er an einer Unterhaltung nicht interessiert sei. Cabanazzi aber fuhr fort, Barbara Holtmann anzustrahlen. Wie schön, dachte er. Wie jung. Wie wundervoll blond. Und wenn sie lacht, wie jetzt, hat sie ein Grübchen in der linken Wange.

Er wandte den Blick von Barbara ab und sah Elsi Holtmann an. »Buon giorno, signora«, sagte er höflich. »Nicht weggehen bei schönes Wetter?«

»Nein!« sagte Holtmann laut, ehe Elsi antworten konnte. »Was wollen Sie?«

»Isch Luigi Cabanazzi…«

»Da haben Sie aber Glück gehabt…«

»Bittä?«

»Aber Vater!« Barbara legte den Blumenkohl auf den Tisch. »Er ist doch so nett…«

Hans Holtmann blies in seine Pfeife und erhob sich von der Gartenbank. Langsam kam er auf die Hecke zu und blieb zwei Meter vor Cabanazzi stehen.

»Noch was?« fragte er mit deutlichem Knurren. Luigi Cabanazzi winkte Barbara zu und setzte sich auf sein Rad.

»Schönes Tag noch!« rief er. Sein braunes Gesicht unter den schwarzen Locken leuchtete, als könne es das Sonnenlicht speichern. »Schönes Sonntag…«

Hans Holtmann trat erst wieder vom Zaun zurück, nachdem Cabanazzi um die Ecke gebogen war. Er sah seine zwei Frauen verschlossen und wütend am Tisch sitzen und weiter Gemüse putzen.

»Du hast dich unmöglich benommen, Vater!« sagte Barbara, als Holtmann brummend seine Zeitung aufschlug. »Er hat dir gar nichts getan!«

»Und höflich war er auch!« Elsi Holtmann begann mit dem Kartoffelschälen. »Davon könnte mancher sich eine Scheibe abschneiden.«

»Prost Mahlzeit!« Holtmann stand auf und ließ die Zeitung auf den Tisch fallen. »Ich geh in'n Schlag. Die Tauben quatschen wenigstens nicht.«

Der Sonntagvormittag war ihm verdorben. Nach dem Essen gehe ich zu Lorenz, dachte er, und trinke mir einen an. Kaum sehen die

Weiber einen schwarzen Lockenkopf, stellen sie sich auf dessen Seite. Das kann ja lustig werden in Buschhausen, wenn bald 350 von dieser Sorte herumrennen. *Darum* sollte sich mal die Gewerkschaft kümmern, und nicht nur um die Beiträge!

Er stieg hinauf unters Dach und öffnete den Taubenschlag. Hans Holtmann war bekannt als einer der besten Taubenzüchter rund um Gelsenkirchen.

Der Morgenkaffee wurde auf der Terrasse unter der weit ausgezogenen, orangefarbenen Markise serviert. Weiß lackierte französische Gartenmöbel mit dicken, buntgeblümten Polstern leuchteten in der Sonne. Der parkähnliche Garten lag in tiefer Sonntagsruhe, auf dem frischgrünen Rasen drehten sich lautlos zwei Rasensprenger. Das Hausmädchen Erna hatte den Kaffee bereits auf die Warmhalteplatte gestellt und wartete nun auf das Erscheinen der Familie Sassen.

Die Villa des Zechendirektors Dr. Sassen lag etwas außerhalb Buschhausens in einem aufgeforsteten Haldengelände. Die künstlichen Hügel mit den Birken und Fichten, Nußbüschen und Buchenheistern erzeugten die Illusion einer reizvollen, fast romantischen Mittelgebirgslandschaft. Wenn man aber auf den Kuppen der grünen Hügel stand, zerstob die Illusion. Der Blick schweifte über das Zechenland... Hallen, Ziegelbauten, Kokereien, Fördertürme, Wetterschächte, Schornsteine, Siebereien und Verladerampen, Schuttplätze und Schmutz. Dazwischen ein schmaler Wasserlauf, oft verschlammt, ölig und ohne Leben in seinen Fluten.

Aber hier, geschützt von Baumgruppen, befand man sich in einem kleinen Paradies. Die neue Villa hatte Dr. Sassen vor acht Jahren bauen lassen, als er zum zweitenmal geheiratet hatte. Seine erste Frau war plötzlich an einem Herzschlag gestorben, weit weg von Gelsenkirchen, in einer Bucht von Ischia. Erhitzt war sie ins Wasser gesprungen, hatte noch einmal die Arme emporgeworfen und war dann versunken. Als zwei Sporttaucher sie aus dem Meer zogen, waren alle Wiederbelebungsversuche schon sinnlos. Fünf Jahre hatte Dr. Sassen dann als Witwer gelebt, bis er auf einem Empfang die junge und attraktive Veroonika Bender kennengelernt hatte. Noch einmal begann sein Herz zu glühen, und kurzentschlossen heiratete er sie. Ein Jahr später kam Oliver zur Welt, heute noch mit seinen sieben Jahren der Mittelpunkt der Familie Sassen. Seine Geschwister aus Dr. Sassens erster Ehe, die schwarzhaarige Sabine mit ihren 21 Jahren und Dr. Fritz Sassen, 26 Jahre alt, benutzte er als Quelle guter Nebeneinnahmen, denn immer dort, wo er nicht sein sollte, tauchte Oliver auf und wechselte Beobachtungen in klingende Münze um. Dr. Fritz Sassen nannte seinen Halbbruder deshalb ein »geborenes Finanzgenie«.

Veronika Sassen, mit ihren 28 Jahren, war es gewohnt, daß man sich nach ihr umdrehte. Groß, schlank, mit rötlich gefärbten Haaren, dem Schritt einer Society-Prinzessin und der spöttischen Überlegenheit einer Frau, die weiß, daß ihre Gegenwart Unsicherheit bei anderen hervorruft, zog sie allen Glanz auf sich, den Dr. Ludwig Sassen zu vergeben hatte. Sie war Mittelpunkt der Gesellschaften und Empfänge, Mittelpunkt der Familie und das große Glück des alternden Dr. Sassen. Noch spürte er den Altersunterschied von 27 Jahren nicht so sehr, zumindest zeigte er es nicht. Er hatte sich im Garten eine Sauna gebaut, in der er sein Gewicht drückte und um eine sportliche Figur kämpfte. Er lernte die neuesten Tänze und hielt wacker durch, wenn die Gesellschaften bis in den Morgen hinein dauerten. Er tat überhaupt alles, um seiner jungen Frau Veronika das Leben zu bieten, das sie sich ersehnte. So hart Dr. Sassen als Industrieller war, so weich war er als Ehemann einer viel jüngeren Frau, die er anbetete mit der stummen Ergebenheit eines Tieres, das glücklich über jedes Streicheln, über jede kleine Liebkosung ist.

Sein Sohn Fritz war anders. Braungebrannt, sportlich und hochintelligent, begegnete er seiner Stiefmutter, die nur zwei Jahre älter war als er, zwar mit der gebührenden Höflichkeit, – aber reserviert. Man sprach miteinander wie unter guten Freunden, doch innerlich, das spürte jeder von ihnen, lauerte eine gegenseitige Abwehr, ein Harren auf den Moment, in dem etwas Greifbares eine Explosion auslösen konnte. Worauf jeder wartete, war keinem klar; man wußte nur, daß es einmal kommen würde.

An diesem schönen Frühlingsmorgen trat Veronika Sassen in einem engen, silberglänzenden Hausanzug auf die Terrasse. Ihr rötliches Haar hatte sie frei über die Schulter fallen. Die Verbindung von Silber und Rot war faszinierend und atemberaubend. Dr. Sassen jr., der aus einem anderen Trakt der langgestreckten Villa zur Terrasse kam, küßte Veronika die Hand und schob ihr einen der Gartensessel zu.

»Sabine läßt sich entschuldigen«, sagte er. »Sie ist schon zum Tennis gefahren. Kommt Papa auch zum Kaffee?«

»Er telefoniert gerade.« Die Stimme Veronikas war melodiös. »Irgend etwas wegen der Italiener. Der Lagerleiter, glaube ich...«

Dr. Sassen setzte sich. »Da sind überhaupt mancherlei Probleme...«

»So?«

»Du wirst verzeihen, wenn ich nachher mit Papa über diese Dinge spreche...«

»Aber bitte. Ich bin es ja gewöhnt...« Es klang höflich, doch der Vorwurf war nicht zu überhören. Veronika goß sich Kaffee ein und suchte unter den abgedeckten Toastschnitten nach einer besonders braunen, knusprigen Scheibe.

Zusammen mit dem kleinen Oliver kam Dr. Ludwig Sassen aus dem Haus. Er hatte sich sportlich-jung gekleidet. Weiße Hosen, weißer Pullover mit blauem Rollkragen, die ergrauten Haare glatt zurückgekämmt, weiße Schuhe. Sein energisches Gesicht mit den lebendigen blauen Augen war gebräunt. Gesundheit, gespendet von der Strahlkraft der Höhensonne, unter der er jeden Tag eine Viertelstunde lang lag. Auch das gehörte zu seinen Bemühungen, an der Seite Veronikas nicht abzufallen.

»Ein herrlicher Tag!« rief er und breitete die Arme weit aus. Dann küßte er Veronika auf die Haare und sagte das, was er jeden Morgen sagte: »Du siehst wieder bezaubernd aus, Vroni...«

»Danke, Louis.« Veronika lächelte gönnerhaft. Sie nannte ihren Mann mit dem französischen Vornamen. Ludwig, das klingt nicht gut, hatte sie gleich nach der Hochzeit gesagt. Dr. Sassen hatte es sofort eingesehen. Was Vroni tat oder sagte, war für ihn über jede Kritik erhaben.

»Guten Morgen, mein Sohn!« sagte Dr. Sassen fröhlich und gab Fritz die Hand. »Sabine?«

»Beim Tennis.«

»Einer fehlt immer! Es scheint unmöglich zu sein, die ganze Familie einmal geschlossen um den Tisch zu versammeln.« Er setzte sich und ließ sich von seiner Frau den Kaffee einschenken. »Hast du etwas vor, Fritz?«

»Eigentlich nicht.« Fritz Sassen nahm ein Stück Sandkuchen.« Was wollte der Lagerleiter, Vater?«

»Der... Ach so.« Dr. Sassen blickte fragend auf Veronika, die nickte.

»Ich habe ihm von dem Telefonat erzählt, Louis.«

»Ach, nichts Wichtiges.« Dr. Sassen bestrich ein Toaststück mit Butter und ließ von einem silbernen Löffel Honig darauftropfen. »Es geht um die Umstellung der Italiener. Klimatische Schwierigkeiten, weißt du. Auch Dr. Pillnitz hat mich darüber informiert. Einige der Leute haben Kopfschmerzen und Erbrechen. Auch die andere Ernährung…«

Fritz Sassen schob seinen Teller etwas von sich weg. Sein Gesicht war ernst.

»Nimmst du das nicht alles ein bißchen leicht, Vater?« fragte er.

Dr. Sassen biß in den Toast.

»Wieso?« Er kaute und zog die buschigen Augenbrauen zusammen. »Wenn ich nach Italien reise, habe ich auch in den ersten Tagen vom Olivenöl Durchfall.«

»Die Ursache ist eine andere, Vater.«

»Ich bitte euch, es ist Sonntag, und ich will wenigstens beim Frühstück nichts vom Betrieb hören.« Veronika hob beide Hände. Ihr Lächeln war gefroren. »Habt ihr keine anderen Themen?«

»Ich habe gestern im Labor vierzehn Luftproben durchgerechnet.« Fritz Sassen sah an seiner Stiefmutter vorbei in das Gesicht seines Vaters. Es war abweisend. Vroni hatte um ein anderes Thema gebeten, und es war ungehörig, ihren Wunsch so zu ignorieren.

»Na und?« fragte Dr. Sassen unfreundlich.

»Der CO_2-Gehalt der Luft ist höher als normal. Deshalb die Übelkeit der Männer, die Kopfschmerzen, das Schwindelgefühl. Nicht das Klima in Deutschland ist es, sondern *unser* Klima in Schacht V trägt die Schuld! Wir täufen jetzt in 800 Metern den Schacht ab und gehen auf die sechste Sohle. Der Wetterschacht aber, den wir haben, ist zu eng! Der Saugkanal und der Lüfter reichen nicht aus! Wenn wir das sechste Flöz aufbrechen, kann es zu einer Katastrophe kommen, Vater! Wir müssen größere Lüfter einbauen… von Sohle Vier ab automatische Absauger…«

Dr. Sassen legte seinen Toast auf den Teller zurück. Veronika spielte mit ihrer Scheibe, sie war nervös und verärgert. Immer diese verdammte Zeche, dachte sie. Wie herrlich wäre es, gleich in den Wagen zu steigen und wegzufahren… zu Susanne, die eine Gartenparty gibt, oder zum Baldenay-See, auf dem die Segeljacht der Sassens schaukelt.

»Überprüfe deine errechneten Werte noch einmal«, knurrte Dr. Ludwig Sassen.

»Das habe ich. Dreimal! Sie stimmen! Wir brauchen…«

»Was wir brauchen, mein Junge, weiß ich gut genug. Um Emma II auf den neuesten Stand zu bringen, ist eine Investition von 120 Millionen notwendig. Das ist an sich kein Problem… aber es wird eines, wenn man weiß, daß Flöz acht das letzte Flöz auf Schacht V ist! Danach ist Sense! In fünf oder acht Jahren wird Schacht V geschlossen werden, weil er nicht mehr rentabel ist. Das weißt du doch auch alles, Fritz!«

»Aber die Sicherheit, Vater…«

»Es ist bisher gegangen, es wird auch noch fünf Jahre so gehen!«

»Und die Verantwortung dafür willst du übernehmen?«

»Ich bin der Generaldirektion gegenüber verantwortlich, Emma II rentabel zu halten! Es wäre völlig sinnlos, 120 Millionen zur Modernisierung einer Anlage zu verlangen, die in der Planung bereits abgeschrieben ist.« Dr. Sassen griff wieder nach seinem Toast. »Reden wir nicht mehr darüber, mein Junge. Vielleicht hatte der Lüfter gerade eine Stromstörung, als du die Proben genommen hast.«

»Wäre es nicht besser, der Generaldirektion die Luftproben vorzulegen, Vater?«

»Damit sie dort zu den Akten gelegt werden?«

»Es nimmt die alleinige Verantwortung von uns.«

»Nicht nötig, Fritz.«

»Auch Dr. Pillnitz ist der Ansicht.«

»Pillnitz?« Dr. Sassen zog die Augenbrauen zusammen. »Er soll sich um seine Kranken kümmern und nicht um die Bergbelüftung. Ich werde morgen mit ihm sprechen.« Dr. Sassen trank seine Tasse Kaffee leer. »Was sagen denn die Wettersteiger?«

»Noch nichts.«

»Na also!«

»Aber ihre Meßgeräte schweigen nicht.«

»Mein Gott! Heute ist Sonntag! Ich bin dafür, daß wir das Gespräch bis morgen vertagen, Fritz. Kommst du mit zum See?«

»Nein, danke, Vater.« Es klang steif, abweisend, eine Barriere zwischen Vater und Sohn errichtend. Dr. Sassen zuckte mit den Schultern und stand auf. Oliver lief bereits voraus über den Rasen zu dem Gartenhaus. Er holte sein kleines Segelboot, das er an der Jacht in den Schlepp nehmen wollte. Veronika blieb noch sitzen. In ihren Augen blinkte es zufrieden. Er hat sich innerlich von seinem Sohn aus erster Ehe entfernt, dachte sie. Sein Herz hängt viel mehr an Oliver und an mir. Es war so einfach für mich gewesen, das zu schaffen. Ich führe ihn an meiner Leine, wie ich will.

»Gehen wir!« sagte Dr. Sassen. »Du bist so still, Vroni…«

»Ich mache mir auch Sorgen wegen der schlechten Luft im Schacht«, heuchelte sie.

»Quatsch!« Dr. Sassen sah seinen Sohn böse an. »Ich bitte darum, Fritz, solche Dinge in Zukunft nicht mehr in Gegenwart von Veronika zu besprechen.«

»Ich werde es mir merken, Vater.«

Dr. Fritz Sassen wartete, bis die Familie das Haus verlassen hatte. Er wanderte dann unruhig im Park umher und sagte sich zum wiederholten Male, daß es unverantwortlich, ja strafbar sei, weiter zu schweigen und nicht die Generaldirektion zu verständigen, auch auf die Gefahr hin, sich dort unbeliebt zu machen.

Während Dr. Sassen, Oliver und das Hausmädchen Erna die Ausrüstung für den Segelausflug zum Wagen brachten, stand Veronika vor der Garage in der Sonne. Sie war noch immer mit ihrem engen, silbernen Hausanzug bekleidet; erst auf dem Boot wollte sie sich umziehen.

Um die Ecke der geteerten Straße bog in diesem Augenblick auf seinem Rad Luigi Cabanazzi. Als sei er geblendet, bremste er scharf, sprang vom Sattel und starrte Veronika Sassen wie eine überirdische Erscheinung an.

»Mama mia!« sagte er laut und atmete tief ein. Dann verbeugte er sich galant, lächelte, fuhr sich mit der Hand durch die schwarzen Locken und sah sie an mit Augen, in denen offen alles zum Ausdruck kam, was ihn gerade bewegte.

Veronika erwiderte seinen Blick keineswegs. Ihr schmales Gesicht war kalt wie Marmor… Als Cabanazzi nicht aufhörte, sie aufdringlich zu mustern, wandte sie sich mit einer brüsken Bewegung ab. Aus der Garage kam Dr. Sassen, schwitzend, kurzatmig und hochrot im Gesicht. Er hatte eine Liege zum Wagen getragen und ärgerte sich innerlich, daß ihn so etwas anstrengte.

Luigi Cabanazzi schwang sich auf sein Rad und grüßte höflich, als er an Dr. Sassen vorbeifuhr und zwischen einer Birkengruppe verschwand. Veronika sandte ihm einen verstohlenen Blick nach – nun auf einmal.

»War das einer von deinen neuen Italienern?« fragte sie beiläufig.

»Sicherlich.« Dr. Sassen wischte sich den Schweiß von der Stirn. »Morgen werde ich ein Schild anbringen lassen: Privatweg. Benutzung verboten. Auch auf italienisch.«

»Das wäre gut, Louis.« Veronika Sassen ging in die Garage und setzte sich in den offenen weißen Wagen.

Seine Augen waren wie zwei glühende Kohlen, dachte sie. Welche Lebenskraft ist in ihnen... welche Leidenschaft...

Sie lehnte sich in die Polster zurück und streckte sich. Neben sich hörte sie Ludwig Sassen atmen, rasselnd und angestrengt. Die Liege hatte ihn strapaziert. Er ist doch ein alter Mann, dachte sie. Alt, aber reich... und ich bin jung...

Am Abend dieses Sonntags kamen fast gleichzeitig Kurt Holtmann und Dr. Fritz Sassen nach Hause zurück.

Hans Holtmann saß noch im Garten, als sein Sohn pfeifend durch das Heckentor kam.

»Na, wie war's?« fragte der Vater und klopfte die Pfeife an der Hauswand aus.

»Schön, Vater!« Kurt Holtmann strich sich über die braunen Haare. Er war groß und kräftig, unter den Ärmeln des Hemdes spannten sich die Oberarmmuskeln.

»Wie hat Schalke gespielt?«

Kurt Holtmann stutzte. Diese Frage hatte er nicht erwartet. Dann sagte er keck: »4:1! Ganz toll, Vater.«

»Das glaube ich.«

»Ist Mutter da? Ich habe Hunger...«

»Wir haben nur auf dich gewartet.«

Hans Holtmann machte sich seine Gedanken. Warum lügt er? fragte er sich. Schalke hat 2:0 gewonnen. Er war gar nicht in Gelsenkirchen. Was verheimlicht er? Wo war er den ganzen Tag? Warum hat er es nötig, seinen Vater zu belügen? Das hat er doch bisher nicht getan. Nie war es zwischen uns wie zwischen Vater und Sohn gewesen, sondern immer wie zwischen zwei Freunden. Man konnte sich alles sagen. Und plötzlich log er...

Irritiert ging Hans Holtmann in sein Häuschen. Der Duft von Bratkartoffeln mit Speck kam ihm entgegen. Und Quark, angemacht mit Zwiebeln, Pfeffer, Salz, Paprika sowie Schnittlauch gab es. Dazu eine Flasche Pilsener Bier. Ein richtiges Sonntagsessen.

Wo war der Junge den ganzen Tag, dachte Holtmann und zog an seiner Pfeife. Warum belügt er mich?

Um die gleiche Zeit verabschiedete sich Dr. Fritz Sassen von Dr. Waltraud Born. Sie standen unweit der Villa in dem Birkenwäldchen und küßten sich.

Oben auf dem Hügel lag Luigi Cabanazzi im Gras und stieß einen leisen Pfiff durch die Zähne. Er lag auf dem Bauch und kaute ein Sauerampferblatt.

Sieh an, dachte er, so ist das also. Den einen wirft man hinaus, und den anderen küßt man. Eine Hexe, diese signorina dottore. Aber der Gedanke schmerzte ihn nicht mehr. Cabanazzi hatte inzwischen auch Veronika Sassen gesehen und konnte ihr Bild nicht mehr vergessen, gegen welches das der signorina dottore verblaßte... Eine Frau in einer schillernden, silbernen Haut. Und darüber wehende rote Haare, die in der Sonne leuchteten wie Flammen. Der Anblick hatte Cabanazzi ins Herz getroffen.

Am Mittwoch kam, von wenigen beachtet, ein neuer Dauergast nach Buschhausen. In einem alten Wägelchen hielt er Einzug in dem Ort und stoppte vor dem katholischen Pfarrhaus. Zwei Koffer wurden ausgeladen, dann das Wägelchen in den Hof gefahren und mit einer Plane überdeckt, als sollte sein Anblick niemanden verletzen.

Und doch war mit diesem Zuwachs über die Gemeinde Buschhausen eine Art heilige Revolution hereingebrochen: Pater Paul Wegerich war eingetroffen.

Dr. Ludwig Sassen war äußerst erstaunt, als man ihm einen Priester meldete, der ihn zu sprechen wünschte... außerhalb des für Wochen ausgearbeiteten Besuchsplans.

»Bitte...«, sagte er mit freundlicher Reserve und wies auf einen der großen Ledersessel in dem pompösen Chefzimmer. »Was führt Sie zu mir, Pater? Meine Sekretärin sagte mir, daß es dringend sei. Sie wissen ja, wir armen Industriellen haben alles, nur keine Zeit...« Er lachte etwas gezwungen und präsentierte Pater Wegerich ein Kistchen mit Zigarren.

Pater Paul Wegerich blieb stehen. Er trug Zivil und unterschied sich in nichts von einem normalen Bürger. Er war von mittlerer Größe, schlank, fast zierlich, mit schmalen, langen Händen und einem verträumten Gesicht.

»Was ich zu sagen habe, ist schnell gesagt.«

Dr. Sassen war verblüfft. Die Stimme des Paters klang sonor und kraftvoll, sie paßte gar nicht zu dessen Äußerem. »Ich bitte Sie, in den Schacht einfahren zu dürfen...«

Dr. Sassen stutzte, nickte aber dann zustimmend. »Warum nicht? Wenden Sie sich bitte an den Betriebsleiter. Er wird Ihnen einen guten Steiger mitgeben, der Ihnen alles zeigt...«

»Wir mißverstehen uns, Herr Dr. Sassen.« Pater Paul Wegerich faltete die Hände vor der Brust. »Ich möchte nicht nur besuchsweise einfahren. Ich möchte vor Ort arbeiten.«

»Was wollen Sie?«

Dr. Sassen starrte den schmächtigen Priester an.

»Arbeiten! Ich will ein Kumpel unter Kumpeln sein.«

»Aber warum denn?«

»Ich will denen helfen, an die Kraft Gottes zu glauben.«

»Dazu ist – soviel ich weiß – Ihr Pfarrkollege in der Kirche da.«

»Über Tage, ja. Aber es gibt Dinge, die man unter Tage besser versteht...«

»Verzeihen Sie, Pater, aber irgendwie sehen Sie mich jetzt hilflos.« Dr. Sassen steckte sich eine Zigarre an und sah dem Rauch nach. »Verstehen Sie mich nicht falsch, aber Bergmanns-Arbeit, unter Tage, vor Ort... das ist kein Zuckerlecken! Ich wüßte keinen Beruf, der ihm an Härte gleichkäme. Und wenn ich Sie so ansehe, lieber Pater...«

Dr. Sassen blickte auf die zarten Hände des Priesters, musterte dessen gelockten, braunen, jungenhaften Kopf. Der Schutzhelm allein wird ihm schon zu schwer werden, dachte er. Was glauben die Leute eigentlich, wie es in 800 Meter Tiefe aussieht?...

»Ich habe bereits in französischen und belgischen Gruben gearbeitet«, sagte Pater Wegerich schlicht. »Und es hat mich nicht umgeworfen...«

Dr. Sassen schwieg beeindruckt. Er sog an seiner Zigarre und kam sich irgendwie blamiert vor. »Mir scheint, Sie machen es sich selbst ziemlich schwer, Pater?«

»Ja, ich will sehen, ob ich sonntags mit ruhigem Gewissen in der Kirche beten kann: Herr, wir danken dir für die vergangene Woche...«

»Warum sollen Sie das nicht?«

»Man kann Gott nicht für Dinge danken, von denen man zu weit entfernt ist. Der Mensch, der kleine, arbeitende Mensch kann nicht viel sagen... er ist abhängig vom Wohlwollen seiner Arbeitgeber. Aber *ich* kann etwas sagen... ich habe nur Gott als Chef.«

»Eine sehr nützliche Einrichtung.« In Dr. Sassens Stimme klang dicker Sarkasmus. Was will der kleine Pater eigentlich, dachte er. Schnüffeln? Die Leute aufhetzen? Die Betriebsleitung mit Beschwerden bepflastern? Habe ich das nötig?

Pater Wegerich schien Sassens Gedanken lesen zu können. Er griff in die Innentasche seines Rockes.

»Ich habe eine Empfehlung des Herrn Bischofs bei mir.«

»Auch der Bischof kennt keinen Flöz«, sagte Dr. Sassen fast grob.

»Aber er kennt die Not der Herzen, Herr Doktor.«

»Mein lieber Pater, was soll das alles?« Dr. Sassen legte seine Zigarre in den großen marmornen Aschenbecher. »Meine Zeche Emma II ist ein Musterbetrieb. Wir haben eine vorzügliche Kantine, ich habe einen guten Betriebsrat, die Gewerkschaft ist voll des Lobes über uns, ich unterhalte ein eigenes Lazarett mit zwei Ärzten und einer Schwester, ich baue Siedlungen und Einfamilienhäuser, ich habe einen Kindergarten gegründet, ich mache Betriebsausflüge und wir haben an der Ostsee ein eigenes Ferienheim für unsere Arbeiter. Ich unterstütze die Künstlerschaft des Ruhrgebietes mit Spenden. Ich habe für das Theater einen namhaften Betrag gegeben. Ich habe den Kirchenneubau unterstützt und den Altar gestiftet. Im nächsten Jahr baue ich ein Altersheim für die Invaliden... ich glaube, das ist genug, um am Sonntag zu sagen: Gott, ich habe mich bemüht, dir gefällig zu sein...«

»Gewiß.« Pater Wegerich nickte. »Aber wenn ich trotzdem darum bitten dürfte, einfahren zu können...«

»Von mir aus. Sprechen Sie mit dem Personalchef darüber, berufen Sie sich auf mich.«

Pater Wegerich verabschiedete sich rasch. Auf dem Flur blieb er stehen und sah hinaus auf das weite Zechengelände. Sie haben alles, dachte er. Aber die Unfallquote ist dreimal so hoch wie auf anderen Zechen.

Am Freitag gellten die Alarmglocken durch den Schacht V. Die Meldung kam von der vierten Sohle. Noch wußte keiner genau, was geschehen war. Im Berg war es ruhig gewesen, die Wettermeldungen waren normal, es konnte sich nicht um ein schlagendes Wetter handeln. Der Fahrsteiger war der erste, der unterrichtet wurde. Mit beiden Schachtfördergestellen schickte er einen Bautrupp und dicke Grubenstempel in die Tiefe. Die Betriebsleitung rief im Lazarett an.

»Ein Strebbruch«, sagte Dr. Pillnitz, als er den Hörer auflegte. »Das Hangende auf einem Teilstück der Sohle Vier war schwerer als die Verkästung. Immer derselbe Mist. Wir werden einige schöne Quetschungen hereinbekommen...«

Auf den Hof fuhr bereits der Krankenwagen. Dr. Fritz Sassen rannte zur Schachtkaue, gefolgt von dem Obersteiger. Dr. Pillnitz nahm einen kleinen Kasten mit Spritzen vom Tisch.

»Kommen Sie, Waltraud, nehmen Sie auch noch den Verbandkasten mit!«

»Aber wir haben doch hier...«

»Noch wissen wir nichts Genaues. Vielleicht muß ich runter und die armen Kerle vor Ort versorgen.«

Er rannte hinaus, und Dr. Waltraud folgte ihm mit dem Sanitätskasten. Ein plötzlicher Gedanke durchzuckte sie.

»Muß Dr. Sassen auch einfahren?« fragte sie ängstlich.

»Vielleicht...«

Da rannte sie, als ginge es um ihr Leben.

Auf Sohle vier, am äußersten Ende des Stollens, arbeiteten in dieser Zeit Kurt und Hans Holtmann. Nur das Licht aus ihren Helmscheinwerfern erhellte die Bruchstrecke. Als die Stempel eingeknickt waren und das Hangende hereingebrochen war, hatte es auch die Lichtleitungen zerrissen. Nach dem Aufdonnern der Steinmassen gellten einige Schreie, dann war es still im Berg. Still und dunkel.

»So ein Scheißdreck!« schrie Hans Holtmann, als sie sich vor der Staubwolke gegen die Wand drückten und die Hände gegen den Mund preßten. Die Luft blieb einige Sekunden lang weg, die Adern schwollen an den Schläfen und Hälsen. Endlich, endlich war das Gefühl wieder da, ein wenig Sauerstoff zu atmen, durchsetzt allerdings mit Kohlenstaub, der sich ölig und beißend auf die Schleimhäute legte.

Dann rannten sie zur Bruchstrecke, kletterten über geknickte Stempel, räumten Gesteinsbrocken weg und arbeiteten sich vor, bis sie vor einer kompakten, niedergebrochenen Wand standen. Unter einem Stapel Grubenholz lag eingeklemmt der Hauer Blondaski und stöhnte laut.

»Meine Beine!« schrie er, als er die beiden Holtmanns über die

Trümmer klettern sah. »Kumpels... meine Beine... packt vorsichtig an... nicht zerren... meine Beine... Ich werde verrückt! Ich werde verrückt...!«

Hans Holtmann drückte vorsichtig einen zerbrochenen Stempel weg, er stemmte sich gegen das Holz, während Kurt versuchte, Blondaski darunter hervorzuziehen. Ein tierisches Aufbrüllen antwortete ihm:

»Meine Beine! Meine Beine!«

Kurt Holtmann ließ ihn los und kroch zurück. Sein schwarzes Gesicht war von Schweiß überströmt.

»Wir brauchen eine Winde, Vater!« keuchte er. »Verdammt, warum kommt denn niemand? Wo ist denn der Schießhauer?«

Hans Holtmann stemmte sich noch immer gegen den Stempel.

»Ist noch jemand hinter der Wand?« brüllte er in die Dunkelheit hinein. Blondaski wimmerte wie ein Kind.

»Noch sechs... sechs...!« heulte er. »Meine Beine... ich werde verrückt...!«

»Lauf!« schrie Holtmann seinen Sohn an. »Die müssen doch gemerkt haben, was los ist!«

Aus der Dunkelheit kam eine neue Stimme. Fußgestampfe. Geräte schepperten gegen Gestein. Drei Handscheinwerfer warfen grelles Licht auf den Strebbruch. Ein Steiger mit zehn Mann tauchte auf.

»Wie konnte das bloß passieren?« fragte er, als er vor der Steinwand stand. Hans Holtmann lehnte sich gegen die Zimmerung und atmete schwer. Mit einer kleinen Winde begannen drei Männer, die Stempel hochzustemmen.

»Wie konnte das passieren?!« wiederholte der Steiger entsetzt. »In diesem verdammten Schacht ist alles möglich...«

Unter den Trümmern schwieg jetzt Blondaski. Der Schmerz hatte ihn ohnmächtig gemacht.

2

»Wir haben ihn gleich...« Die Winde knirschte, drei andere Kumpel drückten mit Eisenstangen unter dem eingeknickten Stempel und halfen beim Wegschieben der niedergebrochenen Zimmerung. Vom Hauptschacht her kamen jetzt einige Sanitäter mit Tragen und Decken gelaufen, der Förderkorb wartete bereits am Füllort.

Langsam zog man den Hauer Blondaski aus den Trümmern heraus. Seine Beine schleiften nach, als gehörten sie nicht mehr zu seinem Körper, sondern als seien sie zwei selbständige Klumpen in den zerrissenen Hosen. Der Steiger bettete ihn mit den Sanitätern auf eine der Tragen.

»Ein Mist ist das!« sagte er. »Das gibt wieder eine Schreiberei...«

»Andere Sorgen haste wohl nicht?« Kurt Holtmann preßte das Ohr an das heruntergebrochene Gestein. »Da klopfen welche... da leben ja noch welche von den sechs...«

Die Unglücksstelle war jetzt von Batteriescheinwerfern taghell erleuchtet. Ein fahrbares, elektrisches Abräumgerät rollte aus dem Hauptschacht heran.

»Was soll das?« schrie der Steiger. »Wer hat das bestellt? Sollen wir alle krepieren? Stempel brauche ich, Stahlstützen, Bretter... und los, Jungs... mit den Händen...!«

Er streckte den Kopf vor und lauschte. »Seid doch mal still! Da...«

Ganz deutlich war es zu vernehmen, ein leises, rhythmisches Klopfen... immer und immer wieder... tack – tack – tack – Ein Eisenhammer, der gegen den niedergebrochenen Fels schlug.

»Sie leben!« Hans Holtmann nahm seine Keilhaue und hieb mit ihr gegen die Wand. Wir kommen, Kameraden, sollte das heißen. Wir kommen... und wenn uns das Fleisch von den Händen fällt... wir holen euch heraus.

Oben, in der Kaue, nahmen Dr. Pillnitz und Dr. Waltraud Born den Hauer Blondaski in Empfang. Der Arzt deckte ihn auf, sah die zertrümmerten Beine und streckte die Hand aus. Dr. Waltraud reichte ihm eine Kreislaufspritze. Sie brauchte nicht zu fragen, sie sah die bizarre Stellung beider Beine zum Körper.

»Wer ist das?« fragte Dr. Pillnitz, als er die Injektion gab. Einer der Bergleute kannte ihn.

»Emil Blondaski. Hat Frau und vier Kinder.« Er sah den Arzt an. Das genügte. Dr. Pillnitz nickte.

»Er kommt durch. Aber –« Dr. Pillnitz schwieg und legte die Decke wieder auf den schwerverletzten Mann. Jeder wußte, was dieses gedehnte »Aber« hieß. Krüppel für immer. Ein Leben, in dem die Sonne nicht mehr scheinen würde. Invalide ... das gefürchtetste Wort –

Minuten später raste der erste Krankenwagen mit dem noch immer besinnungslosen Blondaski zum Krankenhaus nach Gelsenkirchen. Seine Frau wußte noch von nichts, sie stand im Garten des kleinen Siedlungshäuschens und hing Wäsche auf. Ein Steiger erbot sich, es ihr zu sagen. Man brauchte dazu nicht viele Worte. Wer mit dem Berg lebte, wußte, daß es eine ständige Todfeindschaft zwischen Mensch und Gestein gab.

Im niedergebrochenen Stollenstück arbeiteten sie unterdessen wie die Besessenen. Meter um Meter kroch man vor, stützte ab, sicherte und räumte weiter. Ab und zu klopften die Verschütteten und für die Retter war das immer wieder Anfeuerung genug, nicht müde zu werden, nicht auf das Erlahmen der eigenen Knochen zu achten, nicht dem rasenden Herzschlag nachzugeben und zu rasten.

Oben, vor der Kaue, warteten drei Krankenwagen. Auf den anderen Sohlen ging die Arbeit weiter. Elektriker fuhren ein, um die unterbrochenen Leitungen wieder zu flicken. Niemand schenkte der kleinen Gruppe von Steigern und den beiden Ärzten am Seilscheibengerüst sonderliche Beachtung. Es war ein alltäglicher Unfall, ein Strebbruch, na was denn? Keine schlagenden Wetter, keine Explosion, kein Grubenbrand, keine Giftgase. Es hatten sich nur ein paar die Knochen gequetscht. Was soll's?

Fritz Sassen stand im Direktionszimmer seinem Vater gegenüber. Er hatte ihm von dem Unglücksfall berichtet, und Dr. Ludwig Sassen war erstaunt, daß sein Sohn soviel Aufhebens von der simplen Sache machte.

»Es ist der sechste Unfall in zehn Tagen, Vater«, sagte Fritz Sassen.

»Du wirst nachprüfen, wie das geschehen konnte. Irgendeiner hat die Strecke ungenügend abgesichert. Wer ist zuständig?«

»Obersteiger Wülland.« Dr. Fritz Sassen schüttelte den Kopf, als sein Vater zum Telefon griff. »Laß das, Vater! Man kann nicht alles auf die Kleinen abwälzen.«

»Wie redest du mit mir?« Dr. Sassen ließ die Hand auf dem Hörer liegen. Seine Stimme war scharf, voll jener Kälte, die den militärischen Umgangston auszeichnet.

»Was soll das?!«

»Man sollte den ganzen Schacht V auf Sicherheit durchkontrollieren, Vater.«

»Alle Sohlen, was?«

»Ja. Die befahrenen und auch die Bergeversätze.«

Direktor Dr. Sassen sah seinen Sohn stumm und forschend an, als habe er einen Phantasten vor sich, mit dem er nichts anzufangen wußte. Den ganzen Berg kontrollieren, dachte er. Ich bin mit der Kohle groß geworden, und ich soll mir von einem jungen Schlips sagen lassen, daß ich etwas falsch mache!

»Wo ist Dr. Pillnitz?« fragte er plötzlich.

»In der Kaue. Er wartet auf die Eingeschlossenen. Dem geborgenen Hauer Blondaski werden wohl beide Beine amputiert werden müssen.«

»Ich werde dem Personalchef Bescheid sagen, daß die Unterstützungskasse eingreift.« Dr. Sassen setzte sich. Er fühlte sich schlapp. Die Segelpartie am Sonntag hatte ihn mehr angestrengt, als er wahrhaben wollte. Veronika war unersättlich in ihrem Hunger nach Luft und Bewegung gewesen. Er hatte vor dem Wind hin und her segeln und raffen und setzen und steuern müssen, bis er erschöpft darum gebeten hatte, eine Pause einzulegen. Da hatte Veronika selbst die Segelleinen in die Hände genommen und die Jacht über den See getrieben.

»Bitte Dr. Pillnitz zu mir«, sagte er mit gewollt forscher Stimme. Aber als Fritz Sassen das Zimmer verlassen hatte, sank er in sich zusammen und preßte die Hand auf das Herz. Man ist keine dreißig mehr, dachte er. Man kann sich selbst nicht betrügen...

Er wartete, aber Dr. Pillnitz erschien nicht. Von der Kaue wurde später angerufen, daß der Arzt sich um die geborgenen Verletzten kümmern müsse und später käme. Dr. Sassen sagte kurz »Danke!« und legte auf. Er sah auf die Uhr und ließ sich mit seiner Villa verbinden.

Veronika war nicht im Haus. Sie war ausgefahren, ohne ein Ziel anzugeben.

An diesem Unglückstage hatte Luigi Cabanazzi keine Lust, einzufahren. Er hatte sich krank gemeldet, und zwar zahnkrank. Da es auf Zeche Emma II keine eigene Zahnstation gab, war es nicht zu vermeiden, daß er sein Rad bestieg und das Lager verließ. In Buschhausen gab es zwei Dentisten, und weil sich Cabanazzi beide Namen hatte aufschreiben lassen, nahm man an, er würde in Kürze mit offenem Mund in einem der berüchtigten Marterstühle sitzen.

Luigi Cabanazzi aber fuhr nicht nach Buschhausen, sondern lenkte sein Rad um den Ort herum, machte einen weiten Bogen, kehrte zu dem Kuschelgelände der aufgeforsteten Halden zurück und erreichte den Birkenwald, der an den Park der Sassen-Villa grenzte.

Hier lehnte er das Rad an den Zaun, holte eine Zigarette aus der Pakkung und begann zu rauchen. Für den Gang zum Zahnarzt hatte er sich fein gemacht. Er trug seinen blauen, allerdings etwas abgeschabten Sonntagsanzug, ein weißes Hemd, eine rote Krawatte, und schwarze, geflochtene Schuhe. Bevor er das Lager verlassen hatte, war er sogar unter die Dusche gegangen. Nun lagen seine schönen, schwarzen Haare in lockeren Locken um den schmalen Kopf und glänzten in der Sonne wie Seide.

Cabanazzi hatte seine erste Zigarette noch nicht zu Ende geraucht, als eine weibliche Gestalt durch den Birkenwald dahergeschlendert kam, deren Anblick ihn elektrisierte. Über dem dunkelgrünen Kleid flammten rote Haare, und wenn das volle Licht der Sonne auf die Haare fiel, war es, als trüge man eine Fackel durch den Wald.

Cabanazzi warf seine Zigarette auf den Boden und zertrat sie. Er spürte, wie sein Herz schneller schlug und heißes Blut in seine Adern pumpte.

Sie ist es, dachte er gebannt. Der silberne Engel...

Veronika Sassen blieb ruckartig stehen, als sie den Italiener am Zaun lehnen sah. Ihre grüngrauen Augen begannen zu funkeln, der Mund wurde schmal und hochmütig. Sie warf den Kopf in den Nacken, tat noch ein paar Schritte und blieb drei Meter vor Cabanazzi stehen.

»Guten Tag«, sagte sie. Ihre Stimme klang spröde. »Was tun Sie hier?!«

»Buon giorno, signora.« Cabanazzi verbeugte sich tief. »Isch warten —«

»Hier ist ein Privatweg.«

»Isch nicht weiß, signora.«

»Auf wen warten Sie denn?«

»Auf Sie, signora bella —«

Dann schwiegen sie und sahen sich an. Ihre Blicke kreuzten sich, aber sie stießen einander nicht ab, sie verschmolzen ineinander. Veronika Sassen hob die schwarzgefärbten Brauen. Sie sagte etwas anderes, als ihre Blicke ausdrückten:

»Sie sind von einer herausfordernden Frechheit!«

»Si, signora.«

»Wer sind Sie?«

»Luigi Cabanazzi.«

»Und wo wohnen Sie?«

»Im Lager. Aber isch nicht Freund von Zaun.« Cabanazzi lachte. Seine weißen Zähne blitzten. Eine schwarze Locke fiel ihm in die Stirn und gab ihm das Aussehen eines erhitzten großen Jungen. Veronika Sassen bemühte sich, ihrer aufflammenden Leidenschaft Herr zu werden. Es gelang ihr nicht. Ihr Atem ging schneller. Ihre Brüste hoben sich und spannten den Seidenstoff des Kleides. Cabanazzi starrte sie an, die Finger um die Lenkstange gekrampft.

»Sie wissen, wer ich bin?« fragte Veronika heiser.

»Ein Engel. Eine madonna.«

»Dann sind Sie blind!«

Cabanazzi nickte. Er trat drei Schritte vor und ließ erkennen, was er wollte. Veronika Sassen wich ihm nicht aus, sie wehrte sich nicht, mit großen, starr werdenden Augen blickte sie ihm entgegen, sah seine schwarzen Locken, die sprühenden Augen, den sinnlichen Mund. Ihre Hände schnellten nach vorn, aber nicht zur Abwehr, sondern um die Fingernägel wie zehn scharfe Krallen in die Schultern Cabanazzis zu graben.

»Diavola!« keuchte er und riß sie an sich. Er küßte sie, aber die Wildheit, die in ihm aufbrach, hielt sich damit nicht lange auf, er ließ sich nach hinten fallen, zog sie mit sich ins Gras, Stoff zerriß unter seinen Fingern, er spürte, wie sie ihn biß und kratzte. »Katze!« keuchte er. »Katze!« Doch als er sich wegrollen wollte, griff sie zu und klammerte sich an ihn wie eine Ertrinkende…

Später, als sie sich trennten, beschimpfte sie ihn.

»Du brauchst dir darauf nichts einzubilden«, sagte sie. »Ich will dich nie wiedersehen.«

»Ich liebe disch«, antwortete Cabanazzi.

»Ich nehme in Zukunft den Hund mit! Wenn ich dich hier sehe, hetze ich ihn auf dich.«

»Du... mein Leben...«

»Geh, du Dreckskerl!«

»Madonna –«

»Du Affe!«

Cabanazzi verstummte und wandte sich ab. Er schob das Rad neben sich her und drehte sich nicht mehr nach ihr um. In diesem Augenblick hätte er sie am liebsten getötet. Aber es war klar, daß sich das bald wieder ändern würde.

Veronika sah ihm nach, bis er zwischen den Halden verschwunden war. Dann ging sie zurück zur Villa, betrat diese durch den Hintereingang des Geräteschuppens und schloß sich in ihrem Zimmer ein.

Sie badete sich, versteckte das zerrissene Kleid in ihrem Schrank, puderte und schminkte sich und streckte sich dann vor dem Spiegel wie ein gesättigtes Raubtier.

Als Dr. Ludwig Sassen gegen Mittag nach Hause kam, lag seine Frau auf der Terrasse in einem Liegestuhl und las. Er küßte sie auf die roten Haare und streichelte ihr zärtlich über die Wangen.

»Wie war's, mein Kleines?« fragte er.

»Wie immer.« Veronika legte das Buch zur Seite.

»Was hast du gemacht?«

»Ich war einkaufen und dann habe ich gelesen.« Sie nahm seine große, schon etwas welke Hand und legte sie auf ihre Brust. Sie spürte, wie seine Finger unruhig wurden. Ein Lächeln glitt um ihre Lippen. »Es ist so langweilig, wenn du nicht da bist.«

»Die Pflicht, Kleines.« Dr. Sassen ließ seine Hand auf ihrer Brust ruhen. Eine solche Frau gehört mir, dachte er. Es ist nicht zu glauben, sie gehört ganz allein mir. »Was liest du denn da?«

»›Ein gewisses Lächeln‹ von der Sagan.«

»Gut?«

»Eine Frau liebt viele Männer...«

Er lachte und küßte sie auf die Augen. »Wie gut, daß du keine Romanheldin bist«, sagte er fröhlich und glücklich. »Ich glaube, ich brächte dich um, Kleines.«

Veronika schloß die Augen und atmete ruhig.

So etwas hat er noch nie gesagt, dachte sie. Ob er es wirklich tun würde?

Sie öffnete die Augen wieder. Er hatte sich über sie gebeugt und nickte ihr zu. »Ich bin wahnsinnig eifersüchtig«, sagte er leise.

»Du wirst nie einen Anlaß dazu haben.«

Eng umschlungen, wie Jungverliebte, gingen sie ins Haus.

Im Speisezimmer saß der kleine Oliver am Tisch und schrie: »Ich habe Hunger!«

Pater Paul Wegerich hatte in den wenigen Tagen, die er in Buschhausen war, bereits von sich reden gemacht. Er hatte Frau Blondaski getröstet, war nach Gelsenkirchen ins Krankenhaus gefahren und hatte sich das Fluchen des Hauers angehört, dem beide Beine oberhalb der Knie abgenommen worden waren. Vor allem aber war er abends in den beiden Wirtschaften Buschhausens erschienen, in »Onkel Huberts Hütte« und »Zum Theodor«, und hatte sich an den Tresen gestellt.

»Einmal Erntedank!« hatte er bestellt. »Ein Korn und ein Pils!« Der Wirt schob ihm die Gläser hin, etwas zögernd und nicht wissend, wie er sich verhalten sollte. An den Stammtischen wurden die Stimmen leiser. Die politischen Gespräche hörten auf. Wenn ein Schwarzer so mitten unter die Roten platzt, fällt es diesen nicht mehr so leicht, zu brüllen: »Scheiße! Ist ja doch alles Scheiße von denen!«

»Na, was denn?« Pater Wegerich sah sich um. Die Bergleute tranken bedächtig ihr Bier, sie waren plötzlich von einer Sanftheit, die man an ihnen nur kannte, wenn ihre Frauen im Kreißsaal lagen. »Als ich 'reinkam, sagte doch gerade einer von euch: ›Es müßte endlich die 30-Stunden-Woche eingeführt werden, dann hätte man Zeit, alle Schwarzarbeit zu schaffen...‹ Wie ist's nun damit?«

Die Püttmänner sahen sich an, grinsten und wandten sich wieder ihren Gläsern zu. Das haben wir nicht so gerne, dachten sie. Da kommt einer im schwarzen Rock und schnüffelt herum und nachher legt er in seiner Predigt los. Pater Wegerich lächelte belustigt. Er kannte seine Bergmänner und wußte, was sie in diesem Augenblick über ihn dachten.

»Noch'n Bier«, rief er und pochte mit dem Glas auf den Tresen. »Und damit ihr's wißt, Jungs, ich bin einer von euch. Ich kann wie ihr Scheiße sagen und bin nur im Gegensatz zu euch *immer* schwarz, nicht nur acht Stunden lang –«

Einige lachten und rückten näher heran.

»Herr Pater –« sagte Willi Korfeck, nachdem er merkte, daß man gerade von ihm eine Reaktion erwartete.

»Ich heiße Paul«, sagte Pater Wegerich laut.

»Ich kann doch nicht, Herr Pater…«

»Wie heißt du denn?«

»Willi.«

»Also Willi, was kannst du nicht?« Pater Wegerich stieß mit seinem Bierglas gegen das von Korfeck. »Merkt euch das, ich habe in Belgien mit euren Kumpelbrüdern im Schacht gelegen, als der Schlamm einbrach, und in Frankreich habe ich auf der neunten Sohle Feuerwehrmann gespielt. Ich weiß also Bescheid. Ich kenne euch! Und ich will, daß ihr auch mich kennenlernt und Vertrauen zu mir gewinnt.« Er sah Korfeck wieder an und zwinkerte ihm zu. »Sag mal, bist du nicht ›Willis-Bums‹?«

Die Umstehenden lachten laut. Willi Korfeck wurde verlegen und sah sich wütend um.

»Paul… Herr Pater… ich…«

»Red nicht, Junge. Ich weiß, daß du gerne den starken Mann markierst, und ein Verhältnis mit der Martha Kwiatlewski von ›Onkel Huberts Hütte‹ haste auch –«

Willi Korfeck wurde rot und fuhr sich durch die Haare. Plötzlich fühlte er sich in Nöten und suchte nach Worten.

»Das ist so, Herr Pater…« Er sah sich um, weil die anderen grinsten. Man sollte sie alle in die Fresse hauen, dachte er. »Die Martha und ich… also, wir wollen ja heiraten… aber im Augenblick ist das so, daß –«

»Red nicht.« Pater Wegerich winkte. »Eine Runde, Wirt. Ich will dir sagen, Willi, wie's ist: Die Martha ist ein Mordsding, die was vor der Tür hat. Aber zum Heiraten will man was Solides haben…«

»Herr Pater«, stammelte Willi Korfeck. »Bestimmt, ich –«

»Trink, Willis-Bums! Über Martha reden wir noch!« Pater Paul Wegerich sah sich im Kreise um. »Ich will euch nur zeigen: Auch wenn ihr am Sonntag noch so laut in der Kirche singt, ich weiß, was für Höllenhunde ihr seid…«

In dieser Nacht wurde es sehr spät. Pastor Dorrmann, der evangelische Pfarrer, wurde gegen Morgen wach, weil auf der Straße gesungen wurde. Er trat ans Fenster und erkannte seinen Amtsbruder Wegerich, wie er Arm in Arm mit Korfeck und Barnitzki singend nach Hause zog. Kopfschüttelnd legte er sich wieder ins Bett und grübelte darüber nach, wie so etwas möglich war.

Am nächsten Tag hatte Buschhausen einen neuen, festen Bürger, der dazugehörte. Wir haben unseren eigenen Pater Leppich, hieß es.

Der Sonntag war ein warmer, etwas schwüler Tag. Wie immer war Buschhausen im Aufbruch, die einen fuhren zum Fußballspiel nach Herne, die anderen zur Leichtathletik-Ausscheidung nach Essen. Hans Holtmann fuhr mit einem Spezialwagen und seinen Brieftauben nach Wuppertal, wo eine Ausstellung der besten Kröpfer stattfand. Kurt Holtmann wollte sich – man verstand das nicht im Hause Holtmann – ein Wasserballspiel ansehen, und Barbara hatte eine Verabredung mit einer Freundin. Sabine Sassen ging wieder zum Tennisspielen, und Fritz Sassen traf sich heimlich mit Dr. Waltraud Born. Aber auch er log wie alle, indem er erklärte, zu einer Konferenz junger Physiker in Essen zu müssen.

Dr. Ludwig Sassen war froh, daß Veronika nicht wieder Lust zu einer Segelpartie zeigte. Die Schwüle verursachte ihr Kopfschmerzen. Sie entschuldigte sich nach dem Mittagessen und zog sich auf ihr Zimmer zurück. Dr. Sassen fand dies sehr vernünftig. Mit einem Syphon voll Sodawasser und einer Flasche Campari legte er sich in seinen Park und las. Oliver, der Siebenjährige, machte sich auch selbständig. Er besuchte mit Klassenkameraden eine Jugendfilmvorführung in Buschhausen.

Aber die Stille täuschte ein falsches Bild vor. Der Frieden über Buschhausen war auf trügerischen Sand gebaut. Die Wirklichkeit war erregender als der Roman, den Dr. Sassen, ab und zu gähnend, las. Kurt Holtmann traf sich mit Sabine Sassen, Dr. Waltraud Born lag in den Armen von Fritz Sassen, Barbara Holtmann bummelte mit Theo Barnitzki durch den Gruga-Park in Essen, und Veronika Sassen verließ durch den Heizkeller die Villa und ging, durchaus nicht mehr von Migräne geplagt, zu dem Birkenwald in den Halden.

Um die gleiche Zeit näherten sich aus verschiedenen Richtungen zwei Männer der verträumten Villa Dr. Sassens: Luigi Cabanazzi auf seinem Rad, voller Erwartung und pfeifend, und Dr. Bernhard Pillnitz, ernst, mit verschlossenem Gesicht, zu Fuß, die Hände tief in den Taschen seines Sakkos vergraben.

Dr. Pillnitz nahm die Hände erst heraus, als er zwischen den Büschen das Leuchten eines weißen Kleides bemerkte. Etwas erstaunt erhöhte er das Tempo seiner Schritte, blieb aber auf dem Weg stehen, als er Veronika Sassen erkannte. Auch sie bemerkte ihn. Angst glomm in ihren Augen auf. Sie sah sich mehrmals um, als sie auf ihn zukam.

Damit ließ sie erkennen, daß sie noch mit jemand anderem rechnete, der auftauchen konnte. Kurz vor Dr. Pillnitz blieb sie stehen. Ihre graugrünen Augen waren abweisend.

»Welch ein Zufall!« sagte sie mit belegter Stimme.

»Es ist kein Zufall.« Dr. Pillnitz knackte nervös mit den Fingern. »Ich war auf dem Weg zu deinem Mann. Unter dem Vorwand, einen ärztlichen Bericht abzuliefern, wollte ich dich sehen. Daß ich dich hier treffen würde, ahnte ich allerdings nicht.«

Veronika sah sich wieder um. Wenn es ihn gleich nach dem Mittagessen hertreibt, muß er jeden Augenblick erscheinen, dachte sie. Es gibt eine Tragödie, wenn die beiden aufeinandertreffen. Sie war besorgt, in ihren Schläfen hämmerte das Blut.

Um diese Zeit schob Luigi Cabanazzi tatsächlich schon sein Rad durch das Hügelgelände, noch achthundert Meter weit von dem Birkenwald entfernt.

»Was sollen diese Kindereien?« fragte Veronika Sassen böse. »Mir aufzulauern –«

»Du bist anders als sonst.« Dr. Pillnitz wollte ihren Arm ergreifen, aber sie wich zurück, als ekle sie sich vor ihm.

»Laß das!« sagte sie hart.

»Ich habe versucht, dich viermal telefonisch zu erreichen. Immer hast du dich verleugnen lassen.«

»Ich war nicht zu Hause.«

»Das ist gelogen. Ich weiß, daß du zu Hause warst. Ich kam eine Viertelstunde später zufällig dazu, als dein Mann mit dir telefonierte. Du wolltest also nicht mit mir sprechen.«

»Vielleicht –«

»Warum?«

»Warum? Warum? So fragt ein kleiner Junge, dem man ein Bonbon verweigert! Warum wohl?« Sie warf die roten Haare zurück und sah sich erneut um. Es kann nur noch ein paar Minuten dauern, dachte sie voller Angst. Sie sagte: »Alles hat einmal ein Ende.«

»Nicht, wenn es keinen Grund dazu gibt. Wir waren acht Jahre lang glücklich und du kannst jetzt nicht einfach sagen: Ich bin nicht da!« Dr. Pillnitz atmete erregt. »Es ist mir zu dumm, an die Jahre zu erinnern…«

»Das ist auch dumm! Einmal muß mit der Vergangenheit Schluß sein. Ich weiß, was du jetzt sagen willst, ich habe es lange genug gehört.

Ich war ein kleines, dummes Mädchen und verliebte mich in den forschen Assistenzarzt Pillnitz. Aber der war bereits verheiratet, und so trafen wir uns heimlich. Zweimal stellte ich mich sogar krank, nur um von ihm vierzehn Tage lang in einem Einzelzimmer des Krankenhauses betreut zu werden. Himmel noch mal, kann man sich davon denn nie lösen? Träumst du noch immer davon? Das *war* einmal! Du vergißt, daß mich Sassen heiratete! Damals hast du gesagt: Das ist das Beste, was passieren kann.«

»Seit einer Woche bist du anders.« Dr. Pillnitz kam wieder auf Veronika zu. Aber plötzlich stockte sein Schritt. Durch den Wald, sein Rad vor sich herschiebend, pfeifend und vergnügt, kam Cabanazzi den Hohlweg entlang. Veronika fuhr herum. Es hatte keinen Sinn wegzulaufen. Cabanazzi hatte sie beide bereits gesehen, er tat, als sei er ein harmloser Sonntagswanderer, nickte stumm und ging in angemessener Entfernung an Dr. Pillnitz und ihr vorüber.

»Was macht denn der hier?« fragte der Arzt und blickte Cabanazzi nach.

»Kennst du ihn?«

»Einer von den Italienern. Einer von der Sorte, die man als Muster ohne Wert wieder zurückschicken sollte. So ein Bursche wie der verdirbt das ganze Ansehen seiner fleißigen und braven Landsleute. Gleich am ersten Tag mußte ich ihn aus der Ordination werfen, weil er sich erdreistete, an unserer kleinen Dr. Waltraud herumzufummeln. Stell dir das vor!«

»Ach!« Veronika lächelte böse. »Dr. Pillnitz, der Sittenwächter. Aber seinen Chef mit dessen Frau betrügen, das kann er! Bitte, sei still! Ich weiß, du hast alte Rechte, sagst du, acht Jahre, große Liebe usw. – aber einmal ist alles ausgestanden, verstehst du!« Sie stampfte mit dem Fuß auf, und ihre graugrünen Augen sprühten vor Wut. »Mir ist dein hündischer, bettelnder Blick zuwider!« schrie sie. »Begreifst du nicht? Ich will nicht mehr! Man kann nicht immer saure Bohnen essen –«

Dr. Pillnitz ballte die Hände in den Taschen zu Fäusten. Saure Bohnen, dachte er. Das ist sie, die rote Veronika aus der Essener Altstadt, das kleine Strichmädchen, das sich mit achtzehn Jahren unter Tarif verkauft hatte, weil es dürr und mies gewesen war und nichts gehabt hatte als ihren brandroten Schopf und das Temperament einer Wilden.

»Man kann an sauren Bohnen ersticken«, sagte er dumpf. Veronika zog die schönen Schultern hoch.

»Soll das eine Drohung sein?«

»Du solltest darüber einmal gründlicher nachdenken.«

Er wandte sich ab und ging den Weg zurück. Langsam, nach vorn gebückt. Ein Mann, der eine schwere Last zu tragen schien. Veronika sah ihm mit kalten Augen nach. Hinter einem Busch versteckt stand Luigi Cabanazzi und verriet sich durch keinen Laut, als Dr. Pillnitz nahe an ihm vorüberging.

Veronika blieb stehen und wartete. Auch Cabanazzi ließ sich Zeit, bis er glaubte, daß zwischen ihnen und dem Arzt eine Strecke Weges lag, die alle Gefahr bannte. Dann warf er sein Rad in das Gebüsch und rannte mit ausgebreiteten Armen auf Veronika zu.

»Bella!« rief er. »O mia bella!«

Veronika zögerte einen Augenblick. Dann setzte auch sie sich in Bewegung und stürzte Cabanazzi entgegen. Zwischen den Birken prallten sie aufeinander, umschlangen sich, und die Flammen der Leidenschaft schlugen über ihnen zusammen. Sie sahen den Wald nicht mehr, den Himmel, das Gras, die Sonne und die Wolken, sie sahen nur noch sich, tasteten sich ab und hatten das Gefühl, es mit brennenden Fingern zu tun.

Dr. Pillnitz sah alles. Veronika Sassens Benehmen und das Auftauchen des Italieners waren ihm auffällig genug erschienen, um Verdacht zu schöpfen. Der Stamm eines Baumes diente ihm zur Deckung, die ihm seine Beobachtung erlaubte. Sie bemerkten ihn nicht. Er floh, als die Lust in ihm lebendig wurde, sich auf die beiden zu stürzen und sie im Augenblick ihrer innigsten Vereinigung zu töten.

Ein Teil seiner Wunschwelt war zertrümmert worden.

Um die gleiche Zeit lagen Kurt Holtmann und Sabine Sassen im Gras am Rande eines großen Baggerloches, das als »Buschhausener See« zur Badeanstalt geworden war. Sie hatten sich ein stilles Plätzchen ausgesucht, abseits der Liegewiesen, auf denen die Buschhausener die ersten warmen Sonnenstunden genossen, Federball spielten oder von einem Zweimeterbrett herunter mehr oder weniger gelungene Springerkünste zeigten. Dieser stillere Teil des Sees war steiler und felsiger, nach einem kurzen Plateaustück fielen die Wände des Baggerloches senkrecht ab. Hier erreichte das Wasser eine Tiefe von 40 Metern und war kälter als am offiziellen Badestrand. Nur wenige gute Schwimmer kamen bis hierhin und sprangen von den Felsen direkt in den See.

Kurt Holtmann und Sabine Sassen waren deshalb sicher, ziemlich ungestört zu sein. Sie lagen nebeneinander im hohen Gras, Hand in Hand, blickten in die Wolken und waren glücklich. Ab und zu beugte sich Kurt Holtmann über sie, küßte sie, spielte mit ihren nassen, schwarzen Haaren und legte seinen Kopf auf ihren Bauch, der Sehnsüchte weckte.

Sie sprachen wenig. Was sollte man auch sagen? Worte schadeten nur der seligen Stille, die um sie war und in der sie schwebten, als seien sie ohne Gewicht. Wenn sie sich küßten, und wenn sie sich in die Augen schauten, wußten sie, daß das Glück zweier Menschen, die sich lieben, unermeßlich ist.

Hinter ihnen, in einem Gestrüpp aus Rotdorn, hockte seit einer Stunde der kleine Oliver. Sein Kinobesuch war nur ein Vorwand gewesen. Er hatte ein Telefongespräch Sabines belauscht und so erfahren, daß sie nicht zum Tennis ging, sondern sich mit einem Mann traf. Mit der Zielstrebigkeit eines an die Aufbesserung seines Taschengeldes denkenden Jungen war er Sabine nachgeschlichen, bis er sah, daß sie sich mit Kurt Holtmann in den Hügeln traf, und hörte, daß sie zum Buschhausener See wollten. Da holte er sein Rad aus dem Keller und fuhr eine Stunde später auch zum Strandbad. Mühsam war die Suche rund um den See, bis er sie endlich fand . . . ein verliebtes Paar, das sich wie im Paradies vorkam.

Nun hockte er hinter ihnen im Rotdorngestrüpp und belauschte die wenigen Worte, die von Liebe und Süße handelten und von den hundert Dummheiten, die man sagt, wenn man sich in den Armen hält. Oliver fand das Ganze schrecklich langweilig und wollte sich schon wieder davonstehlen. Die Großen sind komische Knilche, dachte er, liegen herum, küssen sich, seufzen und quatschen kaum ein Wort. Da richtete sich Sabine auf und strich sich die Haare aus der Stirn. Kurt Holtmann lag auf dem Rücken und hatte die Augen geschlossen.

»Kurt«, sagte sie.

Oliver, bereits im Aufbruch begriffen, überlegte es sich wieder anders und blieb auf seinem Platz hinter dem Gestrüpp.

»Ja, Bienchen –?«

»Ich mache mir Gedanken.«

»Aber warum denn?« Kurt Holtmann setzte sich nun auch auf. Er umschlang seine Beine mit den Armen und stützte das Kinn auf die Knie. »Ich weiß, du hast Angst, daß jemand etwas erfährt. Aber warum das? Einmal müssen sie es doch erfahren –«

»Und was dann?«

»Dann heiraten wir.«

»Papa wird es nie erlauben.«

»Weil ich nur ein armer Bergmann bin und du die Tochter des reichen Zechendirektors?« Kurt Holtmann schüttelte den Kopf. »Das spielte früher eine Rolle, Bienchen. Da gab es unüberbrückbare Unterschiede zwischen Arbeiter und Chef. Wir sind doch moderne Menschen. Ich habe zwei gesunde Arme, und wir lieben uns, das ist doch ein Kapital! Solche Dinge, wie unglückliche Liebe der Dollarprinzessin zu einem Schuhputzer, die liest man doch nur noch in billigen Romanen!«

»Du kennst Papa nicht«, sagte Sabine Sassen kläglich. »Und erst Mama...«

»Sie ist ja nicht deine Mutter.«

»Aber Papa hört auf sie. Sie ist so vornehm, daß sie neulich in irgendeiner Frauenzeitschrift abgebildet war als eine der letzten ›grandes dames‹ unserer Zeit. Darauf war sie besonders stolz. Sie würde nie dulden, daß du in die Familie kommst. Sie würde Papa so lange Szenen machen, bis er dich hinauswirft.« Sabine lehnte den Kopf an Kurts Schulter. »Ich darf gar nicht daran denken, am liebsten möchte ich ins Wasser springen und mich untergehen lassen.« Sie sah auf den tiefen See und die steilen Klippen. Kurt Holtmann umklammerte sie in plötzlicher Angst.

»Bienchen, sag nie mehr so was!« Er küßte sie und legte seine Arme schützend um sie. »Du machst dich verrückt, das sage ich dir.« Er spürte, wie sie zitterte, und streichelte ihre Schultern. »Du bist doch großjährig, man kann dir also nichts mehr befehlen.«

»Aber mich aus dem Haus werfen...«

»Bei den Holtmanns ist Platz genug. Wir haben zwar keine kostbaren Möbel wie ihr, keine Ledersessel, aber gemütlich ist es trotzdem...«

»Red nicht solchen Blödsinn!« Sabine machte sich aus seiner Umarmung frei. »Du weißt, was ich meine, Kurt. Ich folge dir gerne, aber du mußt dich aus deiner Umgebung lösen –«

»Stop!« Kurts Stimme klang ärgerlich. »Das alte Thema...«

»Ja. Und ich fange immer wieder davon an, weil es unser Leben sein wird, um das es mir geht, ganz allein *unser* Leben! Du kannst Lehrgänge mitmachen, Abendkurse, die Volkshochschule besuchen. Wenn du Ingenieur bist oder in einem Konstruktionsbüro...«

»Natürlich!« Kurts Ärger wuchs.

»Der weiße Kittel paßt besser in eure Familie als der nach Kohlenstaub und Öl riechende Arbeitsanzug des Püttmanns. Und eine gepflegte, weiche Hand macht sich im Salon besser als eine harte, von Schwielen bedeckte.«

»Kurt –«, sagte sie kläglich.

Holtmann sprang auf, bückte sich nach einem Stein und schleuderte ihn wütend hinaus auf den See. Er stieß hervor:

»Mein Großvater war Bergmann. Mein Vater war Bergmann. Und auch ich bleibe Bergmann. Wenn du glaubst, meine rußigen Augenwinkel nicht ertragen zu können, bitte, dann haben wir uns eben geirrt, dann laß uns einander vergessen...«

»Kurt, du verstehst mich wieder einmal falsch.« Sabine erhob sich ebenfalls und fuhr fort: »Was mich bewegt, ist die Angst, die ich um dich habe, die wahnsinnige Angst...«

»Angst? Wovor?«

»Daß dir unter Tage etwas passiert. Denk an Blondaski...«

»Unfälle kommen in jedem Beruf vor.« Schon wieder versöhnt, legte Kurt den Arm um Sabines Schulter. »Auf Emma II ist die Situation nicht gefährlicher als anderswo.«

»Fritz sagt, daß die Sicherungen veraltet sind.«

»Mag sein. Aber wir sind alte Hasen, Bienchen. Wir riechen die Gefahr. Ihr macht euch oben an der Sonne alle einen falschen Begriff, wie es unter Tage aussieht. Wer mit der Kohle aufgewachsen ist, der hat keine Angst vor dem Berg. Wir fluchen über ihn, wir wünschen ihn zur Hölle... aber ich möchte *den* Püttmann sehen, der seinen Schacht nicht liebt und ihn verteidigt. Wir sind komische Vögel, Bienchen. Wir Leute im Revier sind eine Rasse für sich. Wer in 800 Meter Tiefe auf dem Bauch liegt und sich in das Flöz hineinwühlt, für den verlieren die Probleme über Tage an Bedeutung. Wir wollen, wenn wir an die Sonne kommen, unsere Ruhe haben, unser Zuhause, unseren Garten, Fußball, unsere Brieftauben und Kaninchen, das Fernsehen und 'n Kasten Bier... und eine gute Frau, mit der wir zufrieden sind und die mit uns zufrieden ist. Das genügt uns, so sind wir, und ich bin auch nicht anders. Ich könnte gar nicht anders sein, selbst wenn ich es wollte. Ich bin da hineingeboren... und wir Püttmänner sind nicht in der Lage, uns zu häuten wie eine Schlange.«

Sabine schwieg. Oliver, hinter seinem Rotdorngestrüpp, lauschte noch eine Weile, aber da auch Kurt Holtmann verstummte und nur noch über den See blickte, kroch er zurück und entfernte sich leise. Nun wird es wieder langweilig, dachte er. Jetzt schweigen sie wieder und küssen sich und seufzen und so'n Quatsch. Aber was er eben gehört hatte, war ungeheuer wichtig, das erkannte selbst Oliver mit seinen sieben Jahren. Papa darf nichts davon wissen, daß sich Sabine und Kurt treffen. Und Mama wird ganz wütend werden... das hat Sabine gesagt. Es gibt einen Bombenkrach, wenn das herauskommt.

Zufrieden konstatierte Oliver das, lief zurück zum Strandbad, holte sein Rad und fuhr heim nach Buschhausen. Dort hatte seit einem Jahr ein Eissalon eröffnet, der von Oliver regelmäßig besucht wurde.

Ich brauche dringend ein Paar Schwimmflossen und eine Taucherbrille mit Schnorchel, dachte er, während er auf der Straße dahinstrampelte. Sabine wird sie mir kaufen... ich brauche nur zu sagen, daß sie sich mit diesem Kurt am See geknutscht hat.

Es ist doch gut, wenn man eine große Schwester hat –

Am Montag stellte sich Schwester Carla Hatz bei Dr. Pillnitz und Dr. Waltraud Born vor. Die Vergrößerung der Belegschaft machte es notwendig, neben den ausgebildeten Sanitätern in der Grube auch noch im Krankenrevier eine ausgebildete Krankenschwester zu engagieren. Nach langem Suchen hatte die Personalabteilung endlich die junge Carla Hatz gefunden. Sie hatte gerade ihre Schwesternprüfung hinter sich und trat bei Zeche Emma II ihre erste Stelle an. Dr. Pillnitz betrachtete das schwarzhaarige, zierliche, hübsche Mädchen mit kritischen Blicken. Ein pausbäckiges Gesicht, flinke Äugelchen, ein appetitlicher Körper, schlanke Beinchen, ein von Jugend und Lebensfreude sprühendes Schwesterchen. Dr. Pillnitz fand die Sache bedenklich.

»Willkommen, Schwester Carla«, sagte er mit seinem typischen sarkastischen Unterton. »Soweit man willkommen zu einem Kuckucksei sagen soll.«

»Bernhard –« Dr. Waltraud lächelte der verblüfften Schwester aufmunternd zu. »Dr. Pillnitz hat eine besondere Art von Humor.«

»Sie sind zu hübsch!« Dr. Pillnitz zeichnete in der Luft mit seinem

Bleistift die Figur der appetitlichen Carla nach. »Das ist es! Wir haben hier über 400 unverheiratete Männer, und neuerdings 120 Italiener, die den Vesuv in ihrem Blut mitgebracht haben.« Er wandte sich ab. Wieder stand das Bild vor seinen Augen: Veronika, wie sie sich in die Arme Luigi Cabanazzis warf. Eine Frau, die alle Hemmungen verlor und nur noch Lust erleben wollte, die ihr vermittelt wurde von diesem jungen, starken Cabanazzi. Ein Name, den er nie vergessen würde.

»Ich weiß mich zu wehren, Herr Doktor!« sagte Carla Hatz fröhlich. »Ich habe ein Jahr lang auf einer Männerstation praktiziert. Da lernt man alle Kniffe.«

»Bravo!« Dr. Waltraud lachte amüsiert. »Da haben Sie's, Bernhard!«

Dr. Pillnitz ordnete auf seinem Schreibtisch einige Blätter und die Schreibutensilien. Veronika, dachte er, sie hat mich weggeworfen wie einen alten Gegenstand, den man nicht mehr braucht.

»Ein Krankenhaus und ein Pütt sind zwei verschiedene Stiefel«, sagte er. »Lassen Sie erst einmal unsere Leute hier aufmarschieren, wenn sich herumspricht: Im Revier ist ein leckeres Mäuschen...« Schwester Carla wurde rot, aber Dr. Pillnitz fuhr ungerührt fort: »Sie sollten einen Judolehrgang machen, Schwester, glauben Sie mir. Lachen Sie nicht, Sie werden noch an meine Worte denken.«

Nach dieser ziemlich ungewöhnlichen Begrüßung begann die Arbeit: Einige Verletzungen, die ambulant behandelt wurden, Röntgendurchleuchtungen, Kontrolluntersuchungen und die umstrittenste Tätigkeit: das Gesundschreiben.

Unter denen, die sich krank gemeldet hatten, war auch Luigi Cabanazzi. Dr. Pillnitz preßte die Lippen zusammen, als der Italiener plötzlich im Untersuchungszimmer stand, lächelnd, die schwarzen Locken kraus in der Stirn, mit bloßem Oberkörper, braungebrannt und dunkel behaart. Schwester Carla Hatz starrte ihn an und vergaß, was sie tun sollte.

»Einen Spatel!« herrschte Dr. Pillnitz sie an. Sie zuckte zusammen und lief zum Instrumentenschrank. »Das ist ein Mann, Schwester! Von oben bis unten und auch in der Mitte! Ich denke, Sie kennen Männer?«

Schwester Carla schwieg. Sie reichte den Holzspatel und machte sich daran, Tupfer zurechtzulegen. Dr. Waltraud Born war nicht im Zimmer. Sie stand nebenan im Durchleuchtungsraum und betrachtete auf dem Röntgenschirm eine mit feinen schwarzen Punkten durchsetzte Lunge: Kohlenstaub in den Luftbläschen.

»Was wollen Sie?« Dr. Pillnitz stand vor Cabanazzi. Er hat Parmesan gegessen, dachte er. Wenn er atmet, riecht er nach Käse. Und von diesem Mund läßt sich Veronika küssen. Man sollte dem Kerl so in die Fresse schlagen, daß ihm die stinkenden Zähne aus dem Maul springen.

»Na, was ist?« fragte er grob.

»Husten, dottore«, sagte Cabanazzi höflich.

»Na und?«

»Hier wehtun, wenn husten.« Cabanazzi zeigte auf seine Brust. »Und hier auch, dottore.« Er fuhr sich mit den Fingern über den Hals. Lange, schmale Finger. Finger, die Veronika betastet, die ihr das Kleid geöffnet hatten, die ... Dr. Pillnitz schluckte und zerbrach in der Hand den hölzernen Spatel. Er merkte es gar nicht, er sah auf den Hals Cabanazzis und wünschte sich, ihm die Kehle zudrücken zu können.

»Mund auf!« sagte er rauh. Cabanazzi sperrte den Mund auf und streckte die Zunge heraus. Es kostete Dr. Pillnitz eine ungeheure Überwindung, ihm in den Hals zu sehen. Er sah einen weißgelben Belag und wünschte sich, daß es keine Mandelentzündung, sondern eine tödliche Diphtherie wäre.

»Und müde, dottore, immer müde«, sagte Cabanazzi, als er den Mund wieder schließen durfte.

Das kommt vom Huren, wollte Dr. Pillnitz schreien, aber er wandte sich ab und schrieb ein Rezept aus. Hustensaft, Lutschpastillen mit Penicillin, Fiebertabletten.

»Hier –« sagte er und reichte das Blatt Cabanazzi, der ihn erstaunt ansah und fragte: »Nix Bett?«

»Nein.«

»Weiter Arbeit?«

»Natürlich! Wenn jeder mit einem Schnupfen krankfeiern wollte, könnten wir die Zeche zumachen!« Dr. Pillnitz ging zu seinem Tisch und setzte sich. »Schwester ... der nächste!«

Carla Hatz ließ den nächsten Patienten ein. Einen alten Hauer mit einer bösen Furunkulose. Luigi Cabanazzi blieb unschlüssig stehen. Dann zuckte er mit den Schultern und ging aus dem Ordinationszimmer. Im gekachelten Vorzimmer zog er sich wieder an und verließ schnell das Krankenrevier.

Am Nachmittag lag auf dem Schreibtisch von Dr. Pillnitz ein Attest. Dr. Bader in Gelsenkirchen bescheinigte, daß der italienische Gastarbeiter Luigi Cabanazzi aus Palermo eine akute Tonsillitis habe und acht Tage Schonung brauche. Er sei arbeitsunfähig.

Dr. Pillnitz fegte das Attest mit einer wilden Handbewegung vom Tisch. Dr. Bader, Gelsenkirchen, dachte er. Der frühere Hausarzt Veronikas. Sie hat ihn zu Dr. Bader geschickt.

Einer plötzlichen Eingebung folgend, rief er bei Dr. Sassen in der Villa an. Das Hausmädchen Erna gab bereitwillig Auskunft.

»Nein«, sagte sie. »Die gnädige Frau ist nicht da. Sie ist verreist. Ein Onkel in Hagen ist plötzlich erkrankt. Die gnädige Frau wird etwa eine Woche wegbleiben...«

»Danke!« sagte Dr. Pillnitz heiser und legte auf.

Nach Hagen. Ein Onkel. Acht Tage. Und genauso lang war Cabanazzi krank geschrieben. Gab es da noch Fragen?

Ich werde ihn umbringen müssen, dachte Dr. Pillnitz und stützte den Kopf in beide Hände. Es gibt keinen anderen Weg mehr.

Oder ich werde es Dr. Sassen selber sagen. Wenn die Welt der Veronika Sassen untergeht, dann soll sie richtig untergehen...

Pater Paul Wegerich war eingefahren. Er hatte seine Grubenlampe bekommen, seinen Schutzhelm, die Nummer 389, unter der er bei der Lampenausgabe und im Schichtbuch eingetragen war, und wurde auf der sechsten Sohle am Füllort vom Steiger empfangen.

Man hatte lange darüber nachgegrübelt, wo man den Pater unter Tage einsetzen sollte. Es war unmöglich, ihn vor Ort arbeiten zu lassen, ob mit der Keilhaue oder dem Preßluftbohrer, ob am automatischen Kohlenhobel oder gar bei der Verkästung. Es kamen eigentlich nur zwei Arbeiten in Frage: Als Beifahrer auf der kleinen Elektrolok, die die Hunde zu den Förderbändern brachte, oder am Förderband selbst, wo er herumsitzen konnte und aufpassen mußte, daß die Bänder nicht aus der Lagerung sprangen. Auch am Förderschacht hätte man ihn einsetzen können, aber der Fahrsteiger protestierte und wollte lieber allein sein. So stellte man ihn an das Förderband, und an diesem ersten Tag vor Ort der Zeche Emma II konnte sich Pater Wegerich acht Stunden lang ansehen, wie die Kohlenbrocken auf dem Transportband an ihm vorbeischepperten und irgendwo in der Ferne verschwanden. Ab und zu ölte er die Rollen und Lager, begrüßte einige Steiger, unterhielt sich mit dem Wettersteiger und fischte eine Thermosflasche vom Förderband, die irgendwie aus Versehen auf das Band geraten war.

Sie wollen mich ins Leere laufen lassen, dachte Pater Wegerich. Unter Tage bin ich zwar, aber zu sehen bekomme ich nichts. Nur Kohle, die an mir vorbeizieht, und ein paar Stahlrollen und Ketten, die Öl brauchen.

Bei Schichtwechsel gab es die erste Aufregung in der Kaue und an der Lampenausgabe. Pater Wegerich, die Nummer 389, war nicht mit ausgefahren. Er war noch auf der sechsten Sohle. Man wartete, bis die neue Schicht vollzählig eingefahren war, und telefonierte dann hinunter zum Förderband.

Nein, hieß es dort nach einiger Zeit, Pater Wegerich ist nicht mehr am Band. Er ist weg.

Der Obersteiger meldete es sofort dem Betriebsdirektor, der Direktor verständigte nach einigem Zögern Dr. Ludwig Sassen, der die Meldung ziemlich gleichgültig aufnahm. »Er wird schon wiederkommen«, sagte er. »Die Neugier treibt ihn herum. Wenn er alles gesehen hat, wird er sich schon melden. Dann schicken Sie ihn bitte zu mir.«

Im Betriebsbüro war man weniger ruhig. Jeder kannte die Grube und wußte, wieviel stillgelegte Strecken im Berg waren, die man noch nicht aufgefüllt hatte. Man kannte die Wassereinbrüche und die abgeriegelten Wetterstrecken, man hatte einen genauen Plan von den Probesohlen und den Querstollen, die man zu den Flöz-Verwerfungen getrieben hatte. Auch Dr. Sassen kannte dies alles, aber bei ihm lag nicht die Verantwortung, falls ein Mann sich dort verirrte und verunglückte.

»Suchen!« schrie der Obersteiger zur sechsten Sohle hinunter. »Er kann doch nicht weit sein! Das ist ja zum Kotzen!«

Zwei Steiger und zwei Hauer fuhren noch einmal ein, um Pater Wegerich aufzuspüren. Vorsorglich nahmen sie ein kleines Beatmungsgerät mit, falls sich der Priester in tote Stollen verirrt haben sollte, in welche die Belüftung nicht mehr hineinreichte. Mit starken Handscheinwerfern und Spezialwettermeßlampen ausgerüstet, krochen die vier Männer kreuz und quer durch die sechste Sohle, verhielten ab und zu und schrien »Herr Pater! Herr Pater!« Aber niemand antwortete ihnen.

Der Gesuchte stand unterdessen vor einem Mauerdamm und klopfte ihn ab. Er kam ihm merkwürdig hohl und brüchig vor. Solche Dämme waren ihm bekannt. Mit ihnen riegelte man die Schlechtwetterschläge ab, Stollen, die nicht so belüftet werden konnten, daß das gefährliche, hochexplosive Methangas abgesaugt wurde.

Fast eine Stunde hielt sich Pater Wegerich an der gemauerten Wand auf. Er hatte nichts bei sich als seine Grubenlampe. Sie flackerte trübe und müde. Riechen konnte man das Gas nicht. Man spürte es aber, wenn man sich ihm länger aussetzte. Man wurde müde, die Glieder wurden schwer wie Blei, der Kopf begann zu brummen, wurde auch schwer und sank auf die Brust, Übelkeit machte sich bemerkbar. Die Vergiftung hatte eingesetzt.

Pater Wegerich wartete, bis sich bei ihm die ersten Anzeichen meldeten. Was er vermutet hatte, stimmte also. Die Wand war nicht dicht. Durch unsichtbare Ritzen in der durch Feuchtigkeit und Bergdruck morsch gewordenen Mauer zog unmerklich und stetig ein Strom des gefährlichen Gases aus dem toten Schacht in die sechste Sohle.

Mit schweren Schritten schleppte sich Pater Wegerich zurück zur Umbruchstrecke. Dort traf er auf die beiden Steiger und zwei Hauer, die gerade wieder einmal beratschlagten, wohin ein Priester in einem Bergwerk verschwinden könnte.

Die Telefone schellten, ein Förderkorb wurde herabgelassen, gestützt auf die beiden Steiger wurde Pater Wegerich ans Tageslicht gebracht und sofort zu Dr. Pillnitz ins Revier gefahren.

»Was machen Sie denn für Sachen, Pater?« sagte Dr. Pillnitz, während er als erstes mit dem Sauerstoffgerät eine kräftige Beatmung durchführte. Die fahle Blässe im Gesicht des Paters verlor sich, die Haut wurde wieder rosig und frisch. Paul Wegerich ließ sich von Schwester Carla ein Kissen unter den Rücken schieben.

»Auf Sohle sechs wird es gefährlich«, sagte er mühsam. Das Sprechen fiel ihm doch noch schwer, seine Zunge war wie gelähmt. »Aus dem abgemauerten Schlechtwetterschacht kommt Methangas und Kohlenmonoxyd. In mir haben Sie den lebenden Beweis, Doktor.«

Dr. Pillnitz zuckte die Achseln und steckte die Schläuche des Membranstethoskopes in die Ohren. »Wollen Sie unbedingt zum Märtyrer werden, Pater? Man weiß doch oben in der Direktion, daß die Bergbelüftung nicht mehr ausreicht.«

Pater Wegerichs Augen wurden groß vor Unglauben.

»Man weiß –«

»Ich verrate Ihnen ein Geheimnis, Pater. Bitte betrachten Sie es als Beichte und schließen Sie es in Ihr Beichtgeheimnis ein: Noch weiß das keiner außer einer Handvoll Eingeweihter. Emma II wird bald unrentabel werden. Man will die Grube in spätestens fünf Jahren schließen. Das heißt: keine Investitionen mehr. Es muß so weitergehen wie bisher.«

»Das ist unmöglich«, stieß Pater Wegerich hervor. »Unter Tage arbeiten 2000 Menschen!«

Dr. Pillnitz hob wieder die Schultern und setzte das Stethoskop auf die Brust des Paters. Das Herz schlug inzwischen normal.

»Ich werde mit Direktor Sassen reden!« sagte Pater Wegerich. »Jetzt gleich werde ich das tun!«

»Was nützt es?« Dr. Pillnitz nahm die Gummischläuche aus den Ohren. »Alles okay, Pater. Es hätte schlimmer kommen können. Aber drei Tage lang bleiben Sie zu Hause! Dr. Sassen, ach ja. Was wollen Sie bei ihm? Auch er ist nur ein Direktor unter Direktoren. Gehaltsempfänger, wie wir alle, nur ein paar Klassen höher. Die Bergpolitik wird auf einsamem Gipfel gemacht, und da zählt der Profit, aber keine 2000 Männer...«

»Trotzdem.« Pater Wegerich richtete sich auf. »Ich werde nicht den Mund halten! Ich bin hier, um den Bergleuten zu helfen. Und helfen heißt nicht schweigen. Hat man Grimberg und Luisenthal schon vergessen? Für mich ist der Mensch wichtiger als der Profit.«

»Wem sagen Sie das?« Dr. Pillnitz legte das Stethoskop beiseite. »Pater«, fuhr er gepreßt fort, »ich bin kein Katholik, ich bin das, was man einen Heiden nennt. Aber trotzdem möchte ich einmal mit Ihnen sprechen, unter vier Augen, ich brauche einen Menschen, der mir zuhört und der mich – vielleicht – verstehen kann.«

»Sie haben Kummer, Doktor?« Pater Wegerich sah den Arzt forschend an. Dr. Pillnitz schüttelte den Kopf.

»Kummer? So kann man das nicht nennen! Ich möchte die ganze Welt in die Luft sprengen.«

»Dann steckt eine Frau dahinter«, sagte Pater Wegerich weise.

»Sie haben es erraten.« Dr. Pillnitz strich sich über die Haare. »Ich komme heute abend zu Ihnen.«

An diesem Abend geschah das, was den stillen Bergarbeiterort Buschhausen zu einem Vulkan werden ließ.

Auf dem Heimweg von der Zeche, zwischen den frischen Kohlenhalden, in einem Bauschuppen voll Gerümpel und Werkzeugen wurde die kleine, hübsche Krankenschwester Carla Hatz vergewaltigt.

Am zweiten Tag ihres Hierseins. Von einem Unbekannten.

Sie hatte nicht sehen können, wer es war. Von hinten war sie angefallen worden, der Kerl hatte ihr einen Sack über den Kopf gestülpt, hatte sie in die Bauhütte geschleift, ihr die Kleider vom Körper gerissen und dann das Entsetzliche getan, von dem sie nicht sprechen konnte, ohne immer wieder in einer Art Nervenschock laut aufzuschreien.

Dr. Pillnitz schaffte sie sofort ins Krankenhaus. Die Kriminalpolizei Gelsenkirchen sicherte die Spuren zwischen den Halden. Es war aber ein sinnloses Unterfangen. Hunderte von Stiefelabdrücken im Boden bildeten nur ein Gewirr. In der Bauhütte selbst fand man außer den zerrissenen Kleidern der kleinen Schwester Carla lediglich einen Knopf. Doch was bedeutete das schon. Vielleicht konnte der Sack als Indiz noch weiterhelfen.

In Buschhausen war die Hölle los. An den Tresen standen die Männer in dicken Trauben, in der Waschkaue wurde diskutiert. Der Lagerleiter des Italienerlagers mußte Schutz anfordern, denn es gab nur eine Meinung in Buschhausen: Es war ein Fremdarbeiter gewesen! Niemand unter den Einheimischen sei einer solchen Tat fähig! Man kannte sich gegenseitig zu genau, man war zusammen aufgewachsen, man war Freund und Bruder zugleich.

Dr. Pillnitz goß Öl in das Feuer. Ganz beiläufig ließ er verlauten: Seit zwei Tagen ist ein italienischer Arbeiter, Luigi Cabanazzi, aus dem Lager verschwunden. Das genügte, um dreißig junge Buschhausener zum Lager marschieren zu lassen, bewaffnet mit Knüppeln und Eisenstangen.

Die Italiener verbarrikadierten die Türen und Fenster. Der Lagerleiter rief die Polizei. Der Werkschutz griff zu den Stahlhelmen. Dr. Fritz Sassen raste mit seinem Wagen zur Zeche, um zur Vernunft aufzurufen.

Es schien vergebliche Liebesmüh zu sein. Eine Abordnung des Betriebsrates sprach bei der Grubenleitung vor. Die nächste Schicht fährt nicht ein, sagten sie, wenn die Italiener mitfahren. Oder wir garantieren für nichts mehr.

Über Buschhausen lag die Drohung einer Revolution.

Mit Knüppeln, Stangen und Äxten rückte man gegen das Lager vor. Dort wurden in den Barackenzimmern Messer verteilt. Auch Pistolen, die bisher niemand gesehen hatte, tauchten plötzlich auf. Es war, als wenn in wenigen Minuten zwei Sturmfluten aufeinanderprallen würden.

Den letzten Anstoß gab die Polizei selbst. Sie hatte herausgefunden, daß der Sack, den man Carla Hatz über den Kopf gezogen hatte, aus dem Italienerlager stammte. Ein Kartoffelsack der Lagerküche.

»Platz!« schrie Willi Korfeck an der Spitze der Sturmkolonne. »Platz, Jungs... oder soll morgen eure Frau an der Reihe sein?«

Vor dem Tor zum Lager stand allein Dr. Fritz Sassen. Er hob die Hand, als die Kolonne heranmarschierte, und trat ihr auf der Straße entgegen.

3

Er sah in entschlossene Gesichter, in verzerrte Mienen, in flackernde Augen, er sah blanke Mordlust auf sich zukommen.

»Platz da!« schrie Willi Korfeck und schwang eine Eisenstange. »Wir lassen uns nicht aufhalten...!«

Dr. Fritz Sassen wich nicht von der Stelle. Er war sich jedoch im klaren, daß er mit dem Leben spielte. Sie würden ihn niederschlagen, zertrampeln – aber was kam dann?

»Leute! Seid vernünftig!« rief er. »Es hat doch keinen Zweck, sich wie die ersten Menschen zu benehmen!«

Aus dem Lager hetzte der Lagerleiter heran. Sein dickes Gesicht troff von Schweiß. Keuchend hielt er an, als er Dr. Sassen erreicht hatte.

»Die haben Pistolen!« schrie er. »Männer, hört ihr, das wird furchtbar, einige von denen haben Pistolen!«

Der Zug stockte. »Da sieht man es!« brüllte Willi Korfeck. »Mit 'nem Pappkoffer kommen sie, aber Pistolen haben sie in der bekackten Wäsche! Emil, Wilhelm, Theodor... los, zurück zum Schuppen drei!« Er trat einen Schritt vor und schüttelte die Faust. »Wenn die glauben, wir sind Flaschenkinder, haben sie sich verrechnet. Auch wir können schießen. Wir haben noch drei Karabiner, Modell 98 k, Andenken an 1945! Und mit denen werden wir ihnen jetzt einheizen!«

»Halt!« schrie Fritz Sassen, als er drei Mann weglaufen sah. »Macht euch nicht unglücklich! Ihr kommt alle ins Zuchthaus! Begreift, daß nicht ihr das Gesetz seid!«

»Das ist uns scheißegal!« Ein alter Hauer pflanzte sich an der Seite Korfecks auf, »die Polizei wird wieder nichts finden! Sollen wir warten, bis unsere Frauen und Töchter dasselbe erleben wie die Schwester, mit 'nem Sack überm Kopf? Dann wär's ja einfacher, sie den Itackern direkt ins Bett zu legen! Sie haben's gut, Herr Doktor, Sie schweben über den Dingen. Ihre Familie hat von den Itackern nichts zu befürchten. Aber die unseren! Am Sonntag... wir haben die Berichte gesammelt, wir haben eine Art Befehlsstelle eingerichtet... sind 29 Mädchen und Frauen von denen belästigt worden.«

»Befehlsstelle! Ja, seid ihr denn total übergeschnappt? Habt ihr noch nie Mädchen angesprochen?« Dr. Sassen zeigte mit dem Daumen über die Schulter in Richtung des Lagers. Dort standen Posten vor den Türen. Deutlich sah man die Messer in ihren Fäusten blinken. Ein Schauer lief über Sassens Rücken. »Wollt ihr eine blutige Schlacht mit denen?«

Um die gleiche Zeit saß Dr. Pillnitz an seinem Schreibtisch und vervollständigte eine Krankengeschichte. Dr. Waltraud Born wertete Röntgenaufnahmen aus. Sie stand vor dem Lichtkasten neben dem Fenster und bemerkte, daß draußen einige Bergmänner in schnellen Lauf über den Hof hetzten.

»Was ist denn da wieder los?« fragte sie. »Hoffentlich kein neues Unglück?«

»Wieso?« Dr. Pillnitz blickte auf.

»Da rennen welche zum Tor...«

»Ach so.« Dr. Pillnitz lächelte etwas verzerrt. »Das wird den Italienern gelten.«

»Den Italienern? Wieso?«

»Man hat erfahren, daß das Verbrechen an unserer armen kleinen Carla von einem der Fremdarbeiter begangen worden ist. Nun werden unsere braven Püttmänner wohl aufmarschieren –.« Zufriedenheit klang in seiner Stimme. Es lief alles ab, wie er es sich wünschte. Diese ganzen Italiener sollte der Teufel holen, an der Spitze natürlich jenen

Cabanazzi, der freilich nicht im Lager weilte, sondern mit Veronika Sassen verschwunden war. Dann mußte er eben erledigt werden, wenn er wieder auftauchte.

»Aber das wissen wir doch gar nicht!« sagte Waltraud Born entsetzt. Sie knipste den Leuchtkasten aus und zog die Röntgenaufnahme heraus.

»Was wissen wir nicht?«

»Daß es ein Italiener war.«

»Spielt das eine Rolle?« Dr. Pillnitz erhob sich von seinem Stuhl. »Es besteht die Wahrscheinlichkeit, das gibt den Ausschlag. Nun will die rasende Meute ihr Opfer – nicht nur ein Opfer, sondern viele. Und ich kann sie verstehen…«

»Waaas? Das kann nicht Ihr Ernst sein, Bernhard!« Waltraud sah wieder aus dem Fenster. Die Zeche lag wie ausgestorben. »Laufen Sie doch zum Lager und reden Sie den Leuten ins Gewissen! Sie können es, auf Sie hören die Männer, Sie sind der Doktor…«

Dr. Pillnitz schüttelte den Kopf. »Mein Arbeitsplatz ist hier, liebe Kollegin! Ich bin zuständig für Kranke und Simulanten, für Arbeitswillige und Drückeberger. Ich habe mich noch nie um Amokläufer gekümmert.«

»Dann gehe ich!«

Dr. Pillnitz wollte Dr. Waltraud Born am Ärmel ihres weißen Kittels festhalten. »Seien Sie nicht kindisch, Waltraud! Das ist nichts für zarte Frauen! Überlassen Sie das Dr. Fritz Sassen!«

»Dem Juniorchef?« Waltrauds Herz stockte.

»Ja. Das ist sein Bier. Wie ich ihn kenne, wird er schon am Lagertor stehen und das Schlimmste zu verhindern suchen…«

»Mein Gott!« Mit einem Ruck riß sich Waltraud Born los und rannte hinaus.

»Waltraud!« schrie Dr. Pillnitz. »So bleiben Sie doch!«

Er zögerte einige Sekunden, dann setzte er ihr nach. Als er aus dem Lazarettgebäude stürzte, sah er sie schon um die Ecke biegen. Es ist zum Kotzen mit den Weibern, dachte Dr. Pillnitz und fing an zu laufen. An alles hatte er gedacht, nur nicht daran, daß Dr. Waltraud Born so reagieren würde. Jede andere Frau hätte ängstlich gesagt: O Gott, was kann man da tun? Nichts! – Aber Waltraud Born reagierte ganz anders. Ich habe sie unterschätzt, dachte Dr. Pillnitz. Ihr kleiner, zierlicher Körper ist mit Energie und Mut geladen.

Dr. Fritz Sassen hatte zum letztenmal versucht, an die Vernunft zu appellieren. Der Lagerleiter wollte ihm beispringen, aber er wurde niedergeschrien. Schimpfworte wie »Arschkriecher« und »Scheißkerl« waren noch die mildesten für ihn. Willi Korfeck war es schließlich, der wieder das Signal zum Sturm blies.

»Sind wir zum Quatschen gekommen?« brüllte er. »Immer dasselbe! Kaum schwingt einer Reden, steht ihr 'rum wie die Pfeifenköpfe! Ran, Jungs!«

»Halt!« rief eine helle Stimme hinter ihnen. »Halt!«

Die Köpfe der Männer flogen herum. Um die Ecke rannte die junge Ärztin und fuchtelte mit den Armen. Ihr Atem flog, als sie Dr. Fritz Sassen erreichte.

»Was machen Sie denn hier?« fragte dieser sie und raunte ihr zu: »Bitte, verschwinde sofort wieder, das hier ist nichts für dich.«

Waltraud lehnte sich einen Moment an ihn, dann drehte sie sich um und wandte sich den Bergmännern zu.

»Schluß jetzt! Geht nach Hause!« rief sie mit ihrer hellen Stimme.

»Fräulein Doktor –«, Willi Korfeck ließ die drohend erhobene Eisenstange sinken, »Schwester Carla wurde –«

»Reden Sie nicht!« Waltraud trat auf Korfeck zu. »Ich weiß, was sie wurde. Aber von wem, das ist die Frage...«

»Von einem Itacker, klar!«

»So, das wissen Sie so genau?«

»Der Sack sagt doch alles!«

»Gar nichts sagt der!« Waltraud Born faßte einen irren Entschluß und fuhr fort: »Wie schnell das doch bei euch geht. Ich hörte, daß Schwester Carla bei der Polizei aussagte, daß es kein Italiener war –«

»Sondern?« schrien einige.

»Ein Deutscher.«

»Waaas?«

»Jawohl, er hat deutsch gesprochen, sogar euern Dialekt. ›Nu wehr dich mal nicht so!‹ hat er gesagt, ›einmal ist keinmal.‹ Klingt das italienisch?«

Die Männer sahen einander betreten an. Was nun? Mist, dachten sie wohl. Ausgesprochener Mist! Einer von uns, ein Buschhausener? Wer von uns ist denn so ein Schwein? Gibt's denn das?

Die Luft war raus. Die Männer ließen ihre Knüppel verschwinden.

»Man wird den Täter finden«, ließ Waltraud Born nicht locker. »Dann könnt ihr euch immer noch mit ihm befassen.«

Willi Korfeck gab das Kommando, das als einziges übrigblieb: »Kehrt marsch!«

»Du hast eine Katastrophe verhindert«, sagte etwas später Fritz Sassen zu Waltraud, als sie allein waren. »Aber diese Aussage der Schwester Carla ist mir neu. Woher hast du sie?«

Waltraud lächelte schwach, als sie zur Riesenüberraschung Sassens sagte: »Sie stimmt nicht. Ich habe sie erfunden.«

»Bist du verrückt?«

»Ich konnte nicht anders. Es war der einzige Weg, dich vor der Meute zu retten.«

»Waltraud!« Dr. Sassen drückte sie an sich. »Du bist tatsächlich verrückt. Wenn das man gut geht. Aber eine Katastrophe hast du jedenfalls verhindert, das läßt sich nicht anders sagen.«

An der Ecke der Waschkaue stand Dr. Pillnitz, als der Sturmtrupp mit wütenden, verschlossenen Gesichtern heranmarschierte. Einer von uns, dachte jeder der Männer. Gnade Gott, wenn wir den erwischen! Willi Korfeck sah den Arzt zuerst und grüßte.

Dr. Pillnitz erwiderte den Gruß nicht. Mit verächtlich heruntergezogenen Mundwinkeln wandte er sich ab. Korfeck und seine Leute hatten ihn enttäuscht.

Am nächsten Morgen stand auf dem Schreibtisch Dr. Waltraud Borns ein großer Feldblumenstrauß.

Die Putzfrau sagte, eine Abordnung der Italiener habe ihn abgegeben. Sie wüßte schon, warum.

Noch nie hatte sich Waltraud Born über einen Blumenstrauß so gefreut wie über dieses Geschenk dankbarer und verängstigter Herzen.

Am Tresen der Wirtschaft »Onkel Huberts Hütte« stand Luigi Cabanazzi und trank einen Schoppen Rotwein. Es war zwar kein Chianti, kein Barbera und kein Nostrano, sondern ein leichter, französischer Rotwein. Serviert hatte ihn Martha Kwiatlewski, die rote »Bardame« von »Onkel Huberts Hütte«. Jetzt lehnte sie am Tresen, putzte die Kupferhähne und schwenkte ihren mächtigen Busen, der unter dem engen Pullover ein aufregendes Dasein führte. Es war unmöglich, daß Cabanazzi ihn übersehen konnte. Was an Fülle und Form geboten wurde, sprang zu sehr ins Auge.

Cabanazzi grinste. Die weißen Zähne blitzten zwischen seinen Lippen, und Martha Kwiatlewski fühlte das bekannte Kribbeln auf ihrer Haut, das sie immer spürte, wenn ihr von einem Mann solche Signale gegeben wurden. Der Willi ist ja ein netter Kerl, dachte sie und polierte die Bierhähne. Und stark ist er auch, verdammt noch mal! Aber das hier ist südliches Feuer. Wie kann man sich ein Urteil über die Männer bilden, wenn man nicht alle Rassen kennt?

»Noch ein Gläschen?« lockte sie und beugte sich vor. Der Pullover hatte einen runden Ausschnitt, Cabanazzi sah den weißen Ansatz zweier fester Kugeln. Er seufzte deutlich. Ein richtiger Mann weiß, was es bedeutet, wenn ihm ein solcher Einblick gewährt wird.

»Prego, mia bella!« sagte Cabanazzi gutgelaunt. Ist das ein Glück, dachte er gleichzeitig. In der Villa das Geld und hier freies Trinken, und beides verknüpft mit dem höchsten Genuß, den unsere Dichter seit zweitausend Jahren besingen. Auch wenn es nur ein kurzes Glück ist... man sollte jede Stunde ausnützen.

Martha Kwiatlewski schenkte ein neues Glas ein. Sie nickte schelmisch:

»Er ist gut – oder?«

»Er ist süß wie Liebbe«, sagte Cabanazzi galant.

Die Gespräche der Männer an den Tischen verstummten. Einer, er saß am Fenster, winkte einem Jungen draußen auf der Straße und zog ihn, als er in die Wirtschaft kam, beiseite.

»Lauf in die Kirche«, sagte er leise. »Kannst dir 'ne Mark verdienen. Und hol den Willis-Bums aus der Messe. Ich weiß, da ist er gerade.«

»Aber das geht doch nicht«, stotterte der Junge. »Ich kann doch nicht durch alle Reihen...«

»Es ist wichtig. Hier, zwei Mark. Und sag dem Willi: Er soll sofort hierherkommen. Ein fremder Hahn ist auf seinem Mist! Kannste das behalten?«

»Ja.«

»Was sagste?«

»Ich soll sagen: Er soll zum ›Onkel Hubert‹ kommen, ein fremder Hahn ist auf seinem Mist.«

»Gut! Hau ab!«

Der Junge rannte davon. Die Männer sahen wie auf Kommando auf ihre Uhren. In zehn Minuten konnte Willis-Bums hier sein. Hoffentlich blieb der schwarze Lockenjüngling noch so lange bei der Martha stehen. Es konnte ein schöner Sonntagvormittag werden.

Nach sieben Minuten sahen sie Willi Korfeck eiligen Schrittes von der Kirche her über die Hauptstraße kommen. Die Augen der stumm trinkenden Männer leuchteten auf. Na also, das klappte ja! Und was die Martha war, dieses rote, heiße, geile Aas, die konnte auch eine Tracht Prügel vertragen. Das kühlte ab.

Luigi Cabanazzi ahnte nichts Böses. Er trank beglückt sein drittes Glas Wein und hatte sich gerade mit Martha für Dienstag verabredet. Hinter der neuen Halde. In Buschhausen gab es keine Pinienhaine, keine Felsenhöhlen. Hier war die Romantik schwarz wie die Kohle.

Auch als die Tür aufgerissen wurde, ahnte er noch nichts. Nur Martha wurde gleich bleich, als sie Willi Korfeck hereinkommen sah. Sie warf den Lappen weg und umfaßte eine Kornflasche. Die Männer an den Tischen verstummten nun ganz.

»Achtung!« schrie Martha da mit kreischender Stimme. »Paß auf –!«

Das Wort Achtung kannte Cabanazzi genau. Wie eine Katze schnellte er herum, sprang zur Seite und duckte sich zur Abwehr. Gleichzeitig griff er nach hinten in die Gesäßtasche, riß ein Klappmesser heraus und ließ die Klinge aufspringen.

Willi Korfeck hatte keinen Blick für Martha, die er einmal heiraten wollte, wie er es Pater Wegerich versprochen hatte. Der erste Schlag gegen Cabanazzis Kopf ging ins Leere. Der Warnruf war schneller gewesen, genau wie Luigis unheimlich schnelle Reaktion.

»Du Scheißkerl!« stieß Willi Korfeck hervor. »An meine Martha gehste nich mehr –«

»Platz!« schrie Cabanazzi. »Platz... ich hinaus!«

Er sah sich um. Vor ihm stand nur Willi Korfeck, aber an der Tür des Lokals hatten plötzlich die anderen Männer Posten bezogen, in Viererreihen und bildeten eine undurchdringliche Mauer. Er war wie in einer Falle. Nun mußte man nur noch hineingreifen, um die Ratte zu töten.

»Wenn du ihm was tust, ist's aus mit uns!« schrie Martha. »Laß ihn gehn, Willi!«

»Halt die Fresse, du Luder!« Willis-bums blickte schnell zur Seite. »Reib dir den Hintern schon jetzt mit Vaseline ein!«

Die Männer an der Tür grinsten amüsiert. Martha lehnte sich gegen die Theke. Sie schielte hinüber zum Telefon, aber diesen Gedanken hatten die anderen auch schon gehabt. Drei Mann hielten dort Wache. Also war auch auf diesem Wege die Polizei nicht zu erreichen.

»Feiglinge!« schrie Martha schrill. »Alle gegen einen! Ihr Feiglinge!«

»Tu das Messer weg!« sagte Willi Korfeck zu Cabanazzi.

Der schüttelte den Kopf. »No! Türe erst frei!«

»Ich mache Gehacktes aus dir, wenn du das Messer nicht weglegst.«

Cabanazzi lächelte gefährlich. »Tür frei!« sagte er wieder.

Willi Korfeck streckte die Hände vor, das Messer zuckte im gleichen Augenblick auf Korfeck zu. Die rote Martha begann zu schreien:

»Hilfe! Hilfe!!«

»Halt's Maul!« brüllte Korfeck. »Dem helfe ich!«

Er täuschte einen Sprung nach vorn vor, auf das Messer zu. Im gleichen Augenblick schleuderte einer dem Italiener einen Stuhl ins Kreuz. Cabanazzi stolperte von dem Anprall, das Messer sank herab, er suchte Halt an der Theke. Diese Sekunde nutzte Korfeck. Er ergriff blitzschnell den Arm Cabanazzis und drehte ihn um, der Italiener brüllte auf und ließ das Messer fallen.

»So, mein Junge!« sagte Willi Korfeck genüßlich. »Und jetzt kommt der Bums!«

Er schlug einmal zu, präzise wie immer, genau auf die Kinnspitze. Es war Cabanazzi, als explodiere ihm sein Kopf, als löse sich die Welt in bunte Sterne auf. Er spürte, wie er zu fallen begann... dann wußte und sah er nichts mehr. Lang hingestreckt lag er auf dem Boden vor dem Tresen, aus seinem Mundwinkel troff Blut.

Willi Korfeck putzte sich die Hände an der Hose ab.

»So, das wär's«, sagte er. »Und nun zu dir, du rotes Luder. Dir verhaue ich den nackten Arsch –«

»Hilfe!« schrie Martha Kwiatlewski wieder. »Hilfe! Ihr Feiglinge! Ihr Saubande!«

Hinter der Mauer der Männer ging die Lokaltür auf. Jemand, den man von der Theke aus nicht sehen konnte, betrat »Onkel Huberts Hütte«. Erst, als sich einige Männer unsanft in den Rücken geboxt fühlten, wichen sie zur Seite, wollten losschimpfen, wurden dann aber verlegen und verdrückten sich an ihre Tische.

Korfecks Augenmerk galt nur Martha. Er zog die Sonntagsjacke aus. Mit Martha würde es schwieriger werden als mit Cabanazzi. Martha würde spucken, kratzen und beißen.

»Ich werde dir zeigen, zu wem du gehörst«, sagte er verheißungsvoll. »Denkste, ich will'n Flittchen zur Frau?!«

»Willi!« sagte in diesem Augenblick eine Stimme hinter ihm. Am entgeisterten Gesicht Marthas sah Korfeck, daß hinter seinem Rücken etwas Ungewöhnliches geschah. Er fuhr herum und blickte in die harten Augen Pater Wegerichs. Verblüfft stieß er hervor: »Wo kommen Sie denn her?«

»Aus der Kirche – wie du!«

»Aber Sie standen doch am Altar. Die Messe war ja noch gar nicht zu Ende.«

»Fast war sie das schon. Das letzte Stück kürzte ich ab, als ich dich verschwinden sah. Die Sache schien mir verdächtig. Ich kenne euch. Gott wird mir verzeihen.«

»Und was wollen Sie hier?«

Pater Wegerich zeigte auf den bewußtlosen Cabanazzi. »Heb ihn auf!«

Willi Korfeck guckte verständnislos.

»Wie?« fragte er dumm.

»Du sollst ihn aufheben.«

»Nein.«

»Ist er nicht auch dein Bruder vor Gott?«

»Ein Saukerl ist er. Er soll froh sein, daß ich ihn nicht totschlage!« brüllte Korfeck.

»Du hebst ihn auf!«

»Ich denke nicht daran!« Korfeck sah sich um. Die anderen Männer schwiegen und blickten weg, als er von ihnen Beistand erwartete.

»Was ist mit euch?« rief er.

Keine Antwort.

»Scheißkerle!«

Er wandte sich verächtlich von ihnen ab.

Pater Wegerich trat zu dem ohnmächtigen Italiener, wobei er zu Martha sagte: »Kommen Sie, helfen Sie mir, dann erledigen wir das.«

»Du nicht!« brüllte Korfeck das Mädchen an. »Du rührst mir den nicht an!«

»Dann du!« antwortete sie entschlossen. »Nur so kannst du mich daran hindern!«

Korfecks größte Niederlage seit Menschengedenken war nicht mehr abzuwenden.

Am Sonntagnachmittag wartete Veronika vergeblich im Birkenwald. Sie fand keine Erklärung dafür, warum Cabanazzi nicht kam.

Unruhig ging sie zwischen den Birken hin und her, erklomm den Haldenhügel und sah über das leicht gewellte grüne Land, das unvermittelt, wie mit dem Lineal gezogen, aufhörte und an die Zone der Kohlenhalden, der Schienen und Lagerplätze grenzte.

Als sie wieder hinuntersteigen wollte, um zurück zur Villa zu gehen, begegnete ihr Dr. Pillnitz. Er stand im Hohlweg und rührte sich nicht, bis Veronika vor ihm stand.

»Ich finde dich lächerlich, Bernd«, sagte sie giftig. »Aus dem Stadium der Schülerliebe solltest du heraus sein.«

»Du wartest auf deinen Romeo?« Dr. Pillnitz grinste schadenfroh. »Der liegt auf Zimmer 2 meiner Krankenstation. Man hat ihm den Unterkiefer lädiert.«

Veronikas Gesicht wurde blaß. »Das warst du!« stieß sie dann hervor. »Du Teufel!«

»Ich kann deinen Verdacht leider nicht bestätigen. Luigi Cabanazzi wurde in einem Lokal zusammengeschlagen, weil er ein Mädchen belästigt hatte.«

»Das ist nicht wahr!«

»Es ist schmerzlich für dich... aber auch du scheinst den Söhnen des Südens nicht mehr als Tagesration zu genügen.«

Die Lippen Veronika Sassens wurden zu einem Strich. Dr. Pillnitz sah mit tiefer Befriedigung, daß sie Mühe hatte, die Haltung einer Dame zu bewahren.

»Ich will ihn sprechen.«

»Unmöglich. Ich habe strengstes Besuchsverbot erlassen.«

»Das gilt doch nicht für mich.«

»Gerade für dich!«

»Ich werde mit Frau Dr. Born darüber sprechen.«

»Die ist mir unterstellt. Sie kann dich nicht vorlassen, wenn sie ihre Stellung nicht riskieren will.«

»Und was hast du mit Cabanazzi vor?«

»Welche Frage. Ich heile ihn!«

Veronika sah Dr. Pillnitz fragend an. Sein Gesicht war verbissen.

»Ich werde ihn in ein anderes Krankenhaus verlegen lassen«, sagte sie trotzig.

»Und wer bezahlt das? Die Frau Direktor? Die Zechenkasse bestimmt nicht.«

Veronika sah auf die Uhr. »Es ist noch früh«, sagte sie, als sei das Thema für sie abgeschlossen. »Wir haben noch Zeit.«

»Natürlich. Luigi kommt ja nicht mehr.«

»Bist du mit deinem Wagen gekommen?«

»Ja.« Dr. Pillnitz sah Veronika verwundert an.

»Fahren wir etwas durch die Gegend, ja?«

»Gerne. Aber warum?«

»Das erkläre ich dir später.« Sie klappte ihre Handtasche auf, nahm einen Spiegel und den Lippenstift heraus und malte die Konturen ihrer Lippen nach. »Erwarte keine Neuauflage der Vergangenheit… ich will ganz nüchtern mit dir reden.«

»Ich würde auch nie mit einem Cabanazzi teilen!« sagte Dr. Pillnitz heiser.

»Komm. Gehen wir…«

Auf der Provinzialstraße stand das Auto von Pillnitz. Sie stiegen ein und starteten. »Wohin denn?« fragte er.

»Ach, das ist gleich.« Sie lächelte ihn an. »Nach Essen, nach Herne, nach Recklinghausen, zum Kanal, es ist egal. Einfach so durch die Gegend…«

Luigi Cabanazzi schlief. Er hatte eine Injektion bekommen.

Waltraud Born hatte ihren Spaziergang mit Dr. Fritz Sassen absagen müssen. Sie hatte den Dienst im Krankenrevier übernommen. Eigentlich wäre Dr. Pillnitz an der Reihe gewesen, aber eine Konferenz, zu der er mußte, warf alles ein bißchen durcheinander.

Das Telefon läutete. Waltraud hob ab und meldete sich: »Krankenrevier, Zeche II, Dr. Born…«

»Hier spricht Veronika Sassen«, antwortete eine arrogante Stimme. Die Frau des Direktors. Was konnte sie wollen? Waltraud räusperte sich. »Ja?« sagte sie fragend. »Was kann ich für Sie tun, Frau Sassen?«

4

»Wie geht es Herrn Cabanazzi?« Die Stimme war ganz ruhig und von einer übertriebenen Gleichgültigkeit. Dr. Born wunderte sich. Die Frau des Direktors erkundigt sich nach dem Befinden eines italienischen Gastarbeiters! Waltrauds Instinkt wurde wach, jenes feine Gefühl für innere Spannungen, das nur Frauen besitzen.

»Es geht ihm gut«, antwortete Dr. Waltraud Born. »Ich hoffe, wir können ihn morgen schon ins Lager transportieren. Aber er muß dort noch vierzehn Tage liegen. Er hat eine mittelschwere Gehirnerschütterung.«

»Kann ich ihn besuchen?«

Dr. Born hob die Augenbrauen. Ihr Gefühl begann, Konturen zu gewinnen.

»Sie –?« fragte sie gedehnt zurück.

»Warum nicht?«

»Verzeihen Sie, aber es ist ungewöhnlich, daß –«

»Ich weiß, was Sie sagen wollen, Fräulein Doktor.« Die Stimme Veronikas war härter geworden. »Ich komme zu Ihnen. Ich werde zu Ihnen von Frau zu Frau sprechen. Das mag Sie vielleicht überraschen, aber ich habe meine Gründe, gewisse Konventionen zu sprengen. Bitte, wundern Sie sich nicht. Ich erkläre Ihnen alles. In einer halben Stunde bin ich draußen bei Ihnen.«

Es knackte im Hörer, Veronika Sassen hatte eingehängt. Langsam legte auch Dr. Born den Hörer auf die Gabel.

Also doch, dachte sie. Mein Gefühl war richtig. Himmel nochmal – in welch einer Welt leben wir, was sind das für Zustände, die arrogante Frau des Direktors hat ein Verhältnis mit einem italienischen Gastarbeiter!

Sie fuhr zusammen. Das Telefon schellte schon wieder. Sie hob den Hörer ab und vernahm noch einmal die Stimme Veronika Sassens.

»Ich habe noch etwas vergessen, Dr. Born«, sagte Frau Sassen. »Dr. Pillnitz ist verunglückt... vorhin... mit seinem Wagen... Ich hörte es gerade. Schrecklich, nicht wahr? Ich weiß noch nicht, ob er tot ist –«

Waltraud war vor Entsetzen keines Wortes fähig.

Man fand Dr. Pillnitz auf der Landstraße zwischen Buschhausen und

Gelsenkirchen. Sein Wagen war frontal gegen einen der Chaussee-bäume geprallt und hatte sich an ihm emporgeschoben, als habe er versuchen wollen, den Stamm hinaufzuklettern. Die Polizei und die Feuerwehr, von einem Radfahrer, der die Unfallstelle passierte, herbeigerufen, brauchten länger als eine Stunde, um Dr. Pillnitz aus den Trümmern herauszuschweißen. Dann raste der Krankenwagen mit Martinshorn und Blaulicht zurück nach Gelsenkirchen zur Unfallklinik.

Der blutüberströmte Körper erweckte zunächst den Eindruck, daß es sinnlos sei, an ihm überhaupt noch herumzudoktern. Die Sanitäter des Krankenwagens hatten keine Hoffnung, ihn noch lebend in der Klinik abzuliefern – um so erstaunter waren sie und die bereitstehenden Ärzte darüber, daß Dr. Pillnitz bei vollem Bewußtsein war und sprechen konnte, als man ihn aus dem Krankenwagen auslud.

»Das linke Bein ist hin«, sagte Dr. Pillnitz selbst. »Versuchen Sie nicht, es zu retten. Setzen Sie es ab.«

»Immer langsam, lieber Kollege.« Der diensthabende Chirurg versuchte beruhigend zu wirken. »Seit wann klettert man mit Autos auf Bäume? Ein neuer Sport?«

Dr. Pillnitz hustete. Er spürte, wie sich dabei sein Mund mit Blut füllte. Er spuckte es aus. Beim Husten war ihm, als zerreiße jemand seine Brust in kleine Fetzen. Auch das noch, dachte er. Innere Blutungen, vielleicht eine angerissene Lunge… O dieses Aas, dieses verfluchte Aas –

Der Chirurg gab seiner Mannschaft Zeichen, sich zu beeilen. Auch er wertete dieses Blutspucken als Alarmzeichen. Es war kein angesammeltes, altes Blut, sondern frisches, sauerstoffhaltiges Blut aus der Lunge, das beim Husten ans Tageslicht kam.

Im OP war alles vorbereitet. Das Kombinationsnarkosegerät mit der Überdruckapparatur zur Öffnung des Brustraumes wurde herangeschoben. Im Vorbereitungsraum warteten zwei Krankenpfleger auf den Verletzten, um ihn so weit zu waschen, daß man steril operieren konnte.

Dr. Pillnitz wurde von der Trage heruntergehoben und auf ein Rollbett gelegt. Er stöhnte dabei. Von seinem linken Bein raste ein Feuerstrom durch den ganzen Körper und entfachte in seinem Gehirn einen unerträglichen Brand. »Aufpassen!« schrie er. »Himmel noch mal! Immer das gleiche! Die Burchen greifen zu wie die Metzger! Mein Bein! Ist denn keiner hier, der etwas von Krankentransport versteht! Ein Saustall!«

Dann wurde er still, die Sinne schwanden ihm. Ein wahnsinniger Schmerz im Brustkorb war mächtiger als sein zorniger Wille, stark zu bleiben. Er stöhnte laut auf und sank dann besinnungslos zurück.

»Die Natur hilft uns!« Der Chirurg streckte seine Hände aus, die OP-Schwester streifte die sterilen Gummihandschuhe über seine Finger. Am OP-Tisch standen schon die anderen Ärzte zur Assistenz bereit. Dr. Pillnitz lag nackt und gewaschen auf dem Tisch, nur aus seinem Mundwinkel rann noch dünn ein hellroter Streifen Blut.

»Wir schließen gleich die Transfusion an«, sagte der Chirurg. »Blutgruppe klar?«

»Gruppe o.«

»Auch Kochsalz für Infusionen bereit?«

»Alles, Herr Oberarzt.«

»Na, dann los!« Er trat an den Tisch. Der Anästhesist hatte mit der Narkose begonnen. Man konnte sich jetzt nicht mehr mit der schulmäßigen Methode aufhalten, es mußte alles schnell gehen. Herzstärkungsinjektion, Kreislaufmittel, Äther-Lachgasnarkose, Überdruck angeschlossen, wenn der Brustraum und die Pleurahöhle geöffnet wurden.

»Früh genug?« fragte einer der Assistenten, als der Chirurg den ersten Schnitt tat. Der Oberarzt hob die Schultern.

»Wenn er nicht innerlich völlig weggeblutet ist –«

Er ließ den Satz unvollendet. Neben ihm summte es leise. Der Blutabsauger war in Tätigkeit gesetzt.

Dr. Waltraud Born schloß die Tür zum Zimmer Cabanazzis und drehte alle Lichter des Untersuchungszimmers an, als es an die Tür klopfte. Sie war gespannt, wie sich Veronika Sassen geben würde, hochmütig, herablassend, oder freundlich. Dr. Born kannte sie bisher nur vom Sehen und aus den Erzählungen von Dr. Pillnitz. Dessen Meinung nahm sie aber nicht so ernst, er betrachtete alles um sich herum mit unverbesserlichem Sarkasmus, der in dem Satz gipfelte: Alles, was menschlich ist, ist im Grunde lächerlich. Man behängt es nur mit Ernst und Würde.

»Guten Abend«, sagte Veronika Sassen, als sie die Tür öffnete.

Sie sah müde und irgendwie verstört aus. Sie ging schnell an Waltraud Born vorbei und setzte sich auf die lederne Chaise, das unerläßliche Requisit aller Untersuchungszimmer. Waltraud musterte sie mit fraulichem Interesse. Gefärbte, zu grelle Haare, ein stark geschminkter Mund, ein Kostüm aus bestem englischem Stoff und vom besten Schneider, Kroko-Tasche und -Schuhe, lange, schlanke Beine, nervöse Hände, gehetzte, unruhige graugrüne Augen, ein Gesicht mit fahler, überpuderter Haut. Sie sieht gut aus, dachte Dr. Born und steckte die Hände in die Taschen ihres weißen Kittels. Aber trotz bester Ausstattung hat sie einen ordinären Stich. Ich kann nicht sagen, warum – aber es ist so. Sie trägt den Titel einer Frau Direktor, aber man könnte ihr auch als einem gut verdienenden Flittchen in einem teuren Bordell begegnen.

»Wo liegt er?« fragte Veronika Sassen und suchte in ihrer Handtasche nach Zigaretten. Sie fand die Schachtel und lächelte schwach. »Darf man hier?«

»Wenn kein Betrieb ist – wie jetzt – schon.«

»Sie auch?«

»Nein, danke.«

Veronika Sassen brannte sich die Zigarette an und schlug die Beine übereinander. Teerosenfarbige Spitzen glitten unter ihrem Rock hervor und blieben oberhalb des Knies auf dem Schenkel liegen.

»Cabanazzi liegt nebenan. Ich habe den Auftrag, niemanden zu ihm zu lassen.« Dr. Born blieb an der Tür stehen. Sie ist wirklich ein Flittchen, dachte sie böse. Sie läuft diesem Sizilianer nach wie eine heiße Katze.

»Die Anordnung stammt von Dr. Pillnitz...«

»Ja.« Waltraud spürte, wie sich ihr Herz zusammenkrampfte. »Was ist mit ihm? Haben Sie schon neue Nachrichten?«

»Nein. Er liegt in Gelsenkirchen.«

»Tot?«

»Ich weiß nicht. Als man ihn fand, gab es nur noch wenig Hoffnung.«

»Schrecklich –«

»Ja.« Veronika Sassen rauchte hastig und inhalierte tief. »Ich bin Ihnen eine Erklärung schuldig, Dr. Born.«

»Nein, warum?«

»Ich habe am Telefon gesagt, daß ich mit Ihnen sprechen will und

Sie sich auf einiges gefaßt machen müssen. Ich bin eine Frau, die immer auf ihr Ziel losgeht. Ich werde mich deshalb schamlos vor Ihnen demaskieren. Ich weiß aber auch, daß ich mir das leisten kann, denn ich habe Sie in der Hand...«

»Mich in der Hand? Das glaube ich nicht!«

»Warten Sie ab«, lächelte Veronika Sassen kalt. »Ich komme aus reinem Eigennutz zu Ihnen.«

»So etwas habe ich mir bei Ihnen schon gedacht.«

Veronika Sassen hob die rasierten und nachgezogenen Brauen. »Sie sind ehrlich, Doktor.«

»Das gehört zu meinen Grundsätzen.«

»Ein edles Prinzip. Sie werden aber damit früher oder später Schiffbruch erleiden. Nicht das Gute setzt sich durch, sondern das Gemeine. Sehen Sie sich das Leben an.«

»Dieser Satz könnte von Dr. Pillnitz stammen.«

»Vielleicht ist er sogar von ihm – ich weiß es nicht.«

Veronika Sassen zerdrückte die halbgerauchte Zigarette und brannte sich eine neue an. »Sie kennen Luigi, Doktor?«

»Ja. Schon bei der Einstellungsuntersuchung faßte er mich an die Brust.«

»Und Sie haben ihm auf die Finger geschlagen, ich hörte davon. Welcher Unterschied zwischen Ihnen und mir, Sie verabscheuen solche Männer, mich begeistern sie. Ich brauche ihre Kraft, ihre Stärke, ihre Leidenschaft. Ich habe aber einen Greis zum Ehemann. Die Folgen muß ich Ihnen nicht erklären. Ich bin achtundzwanzig Jahre, in einem Alter, in dem manche Frauen beginnen, das Vulkanische in sich zu entwickeln. So eine bin ich. Gerade Sie als Ärztin müssen verstehen, daß dies dann ein unabwendbares biologisches Schicksal ist. Was gibt es da für Vergleiche? Eine Sturmflut... ist sie aufzuhalten durch einen Sandsack? Eine Feuersbrunst... kann man sie mit einem Glas Wasser löschen? Verstehen Sie mich, Doktor Born?«

»Als Ärztin, vielleicht. Als Frau nicht.«

»Warum nicht?«

»Sie haben ein Kind. Oliver –«

»Oliver ist sieben Jahre alt. Ich bin ihm eine liebevolle Mutter. Was hat er mit dem... dem anderen zu tun?«

»Er könnte eine moralische Bremse sein.«

»Moral! Doktor Born! Moral ist ein Wassertropfen, der in das Feuer der Leidenschaft und der unerfüllten Sehnsucht fällt. Was bleibt von diesem Wassertröpfchen übrig? Nicht einmal ein winziger Hauch der Verdunstung!« Veronika Sassen zündete sich eine neue Zigarette an. »Ich bin die Geliebte Cabanazzis«, sagte sie dann ganz ruhig, als rede sie über irgendeine Nebensächlichkeit. »Ich, Veronika Sassen, liege in den Armen eines hungrigen, kaum des Lesens und Schreibens mächtigen Sizilianers, eines Fischerjungen, der sein Bett mit drei Brüdern teilen mußte und der großgezogen wurde mit Trockenfisch und rotem Landwein. Sie können das verstehen?«

»Nein«, antwortete Dr. Born steif.

»Ich kann mir alles kaufen... Pelze, Schmuck, Sportwagen, Häuser und – Männer! Ist es unmoralisch, von diesen Möglichkeiten Gebrauch zu machen?«

»Ja.« Es war eine klare, eine trennende Antwort.

Veronika Sassen schien aber keineswegs beeindruckt. Sie sagte:

»Ich verlange von Ihnen auch gar nicht, daß Sie es verstehen. Ich rede so offen mit Ihnen, weil ich will, daß Sie dieses Verhältnis billigen.«

»Es ist Ihre Privatangelegenheit, Frau Sassen.«

»Nicht mehr ganz. Sie müssen mitspielen.«

»Mitspielen? Wieso?«

»Dr. Pillnitz ist als Arzt hier ausgefallen. Sie sind nun dran. Wenn Luigi ins Lager kommt, ist es unmöglich, ihn zu besuchen. Ich möchte, daß Luigi noch hier im Revier bleibt, denn hier kann ich zu ihm kommen. Sie werden nichts dagegen haben...«

Dr. Waltraud Born lief rot an. »Das kommt nicht in Frage!« sagte sie empört.

Veronika Sassen lächelte nur. Sie war sich ihrer Sache sicher.

»Sie haben sich Ihre Antwort nicht überlegt, Doktor Born«, sagte sie mit gefährlicher Sanftheit.

»Doch, doch. Ich habe hier eine Krankenstation zu verwalten, nicht ein...«

»Sagen Sie es ruhig, warum stocken Sie, ich komme aus einem Milieu, in dem solche Worte zur Umgangssprache gehören. Euch allen ist doch meine Herkunft bekannt. Aber ob Sie Achtung vor mir haben oder nicht, ist mir völlig gleichgültig. Sie sind eine kleine Zechenärztin, die ich fertigmachen kann. Ein Wort von mir zu meinem Mann genügt, – und Sie sind entlassen. Ich muß nur ein bißchen zärtlich zu ihm sein, dann tut er alles. So betrachtet sind Sie mein Geschöpf, Doktor Born. Sie haben keine Ahnung, wie gefügig ein alter Mann ist, wenn eine junge Frau es versteht, ihn zu ihrem Hampelmann zu machen. Wenn ich sage: Mein Schätzchen, diese Dr. Born gefällt mir nicht... er wird Ihnen Ihr Jahresgehalt auszahlen und Sie können sich verabschieden.«

»Dann tun Sie es bitte!« sagte Waltraud Born zornig.

»O nein.« Veronika Sassen lächelte breit. »Ich weiß genau, daß ich mir damit keinen Dienst erweisen würde. Man sucht junge Ärzte. Sie bekämen sofort wieder eine Stellung. Nein, es gibt da etwas anderes, was uns beide zu Verbündeten macht: Ich will zu Luigi... und Ihnen lasse ich dafür Ihren Fritz –«

Waltraud Born wurde blaß. Ihr Erschrecken war so deutlich, daß Veronika Sassen, die sich ihrem Ziele nahe sah, laut auflachte.

»Sie zeigen zu deutlich, was Sie empfinden und denken. Sie sind zu brav für diese Welt, Dr. Born. Ich weiß längst, daß Sie sich heimlich mit Fritz treffen, daß Sie beide sich lieben, daß Fritz und Sie sich mit dem Gedanken tragen zu heiraten. Dann würde ich Ihre Schwiegermutter werden... ist das nicht lustig? Aber mein Mann hat andere Pläne mit seinem Sohn. Eine Industriellentochter. Können Sie sich deshalb vorstellen, welche Reaktion es auslöst, wenn ich meinem Mann sage: Dein Sohn Fritz hat ein Verhältnis mit eurer Zechenärztin?«

»Das... das dürfen Sie nicht«, sagte Waltraud tonlos.

»Ich habe es auch nicht vor.«

»Sie wollen mich also erpressen?«

»Nennen Sie es besser ein Geschäft zwischen zwei Frauen, die beide ein Geheimnis haben. Ich gewähre Ihnen Ihren Fritz... und Sie mir meinen Luigi Cabanazzi.«

Dr. Waltraud Born wandte sich ab und ging zum Fenster. Vor ihr lag der weite Zechenhof. Gegenüber die Waschkaue, mit hell erleuchteten, gläsernen Wänden aus undurchsichtigem Betonglas. Das große Rad im Förderturm 1 ratterte und scheppte. Diese Frau hat kein Gewissen und kennt keine Scham, dachte Waltraud. Sie wird ihre Macht ausspielen und nicht zögern, Fritz und mich zu trennen. Sie sitzt am längeren Hebel.

»Wir verstehen uns?« fragte Veronika Sassen freundlich.

Waltraud Born zeigte ihr stumm den Weg zu Luigi Cabanazzi.

Es war überhaupt ein turbulenter Tag für Buschhausen, dieser Sonntag. Die Fußballmannschaft verlor gegen einen so lächerlichen Verein wie die Feldberger Kickers 09 mit 1:7 Toren, was dem Torwart nach dem Spiel in den Kabinen um ein Haar eine Tracht Prügel einbrachte. Das Probefliegen der Brieftauben war eine Katastrophe... sechzehn Tauben verfranzten sich völlig und landeten statt in Buschhausen in Wanne-Eickel in einem völlig fremden Schlag. Die Meistertaube Hans Holtmanns wurde von einem Habicht gerissen, und Theo Barnitzki, der Anwärter auf die Bundesliga, holte sich einen Muskelriß.

Es war eine Stimmung in Buschhausen, die zum schwarzen Flaggen berechtigt hätte. Hinzu kam, daß Willi Korfeck nach seiner Niederlage gegen Pater Wegerich wie ein hungriger Löwe herumstrich und jedem Schläge androhte, der ihn auch nur fragend ansah. »Und wenn nächstens der Bischof selbst auftritt – ich hau dem Itacker den Kopf vom Hals!« brüllte er. »Die Pfaffen sollen sich um ihren Klingelbeutel kümmern, aber nicht um mich! In die Kirche gehe ich auch nicht mehr! Jetzt ist Schluß! Hört ihr, die können mich alle am Arsch lecken!«

Da keiner zu dieser Dienstleistung bereit war, rannte Willi Korfeck von einer Kneipe zur anderen, wiederholte seine Sprüche und landete schließlich volltrunken in den Armen eines Polizisten, der ihn nach Hause brachte. Wer kannte in Buschhausen Willis-Bums nicht!

Auch bei Direktor Sassen vollzog sich ein turbulenter Auftritt. Nur drang von dieser Turbulenz wenig nach außen. Sie blieb beschränkt auf das Zimmer Sabines.

Oliver saß auf der Couch seiner Schwester, als diese von ihrem Spaziergang mit Kurt Holtmann zurückkehrte. Dr. Ludwig Sassen saß in der Bibliothek und las ein Buch von Diderot. Er liebte die französischen Klassiker. Sie atmeten Ruhe und Geist aus, etwas, was Dr. Sassen in seinen eigenen vier Wänden vermißte. Sohn Fritz war ein moderner Mensch und der Typ des Ellbogen-Akademikers, Sabine ein Mädchen mit Flausen, Oliver ein frecher Bengel und Veronika nichts anderes als Körper – aber ein vollkommener Körper. Wie angenehm war es da, an einem stillen Sonntag sich mit Diderot und »Rameaus Neffe« zu beschäftigen.

»Was machst denn du hier?« fragte Sabine erstaunt, als sie Oliver mit pendelnden Beinen auf ihrer Couch sitzen sah. »Hast du dich verirrt?«

Sabine trat zum Spiegel und ordnete ihr Haar. Ihre Lippen brannten noch von den Küssen Kurts, die schwarzen Haare waren zerwühlt. Interessiert sah Oliver zu, wie sie die Locken in Ordnung brachte. Sabine sah seinen Blick im Spiegel.

»Draußen bläst der Wind«, sagte sie.

»Stimmt nicht.« Oliver grinste. »Alle Zweige an den Bäumen stehen still. Der Wind war Kurt.«

Sabine fuhr herum. »Ich klebe dir gleich ein paar! Was willst du Kröte hier?«

»Ich habe auf dich gewartet. Ich brauche Geld.«

»Dann geh zu Papa!«

»Du hast auch welches. Fünf Mark brauche ich.«

»Dann mal sie dir auf 'n Karton!«

»Bist ganz schön frech, Bienchen.« Oliver schlug mit den Absätzen gegen die Couch.

»Laß das!« rief Sabine. »Und raus aus meinem Zimmer!«

»Fünf Mark!«

»Fünf hinter die Ohren, die kannste haben!«

»Die gibt dir Papa, wenn ich ihm sage, daß du dich mit Kurt Holtmann am See herumknutschst!«

Sabine zögerte nicht. Sie griff nach Oliver und gab ihm eine schallende Ohrfeige. Dann ließ sie ihn entsetzt los. Jetzt wird er brüllen, dachte sie. Jetzt wird er das ganze Haus zusammenschreien. Papa wird kommen, Veronika, das Hausmädchen – und er wird brüllen und brüllen und alles sagen, was er weiß.

Was weiß er überhaupt? Was weiß er denn von Kurt und mir?

Sabine wartete auf den Aufschrei. Aber Oliver blieb entgegen seiner sonstigen Art still. Er legte nur die Hand auf die geschlagene Backe und verzog den Mund.

»Du hast'n ganz schönen Hammer«, sagte er fachkundig. »Hättest Lehrerin werden sollen. Das macht aber jetzt zehn Mark.«

»Oliver –«, Sabine setzte sich auf die Couch, die Knie wurden ihr schwach, »was hast du da gesagt, von wegen See und so'n Blödsinn?«

»Kein Blödsinn! Ich bin euch nachgeschlichen, ich habe euch beobachtet, ich saß hinter euch im Busch, als ihr euch geknutscht habt. Und dusseliges Zeug habt ihr auch gequatscht.«

»Du... du hast alles gehört?« stotterte Sabine.

»Alles! Ist das zehn Mark wert, was?« Oliver hielt die Hand hin. Die Mischung von Sassen'schem Unternehmergeist und der Kälte seiner Mutter brach aus dem Kleinen hervor. »Ich habe auch nichts dagegen, wenn ihr euch weiter trefft und knutscht, ich verrate nichts, nur mußt du mir jeden Sonntag von deinem Taschengeld was abgeben.«

»Wie gütig von dir.« Sabines Lippen zuckten. »Du bist eine ganz gemeine kleine Kröte! Was verstehst du schon von dem, was du gehört hast.«

»Nur soviel, daß Papa mit einem Hauer in unserer Familie nicht einverstanden sein wird. Er wird schön dumm gucken.«

»Ich haue dir gleich noch eine runter!« antwortete Sabine und sprang auf. »Du bist genauso hochnäsig wie deine Mutter.«

»Du, wenn ich das Mami sage ...«

Sabine verstummte. Sie sah keinen Ausweg, Oliver hatte hinter dem Busch gesessen, er hatte alles gesehen und angehört. Er war deshalb ganz einfach am Drücker.

»Gut. Du bekommst deine zehn Mark«, sagte sie. Oliver klatschte in die Hände.

»Au fein!«

»Und du sagst Papa nichts davon?«

»Großes Ehrenwort, Bienchen.«

Sabine ging zu ihrem Schreibschrank und nahm aus einer verschlossenen Lackschatulle einen Zehnmark-Schein. Oliver steckte ihn in die Hosentasche und gab seiner Schwester die Hand.

»Jetzt sind wir Verbündete«, sagte er. »Und das will ich dir noch sagen: Der Kurt ist in Ordnung. Ich hab' nichts gegen ihn.«

»Das ist aber lieb von dir!« sagte Sabine giftig. »Und nun geh, du Erpresser!«

Draußen an der Tür stand schon eine ganze Weile Dr. Ludwig Sassen. Nun entfernte er sich schnell. Er hatte Sabine zurückkommen gehört und sie etwas fragen wollen. Was er sodann, vor der Tür stehend, hatte vernehmen müssen, erregte ihn so maßlos, daß ihm das Blut in den Ohren rauschte. Nicht Olivers Erpressung regte ihn aber auf, sondern die Eröffnung, daß Sabine mit dem Sohn des Hauers Holtmann eine Liebschaft hatte, mit einem Kumpel, einem Püttmann. Das schlug dem Faß den Boden aus.

Dr. Sassen rannte hinunter in seine Bibliothek und warf sich in seinen Ledersessel. Den Diderot war er leid. Auch ein französischer Klassiker war hier nicht mehr in der Lage, zu trösten und Ruhe zu spenden.

Meine Tochter, dachte Dr. Sassen. Habe ich einundzwanzig Jahre lang alle Liebe und alle Ausbildungsmöglichkeiten in sie investiert, damit sie jetzt die Frau eines Hauers wird? Habe ich denn nicht vermocht, ihr einen Funken Stolz mitzugeben? Hat sie nicht das geringste Gefühl dafür, was sie ihrer Familie schuldig ist?

Dr. Sassen sprang wieder auf und ging zu seinem Barschrank. Erst nach drei Kognaks wurde er äußerlich ruhiger, aber seine innere Wut wich nicht.

Morgen, dachte er. Morgen werde ich mir diesen Herrn Kurt Holtmann kommen lassen. Nicht von Mann zu Mann werde ich mit ihm reden, das ist unter meiner Würde. Von Chef zu Arbeiter, diesen Unterschied werde ich ihm zu spüren geben. Und ich werde ihm auch sagen, daß ich mit allen mir zur Verfügung stehenden Mitteln diese Verbindung bekämpfen werde. Mit allen Mitteln. Wenn er einen Funken Einsicht hat, wird er die Konsequenzen ziehen. Andernfalls werde ich ihn zwingen, dies zu tun! Meine Tochter Sabine und ein Püttmann! Demokratie hin, Gleichheit her ... im eigenen Haus hören diese Flausen auf!

Die Tür wurde geöffnet. Oliver hüpfte ins Zimmer. Dr. Sassen sah seinen jüngsten Sohn kritisch an.

»Was ist, Oliver?«

»Spielen wir Mensch-ärgere-dich-nicht, Pappi?«

»Nein!« Dr. Sassen stellte das Glas hart auf die Spiegelplatte der Wandbar. »Stör mich nicht!«

Oliver zog einen Flunsch und verschwand wieder. In der Halle traf er auf Sabine.

»Dicke Luft, Bienchen«, sagte er. »Vati trinkt Kognak! Wenn Mami nicht bald kommt, gibt's hier wieder 'n Gewitter.«

Die Operation war beendet. Dr. Pillnitz wurde aus dem OP gefahren und kam in ein Einzelzimmer mit Sauerstoffzelt und Infusionsgerät. Eine Schwester wurde abgestellt, ihn in den nächsten Stunden nicht aus dem Auge zu lassen.

Die innere Verletzung hatte sich als weniger lebensbedrohend erwiesen, als man befürchtet hatte. Der Eingriff in den Pleuraraum war allerdings dringend notwendig gewesen, denn ohne ihn wäre Dr. Pillnitz mit Sicherheit verblutet.

Schon beim letzten Schnitt wußte der Oberarzt, daß die Lunge zwar verletzt, aber nicht gerissen war. Eine Rippe war gesplittert, und ein Ende der gebrochenen Rippe hatte sich nach innen gebogen und in die Lunge gespießt. Man entfernte die Rippe, reinigte die Lunge von Knochensplittern und konnte es nun nur noch der Natur überlassen, den Heilungsprozeß zu vollziehen.

Böser sah es mit dem linken Bein aus. Nicht nur die Kniescheibe war völlig zertrümmert, sondern auch der Oberschenkelhals war gebrochen, und zwar so kompliziert, daß nur ein Silberdrahtgewebe, um die Knochensplitter gelegt, nach langer Liegezeit zur Bildung eines neuen Knochens führen konnte, vorausgesetzt, die Kalkablagerungen waren auch groß genug. Nüchtern gesehen, hatte Dr. Pillnitz sich selbst die vernünftigste Diagnose gestellt: »Sofort amputieren, keine Experimente!«

»Abschneiden können wir noch immer«, sagte der Oberarzt, als die zweite Operationsphase begann. »Den Oberschenkel lassen wir heute in Ruhe. Aber die zermatschte Kniescheibe holen wir raus. Wenn alles gut geht, ist eins sicher: Kollege Pillnitz wird ein steifes Bein behalten. Mit großen Sprüngen ist's vorbei.«

Am Mittag des nächsten Tages erschienen bereits zwei Beamte der Polizei, um Dr. Pillnitz zu verhören. Die Blutprobe, die man schon bei der Einlieferung genommen hatte, war negativ gewesen. Kein Alkohol. Trunkenheit schied also aus. Übermüdung? Genuß von Arzneimitteln? Blendung durch ein ihm entgegenkommendes Auto? Ins Schleudern geraten? Es gab so viele Möglichkeiten, die alle für die Polizei interessant waren.

Dr. Pillnitz war nach der Operation zwar sehr geschwächt, aber doch erstaunlicherweise in der Lage, der Polizei zur Verfügung zu stehen, obgleich der Oberarzt strikt dagegen war.

»In vier Tagen!« hatte er zu den Beamten gesagt. Da schellte es aus dem Zimmer Dr. Pillnitz', die Schwester ging hinein und kam mit hochrotem Kopf wieder heraus.

»Er beschimpft uns, Herr Oberarzt«, sagte sie. »Er behauptet, wir seien Stümper. Er hätte ja sein Bein noch!«

»Wenn das so ist«, sagte einer der Beamten, »dann kann er auch aussagen.«

Gegen diese Logik war nichts vorzubringen. Der Oberarzt gab den Weg frei.

Was Dr. Pillnitz erzählte, klang glaubhaft und auch nicht. Er sei auf dem Weg nach Gelsenkirchen gewesen, sagte er. Plötzlich habe er eine Windbö gespürt, der Wagen sei wie von Geisterhand erfaßt und gegen den Zaun geschleudert worden. Dann habe er nichts mehr gewußt, bis er wieder zu sich gekommen sei, als die Feuerwehr ihn aus den Trümmern des Wagens geschweißt habe.

»Da wunderte ich mich, daß ich überhaupt lebe«, sagte er. »Das ist das Unwahrscheinlichste an der ganzen Sache.«

Die Beamten nahmen die Aussage zu Protokoll und verließen schnell wieder das Zimmer, da sie doch sahen, daß den Patienten das Sprechen sehr anstrengte. Draußen trafen sie wieder auf den Oberarzt.

»Na, alles klar, meine Herren?« fragte er. »Hat er ausgesagt?«

»Ausgesagt ja... aber von Klarheit kann man nicht reden.« Die Beamten sahen ziemlich ungläubig drein.

»Wieso?« fragte der Oberarzt.

»Eine Windbö hat seinen Wagen erwischt.«

Der Oberarzt nickte. »Das ist doch möglich. Ich kenne das. Ein ekelhaftes Gefühl. Mich hat's bei Leer in Ostfriesland einmal bald von der Straße gefegt. Man kommt sich vor wie ein Schmetterling im Sturm.«

»Gewiß.« Der eine Beamte kratzte sich die Nase. »Nur... gestern war gar kein Wind. Es war ein ausgesprochen windstiller Tag.«

Der Oberarzt sah die Beamten verblüfft an. Dann machte sich in seinem Gesicht der gleiche ungläubige Ausdruck breit wie bei ihnen.

Am Montagmorgen geschahen zwei Dinge auf Zeche Emma II, die niemand bemerkte, weil sie für den Ablauf der Arbeit ohne Bedeutung waren.

Pater Paul Wegerich, der sich in die Reihe der einfahrenden Kumpels gestellt hatte und seine Marke mit der Nummer 389 bei der Lampenausgabe vorwies, erhielt nicht die Lampe, sondern wurde aufgefordert, aus der Reihe zu treten und ins Büro zu kommen. Dort saß ein Steiger, drückte Pater Wegerich die Hand und war sehr verlegen.

»Sie können nicht einfahren, Pater«, sagte er. »Man hat es verboten.«

»Wer?« Pater Wegerich hatte so etwas Ähnliches erwartet. Nur nicht schon heute, nicht so schnell.

»Der Betriebsdirektor.«

»Danke.« Pater Wegerich setzte seinen Schutzhelm wieder auf und strich sich über die staubige Kleidung.

»Ich kann ja nichts dafür, Pater«, sagte der Steiger.

»Ich weiß, mein Lieber. Gehen wir zum Personaldirektor.«

»Der ist auf einer Konferenz.«

»Dann zu Dr. Sassen.«

»Der hat damit nichts zu tun.«

»Ich denke doch.«

»Zu Dr. Sassen dringen Sie mit so etwas gar nicht vor.«

»Sie glauben gar nicht, wohin ich überall schon vorgedrungen bin.« Pater Wegerich klopfte dem Steiger auf die Schulter. »Vor Gott ist kein Sünder unbekannt – und vor mir keine Tür zu dick! Guten Morgen!«

»Guten Morgen, Pater.«

Der Steiger setzte sich wieder und drehte sich eine Zigarette. Am Schiebefenster der Lampenausgabe zogen die Kumpels vorbei. 2. Schicht. 670 Mann, davon 49 Italiener. Warum ließ man den Pater als einzigen nicht einfahren?

Noch jemand wurde an diesem Montagmorgen aus der Reihe geholt, und zwar aus der ausgefahrenen Schicht, aus der Waschkaue. Der Reviersteiger trat an den unter der heißen Brause stehenden Kurt Holtmann heran und klopfte ihm auf den nackten Rücken.

»Wennste fertig bist, sollste zur Direktion kommen!« schrie er. Die Brause machte Lärm.

»Zu wem?« brüllte Kurt Holtmann zurück.

»Zu Dr. Sassen.«

Kurt fuhr bei dem Namen herum, verließ den Strahl der Brause, prustete, strich sich die Haare aus dem Gesicht und sah den Reviersteiger entgeistert an.

»Zu welchem Dr. Sassen?«

»Zum alten! Was haste denn ausgefressen?«

»Nichts«, sagte Kurt Holtmann. »Gar nichts.«

»Der Chef holt doch nur einen von uns, wenn's ne ganz dicke Sache ist.«

Kurt trocknete sich schnell ab, fuhr in seine Kleider, sah in den Spiegel und rannte los zum Verwaltungsgebäude. Das Sekretariat war bereits informiert. Er durfte in einem Vorzimmer auf einem Ledersessel Platz nehmen und in den Börsenberichten einiger Banken blättern. Dann ging die Tür auf, und Direktor Dr. Sassen stand selbst im Zimmer.

»Herr Holtmann?« fragte er kurz.

Kurt sprang auf. »Jawoll, Herr Direktor.«

»Kommen Sie rein!«

Kein bitte, kein Lächeln, keine einladende Handbewegung. Nur ein Befehl: Kommen Sie rein!

Beklommen betrat Kurt Holtmann das Allerheiligste der Zeche Emma II. Wahre Sagen kursierten davon im Betrieb... von Perserteppichen, von wappengezierten Ledersesseln, von Glaskästen mit Orchideen. Jetzt sah er, daß das alles übertrieben war. Die Orchideen waren ein Gummibaum, die Ledersessel waren allerdings vorhanden, die Teppiche waren auch echt, aber keine überwältigenden Exemplare. Überwältigend allein war ein riesiges Gemälde hinter dem Schreibtisch. Es zeigte einen Ausschnitt des Duisburger Hafens.

Dr. Sassen trat hinter seinen Schreibtisch. Er richtete damit eine unüberbrückbare Schranke zwischen sich und Kurt Holtmann auf. Dann zeigte er wortlos auf einen einzelnen Stuhl, der vor dem Schreibtisch stand. Setzen Sie sich! hieß das.

Die Luft war eisig. Kurt Holtmann rang die Beklommenheit in sich nieder.

Er setzte sich. Wenn es um dich geht, Sabine, dachte er, wird es ein erbitterter Kampf werden.

5

»Sie wissen, warum ich Sie herbestellt habe?«

Dr. Sassen betrachtete sein Gegenüber mit den feindseligen Blicken eines Vaters, dessen Tochter auf einen Abweg geraten war und der den Urheber dieser Verirrung nun vor sich hatte. Dr. Sassen hätte gern den Eindruck gewonnen, daß dieser Kurt Holtmann genau der war, den er sich vorgestellt hatte: ein Mitgiftjäger, einer, der mit allen Mitteln nach oben wollte, ein skrupelloser Verführer. Statt dessen gestand er sich – wenn auch widerwillig – ein, daß Kurt Holtmann auf den ersten

Blick einen sauberen, anständigen und sympathischen Eindruck machte. Aber nur auf den ersten Blick. Der zweite sagte ihm schon, daß die Augen des jungen Mannes hart und voll Gegenwehr waren und durchaus nicht so, wie man einen Direktor anschaut, der einen kleinen Mann seines Betriebes zu sich bestellt hat.

Kurt Holtmann schüttelte langsam den Kopf.

»Nein.«

»Was nein?« fragte Dr. Sassen, aus seinen Gedanken gerissen.

»Ich weiß nicht, was Sie von mir wünschen.«

»Sie erraten es auch nicht?«

»Nein«, log Kurt.

»Ich habe erfahren, daß meine Tochter Sabine –«

»Das stimmt!« unterbrach Kurt Holtmann kühn. Dr. Sassen hob die Augenbrauen und beugte sich vor.

» *Was* stimmt?«

»Sabine und ich sind befreundet.«

»Für Ihre Vorbildung haben Sie eine sehr zartfühlende Ausdrucksweise.«

»Meine Vorbildung war die Mittelschule bis zur 5. Klasse. Dann mußte ich aufhören.«

»Es reichte nicht, nicht wahr?«

»Ich muß Sie enttäuschen, Herr Direktor. Mein Vater hatte einen Unfall, außerdem bauten wir. Es war einfach kein Geld mehr da, für die Schulbücher und die Nebenausgaben. Ich mußte mit verdienen. Ich wurde wie mein Vater, mein Großvater und mein Urgroßvater Püttmann.«

Dr. Sassen lehnte sich wieder zurück. Er ist höflich, dachte er widerstrebend, aber in seiner Höflichkeit steckt eine so impertinente Sicherheit, daß man auf den Tisch schlagen sollte und ihm in eindeutigen Worten erklären müßte: Meine Tochter steht zu hoch über Ihnen, Sie Knecht. Leider war das unmöglich. Man konnte nicht vor der Belegschaft von Sozialismus und Arbeit und Schulter an Schulter sprechen, und dann wieder die Ansicht vertreten, ein Püttmann stünde im Vergleich zu einem Bergassessor auf einer niedrigeren Stufe als etwa dessen Reitpferd. Man mußte es anders angehen.

»Wie stellen Sie sich das alles vor, junger Mann?« begann Dr. Sassen. »Meine Tochter ist verwöhnt. Es muß ihr in der Ehe etwas geboten werden. Das stellt gewisse Anforderungen an ihren Mann. Ich weiß nicht, ob darüber zwischen Ihnen schon gesprochen worden ist...«

»Doch, Ihre Tochter meint, daß ich mich weiterbilden müßte.«

»Richtig.«

»Erst das Abitur, dann die Bergschule...«

»Soll ich Ihnen etwas ganz offen sagen...?«

»Ja.«

»Ich glaube nicht, daß Sie das schaffen.«

Kurt Holtmann zuckte wie unter einem Peitschenhieb zusammen. Dann packte ihn die Wut. Er saß nicht hier, um sich von einem Angeber beleidigen zu lassen. Er richtete sich auf und legte los.

»Wissen Sie was«, sagte er, »ich will das alles gar nicht, ich pfeife darauf. Ich bin Hauer, das genügt mir. Ich werde ein Haus erben, wir haben einen Garten, zwölf Kaninchen, dreißig Tauben, wir ziehen unser Gemüse und unsere Kartoffel selbst, wir setzen jedes Jahr neunzig Liter Obstwein an, ich habe als Hauer einen guten Verdienst, ich klebe die höchste Rentenstufe freiwillig dazu –, was wollen Sie mehr? Ich weiß, das ist alles Blödsinn in Ihren Augen, darüber lachen Sie nur, aber vielleicht kommt der Tag, an dem ich auch über Sie lache...«

Dr. Sassen schwieg. Er trat an das große Fenster und blickte hinunter zum Zechenplatz. Links vom Eingangstor war ein breiter Parkplatz angelegt, Kühler an Kühler standen hier die Autos, alle Modelle in allen Farben. Früher hatten sie Fahrräder, dachte Dr. Sassen, und noch früher gingen sie zu Fuß. Jetzt kommen sie mit dem eigenen Wagen. Es hat sich wirklich vieles geändert in diesen paar Jahren. Auch die Menschen! Früher war es unmöglich, daß es ein junger Bergmann überhaupt nur gewagt hätte, die Tochter seines Chefs mit einem Blick zu belästigen.

»Schluß jetzt!« sagte Dr. Sassen hart. »Sie sehen wohl selbst ein, daß ich recht habe.«

»Nein!«

Dr. Sassen fuhr herum.

»Werden Sie nicht frech!« rief er zornig.

»Zwischen recht haben und recht bekommen ist ein Unterschied, Herr Direktor. Recht haben Sie nicht, aber recht bekommen Sie wahrscheinlich, obwohl da noch eine kleine Unbekannte in Ihrer Rechnung ist...«

»Welche Unbekannte?«

»Ihre Tochter Sabine.«

»Die überlassen Sie nur mir! Die bringe ich schon auf Vordermann!«

»An Ihrer Stelle wäre ich nicht so sicher. Man kann Liebe nicht so einfach verbieten.«

»Irrtum! Man kann es sehr gut! Ich werde es Ihnen vorexerzieren!«

»Sabine ist ein selbständiger Mensch, nicht Ihre Sklavin.«

»Wie modern, mich auf diese Tatsache hinzuweisen. Ich sollte Sie an die Luft setzen!«

»Ich gehe schon.« Kurt Holtmann wandte sich ab und verließ mit einem kurzen Gruß den Raum. Dr. Sassen dachte kurz nach, dann griff er zum Telefon und rief das Personalbüro an.

»Herr Dr. Bader bitte zu mir!« sagte er und legte gleich wieder auf. Dr. Bader war der Personaldirektor der Zeche Emma II.

Unruhig ging Dr. Sassen in seinem großen Büro hin und her, bis es klopfte und Dr. Bader eintrat. Ein kleiner, glatzköpfiger Mann mit einem unmodernen goldenen Kneifer auf der Nase.

»Hören Sie, Herr Bader«, sagte Dr. Sassen, nachdem er ihm einen Sessel angeboten hatte. »Wir beteiligen uns doch – das heißt, unser Konzern beteiligt sich – an den Entwicklungshilfen für Ceylon und Basuto-Land. Vor allem in Basuto-Land sollen nach unseren Erfahrungen die Kohlengruben modernisiert werden. Wissen Sie etwas darüber, ob im Zentralpersonalbüro Leute von uns für diese überseeischen Aufträge vorgesehen sind?«

»Ich habe noch keine näheren Informationen, Herr Sassen«, sagte Dr. Bader.

»Dann notieren Sie bitte, daß man den Hauer Kurt Holtmann anfordern soll.«

»Kurt Holtmann?« wiederholte Dr. Bader fragend.

»Ja. Melden Sie den Mann dem Konzern. Ein sehr fähiger, fleißiger, junger, starker Hauer mit besten Bergerfahrungen. Er wäre der richtige Mann, in Basuto-Land am Aufbau der afrikanischen Wirtschaft mitzuhelfen.« Dr. Sassen schob Dr. Bader seine Zigarrenkiste hin. Der Personalchef bediente sich, es war ihm eine Ehre, in dieser Form ausgezeichnet zu werden. »Sie verstehen, lieber Herr Bader, mir liegt persönlich sehr daran, daß Kurt Holtmann für diesen Auftrag berücksichtigt wird. Mir liegt *persönlich* daran!«

»Ich werde es sofort an den Konzern weitergeben, Herr Sassen.«

»Ich danke Ihnen, lieber Bader.« Dr. Sassen klopfte dem Personalchef von Emma II jovial auf die Schulter. »Dieser Kurt Holtmann hat es verdient; ein bißchen die Welt kennenzulernen und unseren Konzern zu repräsentieren.«

Zwei Jahre wird er unten in Südafrika bleiben, dachte Dr. Sassen zufrieden. Wer weiß, wie die Welt in zwei Jahren aussieht. In Basuto-Land, unter der glühenden Sonne Afrikas, wird die Erinnerung an Sabine verblassen, austrocknen.

Der zweite Besucher an diesem Tag war Pater Paul Wegerich. Es wurde eine kurze, aber knisternde Unterredung, denn jeder wußte, was er von dem anderen zu halten hatte.

»Man hat mir die Nummer entzogen«, sagte Pater Wegerich. »Ich durfte heute nicht einfahren.«

»Ich weiß.« Dr. Sassen hob bedauernd beide Hände. »Ich *mußte* es veranlassen.«

»Was hat Sie dazu gezwungen?«

»Die Richtlinien des Bergbaues. Sie kennen sie ja, Pater. Es sind strenge Richtlinien, nach denen wir zu handeln haben. Eines dieser Verbote lautet: Kein Nichtbergmann darf in die Grube einfahren, es sei denn zu Besichtigungen in Begleitung eines Steigers oder Bergingenieurs, und das auch nur mit Genehmigung der Zechenleitung. Die Gefahren unter Tage sind zu mannigfach und zu groß, als daß ich die Verantwortung übernehmen könnte, Sie, Pater, weiter vor Ort arbeiten zu lassen. Ich glaube, daß Ihnen dazu nicht die Einsicht fehlt.«

Pater Wegerich schwieg einen Augenblick. Er sah Dr. Sassen aus seinen wissenden Augen groß und forschend an. Dr. Sassen wich diesem Blick aus und wühlte in den Papieren auf dem Schreibtisch.

»Ich arbeite seit fünf Jahren im Bergbau«, sagte Pater Wegerich bedachtsam. »In Belgien, in Frankreich, im Saargebiet – Sie wissen es doch, Doktor.«

»Ich denke, Sie sind Priester?«

»Ein Priester unter Tage.«

»Gestatten Sie, daß ich diesen Begriff nicht akzeptiere und auch in meinen Bestimmungen, die sich mit der Bergsicherheit befassen, nicht finde.«

»Bergsicherheit. Das ist ein gutes Wort.« Pater Wegerich dachte an den zugemauerten Schacht und an die mangelhafte Belüftung dieses Stollens. »Sie haben meine Beobachtungen weitergegeben?«

»Natürlich. Ich habe sofort Messungen anstellen lassen. Der Methangasgehalt ist nicht übernormal.«

»Aber er ist vorhanden.«

»So wie im Körper Blut vorhanden ist, muß in einem Kohlenberg Methan vorhanden sein.«

»Das abgesaugt werden muß.«

»Was wir tun!«

»Aber nicht genügend.«

»Sehen Sie, das ist es!« Dr. Sassen setzte sich zurück und faltete die Hände über dem Bauch. »Die Vorbedingung eines guten Arbeitsklimas, das Fundament eines geregelten Produktionsprozesses sind Ruhe und Arbeitskameradschaft. Ist Vertrauen in die Werksleitung. Auf Emma II war es bisher so: Arbeitnehmer und Arbeitgeber standen gemeinsam in einer Front. Es herrschten Ordnung und Zufriedenheit.« Dr. Sassens Stimme wurde plötzlich scharf. »Ich lasse mir diesen Arbeitsrhythmus nicht stören, ich lasse mir meine Leute nicht aufwiegeln, weder von kommunistischen Agitatoren noch von Männern, die eine Soutane tragen und im Namen Gottes zu handeln vorgeben! Verstehen wir uns?«

»Ihre Worte sind deutlich genug.«

»Damit dürfte ich Ihre Frage beantwortet haben, warum Sie nicht mehr einfahren können.«

»Und Sie glauben, mit dieser Maßnahme Ihren Kumpels den Zugang zur Wahrheit verwehren zu können?«

»Wahrheit?« Dr. Sassen wischte mit der Hand durch die Luft. »Lieber Pater Wegerich, was Sie als Wahrheit verbreiten wollen, ist nur Agitation. Ich habe mich erkundigt, bei Ihrem Bischof sogar: Ihre seelsorgerische Tätigkeit ist ambulant! Was Sie hier tun, ist eine Sonderberieselung, zu der Sie sich selbst den Auftrag gegeben haben. Gut, wenn es Firmen gibt, die damit einverstanden sind, ist das deren Sache. In *meinem* Betrieb genügt *ein* von der Kirche eingesetzter normaler Pfarrer, wie wir ihn immer gehabt haben.« Dr. Sassen sah den stillen Pater Wegerich verbissen an. »Ich habe auch Informationen aus

Frankreich. Auch dort sind Ihre Kollegen nicht sehr beliebt, man kann schon sagen, sehr umstritten. Es hat Ärger genug mit ihnen gegeben. Der Arbeiterpriester als Aufwiegler der Arbeitnehmer – so etwas habe ich auf Emma II nicht nötig.«

»Um so mehr aber eine Modernisierung der Berglüftung!«

»Das überlassen Sie bitte den zuständigen Experten, Pater, wie ich Ihnen als Experte das Wort Gottes überlasse!« Dr. Sassen erhob sich und sah auf seine Armbanduhr. »Ich habe gleich eine Konferenz. Sie entschuldigen mich –«

»Es bleibt also bei meiner Aussperrung?«

»Ja.«

Pater Wegerich ging zur Tür. »Man wird mir nicht verwehren können, mit den Leuten zu sprechen.«

»Natürlich nicht. Aber merken Sie sich, wenn Ihre Ansprachen aufrührerischen Charakter annehmen, werde ich über den Bischof eine Meldung an Ihren Provinzial loslassen. Bisher herrschte Frieden in Buschhausen! Soll gerade die Kirche diesen Frieden stören?«

»Es herrschte nicht Frieden, sondern Blindheit!«

»Das ist Auffassungssache. Guten Tag!«

Pater Wegerich stand draußen auf dem breiten Flur und starrte auf das große Schaubild der Stollen und Sohlen von Schacht V, das die Längswand bedeckte. Ein imponierendes Bild, für einen Laien unvorstellbar, daß dies alles unter seinen Füßen war … 400 Meter, 600 Meter tief, eine Welt voll Gängen, in denen 2000 Menschen herumkrochen.

Dort lauert die Katastrophe, dachte Pater Wegerich. Dort werden Menschen sterben, ich weiß es so sicher, wie ich mein Brevier kenne. Und keiner will es glauben. Warum lassen sie sich nicht warnen? Jedem Tier hat Gott den Instinkt für die Gefahr mitgegeben, nur dem Menschen nicht. Das ist ein Fehler Gottes, so lästerlich es auch klingt.

Er verließ das große Direktionsgebäude und die Anlage der Zeche Emma II. Als er das Tor passierte und den Wachmann grüßte, fürchtete er, daß er bald, in gar nicht langer Zeit, wieder hier durchgehen würde, nicht als Kumpel, sondern als Priester und Tröster für die, die der Berg noch freiließ.

Es war eine dunkle Ahnung, die ihn maßlos bedrückte.

Die Kriminalpolizei hatte endlich Gelegenheit, die kleine Kranken-schwester Carla Hatz zu verhören. Der Nervenschock war überwun-den, nun lag sie im Bett, weinte ab und zu und erzählte stockend, wie alles geschehen war.

Soviel stand jedenfalls fest, Dr. Waltraud Born behielt zufällig oder instinktiv recht, es war keiner der Fremdarbeiter gewesen. Der Wüst-ling hatte ein unverfälschtes Ruhrdeutsch gesprochen, er stammte ent-weder aus Buschhausen selbst oder aus der Umgebung. Gesehen hatte Carla Hatz nichts, der Sack war ihr von hinten über den Kopf gewor-fen und der Hals zugedrückt worden, kräftige Hände hatten sie trotz aller Gegenwehr in die Bauhütte geschleift, und dann hatte sie nichts mehr gewußt, weil die Not, ersticken zu müssen, und ein wilder Schmerz, der ihr von den Schenkeln durch den ganzen Körper jagte, sie ohnmächtig hatten werden lassen.

Die Beamten der Kriminalpolizei waren ratlos. Mit einer solchen Aussage war kaum genug anzufangen, um den Täter zu ermitteln. Wenn er um die Tatzeit nicht von anderen Leuten in der Nähe der Halden gesehen worden war, würde man ihn schwerlich überführen können. Es drohte eines jener Verbrechen zu werden, deren Akten-stücke in den Regalen verstaubten.

Dr. Waltraud Born verlegte nach vier Tagen Luigi Cabanazzi in das Barackenlager. Sie tat es nach langem inneren Kampfe. Sie hatte Angst vor Veronika Sassen. Dann faßte sie aber den Mut, sich gegen Vero-nika aufzulehnen. Ausschlaggebend war ein Gespräch mit Dr. Fritz Sassen, der sie im Krankenrevier besuchte und die Gelegenheit be-nützte, sie zu küssen.

»Ich werde mit Papa reden«, sagte er entschlossen. »Im Augenblick ist er zwar voller Gift und Galle, aber er wird, soviel ich weiß, mit Vero-nika bald einige Zeit verreisen, und wenn er dann zurückkommt, wird er aufgeschlossen für alle Dinge der Liebe sein. Man muß bei so alten Herrn immer einen solchen Zeitpunkt abpassen, an dem sie selbst noch einmal voll von einschlägigen Gefühlen sind, die sie bei anderen tolerieren sollen.«

»Du bist frivol, Fritz«, sagte Waltraud, aber sie lachte dabei. Inner-lich spürte sie Erleichterung. Fritz würde das schon schaffen. Eine neue Waltraud Born war plötzlich erstanden.

Das erlebte am nächsten Tag Veronika Sassen, als sie wieder, wie üblich, im Krankenrevier erschien, mit einer Tasche voll Obst und

Rotwein, um Luigi Cabanazzi zu besuchen und sich mit ihm einzuschließen. Wie ein hungriges Tier kam sie jedesmal, gesättigt in einer ganz bestimmten Weise verschwand sie nach einer Stunde wieder. Es war eine Darbietung, die in Waltraud Born ohnmächtigen Widerwillen erregte.

An diesem Tage blieb Waltraud am Schreibtisch sitzen und kam Veronika Sassen nicht entgegen, wie es ihr die Höflichkeit trotz aller innerer Abwehr wieder geboten hätte.

»Cabanazzi ist nicht mehr hier!« sagte sie kurz.

Veronika Sassen erstarrte. »Was soll das heißen?«

»Er wurde verlegt in das Lager. Er liegt dort in seinem Bett in der Baracke Nr. 3.«

»Von wem stammt diese Anordnung?«

»Von mir.«

»Sind Sie verrückt geworden?« zischte Veronika Sassen.

»Ich hätte das längst veranlassen müssen.«

Veronika Sassen wurde bleich und stellte die Tasche mit dem Obst und dem Wein auf den Boden, wobei sie drohte: »Ich werde Sie vernichten, Sie kleine freche Kröte.«

Dr. Waltraud Born blieb ruhig, als sie antwortete: »Sie würden sich dabei auch selbst in die Luft sprengen...«

»Lächerlich! Ich werde meinem Mann sagen –«

»– daß Sie mit dem Italiener Cabanazzi ein Verhältnis haben? Nein, das werden Sie, glaube ich, ihm nicht sagen.«

Veronika Sassens haßerfüllte Augen schossen Blitze. »Sie vergessen ganz Ihr eigenes Glück, meine Liebe –«

»O nein. Ich habe mit Fritz gesprochen. Er will mit seinem Vater reden. Ich habe ihm dabei Ihr Treiben mit dem Italiener verschwiegen. Nicht Ihretwegen, mir tut Ihr Mann leid. Zwingen Sie mich aber nicht, meine Haltung zu korrigieren. So, ich glaube, wir verstehen uns. Verlassen Sie jetzt das Ordinationszimmer! Sie haben hier nichts mehr zu suchen!«

Veronika Sassen bückte sich und hob ihre Tasche vom Boden auf. Ihr Gesicht war steinern und bleich. Mit steifen Schritten ging sie zur Tür. Dort aber drehte sie sich noch einmal um.

»Das vergesse ich Ihnen nie!« sagte sie mit mühsam beherrschter Stimme. »Sie werden sich davon noch überzeugen können.«

»Guten Tag!« antwortete Dr. Born.

Veronika Sassen verließ das Zechengebäude und ging zurück zu ihrem Wagen. Sie fuhr aus dem Grubengelände hinaus, lenkte den Wagen über den holprigen Weg zum Italienerlager und fuhr an dem Stacheldraht entlang wieder hinaus zu der geteerten Straße.

Am Fenster seines Zimmers stand Cabanazzi und winkte verstohlen, als er den weißen Sportwagen langsam am Zaun vorbeifahren sah. Er hatte gewartet, er wußte, daß Veronika um diese Zeit kommen und – nachdem sie ihn nicht mehr im Krankenrevier antreffen würde – am Lager vorbeifahren würde.

Veronika hielt nicht an, sie winkte nicht einmal zurück, sie sah nur kurz hinüber zu dem Mann mit dem bloßen Oberkörper, um nicht noch hungriger und verlangender nach ihm zu werden, als sie es schon war.

Sie gestand sich ein, eine Niederlage erlitten zu haben, eine Niederlage, die alles andere überdeckte und die ihren Stolz maßlos verletzt hatte.

Dr. Pillnitz war ehrlich erfreut, als man ihm Waltraud Born meldete. »Herein mit Ihnen, schöne Kollegin!« rief er, seine Stimme klang allerdings schwach. Die diensthabende Krankenschwester mischte sich ein: »Nicht länger als zehn Minuten... Anordnung vom Chefarzt.«

»Ich bringe Ihnen Grüße von Emma II mit«, sagte Waltraud lachend, obwohl sie zutiefst erschrak. Dr. Pillnitz sah verheerend aus, ein Totenschädel, mit Haut überzogen. Die Augen lagen tief in den Höhlen, die Hautfarbe war gelblichweiß, die Nasenspitze glänzte wächsern.

Waltraud setzte sich auf die Bettkante und legte einen Blumenstrauß auf die Bettdecke.

»Sie sehen gut aus«, sagte sie. »Bald werden Sie mich wieder herumscheuchen...«

»Lügen Sie nicht, Mädchen. Unter Kollegen tut man das nicht.«

Waltraud gab es auf und fragte: »Wie ist der Unfall überhaupt passiert?«

Dr. Pillnitz schwieg eine Weile. Er schien zu schwanken, was er sagen sollte. Schließlich antwortete er: »Ich weiß es nicht... eine Windbö...«

»Aber an diesem Tage war doch herrliches Wetter!«

Dr. Pillnitz sah Dr. Born ertappt an.

»Hat man darüber gesprochen, Waltraud? Ehrlich, was sagt man? Ich gebe zu, es war eine Dummheit von mir, das mit der Windbö zu sagen. Aber mir fiel in der Eile nichts anderes ein, als die Polizei mich verhörte. Hinterher habe ich mich selbst einen Idioten genannt.«

»Und wie kam es wirklich? Hatten Sie getrunken?«

»Keinen Tropfen.« Das Gesicht Dr. Pillnitz' verfiel sichtlich noch mehr. Noch fünf Minuten, dachte Waltraud Born. Es strengt ihn furchtbar an, dieses Sprechen. Mein Gott, laß ihn stark genug sein, die Krisis zu überstehen.

»Übermüdet?«

»Nein.« Dr. Pillnitz schüttelte schwach den Kopf. »Was macht dieser Cabanazzi?« fragte er plötzlich.

»Ich habe ihn gestern ins Lager überstellt.«

»Warum?« Dr. Pillnitz sah Waltraud Born forschend an. »Warum so schnell?«

»Ich mußte es tun, um nicht länger eine Art Bordellmutter zu sein.«

»Eine was zu sein?«

Waltraud erzählte rasch das Nötige, um nicht in Zeitdruck zu geraten.

»Gott verdamm mich!« stieß daraufhin Dr. Pillnitz hervor. »Dieses Weib ist unglaublich. Der Teufel hole sie. Nun werde ich Ihnen auch die Wahrheit sagen. *Sie* war es, die mich beinahe auf dem Gewissen hatte!«

»Wie denn das?« fragte Waltraud entsetzt.

»Ihr verdanke ich den Unfall, ich fuhr mit ihr –«

In diesem Augenblick kam die Schwester ins Zimmer und verkündete unerbittlich: »Die Besuchszeit ist um.«

»Scheren Sie sich zum Teufel!« rief Dr. Pillnitz.

Waltraud war aber vernünftiger und sagte: »Nein, nein, schon gut. Sie können mir das beim nächsten Mal erzählen, Bernhard. Die Schwester hat recht.«

Pillnitz versuchte noch einmal zu protestieren, aber umsonst, Waltraud und die Schwester setzten ihren Willen durch. Ehe sich's der störrische Patient versah, war er allein in seinem Zimmer und schlief bald erschöpft ein.

Draußen sagte sich Waltraud: Er muß phantasiert haben, soweit kann sie doch nicht gehen! Oder ist sie zu allem fähig? Aber warum? Was hat sie mit Pillnitz?

Direktor Dr. Sassen handelte schnell.

Durch seine Sekretärin ließ er Flugkarten und Hotelzimmer in London, Dakar und Teneriffa buchen, ließ telegrafisch seine Geschäftsfreunde benachrichtigen, daß seine Tochter Sabine einen längeren Aufenthalt auf Teneriffa nehmen wolle, und teilte den genauen Ankunftstag mit. Es war für ihn völlig sicher, daß Sabine sich seinem Willen beugen und reisen würde; es gab überhaupt gar keinen Zweifel daran.

In seiner Villa traf er eine sehr mißmutige Familie an. Veronika hatte ihre Migräne und lag auf der brokatbezogenen Couch, Oliver maulte herum, weil er nicht nach Buschhausen zu seinen Freunden durfte, und Sabine saß auf der Terrasse und hatte verweinte, rote Augen. Dr. Fritz Sassen war nicht da, er hatte angerufen, daß er nach Gelsenkirchen zum Konzern müsse.

»Ein schöner Tag«, sagte Vater Sassen und sah sich nach seiner Familie um. »Soll ich den Arzt rufen, Liebling?«

»Bloß das nicht!« Veronika legte die Rechte theatralisch auf ihre Stirn. »Wenn ich schon Arzt höre! Ich habe genug von ihnen. Ich bin allergisch gegen Ärzte.«

»Sabine!«

»Papa?«

»Für dich habe ich eine Überraschung.« Dr. Sassen setzte sich und sah seine Tochter streng an. Wirklich, sie ist kein Kind mehr, dachte er. Bis heute habe ich in ihr immer das kleine Bienchen gesehen und ganz vergessen, daß aus Kindern junge Mädchen und aus Mädchen erwachsene Frauen werden... Ich habe eine natürliche Entwicklung nicht registriert, und nun bin ich plötzlich mit ihr konfrontiert worden und wundere mich darüber. Sabine ist kein kleines Mädchen mehr. Sie ist erwachsen. Aber sie bleibt trotzdem meine Tochter, dachte er.

Sabine stand trotzig in der offenen Terrassentür. Dr. Sassen spürte diesen Widerstand und er war nicht geneigt, ihn zu dulden.

»Man hat dich angerufen?« sagte er aggressiv.

»Das kannst du dir denken«, antwortete Sabine patzig.

»Ich verbitte mir freche Antworten!«

»Und ich verbitte mir, daß man hinter meinem Rücken –«

Dr. Sassen sprang auf. »Sie verbittet sich etwas! Meine Tochter verbittet sich von ihrem Vater etwas! Du bist noch nicht zu alt, als daß ich dir nicht ein paar hinter die Ohren geben würde!« schrie er.

Veronika legte beide Hände gegen die Schläfen. »Mein Kopf, Ludwig. Kannst du deine Familienstreitigkeiten nicht woanders austragen? Das Haus ist doch groß genug.«

»Es geht auch dich an, Vroni!«

»Mich? Sabine ist dein Kind – Verzeihung – deine Tochter.«

»Ich dulde es nicht, daß sie mit einem einfachen Bergmann ein Verhältnis hat! Mein Gott, hast du denn gar keinen Stolz, Mädchen?«

»Das habe ich ihr auch gesagt.« Veronika hob die schlanken Schultern. »Aber sie erklärt, sie liebt ihn eben.«

»Ja!« warf Sabine ein. »Und wir werden heiraten!«

»Dann enterbe ich dich!« polterte Dr. Sassen. »Von mir wirst du nichts zu erwarten haben. Für mich bist du dann gestorben.«

»Kurt hat zwei starke Hände. Wir werden uns schon durchbringen! Ich brauche keinen Vater, der mich so leicht aufgibt! Der ist dann kein Verlust für mich!«

Dr. Sassen schnaufte und stützte sich auf den Tisch. Jetzt sollte ich sie schlagen, dachte er. Jetzt habe ich ein Recht dazu. Sie hat mich angegriffen, sie hat mich beleidigt, ihren Vater, der alles für sie getan hat.

Aber er schlug seine Tochter nicht. Das wäre denn doch zu viel gewesen.

Veronika lächelte träge. Wie sich doch alles von selbst arrangiert, dachte sie. Er wird Sabine enterben, er wird seinen Sohn Fritz hinauswerfen, wenn er früher oder später die Sache mit dieser Waltraud Born erfährt, und es werden nur ich und Oliver übrig bleiben, ja, schließlich wird es Oliver allein sein, der einmal alles in seinen Händen halten wird. Mein Sohn Oliver, den ich mit geschlossenen Augen empfangen habe, weil ich damals das in der Erregung verzerrte Gesicht des alten Mannes nicht ausstehen konnte.

»Mit so etwas kannst du Sabine nicht erschrecken«, sagte sie und dehnte sich. »Die moderne Jugend ist zu selbständig. Sie pfeift auf dein Geld.«

»Das tue ich!« pflichtete Sabine sehr zur Freude Veronikas bei.

Dr. Sassen schrie sie an: »Du fliegst übermorgen nach London! Dort bleibst du zwei Tage bei Dr. Murrey! Dann geht es weiter nach Dakar, wo du eine Woche bei Dr. Fahlenberg von Krupp wohnst! Von Dakar fliegst du nach Teneriffa und bleibst dort zwei Monate bei Herrn v. Birkach! Es ist alles schon bestellt, die Flüge sind gebucht, die Herren benachrichtigt!«

Eine ganze Weile war es still in dem großen Zimmer. Nur Oliver sagte leise: »Au Backe!« Veronika musterte Sabine aus halb geschlossenen Augen. Sie wußte genau, wie das Mädchen reagieren würde.

»Und du glaubst, ich reise?« sagte Sabine nach dieser lähmenden Stille zu ihrem Vater.

»Selbstverständlich!«

»Du glaubst das wirklich?«

»Ja.«

»Du irrst dich, ich reise nicht.«

»Du reist!«

»Nein! Ich glaube kaum, daß du mich chloroformiert ins Flugzeug schaffen kannst. Eine andere Möglichkeit sehe ich aber nicht, daß du mich in die Maschine bringen könntest. Guten Tag!«

Sie wandte sich ab und ging über die Terrasse davon. Dr. Sassen sprang auf und schlug mit der Faust auf den Tisch.

»Sabine!« brüllte er. »Sofort kommst du zurück! Du kommst zurück! Sabine! Hörst du!«

»Bienchen ist schon in der Garage.« Oliver kam von der Terrasse ins Zimmer. »Die zieht ab.«

Dr. Sassen fiel in den Sessel zurück. Die Aufregung hatte ihn zu sehr belastet, er spürte, wie sich sein Herz schmerzhaft zusammenzog. Veronika dehnte sich träge auf der Couch.

»Deine Familie –«, sagte sie mit gelangweilter Stimme. »Sie wächst dir über den Kopf, Ludwig. Du hast ihnen früher zuviel Freiheiten gegeben. Eines Tages werden sie sich von dir lösen.«

»Oder ich mich von ihnen!« Dr. Sassen atmete schwer. Mein Herz, dachte er. O Gott, mein Herz. »Ich brauche sie nicht! Ich brauche dich, Vroni...«

»Und ich bin doch auch immer brav, Papi!« rief Oliver.

»Du auch, mein Kleiner.« Dr. Sassen lächelte schwach. »Mach du einmal, wenn du groß bist, deinem Vater nicht solche Sorgen.«

»Das verspreche ich dir, Papi.«

»Oliver hat gar nicht die Anlagen zur Aufsässigkeit«, sagte Veronika und lächelte brav. »Er hat mein weiches Wesen geerbt.«

Dr. Sassen nickte. Er stand auf, ging zur Couch, beugte sich über Veronika und küßte sie auf die Stirn.

»Wenn ich euch nicht hätte«, sagte er, kurzatmig noch von der Aufregung. »Vor allem du, Vroni, machst mir das Leben lebenswert.«

Gegen Abend, Dr. Sassen hatte eine Konferenz mit einigen EWG-Delegierten und hatte sagen lassen, daß es spät werden könnte, trafen sich Veronika und Luigi Cabanazzi in einem Hügelgelände zwischen der Villa Sassens und der Zeche Emma II.

Cabanazzi hatte es möglich gemacht, Veronika die Nachricht übermitteln zu lassen, ohne daß jemand Verdacht schöpfte. Er hatte angerufen, das Hausmädchen hatte das Gespräch angenommen. Die Stimme eines Mannes sagte: »Bestellen Sie der gnädigen Frau, daß heute um 18 Uhr in der Buschener Heide das Feuer angezündet wird.« Dann hängte Cabanazzi ein. Veronika Sassen ließ sich diesen Text von dem Hausmädchen wiedergeben und sagte genau das, was auch das Mädchen dachte:

»Sicherlich ein falscher Anschluß. Jemand hat die Nummer verwechselt. Oder er hat sich einen Scherz erlaubt. Sie müssen nächstens, wenn sich der Anrufer nicht anständig meldet, gar nicht mehr zuhören, sondern gleich wieder auflegen.«

Um 18 Uhr wartete Veronika auf Cabanazzi. Den Wagen hatte sie hinter einer Buschgruppe abgestellt. Sie brauchte nicht lange zu warten. Bald näherte sich rasch ein Fahrrad. Ein Mann saß auf ihm und strampelte wie besessen.

»Luigi!« rief Veronika und winkte mit ihrem Chiffonschal, den sie im Auto um ihre Haare gebunden hatte. »Luigi!« Sie rannte ihm entgegen, mit ausgebreiteten Armen und offenem, sehnsuchtsvollem Mund.

Im Gras, hinter einem überwachsenen Baumstumpf, lag Oliver und staunte. Auch er hatte zugehört, als das Hausmädchen von dem Telefongespräch berichtete. Ein Feuer in der Buschener Heide, hatte er gedacht, das muß ich mir ansehen. Das ist etwas für einen alten Indianer, wie ich es bin. Er hatte sich sein Rad genommen, als Veronika sich oben im Schlafzimmer zurechtgemacht hatte, und war in das ehemalige Grubengelände hinausgefahren. Vor vierzig Jahren lagen hier noch Schienen und Halden. Eine Reihe Versuchsbohrungen der letzten Jahre hatte man eingestellt, weil die Kohlevorkommen unrentabel waren. Man hatte die Bohrlöcher zugeschüttet und ab und zu ein Warnschild aufgestellt: »Achtung! Versuchsbohrfeld. Betreten auf eigene Gefahr.«

Niemand hatte aber bisher eine Gefahr darin gesehen, über die Buschener Heide zu gehen. Auch Oliver fuhr mit dem Rad bis zu den alten Baumstümpfen und warf sich erst ins Gras, als er von weitem den Wagen seiner Mutter kommen sah.

O weh, dachte er. Wenn sie mich hier sieht. Das gibt wieder einen Krach zu Hause. Er zog sein Rad mit in die Deckung und wartete ab, was kommen würde.

Nun sah er einen dunkelhaarigen Mann auftauchen und sah seine Mutter, wie sie dem Mann entgegenflog, ihn umarmte und leidenschaftlich küßte. Er sah, wie die Hände des Mannes über ihren Körper glitten und wie sie sich unter seiner Berührung aufbäumte.

Das ist doch merkwürdig, dachte Oliver. Wer ist dieser Mann? Es wurde schon dunkel, ein fahles Abendlicht, in dem alles mehr und mehr verschwamm.

Er kroch um seinen schützenden Baumstumpf herum, robbte durch das Gras und näherte sich so den beiden eng umschlungen dastehenden Menschen.

Plötzlich gab der Boden unter ihm nach. Er fühlte, daß die Erde wegrutschte. Ein Loch tat sich auf, das ihn verschlang. Er warf die Hände nach vorn, krallte sich am Rand des Loches fest, umklammerte einige Büschel Gras, spürte aber dennoch, wie die Erde abbröckelte, wie sich die Büschel lösten.

Da schrie er, grell, in höchster Angst, mit den Beinen sich an die Grubenwand stemmend:

»Mami! Mami! Mami!!!«

Veronika und Cabanazzi fuhren auseinander, als habe ein Blitz sie getrennt.

»Oliver –« stammelte Veronika. »Das ist Oliver –«

»Laß ihn!« sagte Cabanazzi rauh und hielt sie fest.

Sie riß sich los.

»Mami!« schrie Oliver. Die Grasbüschel rissen aus der lockeren Erde. Er rutschte und rutschte, der Himmel über ihm wurde eine runde, gezackte, kleine Scheibe. »Mami!!«

Veronika stürzte davon, dem Schrei entgegen. Langsam, mit enttäuschtem Gesicht, folgte ihr Cabanazzi.

6

»Wo bist du, mein Liebling?!« schrie Veronika. »Oliver! Mein Schätzchen!« Sie blieb auf dem Felde stehen und sah sich um. Das kusselige Gelände der Buschener Heide war leer. Und doch mußte Oliver irgendwo in der Nähe sein. Es war seine Stimme gewesen.

»Oliver!« schrie sie wieder. »Wo bist du? Gib doch Antwort! Oliver!«

In dem schmalen Bohrloch steckte Oliver und stemmte sich gegen die feuchte Erde. Er war etwa zehn Meter tief abgerutscht, bis es ihm gelang, an einem Vorsprung, der aus der Erdwand ragte, Halt zu finden. Wie weit es unter ihm noch hinunter in die Tiefe ging, konnte er nicht sehen. Er klemmte nun in der engen Bohrröhre und spürte, wie seine kleinen, schwachen Muskeln zitterten, wie er vor Angst schwitzte und die Kraft, mit der er Hände und Beine gegen die Wand stemmte, langsam nachließ. Gras und Erde waren über sein Gesicht gefallen. Wenn er den Mund öffnete, schluckte er Sand und Grashalme. So gut es ging, schüttelte er den Kopf, um sich von der Erde zu befreien. Er blickte empor und schrie von neuem:

»Mami! Mami!«

Veronika Sassen fuhr herum. Irgendwo aus der Erde drang Olivers Stimme, dumpf und weit weg. Aber man hörte ihn noch, den Schrei eines lebendig Begrabenen.

»Hol jemanden!« rief Veronika und stieß Cabanazzi mit den Fäusten gegen die Brust. »Steh nicht herum! Lauf! Hol Hilfe!«

Aber Cabanazzi rührte sich nicht. Er sagte: »Mich darf keiner sehen.«

»Es geht um Oliver! Dann hol du ihn raus!«

»Womit?« Cabanazzi hob beide Hände. »Damit? Bis jemand kommt, sein es sowieso zu spät, tut mir leid.«

Veronika schloß einen Moment die Augen. Nun war sie nur noch Mutter. Es war ihr egal, ob ihre Affaire mit Cabanazzi entdeckt wurde. Urplötzlich haßte sie ihn, schlug ihn ins Gesicht und rannte dann selbst davon, um Hilfe vom nahen Schacht zu holen. Es war ein wilder, verzweifelter Lauf gegen die Zeit, gegen das Schicksal, gegen den Tod.

Luigi Cabanazzi wartete, bis sie in der Dunkelheit verschwunden war. Dann ging er langsam, vorsichtig, mit der Geschmeidigkeit und Lautlosigkeit einer Katze über die Buschener Heide und suchte, bis er auf ein Loch im Gras stieß, das aussah, als habe ein Riese eine Stange in die Erde gestoßen und wieder herausgezogen. Er kniete am Rand des Lochs nieder und sah hinunter, sah aber nichts. Wie eine Katze vor einem Mauseloch, lautlos, mit angehaltenem Atem, lauschte er. Er hörte in der dunklen Röhre das Keuchen des Jungen, das Abbröckeln von Erdklumpen, das Kratzen der Füße und Hände, mit denen sich Oliver gegen die Wand stemmte.

Immer wieder kam dessen Stimme von unten: »Mami!«

Cabanazzi antwortete nicht. Die Rufe wurden schwächer.

»Mami!«

Cabanazzi blieb stumm. Er überließ es dem Schicksal, die Entscheidung zu fällen. Achselzuckend erhob er sich schließlich und verschwand in der Dämmerung. Er durfte nicht gesehen werden. Nachdem er sein Rad erreicht hatte, fuhr er rasch davon, ungerührt, ein Mann, der nur sich selbst kannte.

Aus der Konferenz mit den EWG-Partnern wurde Direktor Dr. Sassen von seiner Sekretärin mit heftigen Handzeichen herausgewunken.

»Was soll das denn?« fragte er ungnädig, als er vor der Tür des Sitzungssaales stand. »Sie wissen doch, daß ich unter gar keinen Umständen gestört werden will.«

»Ein – ein Unglücksfall, Herr Direktor!« stammelte die Sekretärin. Sie war kreidebleich. Der Anruf, den sie eben bekommen hatte, hatte sie völlig durchgeschüttelt.

»Wieder auf Schacht V?« Auch Dr. Sassen verlor die Farbe. »Schlagwetter?«

»Nein – Ihr – Ihr Sohn, Herr Direktor –«

»Fritz? Der ist doch nebenan im Saal!«

»Oliver –«

»Was?« Dr. Sassen schrie es. »Oliver? Was ist mit ihm? So reden Sie doch!«

»In der Buschener Heide – in ein altes Bohrloch – sie arbeiten schon – fünfzehn Meter tief soll er –«

Dr. Sassen hörte nicht weiter zu. Er rannte zum Fahrstuhl, fuhr hinunter, warf sich in seinen Wagen, nachdem gerade kein Chauffeur zu sehen war, und raste selbst mit aufgeblendeten Schneinwerfern und anhaltend hupend durch das Zechengelände hinaus in die Nacht zum Unglücksort. Von weitem sah er schon auf der kahlen Heidefläche eine Gruppe Männer arbeiten, im Schein von Handscheinwerfern und dem Licht der Lampen eines Grubenrettungswagens.

Mit kreischenden Bremsen stoppte der schwere Wagen, nachdem er mit krachenden Federn über den holprigen Boden gehüpft war. Dr. Sassen sprang heraus und rannte auf die Gruppe Männer zu. Er sah Veronika auf einer Materialkiste sitzen und weinen, er erkannte Dr. Waltraud Born und über dem Loch, an einem hölzernen Dreibein mit einer kleinen Seilscheibe, Kurt Holtmann.

»Louis!« schrie Veronika auf, als sie ihren Mann sah. Sie schnellte hoch, lief ihm entgegen und fiel in seine Arme. »Sie haben ihn gleich! Sie haben ihn gefunden!«

»Lebt – lebt er?« war seine erste Frage. Er sah über den Kopf Veronikas auf Waltraud Born. Sie hob die Schultern und schwieg. An einem gespreizten Drahtseil wurde jetzt ein einfaches Brett befestigt, Kurt Holtmann setzte sich darauf und gab ein Handzeichen. Langsam begann sich die Seilscheibe zu drehen. Von einer Winde aus, an deren Handkurbel zwei Männer standen, wurde die Abfahrt geregelt.

»Langsam, Vater, ganz langsam!« rief Kurt Holtmann.

Hans Holtmann winkte zurück. Dr. Sassen sah hinüber zu dem stämmigen, graumelierten Hauer, der mit äußerster Kraftanstrengung die Kurbel langsam drehte und seinen Sohn auf dem Brett in die Tiefe ließ. Würde ihm die Kurbel entgleiten, würde Kurt Holtmann wie ein Stein in die Tiefe fallen, auf Oliver prallen und ihn mit hinunterreißen in eine noch unbekannte Tiefe? Hinab in die Ewigkeit?

Dr. Sassen löste sich aus der Umklammerung Veronikas und rannte zur Winde. Ohne ein Wort griff er mit zu und stemmte sich mit Hans Holtmann gegen den Zug, der von Meter zu Meter stärker wurde, je tiefer Kurt Holtmann in die Tiefe sank. Er spürte, wie die Kurbel sie beide mitzureißen drohte, wie ihre zitternden Arme kaum noch das

Drahtseil gleichmäßig und langsam herablassen konnten. Keuchend stemmten sie sich gegen den Druck, mit dem der abwärtsgleitende Körper die Kurbel belastete. Ihre Füße rissen den Boden auf, wollten ausgleiten, suchten neuen Halt.

»Langsam! Langsam!« schrie einer vom Loch her. Aus der Tiefe war ein Ruf Kurts gekommen. Kurt sah Oliver unter sich im Licht der Taschenlampe. In zwanzig Meter Tiefe hatte sich die einbrechende Erde gestaut. Auf ihr lag Oliver wie in einem Nest, zusammengekrümmt, leblos, mit Grasbüscheln bedeckt. »Noch fünf Meter! Ganz langsam!«

Dr. Sassen war an der Grenze seiner Kraft. Er sah nichts mehr, vor seinen Augen hatten sich die Heide, der Hauer Holtmann, Waltraud Born, das hölzerne Dreibein, der Rettungswagen, die Menschen rundherum in Punkte und Kreise aufgelöst, die herumtanzten wie Seifenblasen in einem Wirbelsturm. Aber er hielt die Kurbel fest, er hörte neben sich das Keuchen Holtmanns, er spürte, wie noch eine Hand zugriff und der ziehende Druck in seinen Armen sich minderte. »Noch zwei Meter!« hörte er jemanden brüllen. »Verdammt, nicht so schnell! Die Erde, auf der er liegt, ist ganz locker und bröckelt ab –«

Er liegt, dachte Dr. Sassen glücklich. Er liegt. Gleich haben sie ihn, gleich wird alles vorbei sein.

In der engen Erdröhre hing Kurt Holtmann einen knappen Meter über dem ohnmächtigen Oliver. Weiter konnte er nicht hinunter, er hatte Angst, daß das Erdnest durch die geringste Erschütterung abbrechen und Oliver dann endgültig abstürzen würde. Wie tief diese Bohrlöcher waren, konnte man zwar auf jeder Bergkarte lesen, aber was hätte das jetzt genützt, selbst wenn eine Karte vorhanden gewesen wäre? Fest stand, daß es mit Oliver aus war, wenn die Erde unter ihm noch einmal nachgab.

Vorsichtig versuchte Kurt Holtmann, auf seinem Brett leicht hin und her pendelnd, einen dicken Strick um den Körper Olivers herumzubringen. Mit einer Schlinge, ähnlich wie bei einem Lasso, tastete er über den Kopf und die Schultern des Jungen. Es war unmöglich. Oliver lag zu ungünstig.

»Noch zwanzig Zentimeter runter!« brüllte Holtmann nach oben. »Dann feststellen!«

Knirschend drehte sich noch einmal die Seilscheibe. Dann hakte Hans Holtmann den Sicherungshaken in das Kurbelzahnrad. Im glei-

chen Augenblick ließ Dr. Sassen los und sank gegen die Drahtseil-
trommel. Die Beine knickten ihm weg, er hielt sich am Seil fest, seine
Hände griffen in öliges Stauferfett. Auch Hans Holtmann lehnte sich
schwer atmend gegen die Winde und wischte mit dem Ärmel den
tropfenden Schweiß von seinem Gesicht.

Veronika saß wieder auf der Kiste und starrte auf das Loch. Sie hatte
die Hände im Schoß gefaltet, als bete sie leise. Aber es war kein Gebet,
es waren unheimlich reale Gedanken, die sie beschäftigten. Nun, da
Olivers Rettung nahe schien, da ihr die Katastrophe, ihren Sohn zu
verlieren, erspart blieb, kam die andere Tragödie auf sie zu. Oliver
würde nicht schweigen, er würde erzählen, daß er der Mutter nachgeschlichen war und gesehen hatte, wie sie sich mit einem fremden Mann
auf der Buschener Heide getroffen hatte. Dann mußte sie eine Erklärung haben, und diese Erklärung würde gleichbedeutend mit dem
Ende ihrer Ehe sein.

War Luigi Cabanazzi das wert? Diese Frage war dumm. Die Sache
mit Cabanazzi war ein Abenteuer, weiter nichts, aber ein Abenteuer
von einer Kraft der Verführung, die unwiderstehlich war.

Mit solchen Gedanken saß Veronika Sassen auf ihrer Kiste neben
dem Loch und wartete darauf, daß Oliver wieder auf die Erde gebracht
wurde, gleich einer neuen Geburt. Ab und zu sah sie unter gesenkten
Lidern hinüber zu ihrem Mann. Er ist alt, aber brauchbar, dachte sie.
Er ist reich. Er ist bereit, für mich alles zu tun. Er würde mich anbeten.
Er ist wie ein Kind in seinem Glauben an mich. Welch eine Schuftig-
keit ist es, ihn so zu betrügen. Aber kann man mit Pelzen und
Schmuck, Kleidern und Partys dem inneren Feuer beikommen, den
Durst nach Liebe löschen, nach einfacher, simpler körperlicher Liebe,
den jede Frau in sich empfindet, wenn sie noch so jung ist wie ich?
Die Liebe, die er mir noch geben kann, ist wie ein Anreiz – dann, wenn
der Vulkan in mir aufbricht, bin ich allein, und er liegt neben mir und
schläft und schnarcht erschöpft.

Wie wird das alles werden, dachte sie und senkte den Kopf. Morgen
werden wir uns entscheiden müssen, Ludwig Sassen und ich. Morgen
wird Oliver erzählen... und mein eigenes Kind wird den Anstoß zu
dem Urteil geben, das über seine Mutter gesprochen wird.

Im Bohrloch vollzog sich in diesem Augenblick eine gefährliche
Aktion. Kurt Holtmann hatte sich auf das Brett gestellt, ging jetzt in
die Knie und rutschte an dem gespreizten Drahtseil herunter, bis er

mit dem Bauch auf dem Brett lag. So hatte er die Arme frei und konnte mit dem Seil Oliver erreichen. Da das Loch zu eng war, mußte er die Beine hoch empor gegen die Wand stemmen. Wie bei einem Schulterstand, die Fußspitzen gegen die bröckelnde Erde gestützt, die Schulter auf das schmale Brett gepreßt, unter sich die unbekannte Tiefe, schob er vorsichtig die Seilschlinge über den Kopf und um die Schultern Olivers, zog sie langsam an, bis sie den Oberkörper und die Arme eng umschloß und verknotete das Seil um das Brett. Er ist gerettet, dachte er, als er den letzten Knoten zugezogen hatte. Gerettet, wenn über uns die Erdröhre hält und nicht nachbricht und uns unter den Erdmassen begräbt und hinab in die Tiefe reißt.

Erschöpft legte er das Gesicht auf seinen rechten Unterarm und atmete ein paarmal tief durch. »Was ist?« rief jemand von oben. »Hast du ihn? Kurt, was ist denn?«

Langsam rutschte Kurt Holtmann wieder auf sein Brett. Er zog sich an dem Drahtseil hoch, ließ die Beine nachgleiten, stand wieder und setzte sich dann. Mit beiden Händen griff er nach unten zum Seil und zog daran. Es gab einen Ruck, der Körper Olivers wurde angehoben, gleichzeitig aber polterte es auch, das Erdnest brach von der Wand und stürzte in die Tiefe. Schaudernd sah Kurt Holtmann im Schein der Taschenlampe, daß der Lichtstrahl nicht ausreichte, ein Ende des Lochs zu erkennen. Oliver pendelte an dem Strick über dem Abgrund, sein kleiner Körper schlug gegen die Wand. Mit einem Ruck zog Holtmann das Kind zu sich heran, griff ihm unter die Arme und hielt es fest.

»Aufziehen!« brüllte er nach oben. »Langsam aufziehen! Los!«

Der Ruf wurde über Tage weitergegeben. Hans Holtmann ergriff wieder die Kurbel der Winde, ein anderer Bergmann vom Rettungswagen half ihm dabei. Dr. Ludwig Sassen wankte zum Loch und stellte sich neben Veronika. Seine ölverschmierte Hand lag auf ihrer Schulter. »Er lebt«, sagte er leise, als sie ihn aus großen, tränenlosen Augen anstarrte. »Ich weiß, daß er lebt –«

Die Seilscheibe kreischte, drehte sich, Meter um Meter wickelte sich das Seil auf die Rolle zurück. Am Loch standen zwei Männer mit starken Scheinwerfern und leuchteten in die Tiefe.

»Da kommt er!« schrie einer von ihnen. »Vorsicht! Jetzt das morsche Stück! Langsamer, verdammt noch mal!«

Neben dem Loch stand eine Trage mit zwei weißen, dicken Decken.

Dr. Waltraud Born hatte den Notkoffer geöffnet und zwei Spritzen aufgezogen, eine mit Traubenzucker, die andere mit einem Kreislaufmittel. Dr. Sassen trat an ihre Seite.

»Wir bringen ihn sofort zu uns«, sagte er mit belegter Stimme. »Oder halten Sie es für besser, wenn er in ein Krankenhaus kommt?«

»Das werden wir gleich sehen, Herr Direktor.« Waltraud Born legte um die Spritzennadeln einen dicken Wattebausch, damit sie steril blieben. »Es kommt auf die Verfassung des Jungen an. Ob er innere Verletzungen hat, ob er –.« Sie hob die Schultern und verstummte. Dr. Sassen verstand und trat zurück zu Veronika. Er umarmte sie wieder, drückte sie an sich und streichelte ihre zuckenden Schultern. Er wollte ihr Stärke geben, weil er ihr Zittern falsch deutete. Veronika Sassen bebte vor Angst – Angst vor dem Morgen, dem sie nicht mehr ausweichen konnte.

Langsam drehte sich die Seilscheibe. Aus dem Loch stieg der Kopf Kurt Holtmanns empor – seine Schultern – sechs Hände griffen zu und stützten ihn – der Leib – die Knie – zwischen den Knien, unter dem schmalen Brett, der bleiche, verdreckte Kopf des Jungen –

»Oliver!« schrie Veronika. Sie wollte noch etwas sagen, aber eine Ohnmacht nahm ihr jeden weiteren Laut von den Lippen. Sie sank in die Arme Dr. Sassens, der sie nicht festhalten konnte und ihren schlaffen Körper auf die Kiste gleiten ließ.

Mit beiden Händen griff Waltraud Born zu und trug Oliver zu der bereitstehenden Trage. Sie kniete sich ins Gras, riß den Anzug des Jungen auf und legte ihr Ohr auf die schmale Brust.

»Er lebt«, sagte sie in die allgemeine Stille hinein. »Er lebt…«

Sie hielt sich nicht damit auf, den Puls zu prüfen, sie gab sofort die Injektionen und atmete auf, als nach der Kreislaufspritze sich die Brust Olivers ein klein wenig hob und sein flacher Atem deutlicher wurde.

Die erste Untersuchung hatte ergeben, daß Oliver keine inneren Verletzungen erlitten hatte. Die Ohnmacht ging in einen normalen Schlaf über, der Puls war wieder deutlich und nicht mehr flach, der Blutdruck etwas niedriger als normal, aber durchaus nicht besorgniserregend. Dagegen war Veronika Sassens Zustand kritischer. Sie bekam gleich nach der Rettung und dem Abtransport des Kindes einen Nervenzusammenbruch und mußte von Waltraud Born mit einer Beruhigungsinjektion behandelt werden. Die Männer des Rettungswagens legten sie auf die zweite Trage und fuhren Mutter und Kind auf Weisung Dr. Sassens hinaus zu den Hügeln in die Villa des Direktors. Dort legte man sie in die Schlafzimmer. Waltraud Born erbot sich, die Nachtwache zu übernehmen. Am Morgen sollte dann ein Facharzt aus Gelsenkirchen die gründliche Untersuchung vornehmen.

In der großen Bibliothek standen alle an der Rettung Olivers beteiligten Männer herum und fühlten sich denkbar unwohl. Sie genierten sich, mit ihren schmutzigen Stiefeln auf den dicken Orientteppichen zu stehen; der ungewohnte Luxus, der sie umgab, machte sie verlegen und unsicher. Auch als das Hausmädchen Kognak in Napoleongläsern herumreichte, hielt man die Gläser in den Händen und wagte nur zögernd, zu trinken. Allein schon das große, in das Glas gravierte N irritierte sie. Jetzt 'n Korn und ein Pils, dachten sie, das wäre besser. Ein Doppelstöckiger.

Dr. Sassen kam aus dem Schlafzimmertrakt zurück und winkte nach allen Seiten, Platz zu nehmen.

»Meine Herren«, sagte er, und seine Stimme zitterte noch immer von der noch nicht voll abgeklungenen Erregung, »ich stehe tief in Ihrer Schuld.«

»War doch nur unsre Pflicht, Herr Direktor«, sagte einer der Rettungswagenfahrer.

»Trotzdem.« Dr. Sassen blickte voll Kurt Holtmann an. »Ich habe vieles gutzumachen. Ich habe ein Bild umzumalen.« Er lächelte, als er die verständnislosen Gesichter sah. »Sie werden es nicht verstehen, bis auf einen von Ihnen.« Er legte die Hände auf den Rücken und versuchte, einen burschikosen Ton zu treffen. »Ich bin zwar keine Märchenfee, aber wenn ich jetzt zu Ihnen sage, Sie dürfen sich etwas wünschen, so ist es mir ernst damit. Natürlich keinen Mercedes 220, aber wer etwas auf dem Herzen hat, soll es jetzt sagen. Ich weiß nicht, wie ich Ihnen anders denken kann. Sei es Urlaub, sei es ein Kredit, ich weiß ja nicht, was Sie sich heimlich wünschen.«

Die Männer in den schmutzigen Anzügen und Schuhen sahen verlegen auf den Teppich. Wünsche, dachten sie. O Gott, wenn du wüßtest, was wir uns alles wünschen. Wie beschissen es oft auf der Zeche ist. Da ist der Obersteiger Krugmann. Ein verhinderter Militärspieß. Der brüllt wie auf'm Kasernenhof. Und dann der Schießsteiger Kowalski. Ein Saukerl. Dreimal war er schon besoffen auf Sohle – aber so was verrät man ja unter Kumpeln nicht. Beim letztenmal hat er die ganze Schießkiste vollgekotzt. Und dann die Großfresse von Bruno Pichalke. Betriebsobmann nennt er sich. Den Gewerkschaftsfunktionären kriecht er in die Hose, aber wenn man zu ihm mit Wünschen oder Beschwerden kommt, brüllt er: Leute, belästigt doch die Verwaltung nicht mit solchem Mist! Wir haben andere Sorgen! Und dann – ein Wunder, daß der nicht dauernd mit 'nem blauen Auge 'rumläuft – der Friedrich Hamfeldt vom Personalbüro. Urlaub oder 'n paar Stunden frei, etwa, weil Victoria, die Ziege, operiert werden muß, einen Klotz von Furunkel hat sie am Bauch, nee, das ist nicht drin. Was sagt der Hamfeldt? »Schaff dir 'nen Kanarienvogel an, der kriegt keine Furunkel! Wegen 'ner Ziege Urlaub. Bei dir piepst's wohl?«

Aber das alles kann man ja einem Direktor nicht sagen. Das sind ja alles keine Anliegen, die er hören will. Was soll man sich da wünschen? Vor allem, wenn man so plötzlich darauf angesprochen wird.

»Wunschlos glücklich?« Dr. Sassen versuchte ein auflockerndes Lachen. »Gut, machen wir es anders. Wie wäre es, wenn wir uns alle – mit Ihren Frauen natürlich – am nächsten Sonntag zu einem privaten Ausflug treffen. Ich lade Sie alle als meine Gäste ein.«

Die Männer nickten, und die Kognakgläser mit dem goldenen, eingravierten N nickten mit. Auch das noch, dachten sie dabei. Ausflug mit dem Chef. Erna im Seidenen, wir im blauen Anzug, keiner wagt einen Mucks zu sagen, alle lachen über die Witze des Chefs, beim Essen wird zum Alten geschielt und unter dem Tisch dem Kollegen ans Schienbein getreten: Mensch, friß nicht so viel! Das gehört sich nicht! Benimm dich, leck das Messer nicht ab, und laß die Politur auf'm Teller! Und schöpf dir den Teller nicht so voll wie zu Hause, das gehört sich nicht! Das sieht verfressen aus! Und das Schmatzen laß auch sein! Guck mal, wie sich der Chef benimmt... der nimmt jedes Goulaschstückchen einzeln auf die Gabel.

Ein gemütlicher Sonntag stand bevor.

»Einverstanden?« fragte Dr. Sassen. Er freute sich ehrlich auf diesen Ausflug mit seinen Leuten.

»Einverstanden«, antwortete ein dumpfer, durchaus nicht begeisterter Chor.

»Um 10 Uhr morgens geht's los! Sammelplatz vor der Kaue!«

Auch das noch! Am Sonntag den Pütt ansehen müssen. Julchen im Dirndlkleid an der Kaue und unter den Brausen die Zwischenschicht, zweihundert nackte, dampfende Männer.

»So, denn mal Prost!« Dr. Sassen hob sein Glas und trank. Die Rettungsmänner leerten ihre Napoleons und stellten sie auf dem Rauchtisch ab. Gutes Zeug, dachten sie. Schmeckt nach Seife. Aber das muß so sein, je besser, um so seifiger. Verdammt, 'n Doppelwacholder ist mir aber lieber!

»Ich danke Ihnen nochmals herzlichst«, sagte Dr. Sassen. Er gab jedem die Hand, die Männer machten eine kleine Verbeugung und trotteten hinaus. Sie sahen den mißbilligenden Blick des Hausmädchens, der ihren dreckigen Stiefeln galt. »Du kannst ja nächstens 'n Läufer von der Heide bis hierhin legen, meine Süße«, sagte einer der Männer. »Dann kommen wir in Seidenpantoffeln.«

Das Hausmädchen machte »Puh!«, verzog den Mund und riß die Haustür auf.

»Verkühl dir nicht die Nasenlöcher!« sagte jemand. »Von da geht der Weg direkt ins Gehirn!«

Als letztem gab Dr. Sassen Kurt Holtmann die Hand. Hans Holtmann, der Vater, wartete schon an der Tür der Bibliothek.

»Bitte, bleiben Sie noch hier, Herr Holtmann«, sagte Dr. Sassen und drehte sich um. »Auch Sie. Ich glaube, wir Väter haben jetzt etwas zu besprechen, was unsere Kinder betrifft...«

»Bitte nicht«, sagte Kurt Holtmann leise.

»Wieso?« Dr. Sassen sah Kurt verblüfft an.

»Mein – mein Vater weiß es nicht –«

» *Was* weiß ich nicht?« rief Hans Holtmann von der Tür her. Er kam mit schweren Schritten näher.

»Vater!« Kurt schluckte. »Ich habe es dir bewußt nicht gesagt. Ich habe dich belogen. Ich – ich habe es getan, weil ich deine Einstellung kenne.«

»Welche Einstellung?« fragte Dr. Sassen.

»Er wäre dagegen...«

»Ach!« Dr. Sassen hob den Kopf. Sein Gesicht rötete sich etwas. »Einem Hauer ist die Tochter seines Direktors nicht genehm...«

»Was soll das alles, Kurt?« Hans Holtmann blickte seinen Sohn an. »Um was geht es hier?«

»Ich liebe Sabine. Wir sind heimlich verlobt.«

» *Was* bist du?« stotterte Hans Holtmann.

»Verlobt.«

»Mit wem denn?«

»Mit Sabine.«

»Mit welcher Sabine?«

»Mit meiner Tochter«, sagte Dr. Sassen. Hans Holtmann blickte ihn ungläubig an. Dann ergoß sich sein Geschimpfe über seinen Sohn.

»Du – und das Fräulein – Ja, bist du denn total verrückt?« Er wandte sich an Dr. Sassen und hob beide Hände. »Ich wußte bis jetzt nichts davon. Ich versichere Ihnen, ich hatte keine Ahnung. Ich hätte das sofort unterbunden.«

»Und warum?« fragte Dr. Sassen kampfeslustig.

»Das fragen Sie noch? Ein Püttmann – und die Tochter des Chefs? So was liest man in Romanen, im täglichen Leben ist's Wahnsinn. Das geht doch nie gut! Das sind doch zwei ganz verschiedene Welten.« Hans Holtmann sah sich um. »Wir haben auch'n Haus, aber das ist anders als das hier. Wir haben 'ne gute Stube, 'ne Wohnküche, drei Schlafzimmer, natürlich auch'n Bad, aber kein schwarz gekacheltes, und dann im Garten zehn Kaninchenställe und…«

»Vater!« Kurt Holtmann nagte an der Unterlippe. »Hör auf! Das weiß Herr Dr. Sassen schon…«

»Das glaube ich nicht. Woher soll er das wissen? Woher soll er unsere Welt kennen, aus der du kommst und in der du bleibst? Für diese Welt habe ich mein Leben lang geschuftet, um unser Haus zu bauen und Kaninchen zu haben, zwanzig Tauben und 'ne Ziege! 'n Kasten Bier steht immer unter der Kellertreppe, und wir trinken keinen französischen Kognak, sondern einen richtigen Korn! Und in zwei Jahren habe ich auch'n Wagen, keinen Mercedes, sondern 'n kleinen Fiat oder 'nen VW. Man muß immer in seiner Welt bleiben, nicht wahr, Herr Direktor?«

Dr. Sassen schwieg. Er ging zu seinem Barschrank, holte eine Flasche und drei schlanke Gläser und zeigte die Flasche Hans Holtmann.

»Einen Korn? Auch den habe ich! Ist's der richtige?«

»Herr Direktor –« stotterte Holtmann. »So war das nicht gemeint.« Er drehte sich um, sah seinen Sohn an und hob halb den rechten Arm. »Eine knallen sollte ich dir trotz deiner dreiundzwanzig Jahre. Uns so in Verlegenheit zu bringen! Begreifst du denn nicht, daß es auch in unserer modernen Welt gewisse Grenzen gibt, Himmel noch mal, trotz Gewerkschaften, trotz Sozialismus, trotz Demokratie? Die Großen bleiben immer die Großen, und die Kleinen bleiben immer die

Kleinen. Auch wenn es heißt, es hat sich vieles geändert. Arbeitgeber und Arbeitnehmer seien eine Gemeinschaft. Die Realität sieht anders aus. Kannst du 'ne Party im Schloßhotel geben? Hast du 'ne Jagd in der Eifel? Treiber kannste spielen, aber schießen tun die anderen. Und du Rindvieh gehst hin und hängst dich an die Tochter des Chefs! Kreuzdonnerwetter, ich sollte dir wirklich eine kleben!«

Dr. Sassen hatte den Wortschwall Hans Holtmanns nicht unterbrochen. Nun, da der Hauer verstummte, goß Sassen die Gläser mit Korn voll und sagte:

»Das war ja fast eine kommunistische Rede.«

»Nee, nee«, antwortete Hans Holtmann. »Das war kein Kommunismus, das war die Wahrheit. Sie wissen das doch selbst auch, Herr Direktor. Und mein Sohn soll nicht so tun, als ob er zu dumm wäre, um das auch einzusehen. Uns hat er immer vorgemacht, er ginge zum Fußball –«

Vater Holtmann unterbrach sich und fragte Kurt: »Warst du überhaupt bei einem einzigen der Spiele?«

»Nein, Vater.«

»Sondern?«

»Ich war immer mit Sabine zusammen.«

Hans Holtmann nickte beleidigt und enttäuscht zugleich und sagte zu Dr. Sassen:

»So ist das, Herr Direktor. Da hat man einen Sohn, man erzieht ihn, man glaubt, er wird ein guter, fleißiger Mensch. Man tut alles für ihn, man ist nicht mehr sein Vater, sondern sein Freund. Man glaubt, daß es nichts auf der Welt gibt, was sich Vater und Sohn nicht sagen könnten – und dann erfährt man, daß das alles nicht stimmt, daß er lügt, daß er systematisch lügt, daß er ein falsches Spiel treibt, daß er –«

»Vater –« stammelte Kurt.

»Sie still!« fuhr ihm Hans Holtmann über den Mund. »Wären wir jetzt zu Hause, nähme ich den Wäscheknüppel... ganz gleich, was daraus werden würde! Belogen hast du mich! Deinen Vater und deine Mutter belogen. Wegen eines Weibstücks –«

»Halt!« Dr. Sassen hob die Hand. »Sie sprechen von meiner Tochter, Herr Holtmann, vergessen Sie das nicht!«

»Verzeihung, Herr Direktor.« Hans Holtmann senkte den Kopf. »Ich werde jetzt schweigen und meinen Korn trinken...«

Letzteres taten alle drei, dann sagte Dr. Sassen: »Ihr Sohn, Herr

Holtmann, hat unter Einsatz seines Lebens mein Kind gerettet. Ihm verdanke ich das Leben Olivers und damit den Fortbestand eines Teils meines Glücks.« Er sah Kurt Holtmann an und lächelte schwach. »Wir hatten schon einmal eine Aussprache miteinander, und ich wünschte mir, das wäre nie der Fall gewesen. Vergessen wir sie, ja? Ich habe versucht, Sabine zu entfernen, auf Reisen zu schicken, weit weg. Sie hat sich aber geweigert, ist weggelaufen und bis jetzt noch nicht wieder nach Hause gekommen.«

Kurt Holtmann sprang auf. »Das weiß ich ja noch gar nicht. Man muß sie suchen!« rief er. Dr. Sassen schüttelte den Kopf.

»Sie ist bei einer Freundin. Sie hat vor zwei Stunden angerufen. Ich hatte erst vor, sie nach Beendigung der EWG-Sitzung zu holen. Nun ist es anders gekommen, ganz anders. Ich stehe in Ihrer Schuld, Herr Holtmann. Geben Sie mir noch etwas Zeit. Ich würde gerne eure Familie kennenlernen, euer Haus. Ich möchte deshalb übermorgen zu euch kommen, um euch zu besuchen. Geht das?«

Diese Frage richtete Dr. Sassen an Hans Holtmann, den Vater, der antwortete: »Natürlich, es wird uns eine Ehre sein. Aber wenn ich mir eine Frage erlauben darf! Was soll das Ganze?«

»Ich möchte mir die Welt ansehen, in die meine Tochter eintreten will. In den Märchen ist es meistens umgekehrt, da heiratet der Königssohn das arme Hascherl.«

»Ist es nicht gleich, was man ist, Herr Direktor, wenn man sich nur liebt?« sagte Kurt Holtmann leise. Dr. Sassen nickte.

»Natürlich, vom Blick eines verliebten Jünglings aus ist das völlig gleichgültig. Aber Sie haben, so Gott will, vielleicht noch 60 Jahre ernüchterndes Leben vor sich. Das ist ein ziemlicher Berg – 60 Jahre. Ein solches Gebirge bezwingt die Liebe nicht allein. Glauben Sie mir, junger Mann, nichts ermattet so schnell und so gründlich wie die Liebe.«

»Sie wissen nicht, wie stark Sabine und ich sein können.«

»Einen Hauch habe ich schon davon mitbekommen.« Dr. Sassen strich sich über die weißen Haare. »Bitte, bleiben Sie bei mir zum Abendessen, meine Herren. Ich lasse Ihre Frau bzw. Mutter verständigen, daß Sie hier sind.« Dr. Sassen blickte die verblüfften und von innerer Abwehr gezeichneten Gesichter der Männer vor sich an. Warum sehen sie in mir einen Tyrannen, dachte er plötzlich. Ist das alles auf das Geld zurückzuführen?

»Ein Unglück kann einen manchmal wachrütteln«, sagte er tief auf-atmend. »Wir stehen doch eigentlich alle verdammt nahe an einem sich plötzlich öffnenden Loch.«

Veronika Sassen erwachte mit einem langen Seufzer und sah in das ab-geschirmte Licht einer Nachttischlampe. Neben dem Bett saß Dr. Waltraud Born und las in einer Illustrierten. Auf dem Nachttisch lagen ein Spritzenkasten, zwei Tablettenröllchen und eine Tropfflasche.

Bei der ersten Bewegung Veronikas legte Waltraud Born die Zeit-schrift weg und beugte sich über die Kranke. Was wird sie sagen, fragte sie sich. Wird sie mich davonjagen? Sie haßt mich doch. Zwischen uns ist nur noch Feindschaft.

Veronika Sassen sah Waltraud Born eine lange Zeit stumm und fra-gend an. Dann suchte ihre Rechte die Hand der jungen Ärztin. Als sich die Finger der beiden fanden, glitt ein mattes Lächeln über Veronikas schmales, schönes Gesicht.

»Danke«, sagte sie leise.

»Wofür?«

»Sie haben Oliver gerettet.«

»Nein. Ich habe ihm nur zwei Stärkungsinjektionen gegeben. Ge-rettet haben ihn die Männer – und Gott, wenn Sie daran glauben. Ge-rettet haben auch Sie ihn. Sie sind rechtzeitig um Hilfe gelaufen.«

»Wie geht es Oliver?«

»Gut. Er schläft tief und traumlos. Morgen wird er alles überstan-den haben. Ihr Gatte hat Prof. Wallburg für morgen früh hierhergebe-ten.«

Veronika Sassen ließ die Hand Waltraud Borns los und starrte an die Decke mit der Seidentapete. Wie ein mattglitzernder Schneehim-mel wölbte sich die bespannte Decke über dem großen Zimmer.

»Weiß mein Mann schon alles?« fragte sie und senkte ihren Blick. Sie schämte sich und war selbst erstaunt über dieses ihr fremde Gefühl.

»Nein. Was meinen Sie? Er weiß nur, daß Sie die ersten Leute, denen Sie begegnet sind, um Hilfe gebeten haben.«

»Hat er nicht gefragt, warum ich in der Buschener Heide war?«

»Nein.«

»Hat Oliver schon gesprochen?«

»Nein. Er ist nicht aufgewacht. Er wird bis morgen durchschlafen.«

»Sie… Sie wissen es, Waltraud?«

»Ich ahne es.«

Veronika Sassen faßte wieder nach der Hand Waltrauds. »Was soll ich tun?« fragte sie fast kläglich. »Er wird mich morgen fragen. Er wird alles wissen wollen. Was soll ich denn bloß sagen?«

»Es bleibt Ihnen nur die Wahrheit übrig.« Waltraud Born sagte es ohne Gehässigkeit, ohne einen Triumph. Es gab keine andere Antwort. »Es ist besser, Sie sagen es selbst, als wenn Ihr Gatte es durch den Mund Olivers erfährt.«

»Können Sie das nicht verhindern, Doktor?«

»Nein. Wie denn?«

Veronika schwieg. Es gab kein Entrinnen mehr. Morgen früh würde Ludwig Sassen seinen Sohn sehen und sprechen wollen, spätestens bei der Ankunft Prof. Wallburgs. Dann war alles verloren, dann war alles vorbei.

»Sie können verhindern, daß er mich fragt«, sagte sie wieder. »Helfen Sie mir! Sie haben Mittel, die mich allen Verhören entziehen können.«

»Natürlich. Ich kann Ihnen Megaphen geben und Sie in einen dauernden Dämmerzustand versetzen. Aber was haben Sie davon? In drei oder vier Tagen wachen Sie auf und müssen doch Rede und Antwort stehen. Was nützt Ihnen diese Frist?«

Veronika Sassen schloß die Augen und spürte, wie ein Zittern durch ihren Körper lief. Ich habe Angst, dachte sie. Ich habe furchtbare Angst. Noch nie habe ich bei einem Abenteuer alles einsetzen müssen, nie habe ich daran gedacht, daß dies möglich sein könnte. Nun ist es soweit. Nun geht Veronika Sassen zugrunde. Sie geht, um mit meiner Muttersprache zu reden, ganz einfach vor die Hunde.

»Fräulein Doktor…«

»Ja?« Waltraud Born beugte sich vor. Veronika hielt die Augen noch immer geschlossen.

»Bin ich schlecht?«

»Ja!« antwortete Waltraud Born fest.

»Warum?«

»Sie wollten Dr. Pillnitz töten –«

Veronika riß die Augen auf. Ihr Körper verkrampfte sich, Entsetzen schrie aus ihren Augen.

»Nein!« stieß sie hervor. »Nein! Das ist nicht wahr! Ich schwöre Ihnen: Es ist nicht wahr!«

Sie wollte aus dem Bett springen, aber Waltraud Born drückte sie auf die Kissen nieder. Sie rangen fast miteinander. Veronika wehrte sich, aber schließlich erlahmten ihre Kräfte und sie gab Ruhe. Schweißnaß lag sie im Bett und streckte Arme und Beine von sich. »Es ist nicht wahr!« wimmerte sie dabei. »Es ist nicht wahr –«

7

Um sie zu beruhigen und einem neuen Ausbruch vorzubeugen, flößte ihr Waltraud Born in Wasser aufgelöste Beruhigungstropfen ein. Gehorsam schluckte Veronika Sassen die bittere Medizin und lag dann wie apathisch unter der seidenen Steppdecke. Nur ihre Augen waren noch immer voll wilder Erregung, der Blick irrte umher, von der Decke zu den Wänden, zu Dr. Born und von dieser zurück zu ihren eigenen Händen, die bleich und wie abgestorben auf der Decke lagen.

»Glauben Sie das wirklich, Fräulein Doktor?« fragte sie mühsam. Waltraud Born nickte wieder.

»Ja.«

»Sie sind so grausam.«

»Warum sollte Dr. Pillnitz lügen?«

»Er hat es selbst gesagt?«

»Ja.«

»Er haßt mich. Er will mich vernichten. Es ist blinde Eifersucht.« Waltraud Born räumte das Wasserglas weg und schraubte die Tropfflasche zu. Plötzlich hatte auch sie Zweifel an der Richtigkeit der Darstellung von Dr. Pillnitz. Sie konnte nicht sagen, warum. Sie wußte, daß Veronika Sassen notorisch log, daß ihr Leben eine einzige Kette von Lügen war, von Betrug, von Schwindel, von Ehebrüchen. Und doch sagte ihr das weibliche Gefühl, daß Veronika diesmal nicht log. Der wilde Ausbruch war nicht mehr gespielt, er war echtes Entsetzen gewesen.

»Sie waren bei dem Unfall dabei?« fragte Waltraud Born und setzte sich wieder. Veronika Sassen schloß erschöpft die Augen.

»Nur mittelbar. Ich saß nicht mehr im Wagen.«

»Aber Sie waren doch mit Dr. Pillnitz weggefahren.«

»Ja. Aber wir bekamen Streit. Er schrie mich an, er drohte mir, und dann, als ich auf nichts einging, hielt er an und setzte mich auf freier Strecke einfach auf die Straße. ›Lauf nach Hause!‹ schrie er mir noch zu. ›Es wird schon jemand kommen, der dich mitnimmt. Bezahlen kannst du ja auf deine Weise!‹ Dann gab er Vollgas, ich sah, wie er sich noch einmal nach mir umdrehte – und plötzlich schleuderte der Wagen, prallte gegen einen Baum! Ich schrie auf – aber dann lief ich weg. Ich lief querfeldein, irgendwohin. Ich weiß bis heute noch nicht, wo ich hingelaufen bin. Plötzlich sah ich eine Omnibushaltestelle, ich stieg in den nächsten Bus und fuhr nach Gelsenkirchen zurück.«

»Sie haben sich nicht um Dr. Pillnitz gekümmert?«

»Nein.«

»Er hätte ja tot sein können.«

»Daran dachte ich nicht. Offengestanden war ich so voller Wut wegen seines Benehmens, daß es mir in jenem Augenblick auch gar nichts ausgemacht hätte. Ich hatte einfach den Kopf verloren. Außerdem, welche Erklärung hätte ich denn geben sollen, wenn man mich bei den Trümmern gefunden hätte? So heißt es jetzt wenigstens, er war allein im Wagen.«

Waltraud Born schwieg einen Augenblick. Ist das die Wahrheit, fragte sie sich. Oder ist es wieder eine Lüge, eine blendend gespielte Tragödie, die nur den Fehler hat, daß der Hauptdarsteller, der sterben sollte, nicht getötet wurde?

Sie wollte Veronika Sassen noch eine Frage stellen, eine ganz präzise Frage: Was ist zwischen Ihnen und Dr. Pillnitz? Aber Veronika schien ihr nun zu erschöpft. Die Beruhigungstropfen wirkten, Veronika schlief ein. Das Gesicht war entspannt und von einer fast kindlichen Reinheit. So kann ein Satan in einem Engelkörper wohnen, dachte spontan Waltraud Born. Wer hat einmal gesagt: Bei einem Menschen ist alles möglich? Sie suchte nach dem Namen, aber er fiel ihr nicht ein. Dafür kam ihr ein Ausspruch Sartres in den Sinn: »Die Hölle sind wir!« Als friere sie, hob sie die Schultern. Wie wahr das ist, dachte sie. Unter der dünnen, sauberen Oberfläche unseres Ichs liegt ein Sumpf. Wie schnell kann man in ihn einbrechen.

Sie fuhr erschrocken herum. Hinter ihr klappte eine Tür. Dr. Sassen kam auf Zehenspitzen ins Zimmer. Er legte den Zeigefinger auf die Lippen und nickte Waltraud Born zu.

»Schläft sie noch?« fragte er leise.

»Schon wieder.«

»Heißt das, daß sie schon einmal wach war?«

»Ja. Aber nur kurz.«

»Warum haben Sie mich nicht gerufen?«

»Ihre Gattin war noch sehr schwach und regte sich wieder so auf, daß ich ihr Tropfen geben mußte.«

»Hat sie etwas erzählt? Von dem Unfall mit Oliver? Wie es dazu gekommen ist?«

»Nein.« Dr. Born wandte sich ab. »Sie sollten Ihre Gattin auch nicht danach fragen. Es nimmt sie zu sehr mit.«

Dr. Sassen setzte sich auf einen der fellbezogenen Hocker vor dem großen Toilettenspiegel. Die Glasplatte war übersät mit Flakons, Salbentöpfchen und Fläschchen.

»Wie kamen die beiden gerade in die Buschener Heide?« sagte er mehr zu sich selbst, aber deutlich genug, daß es auch Waltraud Born verstehen konnte. Da er keine Antwort erwartete, spielte er nervös mit den Töpfchen und Flakons und kam sich überflüssig und ratlos vor. Nachdem er noch eine Zeitlang stumm und fast unbeweglich auf dem Hocker gesessen hatte, stand er schnell auf, nickte Dr. Born wortlos zu und verließ wieder auf Zehenspitzen das Schlafzimmer.

Die Aufklärung aller ihn beschäftigenden Fragen kam für ihn schnell und war so schrecklich banal, daß Dr. Sassen den Kopf schüttelte.

Das Hausmädchen berichtete ihm von dem Anruf, den sie entgegengenommen und trotz der falschen Verbindung an die gnädige Frau im Beisein Olivers weitergegeben hatte. Dr. Sassen strich sich verwirrt über die weißen Haare.

»Also – eine unbekannte Stimme sagte: ›Heute abend wird es in der Buschener Heide brennen.‹ Weiter nichts?«

»Nein, Herr Direktor.« Das Hausmädchen schüttelte den Kopf.

»Danke.«

Wie einfach doch alles ist, dachte Dr. Sassen, als er allein am Fenster der Bibliothek saß und auf seinen Garten hinaussah. Oliver hört von dem Gespräch und ist neugierig. Mit dem Rad fährt er hinaus, um zu sehen, was und wie es brennt. Ich hätte als Junge das gleiche getan. Veronika muß das erfahren haben und ist ihm in die gefährliche Heide nachgefahren, um ihn zurückzuholen. Als sie eintraf, war das Unglück schon geschehen. So ist es gewesen und nicht anders. Wie einfach sich doch oft die schwierigsten Rätsel lösen.

Er dachte in diesen Augenblicken innerer Freude nicht daran, daß es in der Buschener Heide ja gar nicht gebrannt hatte. Er fühlte sich von einem inneren Druck befreit und nahm sich vor, vorerst weder Oliver noch Veronika nach dem Hergang des Unglücks zu fragen. Sie sollen Ruhe haben, dachte er. Und dann schicke ich sie zur Erholung in ein Bad oder in die Alpen oder an die Nordsee. Sie sollen ihren Schock erst überwinden. Oliver lebt – das ist die Hauptsache.

Er nahm sich vor, Veronika am nächsten Morgen mit Blumen zu überschütten und ihr zu danken für ihren Mut.

Er lebte in einer Welt von Vertrauen und Liebe, deren Zusammenbruch ein vollkommener sein mußte.

Im Italiener-Lager, dem Klein-Sizilien von Buschhausen, hatte sich im Gemeinschaftsraum eine Art Gericht versammelt. Zwei Tische waren zusammengeschoben worden, mit einer Wachstuchdecke belegt, dahinter saßen sieben Italiener mit ernsten, verschlossenen Mienen. Vor den Tischen stand Luigi Cabanazzi, und hinter ihm, an den Wänden stehend, eine lebende Mauer bildend, drängten sich die anderen Arbeiter.

Die Wände selbst waren drapiert mit bunten Reiseplakaten italienischer Landschaften und Städte. Ein farbenfroher Hauch der Heimat, gedruckte Erinnerung, leuchtende Sehnsucht nach Sonne und Wärme, Meer und Felsen, rebenbestandenen Hängen und staubigen Straßen mit Eselskarren. Abends saßen sie vor diesen bunten Plakaten und spielten Mandoline oder sangen, erzählten Geschichten und diskutierten und fühlten sich ein bißchen wie auf der Piazza von Agremonte oder Pianello. Sie hatten einen Hauch der Heimat mitgenommen in den rauchigen, rußigen Kohlenpott. Wenn es auch nur Plakate waren, bei ihrem Anblick konnte man träumen und man spürte den Geschmack auf den Lippen – die herbe Süße des Weins, die Salzluft des Meeres, den Himbeerduft von Fiorellas Lippen.

Cabanazzi starrte auf die bunten Plakate vor sich. Palermo, dachte er. Der Ätna. Die Klippen von Vulkano. Die Weinhänge von Marsala. In den nächsten Jahren würde er sie nicht wiedersehen können. Es brauchte alles seine Zeit, und das Vergessen wächst langsamer als das sprichwörtliche Gras.

»Was soll das, Freunde?« sagte er und sah von den Plakaten auf die starren Gesichter der sieben Landsleute hinter den beiden Tischen. »Wir spielen doch nicht Indianer!«

»Wir haben ein Komitee gebildet.« Einer der sieben beugte sich etwas vor. »Hier siehst du die Gewählten. Das Komitee ist dazu da, für Ordnung und Sitte zu sorgen. Wir sind nach Deutschland gekommen, um Geld zu verdienen, viel Geld, so viel Geld, wie wir es in der Heimat nicht in zehn Jahren verdienen können! Wir sind hier, damit unsere Frauen und Kinder nicht weiter zu hungern brauchen, damit sie sich anziehen können wie andere Frauen, damit wir unsere Häuser ausbessern können, damit wir etwas von unserem Leben haben. Das alles können wir bekommen, hier in Deutschland, wenn wir arbeiten und uns anständig benehmen. Wir sind hier zu Gast, man braucht uns, natürlich, aber ebensogut kann man uns wieder wegschicken. Und was dann? Dann hungern unsere Frauen wieder und unsere Dörfer verfallen.«

Luigi Cabanazzi blickte abermals auf die bunten Plakate an der Wand. Sein Mund verzog sich etwas. »Du hättest bei der Partei etwas werden können, Felice«, sagte er ironisch. »Keiner redet so gut wie du.«

»Dein Spott wird dir vergehen. Unser Komitee ist gegründet worden, um jeden, der den Frieden stört und uns bei den Deutschen unbeliebt macht, zu bestrafen oder zu entfernen.« Der mit Felice Angeredete sah in die Runde. Gemurmel gab ihm Beifall. Cabanazzi spürte im Nacken ein heißes Brennen. Er war allein, das wußte er jetzt. Ob in Sizilien oder in Deutschland, er war immer allein. Ein gehetzter Wolf hat keine Freunde, ein angeschossener wird vom eigenen Rudel zerfleischt. Das ist ein Naturgesetz, mit dem man sich abzufinden hatte.

»Was wollt ihr von mir?« fragte er laut.

»Du störst hier, Luigi.«

»Soll ich kein Geld verdienen wie ihr?« Cabanazzi wandte sich um. Vor dem Ausgang des Gemeinschaftsraumes standen fünf stämmige Landsleute, an jedem Fenster lehnten drei. Er war eingeschlossen von Leibern. »Ich habe auch ein Haus wie ihr!« schrie er. »Auch mein Haus verfällt, und meine Mutter hungert, meine Schwester arbeitet in einer Spinnerei für 60 Lire in der Stunde. Bin ich zu meinem Vergnügen hier?«

»Du hast bis jetzt fünf Tage gearbeitet«, sagte Felice.

»Kann ich dafür, wenn ich krank bin?«

»Du bist gesund genug, dich mit Frauen zu treffen.«

Cabanazzi grinste. Aber es war ein ängstliches, abwartendes Lächeln, eine Bitte um Verständnis. »Freunde, ihr versteht doch alle etwas von schönen Frauen«, sagte er. »Seit wann spielt ihr euch anders auf? Hat euch Deutschland zu Heiligen gemacht?«

»Sollen wir deinetwegen alle zusammengeschlagen werden? Diabolo! Hier sind wir in einem fremden Land und haben keine Touristinnen vor uns! Hör mal genau zu, Luigi…« Felice beugte sich vor. In seinen Händen hielt er ein kleines, schwarzes Kreuz. Cabanazzis Blick weitete sich. Sein Gesicht verzog sich zu einer erschrockenen Grimasse. »Kennst du das?«

»Freunde«, keuchte Cabanazzi, »das könnt ihr nicht tun.«

»Wir fordern Gehorsam, ist das klar?«

»Ganz klar, Bruder –« stammelte Cabanazzi.

»Schwöre es!«

»Ich schwöre es«, sagte Cabanazzi mit zitternder Stimme.

Felice streckte das kleine, schwarze Kreuz über den Tisch. Cabanazzi zuckte zusammen, als sei er von einer Lanze durchbohrt worden.

»Küß es!« sagte Felice.

Cabanazzi trat zwei Schritte vor, beugte sich nieder und küßte das kleine, schwarze Kreuz. Er wußte, was er in diesem Augenblick tat. Es war die Unterzeichnung seines Todesurteiles, das allzeit vollstreckt werden konnte. Jeder Gehorsamsbruch, jeder Schritt ab von der Straße, die von jetzt an das Komitee vorschrieb, war ein Vergehen, für das es keine Gnade mehr geben würde.

Die sieben Männer hinter dem Tisch erhoben sich wie auf ein Kommando. Felice steckte das schwarze Kreuz weg.

»Ab Montag fährst du wieder ein«, sagte er hart.

Cabanazzi nickte. Sein Hals war trocken vor Angst.

»Aber meine Gehirnerschütterung –« sagte er heiser.

»Bis Montag spürst du nichts mehr! Buon giorno.«

Cabanazzi sah sich um. Die Tür war geöffnet, die fünf Wächter standen seitwärts an der Wand. Er wollte noch etwas sagen, aber dann schüttelte er nur den Kopf und verließ schnell die Baracke. Draußen, auf der Lagerstraße, allein zwischen flatternder Wäsche, ballte er die Fäuste und drückte sie gegen die Brust.

»Hunde!« murmelte er. »Ihr verdammten Hunde! Bei allen Heiligen, ihr kennt den Cabanazzi nicht!«

Einen ganzen Tag und einen halben schrubbte und putzte und wienerte und bohnerte Elsi Holtmann das kleine Siedlungshaus. Die Nachricht, die Vater und Sohn Holtmann heimbrachten, wirkte wie ein Granatvolltreffer. Der Chef kommt zu Besuch!

Zuerst wollte es Elsi gar nicht glauben. Sie sah ihre beiden Männer zweifelnd an, winkte dann mit dem Finger und sagte streng: »Hans, hauch mich mal an!« Hans Holtmann tat es und lachte behäbig.

»Keinen am Ohr... wir sind stocknüchtern! Dr. Sassen kommt wirklich.«

»Zu uns?«

»Ja.«

»Was will er denn?«

»Er will sehen, in welches Milieu seine Tochter kommt.«

Elsi Holtmann stemmte die Arme in die Hüften. Sie blickte ihren Sohn an und man sah es an ihren Augen, daß sie wütend war.

»Kurt! Was ist mit Vater los? Gibt es jetzt Schnaps, den man nicht riecht? Wo wart ihr?«

»Beim Chef. Er hat dich doch verständigen lassen!«

»Angerufen worden ist, ja. Bei Michalski. Die Emma kam selbst rüber und grinste wie'n Primelpott. ›Deine Männer hängen irgendwo 'rum‹, sagte sie. ›Müssen schon ganz schön voll sein. Lassen sagen, sie äßen zu Abend bei Dr. Sassen.‹«

»Richtig. Es gab kaltes Huhn in Aspik und mit Toast.«

Elsi Holtmann drehte sich um und ging ins Wohnzimmer. Sie war tief beleidigt. Auch Barbara, die Tochter, die bis jetzt geschwiegen hatte, schüttelte den Kopf. »Da habt ihr Mutter aber schön auf'n Arm genommen! Die tritt jetzt in Streik.«

»Sie glaubt es uns nicht.« Hans Holtmann grinste seinen Sohn an. »Da siehst du, Kurt, wie völlig unglaubwürdig wir sind. Was gibt das bloß, wenn wir erzählen, daß du Sabine heiraten willst. Die halten uns alle für verrückt.«

»Wen will Kurt heiraten?« fragte Barbara.

»Sabine!« sagte Kurt überlegen. »Sabine Sassen wird deine Schwägerin werden.«

»Du bist wohl krank, was?«

»Da staunst du, nicht?« Kurt Holtmann wandte sich ab und ging in sein Zimmer. Barbara starrte ihm nach und faßte ihren Vater am Ärmel.

»Du, Papa...«

»Ja?«

»Stimmt das etwa?«

»Sicher.«

»Kurt und das Fräulein Sassen?«

»Ja.«

»Mutti!« Barbara machte fast einen Luftsprung und rannte weg in das Wohnzimmer. Ebenso schnell kam Elsi Holtmann nach wenigen Sekunden zurück in die große Wohnküche.

»Hans!« Ihr Gesicht war hochrot. »Das ist doch eine Lüge?«

Hans Holtmann hob beide Arme. Es war eine Geste völliger Hilflosigkeit. »Was soll ich machen? Die beiden lieben sich. Ob ich damit nicht einverstanden bin oder ob der Herr Direktor damit nicht einverstanden ist, das kümmert die zwei überhaupt nicht. *Sie* wollen! Und morgen kommt der Chef zu uns, um sich anzusehen, wie wir wohnen.«

»Das ist ja furchtbar!« schrie Elsi Holtmann auf.

»Aber warum denn? Ich bin stolz auf unser Häuschen. Jeden Stein habe ich mit meinen Händen verdient.«

»Im Flur ist die Tapete schon alt, und auf dem Klo ist ein nasser Fleck in der Wand. Wenn der das sieht. Und das Brandloch im Sofa. *Einmal* haste eine Zigarre geraucht, und schon war's passiert. Da muß man doch 'was drüberlegen. Der kann sich doch auf kein Brandloch setzen.«

»Du meine Güte, der wird schon nicht dran sterben.« Hans Holtmann zog seine Stiefel aus und stellte sie neben den Küchenherd. In einem großen Aluminiumtopf grummelte das Hühnerfutter. Es roch säuerlich und nach verkochenden Kartoffeln. »Ich geh ins Bett. Die Winde liegt mir jetzt noch im Kreuz.«

»Was für eine Winde denn?«

»Mit der wir den rausgeholt haben.«

»Wo? Wieder im Streb?«

»Nee, auf der Heide. Der Sohn vom Chef war eingebrochen, der kleine Oliver. Den hat Kurt aus 'nem Loch geholt. Gute Nacht.«

»Und so 'was erfährt man so ganz nebenbei! Gute Nacht, du Holzbock!« Elsi Holtmann zerrte wütend an ihrer Schürze. »Barbara, das sage ich dir, heirate nie einen Püttmann! Die machen das Maul nur an der Theke auf.«

Barbara gab keine Antwort. Mein Theo ist anders, dachte sie. Theo Barnitzki, der große Aussicht hat, in eine Bundesliga-Mannschaft zu kommen. Am Sonntag war das Trainingsspiel in Meiderich. Noch hatte sie nicht gehört, wie es ausgegangen war, wie Theo dem Trainer und dem Vorstand gefallen hatte. Bestand er vor deren Augen, konnte sie allen Mut zusammennehmen und zu Vater und Mutter sagen: »Hört mal, auch ich will heiraten. Den Theo. Wir sind uns schon seit langem einig.«

In anderthalb Tagen wurde das kleine Haus des Hauers Hans Holtmann jedenfalls auf den Kopf gestellt. Der Besuch sprach sich schnell herum. Willis-Bums gab in »Onkel Huberts Hütte« seinen Kommentar dazu.

»Sieh an, der Kurt!« sagte er. »Der wird nun Direktionsschwiegersohn! Hat der Junge ein Schwein! Der hat nun ausgesorgt. Und was hab ich? Martha, die sich von einem Itacker in die Brust kneifen läßt. Es ist zum Kotzen.«

Martha Kwiatlewski hörte es, schwieg und preßte die Lippen zusammen. Nach dem Vorfall mit Cabanazzi hatten sich Korfeck und Martha wieder einigermaßen ausgesöhnt. Sie hatten sogar darüber gesprochen, zu heiraten, etwas ganz Neues im Sprachschatz von Willis-Bums. Aber dann kam er doch immer wieder auf die dumme Flirterei mit Cabanazzi zurück. »Man kann die Weiber nicht klein genug halten«, sagte er, als man ihm im Freundeskreis Vorwürfe machte. »Solange sie ein schlechtes Gewissen haben, sind sie brav wie Täubchen. Was glaubt ihr, wie die Martha aufdreht, wenn man sie läßt.«

Man glaubte es ihm unbesehen. Die rote Martha Kwiatlewski war in Buschhausen dafür bekannt. So sanft sie beizeiten blickte, so hart und plötzlich konnte sie auftrumpfen, wenn sie Oberwasser zu haben glaubte. Es mußte schon ein Mann wie Willis-Bums kommen, um sie zu bändigen.

Am Nachmittag war es dann soweit. Hinter den Gardinen der Häuser an der Emil-Schurz-Straße reckte die neugierige Nachbarschaft die Hälse, als der große, schwarze Wagen Dr. Sassens bei Holtmanns vorfuhr. Es war also doch nicht gelogen (was die meisten der Nachbarn gehofft hatten) – der Chef stieg tatsächlich aus und wurde am Gartentor von Hans und Elsi Holtmann empfangen. Elsi trug ein neues Kleid, sogar mit einem runden Ausschnitt. Beim Friseur war sie am Vormittag auch gewesen. Ihre braunen Haare waren in zierliche Locken gelegt. Sie sah propper und appetitlich aus, und Hans Holtmann blickte sie öfter verstohlen an. Verdammt, dachte er. Da ist man nun vierundzwanzig Jahre lang verheiratet und weiß gar nicht, was an der Alten immer noch dran ist. Direkt hübsch ist sie. Na ja, die Hände sind verarbeitet und rissig, da hilft auch keine Glyzerincreme mehr, wer von Kind an schwer ran muß, kann sich nicht maniküren. Aber das ist keine Schande, man sieht eben, daß Elsi eine gute Frau ist.

Dr. Sassen kam allein, Sabine war zu Hause geblieben und saß am Bett Veronikas oder kümmerte sich um Oliver, der maulend auf dem Rücken liegen mußte und behauptete, er sei doch schon wieder ganz gesund. Prof. Wallburg hatte ihn gründlich untersucht und keinerlei innere Verletzungen festgestellt, sondern nur einen leichten Nervenschock, der noch Ruhe brauchte. Dr. Sassen verstand. Keine Fragen, kein erneutes Aufwühlen des ganzen Erlebnisses. Vielleicht erzählte Oliver eines Tages selbst davon. Das gleiche galt für Veronika. Sie fand sich am Morgen, als sie erwachte, umgeben von Blumen. Dr. Sassen begrüßte sie mit einem Kuß und sagte zu ihrer maßlosen Verwunderung: »Sobald du wieder auf den Beinen bist, fährst du mit Oliver zur Erholung, mein tapferer Liebling.«

Er kennt die Wahrheit nicht, dachte sie und spürte ihr Herz wild schlagen. Oliver hat noch nichts gesagt... noch nicht. Eine kleine Galgenfrist bleibt mir, ein paar Tage vielleicht, in denen ich mich auf mein neues Leben einrichten kann.

Dr. Sassen sah sich im Vorgarten des Holtmannschen Hauses um. Stachelbeer- und Johannisbeerbüsche, ein paar Pfingstrosenstauden, Tulpenrabatte, Osterglocken. Er sah zu den anderen Häusern hinüber und lächelte. Durch die Gardinen sah man schwach die dunklen Umrisse der Neugierigen.

»Die platzen jetzt«, sagte Elsi zufrieden. »Und wie die platzen, Herr Direktor!«

Dr. Sassen lachte und ging ins Haus. Barbara begrüßte ihn in einer weißen Schürze. Aus der Küche strömte der Duft von Bohnenkaffee und frisch gebackenem Apfelkuchen. Dr. Sassen hob schnuppernd die Nase.

»Darf ich raten? Gedeckter Apfelkuchen –«

»Genau. Den bäckt unsere Bärbel besonders gut.« Barbara wurde rot und verlegen und verschwand in der Küche.

»Meine Mutter machte ihn auch immer.« Dr. Sassen setzte sich im Wohnzimmer auf das Sofa, genau auf den Brandfleck. Aber das konnte er nicht mehr sehen. Über die Sitzfläche war eine neue Wolldecke gebreitet. Der Tisch war bereits gedeckt mit Elsis ganzem Stolz, dem Geschirr mit dem blauen Zwiebelmuster.

Dr. Sassen sah sich um. Erinnerungen stiegen in ihm auf, Bilder, die er längst vergessen glaubte. Das Haus der Großeltern in Hamm, ein Fachwerkhaus mit Backsteinzwischenmauerung. Das Wohnzimmer, die sogenannte »gute Stube«, war ein feierlicher, immer etwas dämmeriger Raum. Stühle, Sessel, das Sofa mit der hohen Rückenlehne, bezogen mit grünem Plüsch. An der einen Wand das geschnitzte Büffet mit den geschwungenen Türen und dem Glasaufsatz, in dem Opas Römer standen und Omas Meißener Porzellan. Und Omas ganzer Stolz: Eine Tänzerin, Spitze tanzend, umgeben von kleinen roten Porzellanrosen. In der Mitte des Zimmers stand ein Eichentisch, an der Wand, dem Büffet gegenüber, in einem dicken Rahmen das Bild Kaiser Wilhelms II. in der Uniform des Garde du Corps. Wie oft hatte er vor diesem Bild gestanden und auf den blinkenden Helm mit den Adlerschwingen gestarrt. Damals nannte man so etwas eine zufriedene, gute Bürgerlichkeit. Sie ist ausgestorben, heißt es heute. So etwas gibt es nicht mehr. Welch ein Irrtum! Hier fand er sie wieder –, den Tisch, die Stühle, das Sofa, das Zwiebelmustergedeck, statt Wilhelm II. an der Wand allerdings einen Buntdruck von einer wild bewegten Nordsee, eine große Kaffeekanne unter einem Kaffeewärmer, unter der Ausgußschnauze ein Tropfenfänger, um den Tisch sitzend, wie Pflöcke, mit hohem Kreuz, die Familie Holtmann, der Apfelkuchen duftete warm, vor dem Fenster gackerten die Hühner. Die Zeiten hatten sich geändert, aus grünem Plüsch war brauner Mohair geworden, aus Samtvorhängen einfarbiger Diolen, aus gestickten Decken bunte Leinendrucke, aus Eckenkragen atmungsaktive Perlonhemden – aber im Grunde war es wie bei Großvater in Hamm. Der Mensch, der innere Mensch war der gleiche geblieben. Ein Mensch, den diese Landschaft geformt hatte und in der jede Generation mit dem gleichen Rhythmus aufwuchs wie die vorherige.

»Es ist schön hier«, sagte Dr. Sassen und lehnte sich auf dem Sofa zurück. »Es ist saugemütlich.«

»Herr Direktor...« Elsi Holtmann wurde rot. »Unser Haus ist eben nur ein kleines Arbeiterhaus, und –«

Hans Holtmann legte seine breiten Hände auf den Tisch.

»Jeder Stein ist mit denen zusammengetragen worden, Herr Direktor. Damals, als ich baute, gab es noch keine Arbeiter-Kredite oder 7c-Darlehen oder wie das heißt. Um aus der Kolonie 'rauszukommen, mußte man sich krumm arbeiten. Natürlich gab's Geld, wenn man in der Partei war. Ich war Blockwart bei der Arbeitsfront, aber das war zu wenig. Und um Politik hab ich mich nie viel gekümmert. Uns ging's nur darum, daß im Pütt alles in Ordnung war.«

Dr. Sassen sah sich suchend um. »Wo ist denn Ihr Sohn?«

»Auf Schicht!« Hans Holtmann wedelte mit der Hand durch die Luft. »Das gibt's nicht bei mir, daß er 'ne Schicht schwänzt, nur weil Besuch kommt. Auch wenn Sie's sind, Herr Direktor. Die Kumpels unten vor Ort haben da nichts von, sie hätten nur mehr Arbeit, wenn der Kurt einfach hierbleibt und Kaffee trinkt!«

»Sie sind ein harter Vater, Herr Holtmann.«

»Es muß alles seine Richtigkeit haben, Herr Direktor.«

Elsi schnitt den Kuchen an, Barbara schenkte den Kaffee ein. Aus dem Kühlschrank holte Hans Holtmann die Sahne. Er hatte sie fluchend am offenen Fenster mit dem Schneebesen selbst geschlagen.

»Sie haben auch Tauben?« fragte Dr. Sassen, als er das erste Stück Kuchen gegessen hatte.

»Und was für welche! Drei sind prämiiert! Ich habe da einen Kröpfer bei –«

»Die sehen wir uns gleich mal an, was?«

»Sie wollen unters Dach in'n Schlag kriechen, Herr Direktor?« rief Elsi entsetzt. »Mit dem guten Anzug?«

»Warum nicht?« Dr. Sassen lachte laut und nahm sich noch ein Stück Apfelkuchen. »Als Junge hatte ich auch vier Tauben. Mein Gott – wie lange ist das her –«

Er fühlte sich zufrieden und irgendwie aus einer Beengung befreit. Mit dem Vorsatz, endgültig Schluß zu machen zwischen Sabine und Kurt Holtmann, war er gekommen. Er wollte diese Lösung etwas vergolden, er wollte jovial sein und noch einmal in aller Ruhe die Unmöglichkeit klarlegen, daß die Tochter eines Bergassessors einen Hauer heiratet. Was war nun daraus geworden? Er fühlte sich wohl im Kreis dieser biederen Familie. Hier gab es keine Intrigen, keine Überspanntheiten, keine Sorgen um neue Kostüme von Dior, keine schlaflosen Nächte, weil der Ruhrbergbau in einer Absatzkrise steckte, keine nervenzerreibenden Tarifverhandlungen. Hier war das Leben rund.

Dr. Sassen schob seinen Teller etwas von sich weg. In vier Jahren werden wir Emma II schließen, dachte er. Sie alle wissen es noch nicht. Was wird aus ihnen werden? Die kleine, zufriedene Welt der Buschhausener wird zerstört werden. Konjunktur und Wettbewerb fraßen sie auf... die Kohle, ihr Lebensspender, wurde unrentabel. Es lohnte sich nicht mehr, neue, tiefer liegende Flöze zu erschließen und noch mehr Millionen zu investieren. Unter der Woge des Wohlstandes würde Buschhausen ertrinken und untergehen. In vier Jahren vielleicht –

»Wir müssen mal über alles reden, Holtmann«, sagte Dr. Sassen langsam. Hans Holtmann nickte. Er stopfte seine Pfeife. Ein Blick zur Seite, und Elsi und Barbara gingen in die Küche, um das Geschirr zu spülen.

Es wurde ernst. Zwei verschiedene Welten versuchten, zueinanderzufinden.

Beim Fußballverein Buschhausen war man äußerst erstaunt, als Pater Paul Wegerich in das Vereinshaus kam und Willi Korfeck wie auch Theo Barnitzki wie alte Freunde begrüßte. Man hatte gerade eine Sitzung hinter sich gebracht und war dabei, die Beschlüsse zu begießen. Der Pächter der Vereinswirtschaft, der Altinternationale Bruno Buldaski, hatte gerade die Runde Bier auf sein Tablett gestellt und wollte sie an die Tische bringen, als Pater Wegerich hereinkam und ihm zurief: »Mir auch eins, Bruno!«

Die Fußballspieler und der Vorstand, an der Spitze der Häusermakler Franz-Friedrich Hampel, standen auf und gaben dem Pater die Hand, und nur Willis-Bums war es, der die Stille, die plötzlich über der Runde lag, unterbrach und fragte:

»Wollen Sie bei uns eintreten, Pater?«

Niemand lachte, nur Pater Wegerich fand es lustig und setzte sich. »Sie haben es halb erraten, Willis-Bums«, sagte er und faltete die Hände auf der Tischplatte. »Aber nur halb. Ich komme als Unterhändler – oder besser gesagt als Vorsitzender des Fußballclubs IB.«

»IB?« Franz-Friedrich Hampel rekapitulierte alle ihm bekannten Clubs der Umgebung und des Ruhrgebiets. »Wer ist'n das, Pater?«

»Der seit gestern bestehende, also neu gegründete Fußballclub Italia Buschhausen.«

»Prost Mahlzeit!« sagte Theo Barnitzki. »Sie haben mit den Italienern einen Club aufgemacht, Pater?«

»Ja, die Jungs aus dem Süden langweilen sich. Immer lesen können sie nicht, immer singen und Mandolinenspielen, das hängt ihnen mit der Zeit zum Hals raus. Die Mädchen mauert ihr ein –«

»Gott sei Dank!« rief Willis-Bums dazwischen.

»Laß Gott aus dem Spiel!« Pater Wegerich sah in verschlossene Gesichter. Es wird eine harte Arbeit sein, hier das erste Tor in die Herzen zu schießen, dachte er. Sie bilden einen Riegel, als gälte es, das Tor fünf Minuten vor Schluß abzuschirmen. »Die Mannschaft steht, wir könnten spielen...«

»Der Buschhausener SC ist in der Bezirksklasse. Wir haben keine Sonntage mehr frei.« Häusermakler Hampel sah Pater Wegerich treuherzig an. »Aus den 120 Italienern kann man ja auch zwei Mannschaften zusammenkriegen, die dann untereinander...«

»Genau das will ich nicht! Ich will, daß sie gegen euch spielen! Ich will, daß sie mit euch sturen Hunden Kontakt bekommen! Geht es schon so nicht, am gemeinsamen Arbeitsplatz, dann kann es wenigstens auf dem Sportplatz gelingen! Kerls, was habt ihr bloß gegen die Italiener? Sie schuften wie ihr unter Tage, sie bemühen sich, alles richtig zu machen, sie wollen mit euch Freund werden, sie sehnen sich nach Freundschaften, wie ihr euch nach einem freundlichen Wort sehnen würdet, wenn ihr 1000 km von Buschhausen weg in einem fremden Land arbeiten müßtet.«

»Wer muß denn? Die kommen doch freiwillig«, sagte Willi Korfeck.

»Weil sie Hunger haben, du Holzkopf!« sagte Pater Wegerich. »Hast du schon einmal Hunger gehabt? Los, Antwort! Hast du schon mal so Hunger gehabt, daß du den ersten Fisch, den du fangen konntest, roh hinuntergeschlungen hast?«

»Pater –« Willi Korfeck wollte einlenken, aber Pater Wegerich wischte mit der Hand durch die Luft.

»Antwort!«

»Nein. Natürlich nicht –«

»Ist das so natürlich? Ist das natürlich, daß ihr Koteletts und Schinkenbrote eßt und euer Bruder, jawohl euer Bruder vor Gott, für seine

Familie drei dünne Maisfladen in der Pfanne hat? Und wenn er dann hierher kommt, wo er endlich einmal satt werden kann und Geld sparen kann, um seiner Familie das Glück zu schenken, einen vollen Magen zu haben, dann stellt ihr euch an wie die Wilden! Ihr solltet euch schämen, euch Christen zu nennen! Was denkt ihr euch eigentlich dabei, wenn ihr euch sonntags in die Kommunionbank kniet? Glaubt ihr, Gott sieht euch nicht in eure Herzen, die schwarz und finster sind?«

»Das war eine verdammt harte Predigt.« Theo Barnitzki, der Bundesliga-Verdächtige, kratzte sich den Kopf. »Wir haben doch eine A- und eine B-Mannschaft. Wenn wir am Sonntag die B-Mannschaft gegen die Itacker spielen lassen...«

»Das geht«, sagte der Häusermakler Hampel.

»Wie gnädig.« Pater Wegerich erhob sich. »Ihr werdet euer blaues Wunder erleben! Vielleicht kommt ihr noch in gar nicht langer Zeit ins Lager und kauft die Spieler für eure A-Mannschaft ein!« Er sah in spöttische Gesichter und wußte, was sie dachten. »Es sind Talente drunter, meine Herren, da geht euch der Hut hoch! Mit diesen Itakkern in eurer A-Mannschaft seid ihr in einem Jahr – in der Regionalliga! Ihr braucht nur zuzugreifen. Aber so, wie man euch das Himmelreich nicht aufzwingen kann, kann man euch auch keine Vernunft beibringen. Also denn – bis Sonntag. Wann Anstoß?«

»11 Uhr.«

»Abgemacht! Trainiert bloß fleißig, damit ihr euch vor euren Mädchen nicht blamiert!«

Pater Wegerich verließ das Vereinshaus als unangefochtener Sieger. Im Vorbeigehen an der Theke trank er sogar noch mit einem Schluck sein Bier aus.

»Das is'n Bums!« sagte Willi Korfeck. »Der will uns am Sonntag aufs Kreuz legen! Jungs, wir treten mit der A-Mannschaft an! Wir haben doch keine Angst vor den schwarzen Lockenköpfen!«

Die kritischen Tage hatte Dr. Pillnitz überstanden. Nach hohem Fieber, das den Kollegen von der Chirurgie große Sorgen machte, folgten zwei Tage mit einem völligen Kräfteverfall und besorgniserregender Kreislaufschwäche. Dann ging es aber plötzlich rapide aufwärts, fast über Nacht trat die Besserung ein, und bei der Morgenvisite lag wieder der alte Dr. Pillnitz im Bett und begann eine

Diskussion über seine zerschmetterte Kniescheibe. Er verlangte, in eine orthopädische Spezialklinik verlegt zu werden, zumindest nach Bochum in die Klinik »Bergmannsheil«, wo Prof. Bürckle de la Camp den legendären Ruf des »Knochenkaisers« besaß.

Die Diskussion erreichte die Lautstärke einer südländischen Auseinandersetzung und wurde nur dadurch unterbrochen, daß Waltraud Born ins Zimmer kam und rief: »Guten Tag! Man sieht und hört, daß der Patient wieder kräftig ist!«

»Gott sei Dank, daß Sie kommen, Frau Kollegin!« Der Oberarzt rang die Hände. »Es gibt nichts Schlimmeres als einen kranken Kollegen. Überzeugen Sie ihn, daß er noch zwei Wochen hier liegen muß, ehe wir an sein verdammtes Knie denken können.«

»Sie wollen mich hier zum Krüppel machen«, schimpfte Dr. Pillnitz. »Ich bin stark genug, auch die zweite Operationsphase durchzustehen.«

»Das sind Sie nicht!«

»Doch!«

»Kollegin, sagen Sie ihm das. Argumenten von mir ist er nicht mehr zugänglich.«

Der Oberarzt verließ wütend das Zimmer. Dr. Born setzte sich auf die Bettkante.

»Sie benehmen sich wie ein böser, unerzogener Junge, Bernhard«, sagte sie tadelnd. Dr. Pillnitz verzog das Gesicht.

»Jetzt fangen Sie auch noch an! Wissen Sie, was die Dussels gemacht haben? Sie haben mir die Kniescheibe herausgenommen!«

»Wenn sie nur noch Matsch war –«

»Sie wollen das Bein versteifen.«

»Das wird wohl unvermeidlich sein.«

»Können Sie sich das vorstellen? Pillnitz am Stock? Ich nicht!«

»Man muß sich mit vielem abfinden, das nicht abzuwenden ist.«

Dr. Pillnitz sah Waltraud Born kritisch an, fragte aber dann:

»Wie geht es dem kleinen Oliver?«

Dr. Born wandte den Kopf verblüfft zu Dr. Pillnitz. »Wieso wissen Sie –«

»Oh, Sie Engel!« Dr. Pillnitz lachte. »Mein Nachrichtendienst klappt vorzüglich. Auch hier im Bett bin ich über alles unterrichtet, was in Buschhausen und auf Emma II geschieht. Mich besuchen doch nicht nur Sie! Ich erfahre alles.«

»Auch, daß Veronika Sassen schwört, mit dem Unfall nichts zu tun gehabt zu haben?«

Dr. Pillnitz' Gesicht wurde ernst und verschlossen.

»Sie lügt!«

»Das gleiche sagt sie von Ihnen, Bernhard.«

»Und wem glauben Sie, Waltraud?«

Sie hob die Schultern. »Wem soll ich glauben? Einer lügt, das ist sicher.«

»Sie mißtrauen mir also auch?«

»Ich weiß nicht mehr, was ich denken soll.«

»Ich will Ihnen den Vorgang genau berichten.«

»Warum?« Waltraud Born schüttelte den Kopf. »Erzählen Sie es der Polizei, wenn es ein Mordanschlag war.«

»Was hätte ich davon?«

»Die Genugtuung, daß Veronika Sassen zur Verantwortung gezogen wird.«

»Wird sie das?« Dr. Pillnitz lächelte böse. »Sie wird leugnen. Wer will ihr etwas beweisen? Gab es Zeugen? Nur sie und ich waren im Wagen, Aussage steht gegen Aussage. Sie sehen ja selbst, auch Sie wissen nicht, wem Sie glauben sollen. Nee, nee, ich muß das in die eigenen Hände nehmen…« Er hustete und drückte beide Hände flach auf die stechende Brust. »Was macht Cabanazzi?«

»Ich habe ihn nicht wieder gesehen. Er bleibt im Lager.«

»Und Veronika? Geht sie zu ihm?«

»Das weiß ich nicht. Ich hörte nur, daß sie in ein paar Tagen einige Wochen zur Erholung verreisen wird.«

»Wohin?«

»Keine Ahnung.«

»Jetzt schwindeln Sie, Waltraud.«

»Ich weiß es wirklich nicht. Ist ja auch egal. Das sollten Sie sich auch sagen, aber Sie tun es nicht. Ich sehe immer mehr, Bernhard, was zwischen dieser Frau und Ihnen ist. Sie hatten oder haben ein Verhältnis mit ihr und kommen nicht los von ihr. Ich begreife das nicht.«

»Das werden Sie auch nie begreifen, mein Engel. Es gibt gewisse Menschentypen, in denen ist der Urtrieb noch vorhanden. Zu denen gehöre ich. Lächeln Sie nicht, das ist ein bitteres Erbe. Mit Verstand und Logik ist da nichts auszurichten. Können Sie einen Wolf zum Vegetarier machen?«

»Manchmal reden Sie wie ein unreifer Junge, Bernhard«, sagte Waltraud Born gepreßt. Sie glaubte zu wissen, was Dr. Pillnitz meinte, und schauderte innerlich bei dem Gedanken an die Folgen, die daraus entstehen konnten. »Wären Sie Korse oder Sizilianer, traute ich Ihnen die Blutrache zu.«

»Dazu braucht man kein Korse zu sein, Waltraud.«

»Das ist doch verrückt, Bernhard!« rief Dr. Born aufgebracht. »Kommen Sie zu sich!«

»Der Trieb eines Menschen ist so uralt wie seine Entwicklung.« Dr. Pillnitz starrte an die weißgetünchte Decke des Krankenzimmers. »Machen Sie sich keine Gedanken darüber, Waltraud«, sagte er, »mit diesen Dingen werde ich schon allein fertig.«

»Dann müßte man fast wünschen, daß Sie für immer ans Bett gefesselt und dadurch ungefährlich bleiben, wenn Sie nicht zur Vernunft kommen wollen.«

Dr. Pillnitz lächelte schmerzlich. »Sie sind eine Frau, Waltraud. Sie können nicht verstehen, wie vollständig ein Mann durch eine Frau um den Verstand gebracht werden kann.«

Mit blassem Entsetzen saß Veronika Sassen im Wintergarten der Villa und starrte auf Luigi Cabanazzi. Er stand mit einem großen Blumenstrauß mitten im Zimmer, hatte eine artige Verbeugung gemacht und sagte nun: »Mit schönes Gruß von ganzes Italienerlager! Wir wünschen Gutes alles der Frau Chefin.« Dann hielt er den Blumenstrauß von sich und lächelte Veronika durch die Blüten an.

»Danke«, sagte Veronika leise. »Vielen Dank.«

»Das finde ich nett von den Leuten«, sagte Sabine und nahm den großen Blumenstrauß Cabanazzi aus der Hand, um eine Vase zu suchen. »Ich glaube, ich muß die Bodenvase nehmen.«

»Ja, Sabine.«

Veronikas Lippen waren zu einem Strich zusammengepreßt. Als Sabine aus dem Zimmer gegangen war, um die Vase zu holen, zischte sie Cabanazzi an.

»Was willst du hier? Raus!«

»Mia bella«, sagte Luigi leise. »Isch gekommen unter Lebensgefahr. Isch dich lieben…«

»Von wem sind die Blumen?«

»Von mir.«

»Du hast Oliver seinem Schicksal überlassen, du Schuft! Ich will dich nicht wiedersehen! Verschwinde aus Buschhausen.«

»Ohne moneta?«

Das Gesicht Veronikas wurde kalt. Ihre Schönheit gefror zu einer Maske, in der Brutalität lauerte.

»Geld brauchst du? Nun gut, du kannst dir 10000,– Mark verdienen.«

»10000 Mark?«

»Das sind 6 Millionen Lire!«

»Madonna mia!« Die Augen Cabanazzis wurden eng und lauernd. »Wofür?« fragte er, plötzlich heiser.

»Ein Mensch soll Ruhe haben. Das Leben ist für ihn zu anstrengend.«

»Der dottore?«

»Ja!«

Ein klares, hartes, erbarmungsloses Ja. Cabanazzi zuckte zusammen.

»Nein, madonna«, sagte er tonlos.

»Feigling! Geh!« Veronika erhob sich und musterte ihn wie einen ekelhaften Wurm. »Mit 6 Millionen Lire wärst du in deinem Land ein König!«

»Ich kann nicht mehr nach Italien zurück.«

»Ach!« Die Augen Veronikas verengten sich wieder. »Wirst du dort gesucht? Wie interessant. Man sollte dem Bürgermeister deines Heimatortes mitteilen, wo du jetzt bist.«

»Ich töte dich!« sagte Cabanazzi hitzig.

»Nicht mich… den anderen. Für 10000,– Mark!«

Sabine kam mit der großen Bodenvase zurück. »Ist die schwer«, schnaufte sie. »Da läuft man ja Gefahr, sich einen Bruch zu heben.«

Luigi Cabanazzi verbeugte sich vor Veronika. »Ich werde es mir überlegen, signora«, sagte er höflich. »Ich will mich erkundigen.«

Er verbeugte sich noch einmal, sah Veronika aus seinen dunklen Augen ausdruckslos an und ging schnell hinaus. Sabine blickte ihm nach.

» *Was* will er sich überlegen?« fragte sie und steckte den großen Blumenstrauß in die Vase.

»Ach, ein Gedanke von mir«, sagte Veronika Sassen leichthin und schlenderte ans Fenster. »Die Italiener können doch alle schön singen. Ich habe mir gedacht, wenn sie einen Chor bilden und deinem Papa zum Geburtstag ein Ständchen darbringen... das wäre doch schön, nicht wahr?«

»Sehr schön, Veronika!« rief Sabine.

Veronika lächelte. »Wirklich sehr schön –« sagte sie versonnen. »Wenn er es sich überlegt –«

8

Luigi Cabanazzi verließ bis ins Innerste aufgewühlt die Villa Sassen. Er stellte sich draußen an die Mauer der Einfahrt, steckte sich eine Zigarette an und machte erst einmal ein paar tiefe Züge, um sich zu beruhigen.

10 000,– Mark, dachte er. Das ist nicht viel, wenn man vogelfrei ist. Aber es ist genug, weiterzuziehen... nach Frankreich vielleicht, oder noch weiter, mit einem Schiff über den Ozean nach Südamerika. Dort konnte man mit 10 000,– Mark eine neue Existenz aufbauen. Die Überfahrt konnte man sich auf dem Schiff verdienen, sie brauchte keinen Lire zu kosten. Aber dann war man frei, ein winziges Wesen in einem riesigen Kontinent, kein Druck saß einem mehr im Nacken, keine Drohung, keine Angst, keine Vergangenheit.

Cabanazzi rauchte hastig und dachte nach. Ein Menschenleben hatte für ihn nie viel bedeutet. In seinem Dorf war eine gute Milchziege wertvoller, aus ihrer Milch konnte man Butter und Käse machen. Ein Mensch lungerte nur herum und fraß, vermehrte das Elend der Arbeitslosigkeit und belastete die Dorfgemeinschaft. Hier aber war es etwas anderes. In den Bergen Siziliens fragte keiner, woher die Kugel gekommen war, die getroffen hatte. Wenn aber der dottore hier starb, würde die Polizei der ganzen Umgebung auf den Beinen sein. Es galt also, vorsichtig zu sein, alles scharf zu überlegen, nach einem Plan zu arbeiten, etwas Perfektes zu tun.

Nachdenklich entfernte sich Cabanazzi und ging den privaten Waldweg zurück nach Buschhausen. Er sah nicht, wie ihm eine Gestalt folgte, wie sie seitlich an ihm vorbeiglitt, ihn überholte; erst, als sie aus dem Schatten der Bäume heraustrat auf die Straße, entdeckte er sie und blieb wie angewurzelt stehen. Er hob instinktiv beide Hände zur Abwehr.

»Mario!« sagte Cabanazzi heiser, als er den anderen Mann erkannte. »Was willst du denn hier?«

Mario Giovannoni steckte eine Hand in die Tasche. Cabanazzi senkte den Kopf und zog die Schultern hoch. Wie ein sprungbereites Raubtier stand er auf der Straße, die Beine leicht gespreizt, um sofort vorschnellen zu können.

Er hat ein Messer in der Tasche, dachte er. Aber er weiß, daß auch ich eines besitze. Er ist kleiner als ich, vielleicht jedoch schneller.

Lauernd standen sie sich gegenüber, starrten sich an und warteten.

»Na, was ist?« fragte Cabanazzi endlich.

»Das Komitee schickt mich, Luigi«, sagte Mario Giovannoni hart. Cabanazzi biß die Zähne zusammen.

»Sie sollen mich in Ruhe lassen!«

»Du hast geschworen und das schwarze Kreuz geküßt.«

Cabanazzi spürte, wie ihm heiß wurde. Ich muß weg, dachte er wieder. Ich muß über den Ozean nach Südamerika. Ich muß mir diese 10 000,– Mark verdienen. Ich habe gar keine andere Wahl.

»Ich habe nichts Verbotenes getan.«

»Was wolltest du in der Villa?«

Cabanazzi schwieg. Mario Giovannoni trat einen Schritt näher. Er hielt aber sofort inne, als er sah, wie sich Cabanazzi duckte.

»Du hast Blumen gebracht…«

»Das ist meine Sache, Mario.«

»Das Komitee schickt dir hiermit die erste Warnung, Luigi. Wir warnen nur dreimal, das weißt du.«

Cabanazzi versuchte zu lachen, obwohl ihm die Kehle wie zugeschnürt war. »Ihr Großmäuler!« rief er, aber in seiner Stimme schwang die nackte Angst mit. »Was wollt ihr denn? Wir sind hier nicht in Sicilia, sondern in Germania! Hier ist ein anderes Land! Hier sind Gesetze! Wenn ich zur Polizei gehe und euch anzeige, wird man euch verhaften!«

»Geh hin, Luigi«, sagte Mario und lächelte breit. Er wußte, daß es eine leere Drohung war. Kein Mensch unterzeichnet sein eigenes Todesurteil.

»Hier gibt es keinen Terror!« rief Cabanazzi. »Wir sind in Germania!«

»Wenn du im Lager bist, Luigi, bist du in Italien. In Sizilien. Das weißt du genau so gut wie wir. Im Lager gibt es nur ein Gesetz, und das machen wir! Sprich nicht von den Deutschen oder den Kommissionen aus Rom! Was kümmern uns die Regierungsbeauftragten, die staatlichen Kontrolleure, diese dummen Beamten, die viel reden, um zu beweisen, daß sie etwas tun für ihr Geld! Das Gesetz sind wir. Das Komitee. Das weißt du doch.«

Cabanazzi schwieg. Dann nickte er langsam. Es gab gar keine andere Antwort. Er wußte es wie jeder Italiener im Lager. Es gab kein Entrinnen, solange man in dieser Gemeinschaft lebte. Erst drüben, in Südamerika, war man frei. Ob in den USA, in Italien und jetzt auch in Deutschland: Wo größere Mengen Italiener zusammenlebten und arbeiteten, war auch die Mafia. Niemand sprach darüber, jeder hatte taube Ohren, wenn man ihn danach fragte, keiner wußte etwas. Aber sie war da, allgegenwärtig, drohend, gnadenlos – und doch wieder wie eine Mutter, die alles für ihren braven, folgsamen Jungen tut.

Mario Giovannoni nahm die Hände aus der Hosentasche. Auch Cabanazzi entspannte sich. Man hatte sich alles gesagt, man wußte nun, worum es ging; die Gefahr war vorbei.

»Du bist ein Mensch, der nicht leben dürfte, Luigi«, sagte Mario und grinste. »Das ist meine ganz private Meinung. Überall gibt es solche Menschen wie dich. Sie schaden uns allen, denn die anderen denken, wir sind alle so. Sei vernünftig, Luigi, das Komitee kennt keinen Spaß.«

»Ich habe keine Angst!« rief Cabanazzi und warf den schönen, schwarzen Lockenkopf zurück.

»Schweig, du Narr!«

»Ich bin ein freier Mensch!«

»Das sagen wir alle.« Mario Giovannoni winkte. »Komm. In einer Stunde ist Schichtwechsel.«

»Ich fahre heute die Nachtschicht.«

»Nein. Du fährst für Enrico Gambia ein. Er ist krank.«

»Vorhin saß er noch am Tisch und spielte Karten.«

»Er ist krank, Luigi – sagt das Komitee.«

Cabanazzi nickte resignierend. In seinem Inneren hatte er sich jetzt entschieden. Man trieb ihn dazu. Ich werde diesen dottore töten, dachte er. Nicht, weil ich ihn hasse, sondern weil ich das Geld brauche und meine Freiheit – drüben in Südamerika. Mit 10000,– Mark werde ich ein kleines Restaurant aufmachen. Ich werde Pizza backen und Spaghetti kochen, eine Minestrone und eine herrliche Pasta. Ja, so wird es werden. Ich werde Ruhe haben – und diese Ruhe ist mir ein Menschenleben wert.

Wortlos ging er an der Seite Giovannonis zurück zum Lager. Keiner beachtete ihn sonderlich, man grüßte sich, wechselte Zurufe. Es war tödlich, über die Mafia zu sprechen. Man zwang sich zu denken, es gäbe sie überhaupt nicht.

Eine Stunde später fuhr Cabanazzi in den Schacht V ein. In 600 Meter Tiefe brach er die Kohle und schaufelte sie auf das quietschende, ratternde Förderband.

Der Besuch Dr. Sassens bei den Holtmanns und die Unterredung unter vier Augen zwischen Dr. Sassen und Hans Holtmann hatte zwei Resultate ergeben, von denen eines allerdings Zweifel in Hans Holtmann wachrief.

Direktor Sassen gab sein grundsätzliches Einverständnis zu einer Heirat zwischen Sabine und Kurt. Das war das positive Resultat. Das andere Resultat war, daß er gleichzeitig auch die Bedingung stellte, daß ab sofort Kurt Holtmann nicht mehr einfuhr, sondern einen Posten über Tage übernahm. In der Verwaltung. In der Direktions-Assistenz.

»Sie müssen einsehen, lieber Holtmann, daß mein zukünftiger Schwiegersohn nicht mehr vor Ort steht und mit der Kreuzhaue gegen die Kohle schlägt«, sagte Dr. Sassen. Hans Holtmann sah das durchaus nicht ein, aber dieses Mal schwieg er, um den kaum hergestellten Frieden nicht wieder zu gefährden. Kurt wird sich nicht freuen, das zu hören, dachte er nur. Wenn er mein Sohn ist, so wie ich es glaube, wird er morgen bereits seinen dicken Kopf durchsetzen und doch weiter einfahren. Man kann einen Püttmann in der vierten Generation nicht so leicht versetzen, ebensowenig wie eine hundertjährige Eiche.

Kurt Holtmann reagierte allerdings zur großen Enttäuschung seines Vaters anders.

Nach der ersten Freude – Elsi weinte vor Mutterglück und Barbara konnte sich gar nicht beruhigen, Schwägerin einer Millionärstochter zu werden (Was wird Theo sagen, dachte sie immer wieder. Theo Barnitzki hat doch solch einen Rochus auf die Direktion!) – trank Kurt Holtmann eine Flasche Bier und begann, in der bedächtigen Art des Ruhrmenschen zu sprechen.

»Ich mache mit, Vater«, sagte er.

»Was, Junge?«

»Ich gehe aus'm Pütt.«

»Jetzt auf einmal!« antwortete Hans Holtmann überrascht.

»Überleg mal, Vater! Heute, vor Ort, fingen die Kumpels schon an. So was spricht sich ja schnell rum. ›Hör mal, Kurt‹, haben sie gesagt, ›wennste später mal Direktor bist, dann ist doch klar, daß hier der Sauschacht anders wird, was? Und wenn die uns von der Kohlenkrise vorjammern wollen, dann sagste denen die Meinung, das, was wir denken. Von wegen Krise und Kohle auf Halden! Die Konkurrenz des Heizöls drückt. Du weißt doch, wie das alles ist, Kurt. Wir fördern immer mehr Kohle, wir haben 300000 Italiener im Pütt… aber die Kohle wird immer teurer. Da ist doch was faul, Junge!‹ Siehst du, so haben die Kumpels zu mir gesagt – und das ist ja auch deine Meinung, Vater.«

»Hm!« machte der alte Holtmann, aber sonst schwieg er.

»Da habe ich mir gedacht: Über Tage, in der Direktion, kann ich wirklich sagen, was ich und die Kumpels denken.«

»Und fliegst 'raus!«

»Als Schwiegersohn vom Alten? Das möchte ich sehen!«

»Du wirst ein kleines, armes Schwein bleiben, auch wenn du bei deiner reichen Sabine im Bett liegst –«

»Vater!« Kurt Holtmann sprang auf. »Wenn wir in solchem Ton weiterreden wollen, fangen wir erst gar nicht an!«

»Daß du nicht aufhören kannst, ein Idiot und Spinner zu sein!« Auch Hans Holtmann stand auf. Seine gedrungene Gestalt wirkte jetzt noch breiter. »Was bist du denn? Der Prinzgemahl. Aber gut, das ist deine Sache! Du glaubst, du kannst die Fresse aufreißen. Junge, die lachen dich ja aus, die feinen Herren. Die werden dich ansehen wie einen Verrückten, den man als Kind zu heiß gebadet hat. Denen kannst du stundenlang vorsingen, was der Kumpel unter Tage denkt, sie bekommen ihre Aufsichtsratsgebühren, sie haben ihre Aktiendividende, sie bekommen ihre Aufwandsentschädigungen, haben Dienstwohnungen, die das Werk bezahlt, und die sich als Villen und Landhäuser entpuppen, sie lassen sich ihre Dienstmädchen von der Zeche bezahlen, ihre Diener, ihre Autos, ihre Gärtner, ja sogar das Wassergeld für das Abspritzen der Wagen und das Tütchen Samen für eine Asternrabatte im Garten. Und wer erarbeitet das alles? Wir Hauer und Schlepper unter Tage. Verdammt nochmal, du Narr! Glaubst du, die hören dich auch nur eine Viertelstunde an, ohne dir mit einem mitleidigen Lächeln zu sagen: Bester Herr Holtmann, Sie sehen das ziemlich verzerrt aus einem falschen Blickwinkel. – So ist das, mein Junge!«

»So denkst *du* dir das, Vater.« Kurt Holtmann ging im Wohnzimmer hin und her. »Aber es ändert sich nichts, wenn alle nur in ihren eigenen vier Wänden meckern und zu feig sind, es laut zu sagen.«

»Revolutionäre hat man im Bergbau immer 'rausgeworfen. Dein Großvater hat 1912 bis 1914 dreimal den Pütt wechseln müssen, weil er laut sagte, daß die Sicherheitsvorkehrungen ungenügend sind. Dich werden sie einfach kaltstellen, mit einem hohen Gehalt, mit einem klingenden Titel, mit einer Arbeit, die mit keiner Verantwortung verbunden ist und wo du niemandem schaden kannst. Und du wirst zufrieden sein, eine hübsche Frau haben, eine kleine Villa, du wirst einen Bauch bekommen und dir sofort die Finger waschen, wenn du mal einem Kumpel die Hand gegeben hast.«

»Vater!« Kurt Holtmann blieb stehen. »Das ist eine Gemeinheit!«

»Die Wahrheit ist oft gemein, öfter als gut ist, mein Junge.«

Hans Holtmann stopfte sich seine Pfeife. »Ich geh auf'n Boden in'n Schlag. Gehste mit oder sind Tauben jetzt unter deiner Würde?«

»Nein!« Kurt Holtmann wandte sich ab. »Ich gehe jetzt zu Sabine. Tauben sind nicht unter meiner Würde, aber ich habe mit Sabine viel zu besprechen.«

Die Familie Sassen hatte beschlossen, daß Veronika und Oliver in Erholung fuhren. Es gab keine Widerrede, obwohl Veronika einen schwachen Versuch unternahm, sich als nicht erholungsbedürftig hinzustellen. Aber es war nur ein lahmes Theater, in Wahrheit fieberte sie dem Tag entgegen, an dem sie mit Oliver nach Ischia flog. Weg von hier, dachte sie. So schnell als möglich. Bis heute hat Ludwig noch nicht gefragt, und auch Oliver hat nichts erzählt. In sechs Wochen wird alles vergessen sein. Das ist eine lange Zeit, um einem Kind einzureden, was es gesehen haben soll und was nicht. Nach sechs Wochen wird sich alles in meinem Sinne eingerenkt haben.

Dr. Sassen setzte auch noch eine andere Idee gleichzeitig in die Tat um. Den Abschied Veronikas, die kleine Feier wegen der glücklichen Rettung Olivers, die Einführung Kurt Holtmanns in den Kreis, mit dem er später täglich zu tun haben würde, und die Kontaktaufnahme mit einigen noch reservierten Herren der Montan-Union, dies alles brachte er unter einen Hut in Form einer großen Party, zu der er bitten ließ. So konnte er mehrere Fliegen mit einer Klappe schlagen, vor allem erreichen, daß die ersten tastenden Gespräche über eine geplante Schließung der Schachtanlagen 3 und 9 geführt wurden. Sie waren nicht mehr rentabel, brauchten Millioneninvestitionen und belasteten nur die Bilanz der Zeche. Es hatte keinen Sinn, noch mehr Kohle auf Halde zu nehmen. Ein Halten der Preise aber war nur durch Reduzierung der Förderung möglich.

Sabine hatte Kurt nach stundenlangem Bitten dazu überreden können, die Einladung anzunehmen. Die Schicht, die er an diesem Tag fahren sollte, wurde ihm gutgeschrieben. Schon das war etwas, was ihn aufregte. »Ich will behandelt werden wie jeder andere Püttmann!« rief er. »Wenn ich 'ne private Feierschicht mache, dann wird die abgezogen und im Strafbuch eingetragen. Verdammt noch mal!«

Der zweite Kampf, den Sabine gewann, entschied den Kauf eines Smokings. Sie fuhr mit Kurt nach Gelsenkirchen, suchte das Passende aus, dazu das Hemd, die Schleife, die Strümpfe, die Schuhe. Mit saurem Gesicht probierte Kurt den Smoking an.

»Wie 'n Filmschauspieler!« rief Barbara entzückt. »Liebling, du solltest Probeaufnahmen machen lassen.«

»Mach mich nicht verrückt!« antwortete Kurt.

Zu Hause strahlten Elsi Holtmanns Augen vor Mutterstolz, Vater paffte seine Pfeife. An der Dicke des Qualms erkannte Kurt, wie innerlich aufgewühlt sein Vater war.

»Na, Vater?« fragte er verlegen.

»Du siehst gut aus. Zu gut für meine Begriffe.«

»Ich komme mir auch vor wie ein Pfau, Vater, aber ich kann keine Party im Blaumann besuchen.«

»Natürlich nicht. Sind alle Direktoren da?« Hans Holtmann drückte mit dem Daumen die Asche tiefer in den Pfeifenkopf.

»Ja. Auch zwei Herren von der Montan-Union.«

»Wie schön!« Hans Holtmann paffte wieder. »Sag denen mal, wie beschissen ihre Politik ist!«

»Ich will es tun, mit einem Gruß von dir, Vater«, sagte Kurt giftig.

»Mich hat ja niemand eingeladen.«

»Wolltest du denn das?«

»Schließlich bin ich dein Vater.«

Kurt schwieg. Da also liegt der Hund begraben, dachte er. Der Alte will mitspielen. Er fühlt sich beiseitegeschoben. Jetzt auf einmal! Mann, da kenne sich einer noch aus.

Am Abend holte ihn der Direktionswagen Dr. Sassens ab. Es war selbstverständlich, daß in der Straße alle Fenster besetzt waren, nicht mehr heimlich, hinter den Gardinen, sondern offen. Die Straße hinauf und hinunter hingen die Nachbarn aus den Fenstern und starrten auf das Holtmannsche Haus.

Für Kurt war es eine Art Spießrutenlaufen, als er im Smoking aus der Tür trat und die vierzehn Schritte durch den Vorgarten auf die Straße zu dem wartenden Wagen und dem die Mütze abnehmenden Chauffeur ging. Er hatte damit gerechnet, und es war nun auch eingetroffen: Willis-Bums stand mit drei anderen Kumpels am Bordstein und machte eine tiefe Verbeugung, als Kurt sie verlegen grinsend ansah.

»Guten Abend, Herr Baron!« sagte Willis-Bums laut. »Nach einem fetten Gänsebraten hilft am besten Bulrich-Salz. Und das Messer ist zum Schneiden da, nicht zum Fingernägelreinigen –«

Kurt Holtmann zögerte einen Augenblick. Dann war der Gedanke, dem Smoking keinen Schaden zuzufügen, stärker als der Wunsch, sich mit Willi Korfeck zu prügeln. Er preßte die Lippen zusammen und stieg in den Wagen. Am Bordstein nahmen Willis-Bums und seine Kumpane stramme Haltung an und grüßten militärisch.

»Augen – links!« schrie Willis-Bums. »Ein Zapfenstreich für den Herrn Kapitalisten!«

Die Nachbarn in den Fenstern grinsten oder lachten ungeniert laut. Elsi Holtmann saß in der Küche, drückte den Schürzenzipfel an die Augen und weinte.

»Solche gemeinen Menschen«, schluchzte sie. »Mit denen hat man nun über dreißig Jahre lang gelebt.«

Hans Holtmann stand in der Tür und sah seinem Sohn nach. Er rauchte seine Pfeife, musterte die hämisch grinsenden Nachbarn und Willi Korfeck mit seinen Genossen. Dann nahm er die Pfeife aus dem Mund und wies mit dem Mundstück auf Willis-Bums.

»Eine große Fresse hat er ja, Leute!« rief er laut über die Straße. »Das wissen wir alle. Aber fragt ihn mal nach dem kleinen Einmaleins! Da glotzt er blöde, der Hilfsschüler.«

Willi Korfeck wurde hochrot. »Besser ein Hilfsschüler als ein Arschkriecher!« brüllte er zurück. Aber da nicht er, sondern Hans Holtmann die Lacher auf seiner Seite hatte, drehte er sich um und entfernte sich schnell.

In der Sassen-Villa waren die Gäste schon vollzählig versammelt, als Kurt Holtmann eintraf. Er war der letzte. Dr. Sassen hatte ihn bewußt als letzten abholen lassen, um sich eine dauernde Vorstellerei zu ersparen. So konnte er »global« den jungen Mann bekannt machen, der in Kürze in seine Familie einheiraten sollte.

Sabine empfing Kurt an der Tür in einem berauschenden Cocktailkleid aus silbernem und lichtblauem Organza. Der tiefe Ausschnitt, der bis zum Brustansatz reichte, ließ die Schönheit ihres Körpers ahnen und reizte zur Bewunderung. Kurt Holtmann gab ihr einen Kuß und sah auf die Fülle von Blumen, die überall in Vasen herumstanden. Er wurde verlegen.

»Panne Nummer 1«, sagte er leise. »Ich habe keine Blumen für deine Mutter –«

»Aber ich. Wozu bin ich denn da, wenn ich daran nicht denken sollte?« Sabine führte ihn in die Garderobe und drückte ihm einen großen Chrysanthemenstrauß in die Hand. »Weiße Chrysanthemen«, flüsterte sie. »Die Lieblingsblumen Veronikas, neben Kamelien. Sie sind vor drei Stunden aus einem Treibhaus in Spanien eingeflogen worden.«

»Willst du mir sagen, was jede Blüte kostete?«

»Nein! Sind sie nicht herrlich?«

»Mit dem gleichen Geld hätte eine kinderreiche Mutter fast acht Tage in die Alpen oder an die See fahren können.«

Sabine sah Kurt Holtmann aus bittenden Augen an. »Versprich mir, Kurt«, sagte sie ängstlich, »daß du solche Reden nicht da drinnen führst. Es ist dein erster Abend, es ist *unser* Abend. Wenn du nicht anders kannst, spiel Theater. Sie spielen ja alle Theater und sagen nicht, was sie denken. Ich flehe dich an, zeige ihnen von dir das Bild eines höflichen jungen Mannes. Mehr erwarten sie nicht.«

Kurt Holtmann atmete tief ein. O Vater, dachte er. Du würdest jetzt die zwanzig Chrysanthemen mit den herrlichen Köpfen an die Wand schlagen. Ich aber werde sie Frau Direktor Veronika Sassen überreichen, mit einem eckigen Diener und einem ungelenken Handkuß. Der Hauer Holtmann in der großen Welt...

Dr. Sassen erledigte die Prozedur der Vorstellung schnell und unkonventionell. Er gab Kurt Holtmann, als er die Gesellschaftshalle der Villa betrat, die Hand, klopfte ihm vor allen auf die Schulter, damit deutlich das Familiäre hervorhebend, und sagte dann: »Meine Damen und Herren – Herr Holtmann, der Verlobte meiner Tochter Sabine...«

Kurt verbeugte sich leicht. Die Blicke der Damen musterten kritisch den hochgewachsenen, muskulösen, jungen Mann in dem eleganten Smoking. Ein sympathischer Junge, dachten sie. Sicherlich ein Jurist. Der alte Sassen wird sich seinen Schwiegersohn schon nach entsprechenden Gesichtspunkten ausgesucht haben.

Der große Augenblick war vorbei. Ein Glas Champagner wurde zur Begrüßung gereicht, in einer Ecke der Halle stand ein riesiger langer, weiß gedeckter Tisch, auf dem zahllose, große Silberplatten mit den herrlichsten kulinarischen Köstlichkeiten standen. Das kalte Büffet.

Nach den ersten höflichen Verneigungen bildete sich eine Gruppe um Kurt Holtmann. Man wollte sehen, wes Geisteskind der neue Mann bei Sassen war. Als Schwiegersohn mußte man später mit ihm rechnen. Hoffentlich war er anders als der junge Dr. Fritz Sassen, dieser von unaktuellen Modernisierungsideen infizierte Reformer, der wie ein Fremdkörper in der Gesellschaft wirkte, wie ein Staubkorn im Auge. Sabine stand bei den Damen. Auch sie wurde verhört.

»Was halten Sie von der gegenwärtigen Krise auf dem Energiemarkt, lieber Doktor?« fragte einer der Herren und schnippte die Asche von seiner Zigarre. Es war, wie sich später herausstellte, ein Generaldirektor und Mitglied des Aufsichtsrates.

»Ganz schlicht Holtmann«, sagte Kurt und lächelte.

»Wie bitte?« fragte der Herr irritiert.

»Nicht Doktor, nur Holtmann.«

»Ach so.« Das Aufsichtsratmitglied mit den Mensurschmissen des alten Corpsstudenten legte deutliche Reserve an den Tag. Kein Doktor, dachte er überrascht. Das hätte ich vom alten Sassen nicht erwartet.

»Es gibt keine Krise, wenn wir ihr entgegentreten«, sagte Kurt Holtmann.

»Bitte, erklären Sie das, Herr Holtmann!« antwortete der Herr kühl.

»Man kann das Öl nicht dafür verantwortlich machen, daß es an der Ruhr seit Jahren bergab geht. Wir brauchen eine neue Orientierung. Warum kann der Kohlenpreis nicht vernünftig sein? Warum können die Zechen nicht wirtschaftlich haushalten? Warum holte man Hunderttausende von Fremdarbeitern in den Bergbau, steigerte die Förderung und jammerte dann, wenn die nicht absetzbaren Kohlen auf Halde kamen und täglich noch kommen? Warum gibt es keine Rentabilität auf den Zechen? Nicht mehr – früher gab es sie! Warum geht die Kohle nicht weg von dem wahnsinnigen Gedanken, deutsches Brennmaterialmonopol zu sein und deshalb den Preis diktieren zu können? Nun, da das Öl im Vormarsch ist, billig, sauber und schnell, nun schreit man Ach und Weh und will man vom Staat Subventionen, zwingt man dem Püttmann Feierschichten auf, trägt man sich mit dem Gedanken, Zechen zu schließen und die Bergleute umzusiedeln. Ist das ein Weg? Ist das Logik? Kann man mit solchem Humbug die Lage meistern? Ich sage nein, abgesehen davon, daß man im Püttmann keinen Gegenstand sehen sollte, der nach Belieben hin- und hergeschoben werden kann.«

Das Aufsichtsratmitglied war etwas bleich geworden und sehr steif. »Danke!« sagte der Herr. »Das genügt mir.«

Er ging davon. Kurt stellte sich an die getäfelte Wand, blickte über den Saal und die Köpfe der Anwesenden, sah, wie der Herr Generaldirektor erregt auf Dr. Sassen einsprach, und dachte: O Gott, wie hohl ist das alles. Wie aufgeblasen. Wie pfauenhaft. Es ist wirklich ein Wunder, daß die Männer nicht krähen und die Frauen nicht gakkern.

Die Party mit dem kalten Büffet ging vorüber. Kurt Holtmann wurde nicht mehr mit Fragen belästigt, es hatte sich herumgesprochen: Der Schwiegersohn in spe ist noch unmöglicher als der Sohn Sassens.

Nur einmal noch wurde Kurt mit der »Lage« konfrontiert. Fritz Sassen ging an ihm vorüber, blieb kurz stehen, klopfte ihm auf die Schulter und sagte: »Du gefällst mir, Junge.«

»So?«

»Du hast die Gesellschaft ganz schön durcheinander gebracht. Generaldirektor Dr. Vittingsfeld behauptet, nur knapp einem Herzinfarkt entgangen zu sein. Aber du hast genau das gesagt, was ich denen auch schon oft ins Stammbuch schreiben wollte. Aber dann fehlte mir immer der Mumm dazu. Ich bin froh, daß du jetzt eingesprungen bist. Bravo!«

Vor der Weinprobe winkte Dr. Ludwig Sassen verstohlen Kurt zu und bat ihn in die Bibliothek. Holtmann nickte. Nun kracht es, dachte er. Mein lieber Schwiegervater, ich habe noch ganz andere Sachen auf der Pfanne! Im Pütt ist es nicht so ruhig, wie ihr alle glaubt. Im Pütt gärt es.

Dr. Sassen war aber diplomatischer, als es Holtmann erwartete. Kein Wort des Vorwurfes, keine Ermahnungen, gar nichts sagte er von dem Vorfall. Er schenkte Kurt und sich einen Kognak ein und prostete ihm zu.

»Ein gelungener Abend, mein Junge!« sagte er sogar. »Sabine ist glücklich, und auch Veronika akzeptiert dich. Davor hatte ich Angst.«

»Davor hatte ich auch Bammel, aber Angst kann man das nicht nennen.«

Dr. Sassen sah Kurt lächelnd an.

»Du hast wohl nie Angst, was?«

»Nein! Angst und unsere Arbeit vor Ort, das paßt nicht zusammen. Wer an der Kohle steht, kennt keine Angst.«

»Ich habe für dich einen Auftrag. Eine große Aufgabe.«

»Bitte...«

»Ich habe mit den maßgebenden Herren eben gesprochen. Du sollst nach Brüssel gehen, in das Sekretariat der beratenden Kommission der Montanstaaten. Natürlich erst nach der Hochzeit, mein Lieber. Ihr werdet in einem Vorort von Brüssel einen entzückenden Bungalow bewohnen –«

»Danke.« Kurt Holtmann legte die Hände auf den Rücken. »Davon verstehe ich nichts.«

»Man hat sich in wenigen Wochen eingearbeitet. Du bist doch ein intelligenter Bursche.«

»Mit anderen Worten: Ich sitze in Brüssel und habe nichts zu tun. Aber hier störe ich nicht mehr. Stammt der Gedanke von Generaldirektor Dr. Vittingsfeld?«

»Eine Anregung, die ich aufnahm.« Dr. Sassen wiegte den Kopf hin und her. »Aber du siehst das falsch. Du kennst noch nicht die Verquikkungen in der Großindustrie, mein Junge. Vittingsfeld ist eine Schlüsselfigur an der Ruhr. Er sitzt in allen Aufsichtsräten, er hat Aktienpakete, dreimal den Dr. h.c., wenn er seufzt, fallen auf den Börsen die Kurse! Das muß man wissen, aber das lernst du noch alles.«

»Man muß auch wissen, daß ein Mann wie Vittingsfeld durch die Arbeitskraft seiner Leute an der Sonne gehalten wird.«

»Und die Arbeiter verdienen durch seine Unternehmerinitiative.«

»Was nützt ihm alle Initiative, wenn er keinen hätte, der für ihn die Dreckarbeit macht? Mit dem Gedanken allein, jetzt mache ich Rundstahl, ist noch keiner weit gekommen. Es sind immer welche nötig, die am Hochofen stehen und an den Walzen. Beide Seiten sind aufeinander angewiesen. Die einen stehen vor der Kohle und brechen sie, die anderen verkaufen sie über Tage. Wenn eine Seite ausfällt, was bleibt dann? Und ich glaube nun doch wieder, daß mein Platz *vor* der Kohle ist.«

»Darüber sprechen wir noch.« Dr. Sassen sah auf seine Uhr. »Ich muß die Weinprobe anlaufen lassen.«

»Ich würde gerne nach Hause gehen«, sagte Kurt Holtmann.

»Sabine würde dir das sehr übelnehmen.« Dr. Sassen ging zur Tür der Bibliothek. »Es ist eigentlich *ihr* Abend. Revolutionär sein, mein Junge, ist ganz schön und gut. Aber der wahre Kämpfer teilt nicht nur aus, sondern ist auch stark genug, Streiche einzustecken. Man muß stehen können, länger als der Gegner. Man siegt nicht, indem man kneift.«

Dr. Sassen stieß die Tür auf. Arm in Arm traten sie unter die wartenden Gäste.

Das Fußballspiel am Sonntagmorgen überstieg nicht nur alle Erwartungen, sondern setzte sogar das Interesse an den Bundesligaspielen vorübergehend außer Kraft. Wenn sonst am Sonntag die männlichen Bewohner Buschhausens sternförmig ausschwärmten, um den Spielen ihrer großen Vereine beizuwohnen, ballten sich jetzt die Fans um den eigenen Fußballplatz.

In den beiden Kabinenhäusern wurden die letzten Anweisungen gegeben. Theo Barnitzki, der Star, hatte sich für seinen Heimatverein frei gemacht und spielte im Sturm Linksaußen. Willis-Bums, nicht aktiv, sondern als Stimmungsmacher tätig, hielt einen großen Vortrag über die Schande, die über Buschhausen hereinbrechen würde, wenn das Spiel gegen die Itacker verlorenginge. Das gleiche sagte auch der

Vorsitzende, Immobilienmakler Hampel.

»Nicht hart spielen, Jungs! Immer fair! Aber wenn's gefährlich wird, säbelt sie um! Schiedsrichter ist der Tomaschewski aus Herne. Der kennt mich gut. Der guckt im richtigen Moment zur Seite! Und keine Unsportlichkeiten, verstanden. In Buschhausen lebt noch die Tradition des Fußballs! Also los – zeigt es den Italienern!«

Einen etwas anderen Vortrag hielt Pater Wegerich in fließendem Italienisch in der Kabine nebenan.

»Es wird hart werden, Freunde, das wißt ihr«, sagte er. »Spielt wie immer und laßt euch nicht provozieren. Wenn die Kerle euch die Beine wegsäbeln, säbelt nicht zurück. Umdrippelt sie, setzt sie matt mit weiten Querpässen, vergeßt nicht euer Kopfballspiel. Darin sind die Buschhausener schlecht, ich habe sie beim Training beobachtet. Und vor allem: Haltung bewahren, Freunde! Die Buschhausener sollen Respekt vor euch bekommen. Schlägerkameraden finden sie überall, aber Fußballkönner, die suchen sie! Und das seid ihr!«

Unter großem Geschrei des Publikums liefen die beiden Mannschaften auf das Spielfeld. Die Buschhausener standen um den Rasen wie eine schwarze Mauer. Auf der Ehrentribüne saßen Vorsitzender Hampel, die Pfarrer beider Konfessionen, der Schulrektor, der Apotheker, zwei Ärzte, Fritz Sassen und Waltraud Born, die heute ihr erstes Fußballspiel am Spielfeldrand miterlebte. Bisher hatte sie sich immer nur auf den Fernsehschirm beschränkt.

Schiedsrichter Tomaschewski aus Herne machte es genau wie bei einem Länderspiel. Er wollte die Wimpel austauschen lassen. Dabei ergab sich die erste Panne für die Buschhausener. Die Italiener hatten einen herrlichen neuen Wimpel. Die Landesfarben Italiens grünweiß-rot und darauf, modern stilisiert, die Seilscheibe des Förderturms von Emma II. Theo Barnitzki, der Spielführer der Buschhausener, stand mit leeren Händen da. Man hatte keinen Wimpel.

»So eine Scheiße!« sagte Immobilienmakler Hampel laut. »Das hätte mir der Tomaschewski auch eher sagen können!«

Nach dem einseitigen Wimpeltausch kam der Anpfiff.

Das Spiel lief.

Und wie es lief!

Der Fußballplatz von Buschhausen wurde zu einem Hexenkessel. Plötzlich waren alle Fahnen da, die sonst über das Ruhrgebiet verteilt an den Sonntagen in den großen Stadien geschwenkt wurden. Alle

Trompeten gellten über das Spielfeld, Kinderrasseln und Trommeln lärmten dazwischen, und über allem brausten die Sprechchöre mit den ermutigenden Ermahnungen: »Ra-ra-ra – Buschhausia! Ein Tor! Ein Tor! Ein Tor!«

Die italienischen Zuschauer, ein kleiner Block hinter dem eigenen Tor, wagten sich im Vergleich dazu kaum bemerkbar zu machen. Man soll eine Herde Wasserbüffel, sagten sie sich anscheinend, nicht reizen; sie gelten als die gefährlichsten Tiere.

Das erste Tor fiel in der 17. Minute. Und zwar gegen Buschhausen. Der italienische Halbrechte Giacomo Dudelli erzielte es mit einem unhaltbaren Direktschuß unter die Querlatte.

Ein Geheul wie aus tausend Sirenen begleitete diese Schande. Häusermakler Hampel warf seinen Hut auf den Boden und trat auf ihm herum. Theo Barnitzki röchelte, am Spielfeldrand stand Willis-Bums und brüllte: »Abseits! Abseits!« Man gab ihm recht, obwohl jeder gesehen hatte, daß es ein reguläres Tor gewesen war.

Die Wogen wurden erst wieder etwas ruhiger, als Pater Wegerich sich auf die »Reservebank« setzte, feierlich in seiner Soutane.

In der 28. Minute erfolgte der Ausgleich. Barnitzki zeigte einen herrlichen Fallrückzieher und brachte dadurch den Ball im italienischen Netz unter. Vergeblich streckte sich der katzengleiche Sagrinelli im Tor.

Jubel! Triumphgeheul! Sprechchor: »Noch ein Tor! Noch ein Tor!« Die Trompeten schmetterten, die Fahnen leuchteten. Die Hölle hatte Ausgang.

In der 2. Halbzeit kam die Tragödie. Drei Minuten nach dem Anpfiff schlug es wieder im Buschhausener Tor ein. Ein Kopfball von Mittelstürmer Arengo. Und dann ein drittes Mal... durch einen Elfmeter, kurz und trocken in die linke obere Ecke geknallt. Ein Elfmeter, weil Tomaschewski, trotz aller Großzügigkeit, nicht übersehen konnte, daß einem Italiener die Beine weggezogen wurden, als er sich den Ball im Strafraum auf den Schußfuß legen wollte.

Auf den Platz senkte sich bleierne Stille. Es handelte sich um die berühmte Ruhe vor dem Sturm. Pater Wegerich verließ seine Bank und ging langsam hinter das italienische Tor. Er sagte dem kleinen, fliegenden Sagrinelli etwas. Der Italiener sah den Pater groß an, blickte in die Runde, nickte und lehnte sich an den Pfosten des Tores.

Da blieb er auch stehen, als Barnitzki durchbrach und unter dem

Johlen der Menge vor dem Tor auftauchte. Verwirrt schob Barnitzki den Ball über die Linie und starrte dann den italienischen Torwart an.

»Bist du verrückt?« schrie er ihn an. »Was soll das?«

»Noch ein Tor, amigo«, sagte Sagrinelli freundlich. »Wir haben beschlossen, zu spielen heute unentschieden.«

Es wurde die größte, die offensichtlichste, die peinlichste Blamage Buschhausens. Nach dem Ausgleichstreffer, nach dem 3 : 3, legten die Italiener einen Riegel vor ihr Tor, den niemand aufstemmen konnte. Aber sie stürmten auch nicht, und wenn sie trotzdem einmal – fast ungewollt – vor dem Tor Buschhausens auftauchten, donnerten sie den Ball neben oder über das Tor, so offensichtlich, daß die Buschhausener jedesmal laut aufstöhnten.

Häusermakler Hampel kletterte von der Tribüne hinab zur Reservebank und legte Pater Wegerich die Hand auf die Schulter.

»Wenn Sie kein Priester wären, würde ich sagen, Sie sind ein abgefeimtes Subjekt. Sie kennen alle Tricks, um die Leute weichzumachen! Können wir mal in Ruhe miteinander reden?«

»Jederzeit.« Pater Wegerich lächelte. »Sind sie nicht fabelhaft, meine Jungs aus Sizilien?«

»Goldstücke!« Makler Hampel kaute an der Unterlippe. »Sie haben recht, Pater, unsere Mannschaften sollten sich zusammentun. Wer könnte uns da noch schlagen?«

Der Schlußpfiff machte dem Jammer Buschhausens auf dem Fußballsektor ein Ende. Jeder am Feldrand hatte diese Demonstration begriffen. Stimmen wurden laut und später in den Wirtschaften zum Orkan.

»Spielen können die Itacker!« hieß es. »Kinder, hört doch endlich auf, sie zu boykottieren. Stellt euch vor, wenn die für uns spielen –«

Die Stimmung schlug völlig um seit diesem Sonntagmorgen. Ein guter Fußballspieler ist im Ruhrpott ein halber Heiliger.

Veronika und Oliver waren abgereist. Nach Ischia. Die erste Runde war gewonnen, Veronika atmete auf. In sechs Wochen würde sich die kleine Welt von Buschhausen völlig gewandelt haben. Es würde keinen Dr. Pillnitz mehr geben, keinen Cabanazzi mehr, keine Versuchung und auch keine Erinnerung daran. Es würde reiner Tisch sein, auf den vom Schicksal neu serviert werden konnte.

Nach der Abreise Veronikas ließ Pater Wegerich nach einem Abendgottesdienst im Italienerlager Luigi Cabanazzi zu sich kommen. Er hatte ihn in der ersten Reihe der Gläubigen bemerkt, fleißig und mit Inbrunst betend.

»Gott durchschaut jeden, Cabanazzi«, sagte Pater Wegerich, als Cabanazzi mit unruhigen Augen vor ihm stand. »Kannst du noch das sechste Gebot aufsagen?«

Cabanazzi schwieg verbissen. Auch Pater Wegerich wartete. Endlich stieß Cabanazzi hervor:

»Ja!«

»Und?«

»Was wollen Sie, Padre?«

»Das sechste Gebot lautet: du sollst nicht ehebrechen! – Und ein Ehebrecher sitzt vorne in der Bank und betet! Glaubst du, Gott läßt sich so betrügen wie ein Mensch? Warum betest du?«

»Soll ich nicht?«

»Nein! Oder bereust du deine Sünden?«

»Welche Sünden, Padre?« Cabanazzi hob die Schultern. »Gott hat dem Löwen Krallen gegeben, dem Wolf ein Gebiß und dem Menschen Geist. Er hat alles gegeben, damit man es gebraucht. Warum ist es dann Sünde?«

»Du solltest von hier weggehen, Cabanazzi«, sagte Pater Wegerich eindringlich. »Mein Amt verpflichtet mich, jeden Menschen zu lieben. Es wird mir schwer, es auch bei dir zu tun. Es ist jetzt eine gute Gelegenheit, wegzugehen, einen Strich unter alles zu ziehen. Frau Sassen ist abgereist... geh auch du! Ich bin dabei, Frieden zu stiften, deine Landsleute in den Kreis der deutschen Familien miteinzuschließen, ihnen das Gefühl der Geborgenheit zu geben. Einer wie du kann das alles wieder zerstören. Ich weiß nicht, wie Gott jetzt über mich denkt und richtet, aber du mußt weg, Cabanazzi!«

»Ich werde gehen.«

»Ach!« Pater Wegerich sah den Italiener verblüfft an. »Ist das wahr?«

»Ja, Padre. Vielleicht noch zwei oder drei Wochen – oder vier. Aber ich gehe. Ich verspreche es Ihnen. Mir gefällt es sowieso nicht hier. Ich möchte auswandern, am liebsten nach Südamerika. Ich möchte hier noch so viel verdienen, daß ich die ersten Monate drüben leben kann, bis ich dort etwas Neues habe.«

»Und das ist nicht wieder ein Trick, Cabanazzi?«

»Nein, Padre, ich schwöre es.«

»Himmel nochmal, schwöre nicht! Gott könnte ohnmächtig werden!« Pater Wegerich gab Cabanazzi die Hand. »Ich fürchte, es hat keinen Sinn, dir ins Gewissen zu reden, weil du keines zu haben scheinst. Aber ich möchte dir eines sagen: Wir haben in Zusammenarbeit mit dem italienischen Arbeitsministerium die Möglichkeit, dich über die Grenze abschieben zu lassen. Über die Grenze nach Italien!«

Cabanazzi nickte. »Ich weiß es, Padre.«

»Ich frage mich, was mit dir ist. Hast du Schwierigkeiten in Italien? Kannst du nicht in deine Heimat zurück? Ja?«

Cabanazzi schwieg verbissen.

»Habe ich recht, Luigi?«

»Wenn Sie mich zurückschicken, Padre, werden Sie mein Mörder«, sagte Cabanazzi leise.

Pater Wegerich schwieg betroffen. Ich habe es geahnt, durchfuhr es ihn. Einmal habe ich es schon geträumt: Buschhausen wird eines Tages in den Bannkreis der Mafia geraten. Gnade uns Gott, wenn das Wahrheit würde.

»Ich will dir helfen«, sagte Pater Wegerich nach einer Weile. »Ich will versuchen, zu erfahren, wie du am besten und schnellsten über den Ozean kommst.«

»Danke, Padre.« Cabanazzi verbeugte sich. »Aber ich kann für mich allein sorgen. Doch ich verspreche Ihnen, der madonna eine Riesenkerze zu opfern, wenn ich den Boden Südamerikas betrete.«

Er ging aus dem Zimmer und Pater Wegerich hatte das Verlangen, mit Weihrauch das Zimmer auszuräuchern, als sei er mit dem Satan selbst in Berührung gekommen. Es war ein ganz starkes Gefühl, das er sich nicht erklären konnte.

Ein Zufall kam zu Hilfe und beschleunigte den Plan Cabanazzis. Eines Morgens, etwa eine Woche nach dem Gespräch mit Pater Wegerich, hörte er im Untersuchungszimmer des Zechenreviers Dr. Waltraud Born telefonieren. Er stand im Nebenraum und konnte durch die angelehnte Tür jedes Wort gut verstehen. Zunächst war er gekommen, um sich Tabletten gegen Kopfschmerzen verschreiben zu lassen, nun, nach diesem Gespräch, entschloß er sich, sein Leiden zu ändern, und drückte beide Hände auf den Magen.

Waltraud Born telefonierte mit Dr. Pillnitz in der Gelsenkirchener Klinik.

»Es ist erreicht!« sagte Dr. Pillnitz. »Ich komme nach Bochum! Dort wird man meinen Haxen wieder hinkriegen! Wenn nicht, wandere ich weiter nach Köln zu Prof. Hackenbroich.«

»Gratuliere, Bernhard!« sagte Waltraud Born. »Ich drücke Ihnen beide Daumen für Bochum. Wann geht es denn los?«

»Am Montag nächster Woche. Um zehn Uhr.«

»Am Montag nächster Woche, um zehn Uhr. Dann will ich nochmal den Daumen drücken, daß der Montag ein guter Tag sein wird für Sie.«

Cabanazzi lächelte breit. »Montag, um 10 Uhr, nach Bochum«, wiederholte er leise. Es wird ein Unglücksfall wie hundert andere im Ruhrgebiet sein, dachte er. Es wird ein perfektes Verbrechen werden.

Die Untersuchung durch Waltraud Born war gründlich und brachte kein Ergebnis.

»Glauben Sie mir, signora dottore«, klagte Cabanazzi, »seit vier Tagen... großes Schmerz... bis zum Rücken... nachts immer kotzen... und dann Bauch wie Feuer... Einmal sogar Blut bei kotzen...«

»Ich kann nichts finden.« Waltraud Born drückte noch einmal Magen, Bauch und Unterbauch ab. Milz, Galle, Leber ließen keinerlei Veränderungen erkennen. Ein Magengeschwür konnte sich allerdings geöffnet haben, aber dann hätte Cabanazzi dort auch druckempfindlich sein müssen. Er zeigte jedoch keinerlei Reaktionen.

»Ich schicke Sie zu einem Facharzt«, sagte Waltraud Born und ging zum Schreibtisch, um die Überweisung auszufertigen. »Gehen Sie mit diesem Zettel zu Dr. Bungert in Gelsenkirchen-Buer. Er ist Knappschafts-Arzt und Facharzt für Inneres. Am besten fahren Sie Freitag gleich hin.«

Cabanazzi nahm seine Überweisung und lächelte Waltraud Born dankbar an.

»Mille grazie, signora dottore –«

Am Freitag fuhr Cabanazzi nicht nach Gelsenkirchen-Buer. Dafür wurde an diesem Freitag ein Lastwagen gestohlen, der Wagen eines Spediteurs aus Castrop-Rauxel. Die Polizei suchte vergeblich. Der Wagen war wie vom Erdboden verschwunden.

Am Montag fuhr Cabanazzi mit der Bahn nach Gelsenkirchen. Eine

Station vorher stieg er aus und wanderte einige Kilometer zurück zu einem Waldstück. Aus diesem tauchte er wieder auf, am Steuer des verschwundenen Möbelwagens, und fuhr um Gelsenkirchen herum auf die Bundesstraße 226, die Ausfallstraße Gelsenkirchens nach Bochum.

Er stellte den Wagen seitlich an die Straßeneinfassung, sah auf seine Uhr und ließ den Motor weiterlaufen.

10 Uhr neun Minuten.

Wenn sie um zehn Uhr pünktlich abgefahren sind, können sie bald kommen, dachte er.

Es war ein heller, sonniger Tag mit einem blauen, wolkenlosen Himmel. Ein Tag, der heiß werden würde. Der Sommer kündete sich an.

Cabanazzi starrte in Richtung Gelsenkirchen. Er wartete auf den gelben Krankenwagen mit den roten Kreuzen an den Seitenwänden und der Blaulichtampel auf dem Dach.

Der Motor des Möbelwagens lief und rüttelte das große Fahrzeug im Standgang durch.

9

Er wartete zwanzig Minuten, rauchte unruhig eine Zigarette nach der anderen und saß tief geduckt hinter dem Lenkrad, damit es Passanten nicht möglich war, ihn später beschreiben zu können. Man konnte von ihm nur eine blaue Mütze sehen, der er sich nach der Tat im Wald entledigen würde. Es würde schwer sein, zu beschreiben, wie der Mann am Steuer des Möbelwagens ausgesehen hatte.

Endlich erblickte er von weitem den Krankenwagen, der ohne Blaulicht und Sirene fuhr. Trotzdem war das Tempo überdurchschnittlich hoch, weil das Krankenwagenfahrer nun einmal im Blut haben. Sie fahren ständig gegen die Zeit, eine nie abreißende Flucht vor dem Tod.

Cabanazzi warf seine Zigarette aus dem Wagen, legte den 1. Gang ein und fuhr den schweren Möbelwagen quer über die Straße. Als der Wagen wie eine Mauer mitten im Weg stand, kuppelte Cabanazzi aus, zog die Bremse an und sprang aus dem Fahrerhäuschen. Geduckt rannte er zum Straßenrand und stellte sich hinter ein Transformatorenhäuschen.

Die beiden Sanitäter auf den Sitzen des Krankenwagens wurden von Entsetzen gepackt, als sie nach einer Kurve plötzlich den schweren Möbelwagen quer vor sich stehen sahen. »Festhalten, Karl!« brüllte der Fahrer noch, er trat voll auf die Bremse, Augenblicke später krachte ihr Wagen schon mit aller Wucht gegen den Aufbau des Möbeltransporters. Holz, Blech und Eisen splitterten, die Sirene heulte plötzlich infolge eines Kurzschlusses auf, ein sinnloses Warnungsrufen, das jetzt zu einem verzweifelten Hilfeschrei wurde.

In Sekundenschnelle entstand auf der Straße ein Chaos aus haltenden Autos, zu Hilfe rennenden Menschen und Trauben von Neugierigen. Aus dem völlig zertrümmerten Krankenwagen zogen ein paar Männer drei leblose Gestalten, aus dem Führerhaus die beiden Sanitäter, aus dem Transportraum eine verbogene Trage mit einer in Decken gehüllten Gestalt. Man legte die Körper neben den Trümmern auf die Straße und wartete auf die Polizei und den Unfallwagen.

In diesem allgemeinen Durcheinander achtete keiner auf Cabanazzi. Er stand hinter dem Transformatorenhaus und beobachtete, wie man die Körper aus den Wagentrümmern zog. Er sah auch, wie man das Gesicht eines der Verunglückten mit einem Tuch bedeckte. So etwas tut man nur bei einem Toten, dachte er. Mit fahrigen Händen strich er sich über die verschwitzten Haare. Die beiden anderen werden auch gleich soweit sein, dachte er. Ihr Tod ist sinnlos. Aber wie vieles ist sinnlos auf dieser Welt!

Er wartete nicht die Ankunft der Polizei ab, sondern nutzte die Aufregung aus, ging schnell die Straße hinunter, bog in einen Feldweg ab und erreichte den Wald, in dem er den Möbelwagen versteckt gehalten hatte. Dort vergrub er die Mütze und die Handschuhe, die er am Steuer getragen hatte, wanderte dann weiter durch den Wald, traf auf eine Nebenstraße und sah an einer Kreuzung das Schild einer Bushaltestelle. Dort wartete er zehn Minuten, stieg in einen Bus nach Wattenscheid und fuhr mit dem zufriedenen Gefühl durch das Land der Zechen und Kleingärten, seinen Auftrag gut ausgeführt zu haben.

Von Wattenscheid aus gab er ein Telegramm nach Ischia auf. Der Text war kurz: »Alles in Ordnung stop Überweisung kann erfolgen stop C.«

Veronika las sieben Stunden später beim 5 Uhr-Tee auf der Terrasse des Hotels dieses Telegramm. Oliver badete im Plantschbecken des Hotels.

Wie war dies so schnell möglich, dachte sie und hielt das Telegramm über die Flamme ihres Feuerzeuges. Die verkohlten Überreste zerrieb sie in einem großen Aschenbecher zu schwarzem Staub. Es konnte eine Lüge sein, dieses Telegramm. Überweisung kann erfolgen... so schnell nicht, mein lieber Luigi. Erst wenn ich aus Buschhausen ganz sicher weiß, daß Dr. Pillnitz nicht mehr lebt, bekommst du deinen Lohn – nicht eher!

Das Mißtrauen Veronikas war berechtigt. Auch Luigi Cabanazzi erfuhr es erst zwei Tage später aus der Zeitung, in der ein großer Bericht über diesen merkwürdigen Unfall stand, illustriert mit den Bildern des Grauens auf der Straße.

Gestohlener Möbelwagen wird Krankentransport zum Verhängnis! Der unbekannte Täter flüchtig! Ein Toter, zwei Schwerverletzte!

Das waren die Überschriften, die Cabanazzi mühsam entzifferte. Aber dann wurde er bleich und hörte lange nicht auf, vor sich hinzufluchen.

Getötet wurde der Beifahrer. Der Fahrer des Krankenwagens war schwer verletzt, aber beides bewegte Cabanazzi nicht. Was ihn aufregte, war der Satz: »Die Kranke, die zum St. Johannis-Hospital gebracht werden sollte, Frau M. L., um dort am Blinddarm operiert zu werden, erlitt einen Oberschenkelbruch und Quetschungen des Brustkorbes. Ihr Zustand ist jedoch nicht besorgniserregend.«

Eine Frau! Cabanazzi ließ die Zeitung fallen. Dr. Pillnitz war also gar nicht in dem Wagen gewesen. Es war alles umsonst geschehen. Der Diebstahl, die Planung des Verbrechens, die Ausführung, der Tod des Sanitäters, alles war völlig sinnlos! Dr. Pillnitz lebte noch – und er lag jetzt schon wohlbehalten in dem großen Krankenhaus in Bochum, sicher und unerreichbar wie in einem Panzerschrank.

Cabanazzi spürte ein Zittern in den Beinen, als er von der Bank am Fußballplatz Buschhausens aufstand, die Zeitung zusammenfaltete und in die Tasche steckte. In der nahe gelegenen Wirtschaft »Heideblume« trank er drei Gläser Rotwein, um sich zu beruhigen, aber das gelang ihm nicht. Der Gedanke, seine große Chance verspielt zu haben, bedrückte ihn zutiefst. Die 10000,– Mark konnte er sich aus dem Kopf schlagen, und damit war auch der Plan begraben, nach Südamerika zu entweichen, weg aus diesem Europa, in dem er sich nirgends mehr sicher fühlen konnte und wo er wußte, daß er da einmal, früher oder später, sein Grab finden würde.

Um die gleiche Zeit lag Dr. Pillnitz auf dem Untersuchungstisch der Bochumer Klinik und hörte mit verschlossenem Gesicht zu, was ihm der Professor sagte:

»Wenn Sie dieses Bein wieder bewegen wollen, müßten wir Zauberer sein, Kollege. Wenn uns das gelänge, würde ich Sie der Kirche als neues Wunder melden! *Ich* kann es nicht. Wir können es nur versteifen und es so wenigstens zum Teil funktionsfähig erhalten.«

»Da sieht man wieder, wie weit wir sind«, sagte Dr. Pillnitz unglücklich. »Raketen in den Weltraum können wir schießen, aber ein Bein wieder herstellen, wird zum Wunder! Es ist zum Kotzen!« Er hob die Schultern. »Also gut, machen Sie, was Sie wollen. Ich muß mich eben damit abfinden, ein Krüppel zu bleiben.«

Die Nachtschicht war eingefahren. Cabanazzi, der sie mit 70 anderen Landsleuten verfahren sollte, war durch einen Ersatzmann vertreten worden, der stillschweigend die Marke Cabanazzis nahm, sie gegen die Grubenlampe abgab und einfuhr. Es fiel gar nicht auf. Für den Steiger sah ein Italiener unter Tage aus wie der andere. Unter der Kohlenstaubschicht verschwanden äußerliche Unterschiede. Die Gesichter wurden einheitlich.

Im Lager aber, hinter den geschlossenen Läden, hatte sich das Komitee wieder versammelt. Nicht im Gemeinschaftsraum, das wäre dem Lagerleiter aufgefallen, sondern in der Baracke 1, Zimmer 10, dem größten Zimmer mit zwölf Betten. Hier saßen auf den Kanten der unteren Betten die Komiteemitglieder und rauchten und tranken Chianti aus den bauchigen, mit Bast umflochtenen Flaschen.

Cabanazzi stand vor ihnen, bleich, mit eingefallenem Gesicht, die Hände auf dem Rücken. Als drei Männer ihn aus dem Bett geholt hatten, hatte er keinerlei Gegenwehr versucht. Die ungeschriebenen Gesetze der Mafia waren ihm zu genau bekannt. Nur wußte er nicht, was man ihm wieder vorwarf. Er hatte alles getan, was das Komitee befahl; er war eingefahren in die Grube, er hatte vor Ort gearbeitet, er hatte vermieden, Aufsehen zu erregen. Und doch empfand er dumpfe Angst, als er vor den Betten stand und in die im Zigarettenrauch schwimmenden Gesichter der Männer des Komitees sah.

Ohne Einleitung, ohne Erklärung vernahm Cabanazzi plötzlich ein Urteil. Er zuckte unter den Worten zusammen wie unter Peitschenhieben und wurde leichenblaß.

»Das Komitee hat folgendes Urteil beschlossen: Luigi Cabanazzi ist dem Tode verfallen. Das Urteil wird vollstreckt, wenn die Öffentlichkeit in Deutschland von seinen Untaten erfährt.«

Cabanazzis Mund zuckte wild. »Was werft ihr mir denn vor, Freunde?« brüllte er. »Ihr könnt mich doch nicht ohne Anklage verurteilen! Ich habe nichts getan!«

»Du hast am Freitag einen Möbelwagen gestohlen und am Montag damit einen Unfall herbeigeführt.« Cabanazzis Unterkiefer fiel herab. Sie wissen alles, dachte er und fühlte, wie es ihm kalt über den Rücken lief. O Madonna, sie werden mich töten, sie werden mich in aller Ruhe töten, so wie man für den Sonntagsbraten einem Huhn den Kopf abhackt. Sie kennen keine Gnade, o Madonna –

»Noch weiß die deutsche Polizei nicht, wer den Wagen gestohlen hat. Auch nicht, wer den Wagen auf die Straße gestellt hat. Bete, daß es dabei bleibt, Luigi, denn kommen die Deutschen dahinter, brauchen wir keine Polizei mehr.«

»Freunde«, Cabanazzi schluckte krampfhaft, »ich will es euch erklären.«

»Das Komitee braucht keine Erklärungen. Es beschließt, und das genügt. Du hast das Urteil gehört.«

»Ja«, antwortete Cabanazzi dumpf.

»Das Komitee beschließt weiter: Ab sofort verläßt du das Lager nur in Begleitung eines anderen. Du wirst nie mehr allein ausgehen.«

»Das könnt ihr nicht«, stammelte Cabanazzi. »Ich bin kein Gefangener.«

»Doch! Das Komitee ist eingesetzt, darauf zu achten, daß wir in Deutschland einen guten Eindruck hinterlassen. Alles, was stört, wird entfernt. Du störst! Die Zentrale hat beschlossen, dich hier zu töten oder in die Heimat zurückzuholen.«

Cabanazzi sah sich um. Er stand mitten im Raum, nirgendwo war ein Halt, eine Stütze. Er schwankte und atmete schwer.

»Habt doch Erbarmen, Freunde!« flehte er.

»Hast du Erbarmen mit Alfredo, Giuseppe und Paolo gehabt?«

»Sie haben meinen Vater getötet!« schrie Cabanazzi. »Es war mein Recht, sie auch zu töten!«

»Aber nicht Maria und Giuseppina, ihre Frauen! Du hast das Gesetz gebrochen, Frauen nicht anzurühren.«

»Sie standen mir auf dem Feld gegenüber, Gewehre in der Hand!« schrie Cabanazzi. »Es war Notwehr! Ich schwöre es! Sie hätten mich erschossen, wenn ich nicht schneller gewesen wäre! Sollte ich mich abknallen lassen? Ist es nicht auch gegen das Gesetz, daß Frauen Waffen tragen?«

»Das Komitee hat entschieden.« Die rauchenden Männer auf den Bettkanten erhoben sich. »Du stehst unter Bewachung, bis du in die Heimat abgeschoben wirst.«

»Und dort?« stammelte Cabanazzi.

»Dort liefern wir dich der Familie Tremozzi aus.«

»Das ist Mord!« brüllte Cabanazzi auf. »Warum bringt ihr mich nicht gleich hier um?«

»Das kannst du haben. Es ist aber die Lösung in Italien die bessere. Die Zeitungen hier schreiben schon zuviel über die Mafia. Es soll nicht noch mehr Aufsehen geben. Wir haben Zeit, Luigi. Die Welt ist nicht groß genug, daß du ein Versteck finden könntest. Gute Nacht!«

Cabanazzi wollte noch etwas sagen, aber drei Hände packten ihn und schoben ihn aus dem Zimmer. Im Gang wartete Mario Giovannoni auf ihn, der kleine, fröhliche Sizilianer, der Spaßmacher des Lagers, der Sänger mit der schönen Tenorstimme, vor dessen Barackenfenster sich sonntags die Spaziergänger stauten, wenn er seine Arien und Volkslieder zum besten gab.

»Ich bin ab heute dein Nachbar«, sagte Mario und lächelte freundlich. »Du schläfst oben im Bett, ich im unteren. Nur unter Tage sind wir getrennt, aber in der Lampenausgabe arbeitet seit gestern Giulmielmo. An dem mußt du vorbei, wenn du heimlich ausfahren willst.«

Cabanazzi antwortete nichts. Er ging in sein Zimmer, kletterte in sein neu zugewiesenes Bett, legte sich auf den Rücken und starrte an die weißgetünchte Bretterdecke.

Ich muß hier weg, dachte er. Es muß einen Weg geben, wegzukommen. Hier bin ich schon ein toter Mann.

Unter ihm legte sich Mario Giovannoni in sein Bett.

»Ich habe einen leisen Schlaf, Luigi«, sagte er. »Ich höre alles. So leise kannst du gar nicht sein, daß ich nicht aufwache.«

Cabanazzi drehte sich auf die Seite. Die Todesangst erfaßte ihn wieder wie ein Frost, der bis auf die Knochen dringt.

Mit großem diplomatischen Geschick hatte Dr. Sassen die Verstimmung von Generaldirektor Dr. Vittingsfeld beseitigen können. Er hatte das nur damit erreicht, daß er ihm in die Hand versprochen hatte, den rebellischen jungen Mann aus der ersten Linie der Zeche zu entfernen und nach Brüssel abzuschieben. »Geld in der Hand beruhigt die jungen Gemüter«, sagte Dr. Vittingsfeld und prostete nach der beigelegten Affäre Dr. Sassen jovial zu. »Es sollte mich nicht wundern, wenn Ihr Schwiegersohn in einem Jahr soweit ist, daß er in seinem Bungalow Briefmarken sammelt, statt dumme soziale Reden zu halten und sich um krumme Eier zu kümmern. Sie müssen ihn allerdings an der Kandare halten, Sassen. Sie wissen ja: Das Einreiten der jungen Pferde ist für diese bestimmend für das ganze weitere Leben.«

Dr. Sassen war also damit beauftragt, im Interesse der Arbeitgebergemeinschaft Kurt Holtmann wie einen störrischen Hengst zuzureiten. Er hoffte da auch auf die Hilfe seiner Tochter Sabine, die sich auch nicht querlegen wollte und die Möglichkeiten längst erkannt hatte, die sich in Brüssel für Kurt boten.

Um so mehr war Dr. Sassen betroffen, als sein Sohn Fritz ihn im Direktorzimmer aufsuchte und zu ihm sagte:

»Paps, ich möchte gern mit dir privat sprechen.«

»Hier? Im Büro? Hat das nicht Zeit bis zum Abend?«

»Nein. Aus bestimmten Gründen, die du gleich einsehen wirst, ist das Büro der geeignete Platz.« Die Stimme Dr. Fritz Sassens war von fester Entschlossenheit. Sein Vater zog die Brauen hoch und musterte ihn. Nanu, ahnte er ganz richtig, das wird wohl wieder einmal eine heiße Aussprache. So wie er vor dem Schreibtisch steht, sieht er aus wie ein Volkstribun. Er wird wieder mit Beschwerden der Belegschaft kommen und den Leuten recht geben.

»Dann schieß los, Fritz!« sagte er mit gezwungener Heiterkeit. »Was will der Betriebsrat? Die 38-Stunden-Woche mit vollem Lohnausgleich für 44 Stunden? Sechs Wochen Urlaub, voll bezahlt? Bei Krankheit 3 Monate voller Lohn? Für die Ehefrau einen Einkaufsgutschein von wöchentlich 50,– Mark? Ich nehme an, du hast alles schriftlich fixiert und sozialrechtlich begründet!«

»Bitte, nicht diese Witzchen, Paps.« Dr. Fritz Sassen war leicht rot geworden. »Es ist rein privat.«

»Mehr Gehalt für dich, mein Junge? Geht nicht! Du bist sowieso in der höchsten vertretbaren Gruppe. Doch ich habe längst vor, dich bei Erreichung des 30. Lebensjahres in einige Vorstände hineinzuschleusen. Vier Jahre mußt du aber noch warten, mein Lieber, das ist nun nicht zu ändern. Dreißig mußt du sein, ich kann doch keine Kinder in die Aufsichtsräte schicken. Der gute Vittingsfeld hat sogar die Idee, dich in die Stahlindustrie zu übernehmen. Was sagst du nun? Noch ist es ein Geheimnis, ich sollte es dir gar nicht sagen.«

»Ich komme mir vor wie ein Fußballstar in der Bundesliga. Über den wird auch verfügt wie über eine Ware...«

»Das ist ja nun wohl ein völlig unpassender Vergleich, mein Sohn. Sei froh, daß ich mich um dich kümmere. Die Kohle ist wirtschaftlich ein alter, hinkender Mann, beim Stahl gibt's zwar auch Schwierigkeiten, aber lösbare, vor allem, solange die Rüstung läuft. Und daran sollst du teilhaben.«

»Ein andermal, Paps. Momentan bitte ich dich um privates Gehör. Ich möchte heiraten –«

Eine ganze Weile war es still in dem großen Büro. Dr. Sassen sah seinen Sohn so verständnislos an, als habe er gar nicht begriffen, was er gehört hatte.

»Heiraten?« wiederholte er dann gedehnt.

»Ja, Paps.«

»So schnell? So plötzlich?«

»Ja.«

»*Mußt* du etwa? Mein Junge, so etwas kann man doch anders arrangieren.«

Dr. Fritz Sassen biß sich auf die Unterlippe. »Ich muß nicht, Paps. Und wenn es so wäre – das, was du vornehm arrangieren nennst, käme auch nicht in Frage. Ich liebe das Mädchen, das ich heiraten will.«

»Das ist ja wohl auch die mindeste Voraussetzung. Darf ich erfahren, wer das Mädchen ist?«

»Dr. Waltraud Born.«

Dr. Ludwig Sassen starrte seinen Sohn wieder entgeistert an. Dann stand er langsam auf und stützte sich mit beiden Fäusten auf den Schreibtisch.

»Du bist wohl total verrückt, mein Sohn, was?«

»Warum? Waltraud ist das anständigste Mädchen, das es gibt. Sie kommt aus gutem Hause, ist gebildet, hat den besten Ruf und – was das Wichtigste ist – wir lieben uns und sind uns einig.«

»Sehr schön, daß man dann den alten Vater auch noch gnädigst unterrichtet!« Dr. Sassen marschierte zu dem großen Fenster. Seine Finger trommelten nervös an die Scheibe. »Du willst meine Stellungnahme? Also gut. Ich sage nein!«

»Und warum?« Die Stimme Fritz Sassens war belegt.

»Ich habe andere Pläne mit dir.«

»Soll ich die zweimal geschiedene Tochter Vittingsfelds heiraten?« rief er.

»Nein. Aber seine Nichte. Der Vater ist Aufsichtsratsvorsitzender der Willbert-Hütte. Der Willbert-Konzern ist der einzige, der bis jetzt noch nicht fusionieren will.«

»Und über das Ehebett soll nun der Sohn dem Vater die Macht in die Hand spielen.«

»Du drückst dich ordinär aus – aber im Endeffekt ist es so. Du kennst den Ausspruch des Fürsten Metternich: Du, glückliches Österreich, heirate! Gott sei Dank kann es auch bei uns so heißen: Du, glückliche Industrie, heirate! Man kann Monopole kaufen oder erheiraten. Der letztere Weg ist der bequemere und einsatzgeringere.« Dr. Sassen winkte ab, als Fritz etwas sagen wollte. »Die kleine Eva Willbert ist zu allem auch noch ein hübsches Mädchen.«

»Ich kenne sie. Sie hat zwei Reitpferde, fährt einen Maserati, bestellt ihre Kleider in Paris und hat für ihren Silberpudel ein goldenes Halsband mit Symbolen des Sternzeichens Skorpion anfertigen lassen. Der liebe, kleine, süße Bobby ist nämlich im November geboren.«

»Was hast du gegen Pudel?«

»Ich habe etwas gegen exaltierte Millionärstöchter – ich liebe Waltraud.«

»Von mir aus. Aber heiraten tust du standesgemäß.«

»Ich habe ihr die Ehe versprochen, Vater.«

»Lächerlich! Ich werde Dr. Born versetzen lassen... zu Friedrich III nach Wanne-Eickel. Dort braucht man noch eine Ärztin für das Lazarett.«

»Dann bitte auch ich um meine Entlassung!« sagte Dr. Fritz Sassen entschlossen.

Direktor Sassen fuhr am Fenster herum. »Ich höre mir diesen Quatsch nicht mehr an!« schrie er plötzlich. »Was ist denn in meine

Familie gefahren? Sabine liebt und heiratet einen Hauer, mein Sohn rennt hinter einer bedeutungslosen Ärztin her... ich bin gespannt, wen mir eines Tages Oliver anschleppt; vielleicht eine Spülhilfe aus der Werksküche!«

»Warum nicht? Beginnt der Mensch erst bei einem dicken Bankkonto? Du fragst, was mit deiner Familie los ist. Die Antwort ist klar: Sie ist mit der neuen Zeit über dich hinweggerollt.«

»O Himmel, die Theorien der Französischen Revolution! Freiheit – Gleichheit – Brüderlichkeit! Spukt das noch immer in euren Hirnen? Was wird denn daraus in der Praxis? Sieh dir deinen Schwager Kurt Holtmann an. Was soll ich mit dem anfangen? Nach Brüssel schiebe ich ihn ab.«

»Und er wäre hier der richtige Mann. Er kennt die Nöte der Kumpels, weil er selber einer ist.«

»Überlege doch den Irrsinn, den du da redest.« Dr. Sassen tippte sich an die Stirn. »Mein Schwiegersohn, im Kreise der Unternehmer, vertritt die Interessen der Arbeiter. Ich frage dich: Kaufst du dir einen Pelz und setzt du dir selbst die Motten hinein?«

»Das sind alles antiquierte Sprüche, Vater. Ich wiederhole, die Zeit überrollt dich. Man muß mit ihr gehen. Noch einmal: Ich heirate Waltraud Born!«

»Setzt du mir damit das Messer auf die Brust?« fragte Dr. Sassen gefährlich leise zurück. Fritz Sassen richtete sich auf, der entscheidende Augenblick war gekommen.

»Ja, Vater.«

»Hier meine endgültige Antwort: Nein.«

»Begründung?«

»Ich habe es nicht nötig, meinem Sohn Begründungen abzugeben.«

»Waltraud wartet auf unsere Entscheidung. Möchtest du sie sehen?«

»Danke. Ich verzichte darauf.« Dr. Sassen drehte seinem Sohn den Rücken zu. »Ich möchte auch, daß sie die Arztstation räumt.«

»Dann ist das Revier unbesetzt.«

»Ich hole Ersatz aus Gelsenkirchen.«

»Wie du willst. Ich erkläre mich hiermit als aus der Zeche Emma II entlassen.«

»Bitte! Was willst du unternehmen?«

»Ich kann für mich selbst sorgen! Ich brauche keine Protektion! Ich habe ein Angebot, als Syndikus in den Arbeitnehmerverband einzutreten.«

Direktor Sassen fuhr wie gestochen herum. »Du willst zum offenen Gegner deines Vaters werden?« brüllte er.

»Du zwingst mich dazu. Außerdem war es schon immer mein Ziel, für die Allgemeinheit und nicht für eine dünne Fettschicht zu arbeiten.«

»Raus!« sagte Dr. Sassen und senkte den Kopf wie ein angreifender Stier. »Sofort raus! Ich möchte mich nicht so weit vergessen, meinem erwachsenen Sohn eine runterzuhauen!«

»Ich ziehe auch aus, Vater. Meine Sachen werden morgen abgeholt. Bis ich eine eigene Wohnung habe, wohne ich im Hotel.«

»Ist denn alles wahnsinnig geworden?« schrie Dr. Sassen und warf die Arme empor. Plötzlich schwankte er, faßte sich ans Herz, stöhnte auf und sank in einen der nahe stehenden Ledersessel. Sein Gesicht wurde bleich und farblos. Todesangst schrie aus seinen Augen. Dr. Fritz Sassen rannte ans Telefon und wählte eine Nummer.

»Bitte, sofort Dr. Born ins Direktionszimmer!« rief er. »Ein Herzanfall des Chefs –«

Er warf den Hörer auf die Gabel, rannte zurück zu seinem Vater, setzte sich auf die Sessellehne, knöpfte ihm das Hemd über der Brust auf und hielt dann seinen schlaffen Kopf fest.

»Es ist grausam, Paps«, sagte er ohne jeden Sarkasmus, »aber nun mußt du doch Waltraud Born an dich heranlassen…«

Im Hause Holtmann hing der Haussegen schief. Nicht, daß Hans Holtmann wieder schimpfte oder große Vorträge hielt, ganz im Gegenteil, es war das, was man im Ruhrgebiet eine »stille Messe« nennt. Man saß um den Tisch herum und schwieg. Man saß vor dem Fernsehgerät und schwieg. Man saß im Garten und schwieg, man grub die Beete um und schwieg. Der Betrieb ging weiter wie bisher, es hatte sich äußerlich nichts geändert, aber das innere Gefüge der Familie Holtmann war gesprengt.

Der hin- und hergerissene Kurt hatte sich bereiterklärt, auf seine Arbeit als Hauer zu verzichten, und trat in die Verwaltung von Emma II ein.

»Mein Sohn – ein Schlipskumpel!« Das war alles, was Hans Holtmann dazu sagte. Aber das genügte. Die ganze Verachtung von drei Generationen Püttmännern entlud sich auf den Vertreter der vierten Generation, der von Ort wegging und »etwas Besseres« wurde. Auch die bisherigen Freunde Kurts sonderten sich ab. Weniger, weil er jetzt nicht mehr mit ihnen einfuhr, sondern weil sie argwöhnten, er werde jetzt ein Spitzel des Chefs.

Kurt Holtmann schluckte diese offensichtliche Mißachtung tapfer und still. Sie wissen noch gar nicht, was ich alles vorhabe, dachte er. Sie werden einmal Abbitte leisten. Ich hänge die Grubenlampe nicht an den Nagel, um mich vollzufressen. Ich werde über Tage mehr für sie tun können, als vor Ort an der Kohle. Dort bin ich ein Hauer, den der Steiger anpfeift. Hier bin ich der Schwiegersohn des Chefs, der die Hebel ansetzen kann, wo es nötig ist. Am Konferenztisch. Nicht unter Tage wird die Geschichte der Bergleute geschrieben, sondern in den Zimmern der Konzerne.

In der Hauptverwaltung erhielt Kurt Holtmann ein neues Zimmer, neue Möbel aus heller Eiche, ein weißes Telefon, eine Sekretärin und eine Luftaufnahme der Zeche Emma II. Ein Großfoto, auf einer Spanplatte aufgezogen, sehr attraktiv, sehr eindrucksvoll.

Gleich nachdem das Büro eingerichtet war, schickte ihm die Abteilung Marktforschung der Hauptverwaltung Akten und Listen hinüber, Berichte und Statistiken. Auf dem Laufzettel stand in roter, schöner Blockschrift: Zur Vorlage bei Leiter Abteilung Statistik.

In diesem Augenblick wußte Kurt Holtmann, daß man ihn kaltzustellen begann. Seine Aufgabe, für die er ab sofort ein Abteilungsleitergehalt bezog, bestand darin, Statistiken zu lesen, abzuzeichnen und abzuheften. Jede Woche war ein Bericht zu machen über die Förderentwicklung der einzelnen Schachtanlagen von Emma II im Vergleich zu den Fördermengen der Konkurrenzen unter Berücksichtigung der Beschäftigtenzahl.

Kurt Holtmann rief seinen zukünftigen Schwager Dr. Fritz Sassen an.

»Was soll der Blödsinn, Fritz?« fragte er. »Ich mache mich ja lächerlich! Ich will arbeiten, aber nicht meine Zeit nutzlos totschlagen.«

»Das kannst du. Ich komme gleich zu dir herüber. Ich habe meinem Alten gekündigt. Die Vertretung der nächsten Arbeitssitzung kannst du schon übernehmen. Dazu brauchst du keine Vorkenntnisse. Es genügt, wenn du das sagst, was du denkst. Damit legst du denen Dynamit unter ihre Hintern!«

Entgeistert legte Kurt Holtmann auf. Fritz hatte gekündigt. Zehn Minuten später hörte er von seiner Sekretärin, daß Direktor Sassen nach Hause gebracht worden sei. Dr. Waltraud Born habe ihn begleitet. Herzanfall.

Die Aussprache zwischen Dr. Fritz Sassen und Kurt Holtmann war lang und eindringlich. Dann gaben sie sich die Hand wie Brüder.

»Ich wünsche dir alles Glück, Fritz«, sagte Kurt und begleitete seinen zukünftigen Schwager bis zur Tür. »Wir werden ja dann in Kürze wieder zusammenarbeiten. Du auf der Arbeitnehmerseite, ich auf der Gegenseite. Eigentlich absurd, nachdem wir die gleichen Ideen haben.«

»Willst du nicht doch mitkommen, Kurt?« Fritz Sassen drehte sich an der Tür noch einmal um. »Ich kann einen zweiten Mann gebrauchen.«

»Hat keinen Zweck, Fritz.«

»Das hier ist ein sinkendes Schiff. Das Leck ist nicht mehr von innen, sondern nur noch von außen abzudichten. Aber dazu müssen wir tauchen. Es hat keinen Sinn, an Deck zu stehen und SOS zu schreien. Komm mit!«

»Ich glaube, ich kann hier für die Sache mehr tun.«

»Indem du Statistiken ablegst?«

»Morgen, bei der Sitzung, wird es schon anders sein.«

»Täusch dich nicht!« Dr. Fritz Sassen lächelte etwas traurig. »Mich haben sie dort behandelt wie einen dummen Jungen. Wenn ich einen Vortrag hielt, war es, als sprach ich zu Puppen eines Wachsfiguren-Kabinetts. Vollkommen unbeteiligt. Du wirst es sehen.«

»Ich habe gelernt, mit der Kreuzhaue gegen die Kohle vorzugehen, ich werde auch diesen Riegel brechen.«

»Ein stolzes Wort.« Dr. Fritz Sassen trat hinaus auf den Flur. »Das beste Gebiß geht in die Binsen, wenn man auf Granit beißt. Alles Gute. Viel Glück.«

Es war dann alles so, wie Fritz Sassen es angekündigt hatte. Ja, es war noch schlimmer. Als Kurt Holtmann im Sitzungssaal des Konzerngebäudes in Gelsenkirchen erschien, sah ihn als erster Generaldirektor Dr. Vittingsfeld. Er nahm einen anderen Direktor zur Seite und flüsterte mit ihm.

»Was will denn der hier? Ich denke, der Filius kommt? Ist denn Sassen völlig verrückt geworden? Rufen Sie mal an, was er sich dabei gedacht hat.«

Der Beginn der Konferenz verzögerte sich eine Weile, weil Dr. Vittingsfeld im Rauchzimmer saß und auf das Ergebnis des Telefonates wartete. Als er die Antwort aus Buschhausen erhielt, stampfte er mit dem rechten Fuß auf.

»Krank ist er! Herzanfall! Im richtigen Augenblick bekommen diese Herren ihren Herzinfarkt! Na, dann los! Wenn Sassen den jungen Springer nicht einreiten kann, muß ich es tun...«

Die Konferenz begann unprogrammgemäß mit einer Begrüßung durch Dr. Vittingsfeld. »Meine Herren«, sagte er mit seiner hohen Kommandostimme, »ich freue mich, in unserem Kreis einen neuen Herrn begrüßen zu können. Als Vertreter von Emma II ist zu uns Herr Holtmann gekommen, den verwandtschaftliche Beziehungen bald eng an das Haus Sassen binden werden.« Das war eine deutliche Warnung. Sei vorsichtig, Junge. Daraus drehe ich dir einen dicken Strick, an dem du ganz rasch hängst, wenn dich der Hafer sticht.

Die Herren blickten Kurt Holtmann an, nickten ihm reserviert zu und bemerkten, daß der junge Mann sehr von sich überzeugt schien. Sein Zurücknicken war sogar noch um einen Grad steifer als das ihre.

»Gehen wir in medias res, meine Herren!« Die Stimme Dr. Vittingsfelds klang wie eine Fanfare zum Angriff. »Punkt 1: Antrag aller Zechen an die Bundesregierung, eine gezieltere und konstruktivere Energiepolitik zu betreiben. Eine Resolution ist bereits ausgearbeitet, Sie finden sie in Ihren Arbeitsmappen unter Ziffer 3.«

Die Herren schlugen die in Leder gebundenen Arbeitsmappen auf, die vor ihnen auf dem Tisch lagen. Kurt Holtmann rührte als einziger seine Mappe nicht an, er blickte hinüber zu Dr. Vittingsfeld. Der Generaldirektor erwiderte seinen Blick.

»Sie kennen den Antrag schon, Herr Holtmann? Sind Sie Hellseher?« fragte er mit dickem Spott.

Die Herren blickten einander erwartungsvoll an. Knisternde Spannung lag in der Luft. Kurt Holtmann schob die lederne Mappe ostentativ von sich weg.

»Ich habe eine Frage, bevor der Antrag diskutiert wird.«

»Bitte...«

»Warum eine Petition an die Bundesregierung?«

Dr. Vittingsfeld lächelte böse. »Das klingt ja, als ob Emma II die einzige deutsche Zeche wäre, die keine Absatzkrise spürt. Herr Direktor Sassen hat bisher immer am lautesten interveniert.«

»Ich weiß. Aber mit Petitionen ist nichts gewonnen. Mit Subventionen noch weniger, denn die muß der Steuerzahler auf den Buckel nehmen. Sinnvoller wäre es, das Übel an der Wurzel zu packen, nämlich bei der Unternehmerpolitik im Kohlenbergbau.«

Eisiges Schweigen antwortete ihm. Kurt Holtmann war aus diesem Kreis bereits ausgestoßen, bevor er überhaupt Fuß gefaßt hatte. Erst nach einer Weile richtete Dr. Vittingsfeld wieder das Wort an ihn.

»Sie meinen: Kohle billiger verkaufen?«

»Ja. Und Senkung der Konzernprofite.«

»Etwas anderes habe ich von Ihnen nicht erwartet, Herr Holtmann«, sagte Dr. Vittingsfeld grob. Die Maske fiel, der unerbittliche Gegner stand vor Holtmann. Ein Gegner, der ausholte, ihn jetzt, in der nächsten Stunde, durch eine einzige Frage, durch einen simplen Satz völlig zu vernichten. Durch eine Degradierung, die schlimmer war als ein Fußtritt.

»Darf ich fragen, Herr Holtmann«, sagte Dr. Vittingsfeld, »welche Ausbildung Sie genossen haben?«

Kurt Holtmann schluckte. Es war mucksmäuschenstill im Saal. Kurts Stimme klang aber fest, als er nun zur ganzen Versammlung sagte:

»Ich war Hauer, meine Herren. Ich stand bis vor zwei Wochen noch vor Ort. Ich habe gesehen, was dem Kumpel fehlt, ich kenne seine Sorgen, denn es sind auch meine Sorgen. Ich habe kein Gymnasium besucht, ich habe kein Abitur, ich war nicht auf der Bergschule oder Universität. Ich habe keinen Doktortitel und bewohne nur ein Siedlungshaus, zusammen mit meinen Eltern. Aber eines weiß ich: Von Ihnen kann die Rettung des Ruhrbergbaus nicht kommen. Ihre Gesichter sagen mir das mit vollkommener Deutlichkeit. Ich will Ihnen das gar nicht näher erklären, es hätte keinen Zweck. Hier ist es um jede Minute schade, die ich noch länger bliebe. Gestatten Sie deshalb, daß ich mich verabschiede. Guten Tag.«

Er stieß seinen Stuhl zurück und verließ in eisiger Stille den Sitzungssaal. Dr. Vittingsfeld wartete, bis sich die Tür hinter Holtmann geschlossen hatte. Dann klappte er seine Mappe auf und sagte ohne jede Erregung:

»Meine Herren, nach diesem Intermezzo, das es nicht wert ist, im Gedächtnis behalten zu werden, gehen wir zum Punkt 1 der Tagesordnung über. Herr Dr. Brunnen wird den Wortlaut des Memorandums an die Bundesregierung verlesen...«

Es war, als habe es nie einen Kurt Holtmann gegeben.

In diesen Tagen kam auch die kleine, arme Krankenschwester Carla Hatz in die Krankenstation von Emma II zurück. Der Schock war abgeklungen, man hatte ihr eine andere Stelle in Bochum angeboten, aber sie hatte darauf bestanden, wieder zu Emma II zurückzukehren. Alle Vorhaltungen, daß sie unmöglich wieder an der Stelle arbeiten könne, wo sie dieses schreckliche Erlebnis gehabt habe, alle Mahnungen, daß ihre Nerven das nicht aushielten, wischte sie tapfer weg mit dem Satz: »Ich bin stark genug. Ich möchte nach Buschhausen zurück.«

Nun war sie wieder da, es hatte sich auf der Zeche herumgesprochen, Blumensträuße der Kumpels wurden abgegeben, Pralinenschachteln, Schokolade. Es war eine rührende Begrüßung, die ausdrücken sollte: Wir verurteilen die gemeine Tat. Von uns war es keiner!

Von der schrecklichen Vergewaltigung in der alten Materialhütte an den Halden sprach sie nicht mehr. Zuverlässig wie vordem tat sie ihren Dienst auf der Unfallstation, tupfte Jod auf die Schrammwunden, verband die aufgerissenen Hände, gab Tabletten aus und versorgte die schwärenden Entzündungen.

Nur zu Waltraud Born sprach sie noch einmal über ihr Erlebnis. Es war an einem Abend, bevor die Station geschlossen wurde und für den Nachtdienst ein ausgebildeter Zechensanitäter die Wache übernahm.

»Man könnte herauskriegen, wer es war«, sagte sie ohne Vorankündigung plötzlich. Waltraud Born stieß hervor:

»Was sagen Sie da, Carla? Man könnte es herauskriegen? Wie denn?«

»Ich habe ihn verletzt. Daran würde man ihn erkennen. Ich habe, als er über mir lag, beide Hände in seine Hüften gekrallt, Fräulein Doktor. An allen zehn Fingernägeln hatte ich nachher Blut. Er muß noch heute die Narben an den Hüften haben.«

»Haben Sie das der Polizei gesagt?«

»Nein.«

»Warum nicht?«

»Weil die Polizei mit dieser Aussage doch nichts hätte anfangen können. Sie kann doch nicht ganz Buschhausen nackt an sich vorbeiziehen lassen!« Carla Hatz band das Schwesternhäubchen ab und schüttelte ihr schönes, schwarzes langes Haar. In langen Wellen floß es über ihre schmalen Schultern. »Aber Sie können es, Fräulein Doktor.«

»Ich?« Waltraud Born sprang auf. »Mein Gott, ja, Sie haben recht, Carla. Ich kann es. Ich kann diesen Lumpen finden. Ich weiß, was Sie meinen. Gut, das machen wir. In einer Woche werden wir den Schuft haben.«

»Ich danke Ihnen, Fräulein Doktor.« Carla Hatz lächelte Waltraud Born an. »Ich habe immer daran denken müssen, wie es sein wird, wenn ich ihm gegenüberstehe.«

Zwei Tage später hing in der Waschkaue am Schwarzen Brett eine Verfügung der Zechenleitung: »Alle Bergleute unter und über Tage haben sich zu einer Reihendurchleuchtung zur Feststellung von Staublungen oder anderen inneren Schäden im Krankenbau von Emma II einzufinden. Beginn der Röntgendurchleuchtung 15 Uhr und von da ab täglich von 10–12 und 13–17 Uhr. In alphabetischer Reihenfolge und zwar pro Buchstabengruppe zwei Tage lang, um alle Schichten zu erfassen.«

In Buschhausen wurde darüber heftig diskutiert, aber man erkannte auch an, daß die Zechenleitung etwas für die Gesundheit der Belegschaft tat.

Und so zogen am Dienstag die ersten Bergmänner, nackt bis auf eine kleine Badehose, an Dr. Born und Carla Hatz vorbei, wurden zuerst mit dem Stethoskop untersucht und dann im Röntgenraum durchleuchtet.

Buchstaben A bis C. Von Adamski bis Czynowanitz. Von Abelormo bis Cabanazzi.

Kratznarben an beiden Hüften…, sie konnten nicht übersehen werden.

Wann stand der Mann mit diesen Narben vor Waltraud Born? Heute – morgen – in einer Woche?

Und wer war es?

10

Die Reihenuntersuchung der Bergmänner von Zeche Emma II lief bereits eine Woche lang, ohne daß Dr. Waltraud Born oder Carla Hatz an einem der halbnackten Körper die verräterischen Narben hätten entdecken können. Luigi Cabanazzi war auch schon untersucht worden. Sein Schatten Mario Giovannoni hatte ihn sogar bis ins Ankleidezimmer begleitet. Erst im Röntgenraum war Cabanazzi allein gewesen, aber dort hatte er auch nicht entwischen können, denn die Fenster waren durch dicke Rolläden verdunkelt und es gab nur einen Ausgang, nämlich die Tür zurück zum Ankleidezimmer. Auch Cabanazzis brauner Modellkörper war rein von den Krallenspuren der kleinen Carla Hatz.

Nach einer Woche, während der Mittagspause, von den Stapeln der Röntgenberichte schon fast überragt, wischte sich Waltraud Born müde über die Augen und schüttelte den Kopf.

»Jetzt sind wir beim Buchstaben K. Gebe Gott, daß der Mann mit den Narben nicht Zsyzclinski heißt... wenn es ihn *überhaupt* gibt...«

»Sie glauben mir nicht mehr, Fräulein Doktor?« fragte Carla Hatz etwas kläglich zurück. »Ich weiß, daß es schwer ist. Aber ich weiß ebenso genau, daß er die Narben haben muß.«

»Und wenn es nun gar keiner von den Arbeitern war? Es kann auch ein Mann aus dem Büro gewesen sein oder von der technischen Abteilung oder irgendein Fahrer, der zufällig auf dem Zechengelände war und am gleichen Tage wieder weggefahren ist. Es gibt doch so viele Möglichkeiten...

»Er kannte genau die alte Hütte. Er *muß* von hier sein. Er hat nur ein paar Worte gesagt, aber es war die typische Sprache von hier.«

Dr. Born seufzte, ehe sie sagte: »Also gut, machen wir weiter, Carla. Viel Hoffnungen habe ich zwar nicht mehr, das sage ich Ihnen ehrlich. So schön sich der Plan zuerst anhörte, wir erfassen damit nur die Arbeiter. Wenn wir auch noch die Angestellten untersuchen wollen, verlieren wir uns ins Uferlose.«

»Wird es Ihnen zuviel, Fräulein Doktor?«

»Das ist es nicht. Aber die Angestellten brauchen sich nicht untersuchen zu lassen. Man kann sie nur bitten, freiwillig zu kommen. Hier droht also eine Lücke, die wir nicht schließen können.« Waltraud Born zeigte auf den Stapel der Röntgenberichte.« Ich glaube, wir erkennen ein paar neue Staublungenansätze, und das ist ärztlich gesehen und für die betreffenden Männer viel wert. Aber Ihren Mann mit den Narben an den Hüften haben wir noch nicht.«

Carla Hatz schwieg. Sie sah auf ihre Hände und dann aus dem Fenster hinaus auf den Zechenplatz. Eine Schar Kumpels, rauchend, lachend, diskutierend, wartete bereits wieder vor der Tür des Krankenreviers, um nach der Pause eingelassen zu werden.

Die Buchstaben K bis L.

»Er muß dabei sein!« sagte die kleine Krankenschwester energisch und stopfte ein paar Haare unter das weiße Häubchen. »Und wenn wir ihn erst beim Buchstaben Z finden!«

Unten vor der Reviertür hielt Willi Korfeck einen großen Vortrag über den Nutzen, Vorurteile zu begraben und die Itacker in die Fußballmannschaft aufzunehmen.

»Natürlich, Mensch, 'n paar sind darunter, die man dauernd in die Fresse schlagen könnte. Wie diesen Cabanazzi, Kerls, den zermalme ich noch. Aber die anderen, alles anständige Kumpels. Und Fußballer sind das! Ihr habt's gesehen. Die haben Katz und Maus mit uns gespielt. Wenn die in unserer Mannschaft sind… Kumpels, in drei Jahren sind wir dann in der Regionalliga. Die hauen dir doch jeden Ball ins Netz.«

Um 14 Uhr wurde die Reviertür wieder geöffnet. Der nächste Röntgenschub wälzte sich in die Zimmer, zog sich aus, wartete mit bloßem Oberkörper. Waltraud Born saß vor dem Röntgenschirm, Carla Hatz füllte die Formulare aus und rief die Männer einzeln in den Röntgenraum.

Karbach… Kallenberg… Keller… Kellermann… Kiminski…

Namen, Körper, Gesichter, Daten, im flimmernden Mattscheibenbild ein Brustkorb, das pochende Herz, die Lunge, ein Magen, die Rippenbögen. Verschattungen linke Lunge. Verkalkte Kaverne rechte Lunge, unten. Eine ausgeheilte Kindheits-Tb. Eine Entdeckung plötzlich: In der linken Lungenspitze ein beginnender Abszeß. Name: Herbert Kitzing, Alter 35 Jahre. Vater von vier Kindern. Überweisung ins Krankenhaus Bergmannsheil nach Gelsenkirchen.

Durch die Tür schlich Carla Hatz und stellte sich neben Dr. Born, die gerade vor dem Leuchtschirm saß. Entsetzt stellte Waltraud Born mit dem Fußschalter den Röntgenapparat ab. Mit der dunklen Schutzbrille vor den Augen, der langen Bleischürze und den dicken Handschuhen sah sie zum Fürchten aus. Sie stieß Carla Hatz zur Seite und riß die Brille vom Gesicht.

»Sind Sie verrückt, Carla?« rief sie. »Ohne Schutz vor dem Schirm! Wollen Sie sich den Tod holen?«

»Er... er ist da...«, flüsterte Carla Hatz. Ihr kleines, blasses Gesicht wirkte noch schmaler und kindlicher.

»Nein!« Waltraud Born spürte, wie ein Zittern durch ihren Körper lief. »Wo denn?«

»Draußen, im Vorbereitungsraum. Er kommt als übernächster. Er hat an beiden Hüften die Kratzspuren. Er ist es! Er... er spricht auch so wie damals.«

»Wir sollten sofort die Werkpolizei rufen!« Waltraud Born schickte den hinter dem Röntgenschirm wartenden Mann weg. »Sie können gehen!« rief sie laut. »Schicken Sie aber den nächsten noch nicht herein, ich rufe schon!«

»Jawoll, Fräulein Doktor.« Der Mann, ein älterer Bergmann, schlurfte aus dem Zimmer. Dumpf fiel hinter ihm die Tür gegen die dicke Gummiabdichtung.

»Nun ist es soweit«, sagte Waltraud Born und setzte sich auf ihren Untersuchungsstuhl. Die dicke Schürze gab ihr etwas Unförmiges. Sie wirkte wie in einer viel zu großen Ritterrüstung. »Wer ist es denn?«

»Ich – ich habe in der Aufregung nicht auf den Namen geschaut. Ich habe nur die Narben bemerkt.«

»Wir müssen die Polizei rufen, Carla.«

Schwester Hatz schüttelte den Kopf. Dr. Born hob erstaunt den Blick.

»Nicht? Aber warum denn? Unsere ganze Arbeit hatte doch nur dieses eine Ziel –«

»Ich wollte sehen, wer es ist. Nun weiß ich es. Ich *habe* ihn gesehen!« Carla Hatz lehnte sich gegen die Wand, als brauche sie eine Stütze, als versagten ihr plötzlich die Beine. »Welche Beweise habe ich denn? Nur diese Narben.«

»Sie genügen doch vollauf.«

»Für uns, ja, Fräulein Doktor. Aber für die Polizei? Er wird leugnen, er wird sogar ein Alibi bringen – und was dann?« Carla Hatz schüttelte den Kopf. »Ich habe ihn nun gesehen, in eine polizeiliche Untersuchung will ich nicht noch einmal hineingeraten. Das ist alles so unangenehm, sage ich Ihnen.«

Waltraud Born sah ernst vor sich hin. Sie schob die Brille wieder über ihre Augen und zog die Handschuhe fest um ihre Finger. »Ich habe eine Idee, Carla«, sagte sie hart. Ihre Stimme hatte einen so kalten Klang, daß Schwester Carla die Ärztin erschrocken anstarrte. »Der Mann muß bestraft werden – auch ohne Polizei. Wir werden sehen...« Sie erhob sich, trat an den Leuchtschirm und stellte den Fuß auf den Fußschalter. »Der nächste, Carla. Und dann den mit den Kratzspuren...«

Hubert Kollak war der nächste. Ein junger, kräftiger Mann, dem man von außen nicht ansah, daß seine beiden Lungen schon gesprenkelt von Staubpartikeln waren. Er bekam auf seinen Laufzettel ein großes H gemalt. Hauptuntersuchung, hieß das. Einer der Neuentdeckten mit Staublunge.

»Der nächste...«

Die Tür ging auf. Waltraud Born hatte das Licht eingeschaltet und die Schürze abgebunden. Wer jetzt eintrat, brauchte nicht mehr durchleuchtet zu werden.

Ein großer, kräftiger, über das ganze Gesicht grinsender Mann trat in den Röntgenraum. Ihm folgte die kleine Carla Hatz, bleich und am ganzen Körper zitternd.

»Na, dann wollen wir mal, Fräulein Doktor«, sagte der Mann in rauher Munterkeit.

»Ja, wollen wir mal.« Dr. Born trat an ihn heran. Ihr Blick tastete die beiden Hüftpartien ab. Es stimmte. Oberhalb der Hüftknochen waren deutliche Kratznarben zu sehen.

Waltraud Born trat drei Schritte zurück. Ein kräftiger Kerl, dachte sie. Muskeln wie Stränge. Ein offenes, lachendes Gesicht. Völlig unbefangen. Sollte das wirklich der Schuft sein?

»Wie heißen Sie?« fragte sie.

»Willi. Willi Korfeck.«

Dr. Born sah wieder auf die kleine Carla Hatz. Diese nickte schwach, wandte sich ab und weinte plötzlich. Sie drückte beide Hände gegen den Mund, damit man es nicht hörte. Willis-Bums bemerkte von alledem nichts. Er sah auf den nickelglänzenden Röntgenapparat und die vor ihm liegende weggeworfene Bleischürze.

»Ich bin gesund wie ein Bär, Fräulein Doktor«, sagte er. »Wenn Sie in mich 'reingucken, werden Sie erstaunt sein, wie dort alles in Ordnung ist!«

»Ich mache eine kleine Pause. Kommen Sie bitte mal mit, Herr Korfeck.« Dr. Born ging an ihm vorbei, durchquerte den Ordinationsraum und betrat das Wartezimmer. Hier saßen zwanzig Bergleute an den Wänden, alle mit bloßem Oberkörper, auf ihre Durchleuchtung wartend. Willi Korfeck folgte Waltraud Born verwundert. Carla Hatz blieb im Röntgenzimmer zurück. Sie sank auf einen Stuhl, drückte das Gesicht in ihre weiße Schürze und schluchzte laut. Alle Qual der vergangenen Wochen brach wieder in ihr auf, das schreckliche Erlebnis stand wieder vor ihr, dieser wahnsinnige Schmerz, der ihren Körper durchzuckt hatte, und die fürchterliche Todesangst: Er zerreißt mich, er tötet mich, ich habe keine Chance mehr…

Willi Korfeck stand mitten im Wartezimmer und grinste noch immer. Die anderen Bergleute sahen abwartend auf Dr. Born. Als sie schwieg, rief jemand:

»Na, Fräulein Doktor, ist der Schirm zu klein für die Lunge von Willis-Bums?«

Man lachte, laut und kurz, aber das Lachen erstarb sofort, als Waltraud Born die rechte Hand hob.

»Ihr kennt doch alle die Sache mit unserer kleinen Schwester Hatz«, sagte sie langsam. »Ihr wißt doch noch, was mit ihr geschehen ist…«

»Und wie!« Es war Willi Korfeck, der dies geradezu brüllte. »Und ich bleibe dabei: Es war einer von den Itackern.«

»Waren Sie nicht damals der, der einen Sturm auf die Baracken organisierte?« fragte Dr. Born.

»Ja!« Willis-Bums sah sich stolz um.

»Was wollten Sie denn da?«

»Ich hätte den verdammten Kerl totgeschlagen«, sagte Korfeck. Beifälliges Gemurmel wurde laut. Waltraud Born schüttelte den Kopf, als wolle sie etwas nicht glauben. Sie zögerte, aber dann siegte in ihr die grenzenlose Wut auf den Kerl.

»Es war kein Italiener«, sagte sie laut. »Es war ein Deutscher. Und wir wissen sogar, wer es war. Schwester Carla hat ihm nämlich Verletzungen beigebracht… Kratzwunden ihrer Fingernägel an den Hüften.«

Willi Korfeck wurde plötzlich bleich wie die getünchte Wand. Er wich zurück, sein Kopf flog herum, er suchte einen Ausweg. Aber rasch sagte Dr. Waltraud Born schon zu den anderen:

»Meine Herren! Sehen Sie sich doch mal die Hüften von Willi Korfeck an. Dort sind noch die Narben der Fingernägel der armen Schwester Carla.«

Wie eine Flut, die plötzlich über die Ufer tritt, erhoben sich die zwanzig halbnackten Leiber der Bergleute. Willi Korfeck wich zurück und brüllte. In seinen Augen stand schreiende Angst. »Kumpels!« brüllte er heiser. »Kumpels, hört mich doch erst an –«

Ein gewaltiger Schlag auf seinen Mund schnitt ihm das Wort ab. Korfeck taumelte zurück gegen die Wand, die Lippe platzte auf, Blut rann ihm über das Kinn und tropfte auf die nackte Haut. Zwei Bergleute waren zu ihm gesprungen und zogen ihm mit einem Ruck die Hosen von den Hüften. Nackt stand er da, ein Riese, der wie ein entsetztes Kind zitterte. An beiden Hüften sah man deutlich die Narben.

»Kumpels«, stöhnte er noch einmal. »Ich will –«

Ein zweiter fürchterlicher Schlag traf seinen Kopf. Dann rückte die Mauer der zwanzig halbnackten Leiber gegen ihn vor, begannen vierzig Bergmannsfäuste ihr gnadenloses Werk.

Fluchtartig verließ Dr. Waltraud Born das Wartezimmer und rannte zurück in den Röntgenraum. Dort, hinter den fast abgedichteten Türen, hörte man nichts mehr.

Eine Viertelstunde später raste ein Krankenwagen mit heulender Sirene und Blaulicht aus dem Zechengelände. Er jagte in Richtung Gelsenkirchen davon. Auf der Trage lag ein Mensch, fast bis zur Unkenntlichkeit zerschlagen.

Im Krankenrevier von Emma II stand Waltraud Born den zwanzig mit Blut bespritzten Bergleuten gegenüber. Sie waren ins Ordinationszimmer gekommen und fragten nach Wasser, um sich waschen zu können.

»Das hättet ihr nicht tun dürfen«, sagte Waltraud Born leise. »Ihr habt übertrieben. Das wird für euch eine teure Sache, wenn die Polizei kommt.«

»Wieso?« Einer der Männer tauchte seine Hände in das Waschbecken. »Wer weiß etwas? Haben Sie etwas gesehen, Fräulein Doktor?«

»Nein, das nicht.«

»Und der Willi wird sich hüten, Namen zu nennen. Wie kann die Polizei also etwas herausfinden? Aber der Willi, dieses Saustück, der rührt kein Mädchen mehr an, das garantieren wir Ihnen.«

Zufrieden verließen die zwanzig Bergleute das Krankenrevier. Mit dem tiefen Gefühl, ihre Pflicht getan zu haben, gingen sie nach Hause zu ihren Familien, dachten noch einmal über diesen Nachmittag nach und schwiegen. Die Ehre Buschhausens war einigermaßen gerettet. Man brauchte keine Polizei, keine Richter und Gerichte. Das Faule wurde ausgemerzt, ob es ein Kohlkopf im Garten war oder ein Schuft in der Arbeitsgemeinschaft, das blieb sich gleich. In Buschhausen herrschte Ordnung. Es war eine kleine Welt für sich mit eisernen Gesetzen.

Nach dem Gottesdienst am Sonntag blieb Luigi Cabanazzi im Gemeinschaftsraum, der als Kirche hergerichtet war, zurück. Er kniete vorn an der Kommunionbank und hielt die Hände andächtig gefaltet. Sein Schatten, Mario Giovannoni, stand an der Tür und fluchte innerlich. Es war unmöglich, Cabanazzi von der Kommunionbank wegzuholen. Dort, vor dem Altar und dem Kruzifix, war er sicher. Ein Mitglied des Komitees sah noch einmal in die Kirche und stieß Giovannoni an.

»Was ist denn?« flüsterte er. Giovannoni hob die Schultern.

»Er kniet noch da vorn«, zischte er. »Was soll ich machen?«

»Was will er denn?«

»Ich weiß es nicht. Ich bleibe hier.«

»Und wenn er im Schatten des Paters zu verschwinden sucht?«

Giovannoni hob hilflos die Arme. Der Mann vom Komitee entfernte sich eilig. Kurz darauf wurden die beiden Ausgänge des Lagers besetzt. Es geschah unauffällig. Sonntäglich gekleidete Söhne des Südens promenierten vor den Toren auf und ab, rauchten und unterhielten sich mit der Fußballmannschaft, die, bereits im Trikot, auf ihren Schutzpatron, den Pater Wegerich, wartete.

In der Kirche blickte Cabanazzi auf, als Pater Wegerich, noch im Meßgewand, vom Altar zu ihm an die Bank trat. Sie sahen sich eine Weile stumm an.

»Du willst mich noch sprechen, Luigi?« fragte dann Pater Wegerich.

»Ja, padre. Bitte...«

»Dann komm mit.«

Sie gingen in den Nebenraum, der als Sakristei diente. Pater Wegerich zog das Meßgewand über den Kopf und faltete es zusammen.

Cabanazzi wartete, auf einem Hocker sitzend, und hatte die Hände zwischen die Knie geklemmt. Mario Giovannoni verließ fluchend die Kirche, nachdem er vorher eine tiefe Kniebeuge vor der Madonna gemacht hatte. Er lief um die Baracke herum und stellte sich unter das Fenster der Sakristei. Vor der Baracke wachten bereits drei Kameraden. Sie standen zusammen und unterhielten sich angestrengt über die Krise im italienischen Parlament.

»Was ist, Cabanazzi?« fragte Pater Wegerich und setzte sich auf einen Tisch. Cabanazzis Gesicht war fahl und eingefallen. Die Angst zehrte ihn auf.

»Sie wollen mich töten, padre«, sagte er leise.

»Wer will dich töten?«

»Die anderen. Sie wollen mich zurückschaffen nach Agremonte. Das bedeutet das gleiche, als wenn sie mich gleich hier umbringen.«

»Dann kann es nur so sein, daß in Agremonte eine Blutrache auf dich wartet...«

»Ja.« Cabanazzi nagte an der Unterlippe. »Bisher gab es neun Tote in beiden Familien.«

»Das ist doch Irrsinn!« entsetzte sich Pater Wegerich. »Ihr sitzt in den Kirchen und betet und nach dem Gottesdienst tötet ihr euch gegenseitig!«

Cabanazzi nickte. »Das eine hat mit dem anderen nichts zu tun. Wir lieben und ehren Gott, aber wir hassen die Menschen, die unserer Familie Leid zufügen. War es so nicht auch im Alten Testament?«

»Himmel nochmal, wir leben im 20. Jahrhundert!«

»Aber Blut bleibt Blut, und Ehre bleibt Ehre!« Cabanazzi hob beide Hände auf zu Pater Wegerich. Es war eine Geste größter Kläglichkeit und Angst. »Helfen Sie mir, padre. Ich weiß, ich bin ein schlechter Mensch. Aber jetzt wollen sie mich töten. Ich bin nach Deutschland gekommen, um ihnen allen zu entfliehen; ich will weiter nach Südamerika, ich will dort arbeiten, ein neues Leben anfangen, alles vergessen... und nun soll ich zurück nach Agremonte, wo sie alle auf mich warten, Wölfe, die keine Gnade kennen, die mich zerfleischen, ohne zu heulen. Helfen Sie mir, padre!«

Pater Wegerich rutschte von seinem Tisch herunter und ging erregt in der kleinen Kammer hin und her. Als er einen Blick aus dem Fenster warf, sah er davor Mario Giovannoni stehen, der das schmale Fenster nicht aus den Augen ließ und wartete. Pater Wegerich hatte zwei Jahre

in Süditalien gelebt und gewirkt, er hatte die unerbittlichen Sittenge-
setze in den Bergen Siziliens, unmenschliche Gesetze, die weder von
der irdischen Gerechtigkeit noch von Gott ausgerottet werden konnten, kennengelernt. Im Gegenteil, die gnadenlosesten Jäger der Mafia
waren die treuesten Gläubigen der Kirche. Sie sprachen mit Gott und
huldigten der Madonna und trugen unter dem Sonntagsrock das
Mordgewehr mit dem abgesägten Lauf.

»Wie soll ich dir helfen, Luigi?« fragte Pater Wegerich, sich seiner
Ohnmacht bewußt.

»Holen Sie mich hier 'raus, padre. Lassen Sie mich wegschaffen. Irgendwohin... nur weg aus Buschhausen. Sprechen Sie mit dem Komitee.«

»Mit wem?«

Cabanazzi war noch fahler geworden. Er hatte etwas verraten, was
nach dem Gesetz der Mafia den sofortigen Tod rechtfertigte.

»Verraten Sie mich nicht, padre«, stammelte er in würgender To-
desangst. »Fragen Sie nach dem Ordnungsausschuß, und dann reden
Sie mit den Freunden. Bitte, bitte... sie sollen mich gehen lassen nach
Südamerika.«

»Ich will es versuchen, Cabanazzi.«

Während draußen vor der Baracke Cabanazzi von den drei Warten-
den in Empfang genommen und weggeführt wurde, winkte Pater
Wegerich den noch immer vor dem Fenster Wache stehenden Mario
Giovannoni zu sich heran.

»Du wartest auf Cabanazzi?« fragte er. Mario nickte freundlich.

»Ja, padre. Wir wollen zusammen in die Stadt, ein Glas Wein trinken.«

»Du belügst deinen Pfarrer!« sagte Pater Wegerich streng. Mario
legte beide Hände theatralisch aufs Herz.

»Die Madonna weiß, ob ich lüge«, sagte er frech.

»Sie weiß es bereits!« rief der Pater.

»Dann werde ich ihr morgen eine Kerze opfern.«

»Führ mich zu den Männern eures Ordnungsausschusses!«

»Hier gibt es keinen Ausschuß.«

»Leugne nicht! Ihr habt einen Ausschuß im Lager.«

»Das muß ein Irrtum sein, padre.« Mario Giovannoni hob die Finger zum Schwur. »Wir haben eine Fußballmannschaft, einen Mando-
linenclub, vier Kartenspielerriegen, einen Gesangverein, aber einen

Ordnungsausschuß, nein! Was soll er denn hier? Bei uns herrscht Ordnung, dafür sorgt schon der Herr Lagerleiter.«

»Es ist gut.« Pater Wegerich gab es auf. Es war sinnlos, auf diese Art in die geheime Organisation einzudringen. Sie würden selbst Christus belügen, wenn er sie fragte, dachte er.

Mario Giovannoni wartete auf eine weitere Frage. Als aber Pater Wegerich schwieg, sagte Mario:

»Kann ich noch etwas für Sie tun, padre?«

»Ja.« Pater Wegerich strich seine Soutane glatt. Hier scheint die warme Sommersonne, dachte er. Es ist Sonntag, die Kirche ist vorbei, alle Menschen sollten glücklich sein an diesem Tag des Herrn. Aber trotz Sonne und Sonntag ist es um mich dunkler als unten im Schacht, auf der 6. Sohle, vor Ort und Kohle. »Sage denen, die es angeht: Auf Erden ist es leicht, sich gegen Gott zu versündigen. Das Buch der Schuld wird aber drüben aufgeschlagen, und da gibt es kein Entrinnen und Verstecken mehr! Man mag auf Erden darüber lachen – das Zähneklappern folgt bestimmt! Hast du das verstanden?«

»Jedes Wort, padre.« Mario Giovannoni nickte ernst. »Aber bedenken Sie: Wir leben auf dieser Erde, um uns zu erhalten. Und das ist manchmal schwer.«

Ohne Entgegnung wandte sich Pater Wegerich ab und ging aus dem Italienerlager. Die von der Fußballmannschaft, im Trikot, liefen hinter ihm her.

Der Spezialist hatte strenge Bettruhe verordnet. Keine Aufregung, Diät, zwei Glas Moselwein, leichte Lektüre und im übrigen Ruhe, Ruhe und nochmals Ruhe!

Dr. Ludwig Sassen hatte diese Ratschläge kommentarlos zur Kenntnis genommen. Dann, als der Arzt gegangen war, hatte er mit der flachen Hand auf das Bett geschlagen und gerufen: »So kann auch nur ein Mediziner daherreden! Ruhe! Keine Aufregung! Wie stellt sich der das vor? Mein Sohn verläßt mich, meine Tochter zieht aus, ihr Freund, mein angehender Schwiegersohn, legt sich mit der ganzen Direktion an... und da soll man ruhig bleiben!«

Jetzt fehlte ihm Veronika. Er hatte nie solche Sehnsucht nach ihr gehabt wie jetzt, da er allein im Bett lag, von Sabine und einer sofort eingestellten Pflegerin betreut, und sich vorkam wie ein seniler Greis, dessen kleinste Handlung kontrolliert und dessen Schritt geleitet wird.

Er wehrte sich dagegen, krank zu sein. Der plötzliche Zusammenbruch hatte ihn selbst maßlos überrascht, er hatte nie geglaubt, daß es mit seinem Herzen schon so weit war, daß eine Aufregung, die er früher überhaupt nicht beachtet hatte, ihn fällte wie einen morschen Baum. Er kämpfte dagegen an, und da Veronika ihn nicht trösten konnte, tat er es auf seine Art: Er ließ sich ans Bett ein Telefon stellen und blieb so auch in den Kissen ständig mit der Zeche Emma II verbunden.

Dreimal fand ein heroischer Kampf mit dem Spezialisten statt, bis dieser vor dem Industriellen kapitulierte. »Doktor!« hatte Dr. Sassen gerufen, »wenn Sie mir das Telefon wegnehmen, können Sie gleich einen Sarg bestellen. Mein Herz hat zwar versagt, aber das Gehirn ist klar. Und solange ich denken kann, bleibe ich der alte Sassen, verstanden? Wenn Sie mich so völlig stillegen wollen, wie Ihnen das vorschwebt, müssen Sie mich schon chloroformieren. Soll ich stundenlang, tagelang an die Decke starren? Soll ich zehnmal den gleichen Krimi lesen? Die Illustrierten kenne ich längst. Himmel nochmal, ich verblöde ja, wenn ich mich Ihrer Therapie nicht entziehe!«

Das war der Moment, in dem der Arzt seine Tasche schloß und sagte: »Sie müssen es wissen, Herr Sassen. Ihr Leben liegt in Ihrer Hand. Gute Nacht!«

Kurz darauf sagte sich Generaldirektor Dr. Vittingsfeld an und bat um Besuchserlaubnis. Er kam mit einem riesigen Blumenstrauß und einer Kiste besten französischen Rotweins, drückte dem Freund ergriffen die Hand und nahm Platz.

»Sie machen ja Sachen, lieber Sassen«, sagte Dr. Vittingsfeld mit seiner hellen Kommandostimme. »Herzanfall, Sohn zum Arbeitnehmerverband, Schwiegersohn – na, Schwamm drüber! Nehmen Sie das Mitgefühl des gesamten Vorstandes entgegen, mein lieber Freund. Die Herren wünschen Ihnen schnellste Besserung.« Eine kleine Kunstpause, dann sagte er weiter: »Schon in Anbetracht der Aufgaben, die auf uns zukommen…«

Dr. Sassen richtete sich etwas auf. »Aufgaben?«

»Ja. Es ist noch geheim, wir sprachen darüber, nachdem Herr Holtmann in so bemerkenswerter Weise den Saal verlassen hatte: Wir werden einige Schachtanlagen schließen. Vielleicht auch Emma II.« Dr. Vittingsfeld sah interessiert auf die herrliche, große Muranovase, in die man seinen Blumenstrauß gesteckt hatte. »Wie gesagt, das sind noch geheimste Pläne, die wir erst an die Öffentlichkeit bringen werden, wenn die Bundesregierung darin fortfährt, eine Energiepolitik zum Nachteil der Kohle zu treiben und das Mineralöl weiterhin zu bevorzugen. Dann lassen wir den Schreckschuß los: Schließung einer Anzahl Zechen wegen Unrentabilität.«

»Aber Emma II hat noch für vier Jahre Kohle genug.«

»Vier Jahre! Was sind vier Jahre, mein Bester!« Dr. Vittingsfeld lachte hell. »Natürlich ist Emma II noch nicht am Ende, sie gehört auch zu den Zechen, die erst in der zweiten Phase geschlossen werden. Das geht aber Bonn nichts an, mein Lieber. Denen in Bonn drohen wir gleich das Schlimmste an, damit sie weich werden, verstehen Sie.«

Dr. Vittingsfeld sorgte sich plötzlich um Dr. Sassen. Dieser hatte sich zurückgelehnt und starrte an die Decke. Sein Gesicht hatte die freudige Röte, von der es beim Besuch Dr. Vittingsfelds überzogen worden war, verloren. Es war nun wieder fahl und abweisend. Sollten die doch recht haben, fragte sich Dr. Sassen in diesem Augenblick. Er meinte damit Kurt Holtmann und seinen Sohn Fritz. Stand er bisher auf der falschen Seite? Ist nur der Profit entscheidend und nicht der Mensch? Was ist wichtiger, die Rendite oder ob fünf-, zehn- und zwanzigtausend Menschen ihren Arbeitsplatz verlieren? Ob Familien auseinandergerissen werden? Ob ein in mühseliger Arbeit geschaffenes Eigentum, ein Haus, ein Garten, eine Wohnung nicht mehr unterhalten werden kann?

»Ist Ihnen nicht gut?« sorgte sich Dr. Vittingsfeld.

»Ich habe eine Frage«, antwortete Dr. Sassen mit einer Stimme, die Widerspruch ankündigte.

»Bitte...«

»Es sollen, wie ich weiß, noch einige tausend Arbeiter mehr in unsere Gruben kommen. Oder ist das nicht mehr vorgesehen?«

»Doch, doch.«

»Aber warum denn, wenn wir schließen wollen?«

»Mein Lieber...« Dr. Vittingsfeld lächelte mokant. »Das bedarf doch keiner Erklärung. Mir scheint, Ihnen setzt Ihre Krankheit mehr zu, als gut ist. Ich muß Ihnen das schon sagen, entschuldigen Sie. Zehntausend Arbeiter, mit deren Entlassung wir drohen können, sind ein größeres Druckmittel als fünftausend. Eine ganz einfache Rechnung – nicht? Deshalb diese Einstellungen, mit denen der Grundstein zu weiteren Subventionen gelegt wird.«

»Die sind wohl der springende Punkt?«

»Wer?«

»Die Subventionen?«

»Sicher.«

»Und wenn sie locker gemacht sein werden, kann man ja die Arbeiter, die neu eingestellt wurden, wieder entlassen – oder?«

Vittingsfeld blickte Sassen sehr mißbilligend an. Dessen Ton gefiel ihm nicht. Solche Töne waren eines Zechendirektors unwürdig. Die paßten eher zu einem Gewerkschaftssekretär.

Vittingsfeld ging ans Fenster. Er sah hinaus auf den sommerlichen Park, auf die blühenden Sträucher, auf die sich drehenden Rasensprenger. Ein Bild des Wohlstands.

»Ich finde das komisch«, sagte Vittingsfeld mit dem Rücken zum Bett.

»Was finden Sie komisch?« fragte Sassen.

»Ihre Gesinnung, Ihre Anschauungen, die mir plötzlich ganz neu sind. Sie gefährden damit Ihren ganzen Status.«

Es wurde still zwischen den beiden. Die Temperatur stürzte um einige Grade. Plötzlich schien es kälter geworden zu sein im Zimmer.

Nach einer Weile sagte Dr. Sassen: »Würden Sie sich bitte deutlicher ausdrücken...«

Das kannst du haben, dachte Vittingsfeld. Dafür bin ich bekannt, daß ich Fraktur rede. Also bitte...

»Sassen«, sagte er, und dieses dürre, nackte »Sassen« war schon die richtige Einleitung, die auf das weitere schließen ließ, »Sassen, Sie müssen sich darüber im klaren sein, in welchem Lager Sie stehen. Es darf da nicht plötzlich Zweifel geben – für *Sie* nicht, und für uns auch nicht. Es fehlt aber schon seit einiger Zeit nicht an Anzeichen, daß solche Zweifel berechtigt sind.«

»Welche Anzeichen?«

»Diese merkwürdige Verbindung Ihrer Familie mit einem Revoluzzer –«

»Sie meinen Herrn Holtmann?«

»Ja, natürlich.«

»Diese merkwürdige Verbindung, wie Sie sagen, geht auf meine Tochter zurück.«

»Ja eben! Sie konnten oder wollten keinen Einfluß auf sie zur Geltung bringen. Es kommt ja auch noch Ihr Sohn Fritz hinzu, den Sie nicht in der Hand haben. Wie sieht denn das in der Öffentlichkeit aus! Es gibt ein bekanntes Sprichwort: ›Wie die Alten sungen, zwitschern auch die Jungen.‹ Verstehen Sie, was ich damit sagen will?«

»Ja, sehr gut.«

»Dann«, fackelte der stahlharte Generaldirektor Vittingsfeld nicht mehr länger, »werde ich Ihnen sagen, was wir von Ihnen erwarten: Bringen Sie die Geschichte mit diesem Proleten ins reine! Und nehmen Sie Ihren Sohn an die Kandare!«

Vittingsfeld drehte sich endlich am Fenster wieder um, blickte ins Zimmer und hatte keine Scheu, auch noch das letzte zu sagen: »Anders gibt's keine Zusammenarbeit mehr zwischen uns.«

Die Kälte im Zimmer hatte nicht getrogen. Dr. Ludwig Sassen wußte nun also, wie er dran war. Zweierlei Gefühle regten sich in ihm: grenzenlose Enttäuschung über die Behandlung, die ihm zuteil wurde; außerdem sein Stolz, der es ihm verbot, sich demütigen zu lassen.

»Wie lautet Ihre Antwort?« fragte Vittingsfeld.

»Sie lautet nein«, entgegnete Sassen fest. »Ich lehne es ab«, fuhr er fort, »vor Ihnen herumzukriechen, um die von Ihnen apostrophierte Zusammenarbeit zu retten. Was ich mit meiner Tochter und meinem Sohn machen werde, ist allein meine Sache, zu der ich mir von Ihnen keine Vorschriften machen lasse.«

»Das ist gleichbedeutend«, antwortete Vittingsfeld, der nicht mit der Wimper gezuckt hatte, »mit Ihrem Gesuch um Beurlaubung wegen Erkrankung – sind Sie sich darüber im klaren?«

»Ja.«

»Und Sie wissen auch, womit solche Beurlaubungen zu enden pflegen?«

»Mit der Versetzung in den Ruhestand, ich weiß.«

Dr. Vittingsfeld nickte. Diese Radikallösung, dachte er, schwebte mir zwar nicht vor, als ich mich zu dem Krankenbesuch hier entschloß – aber es ist am besten so. Auf dem Damm ist der ja nun tatsächlich nicht mehr.

Der Abschied war kurz und schmerzlos zwischen den beiden.

»Der Öffentlichkeit gegenüber wahren wir natürlich die entsprechende Form«, versicherte Vittingsfeld. »Das sind wir Ihnen schuldig.«

»Besten Dank«, erwiderte Sassen ironisch.

Vier Wochen gingen vorüber.

Es geschah nicht viel in dieser Zeit. Cabanazzi fuhr jeden Tag fleißig ein, sonntags spielte eine aus Buschhausenern und Italienern kombinierte Mannschaft und gewann jedes Spiel. Willi Korfeck hatte seine Prügel überlebt, lag aber noch mit einer schweren Gehirnerschütterung im Krankenhaus, Kurt Holtmann arbeitete im Betriebsbüro weiter an seinen dummen Statistiken, und Dr. Fritz Sassen ließ den ersten Schuß als neuer Syndikus des Arbeitnehmerverbandes los: Er legte eine Untersuchung vor, daß auf Emma II ein neuer Wetterschacht gebaut werden müßte, da die Bewetterung der 6. Sohle nicht mehr den Sicherheitsmaßnahmen entspräche, die man im modernen Bergbau fordern müßte.

Der Konzern in Gelsenkirchen legte den Antrag zu den Akten. Ein Wetterschacht kostete einige Millionen, wenn man ihn nach den neuesten Erkenntnissen bauen wollte. Das kam für eine Zeche, die in vier Jahren sowieso geschlossen werden sollte, nicht mehr in Frage. Investitionen haben nur dann einen Sinn, wenn man durch sie größere Gewinne herausholen kann. Das aber war bei Emma II nicht mehr zu erwarten. Buschhausen war deshalb eine sterbende Stadt, nur wußte es noch niemand, außer ein paar Bevorzugten. Und diese schwiegen aus guten Gründen.

Veronika Sassen kam mit Oliver von Ischia zurück. Gut erholt, braungebrannt, schöner denn je, zufrieden, denn Oliver hatte alles überwunden, sprach nicht mehr von dem Tag auf der Heide und schien alles vergessen zu haben. Dr. Sassen holte seine Frau und seinen jüngsten Sohn selbst in Köln am Flughafen Wahn ab. Es war eine Begrüßung wie nach einer monatelangen Weltreise. »Du hast mir gefehlt, Vroni«, sagte Sassen und streichelte seiner Frau immer wieder über das schöne Gesicht. »Von jetzt ab lasse ich dich nie mehr allein fahren. Ich könnte es nicht mehr aushalten ohne dich.« Dann nahm er Oliver an der Hand und führte ihn bis zum Wagen.

Auf der Fahrt nach Buschhausen erzählte er von den vielen kleinen Ereignissen, die sich in den vergangenen Wochen zugetragen hatten. Seine Pensionierung verschwieg er aber noch. Es sollte die größte Überraschung für Veronika werden, und er wollte sie damit einleiten, daß er sagte: »Von heute ab werde ich immer für dich Zeit haben. Es gibt keine Zeche mehr, keinen Ärger, keine Konferenzen. Es gibt nur noch meine Familie, mein Haus, mein Leben, das ganz euch gehört.«

»Was macht eigentlich Dr. Pillnitz?« fragte Veronika leichthin, als sie sich Gelsenkirchen näherten. »Liegt er noch im Krankenhaus?«

»Ja, in Bochum, der Arme. Mit seinem Knie kommen sie nicht klar. Er hat schon die sechste Operation hinter sich.«

Er lebt also noch, dachte Veronika und blickte zur Seite. Cabanazzi hat mich belogen, ich habe es gleich gefühlt. Er ist ein Feigling, ein Drecksack. Ich will ihn nicht wiedersehen, nie mehr.

In der Villa war alles zum Empfang Veronikas vorbereitet. Dr. Fritz Sassen, Kurt Holtmann, Sabine und Dr. Waltraud Born begrüßten sie in der Halle. Das Speisezimmer war ein Blumenmeer, der Tisch gedeckt wie eine Hochzeitstafel. Veronika war gerührt und wischte sich die Augen mit einem Spitzentüchlein. »Ihr seid alle so lieb«, sagte sie und verstand es, ihrer Stimme einen gerührten Klang zu geben. »Und alle seid ihr da! Was ist denn los?«

»Es ist viel geschehen, Veronika.« Dr. Fritz Sassen goß zur Begrüßung jedem ein Glas Sekt ein. »Wir werden noch allerhand zu besprechen haben. Unsere ganze Familie befindet sich in einer Umschichtung, und Vater – man wird ihn noch extra dreimal hochleben lassen – hat den richtigen Kurs erkannt.«

»Richtigen Kurs?« Veronika ahnte Unangenehmes. Sie blickte fragend ihren Mann an. »Was meint Fritz?«

»Später.« Dr. Ludwig Sassen lachte und winkte. »Erst wollen wir essen, Kinder, ich habe einen Hunger. Nach dieser dämlichen Diät mal wieder etwas Herzhaftes.«

»Diät?« fragte Veronika verständnislos.

»Ja. Ich habe vier Wochen auf ärztlichen Rat gefastet. Und was hat es eingebracht? Sechs Pfund weniger. Für sechs Pfund dreißig Tage Quälerei – das ist ein ungesundes Verhältnis.«

Man lachte, man trank, das Essen wurde aufgetragen. Aber es war keine ungetrübte Fröhlichkeit. Den Männern gingen nämlich immer wieder schwarze Gedanken durch den Kopf. Kurt Holtmann und Dr. Fritz Sassen hatten die Nachricht mitgebracht, daß der Konzern den neuen, dringend notwendigen Wetterschacht abgelehnt hatte. Messungen hatten ergeben, daß die Bewetterung angeblich ausreiche. »Das ist eine Frechheit!« hatte Kurt Holtmann erklärt, als das Schreiben bei Emma II eingetroffen war. »Man sollte zum Streik aufrufen. Wer will die Verantwortung tragen, wenn unter Tage etwas passiert?

Man sollte sich vor den Förderkorb stellen und keinen mehr 'runterlassen.«

»Laßt uns darauf trinken, daß nichts passiert«, sagte Dr. Sassen und legte dabei den Arm um seine Frau.

Die Gläser klangen zusammen. Es klirrte, und ein heller Aufschrei ertönte. Das Glas in der Hand Veronikas war am Stiel abgebrochen, der Sekt floß über den Tisch.

»Scherben bringen Glück!« überspielte Dr. Sassen die Situation und rief nach einem neuen Glas.

Es wurde noch ein langer Abend, man tanzte sogar. Der Alkohol unterdrückte in allen das Gefühl, daß sie das auf einem Vulkan taten.

Dr. Waltraud Born hatte gerade den Verband einer angequetschten Hand gewechselt. Sie säuberte die Schürfwunde und strich eine Antibiotikasalbe darüber, als der Boden unter ihr bebte, nur eine Sekunde lang. Die Pinzetten klirrten in den Glasschalen, ein Zittern lief durch das ganze Gebäude... dann war es wieder vorbei. Verblüfft sah Dr. Born den Bergmann mit der Handquetschung an.

»Was war denn das?« fragte sie. »Haben Sie das auch gemerkt?«

»Ja.« Der Püttmann nickte und hielt seine Hand unbewegt ausgestreckt. »Das hat gewackelt. Die sprengen sicherlich irgendwo.«

Sekunden später gellten die Sirenen auf. Es war nicht der lange Ton, den man ab und zu zur Erprobung anstellte, sondern der auf- und abschwingende Schrei nach Hilfe, das Geheul der Gefahr, der Schrei der Angst. Der Bergmann mit der Handquetschung fuhr vom Stuhl hoch. Entsetzen lag plötzlich in seinen Augen.

»Verdammt!« schrie er. »Verdammt nochmal! Das war ein Wetter! Fräulein Doktor – das war ein Wetter –!«

Die Sirene heulte noch immer. Über die Zechenstraße rannten Männer, zwei Werkstattwagen rasten hupend zum Hauptschacht.

Die Tür des Krankenreviers wurde aufgestoßen. Ein Bergmann, kohlenschwarz, schwitzend, die Augen weit aufgerissen, fiel fast ins Zimmer.

»Explosion im Schacht V!« brüllte er und taumelte über die Schwelle. »Der ganze... der ganze Wetterschacht ist zusammengefallen... Alles brennt! Alles – alles –!«

Waltraud Born lief zum Fenster. Vor Entsetzen preßte sie die Faust gegen den Mund.

Über dem Schacht V lag eine dunkle Rauchwolke. Die Seilscheibe stand still.

Und noch immer heulte die Sirene. Ihr Ton klang bis nach Buschhausen hinein und ließ das Blut in den Adern erstarren.

11

Das Entsetzen lief durch die Straßen, drang in die Häuser ein, ließ die Herzen fast still stehen. Als die ersten Krankenwagen mit Blaulicht und Sirene durch Buschhausen rasten, folgten ihnen rasch Menschenmassen und ergossen sich über das Zechengelände. Mit Autos, Motorrädern, auf dem Fahrrad, zu Fuß strömten die schichtfreien Bergleute nach Emma II. Ihnen schlossen sich die Frauen und Kinder an, Mütter und Väter der Bergleute, die Schicht gehabt hatten. Ihren Gesichtern sah man an, daß sie Gott und die Hölle anklagten. Die Angst verzerrte die Mienen.

Explosion unter Tage.

Schlagende Wetter.

Die ganze 6. Sohle soll brennen.

458 Mann sind eingeschlossen.

Sie werden eingemauert –

Das waren die ersten Wortfetzen, die von Mund zu Mund flogen und das Entsetzen vermehrten.

Kurt Holtmann und Dr. Fritz Sassen waren im Betriebsbüro, noch bevor die Zechenleitung einen Entschluß fassen konnte. Das Ausmaß der Katastrophe war noch nicht zu erkennen. Man wußte nur, was der Fahrobersteiger und der 1. Reviersteiger ausgesagt hatten: Plötzlich hatte es einen unvorstellbaren Knall gegeben, eine Druckwelle hatte den Wetterschacht auseinandergerissen, die gesamte Wetterstation war auseinandergeflogen. Der ersten Druckwelle folgte ein dunkler Rauchpilz, brodelnd und heiß. Ein Vulkan brach aus.

Im Betriebsführerbüro stellte man sofort die Zahl der Eingefahrenen fest. 714 Mann waren unter Tage, davon über 400 auf der 6. Sohle, wo die Abtäufung des neuen Kohleflözes vorangetrieben wurde.

Aus dem Förderkorb, der nach der Explosion zum erstenmal wieder anfuhr, stiegen schwarze, von Grauen geschüttelte Kumpels, sanken auf dem Kachelboden zusammen und rangen nach Luft. Ein Steiger, mit weit aufgerissenen, dem Wahnsinn nahen Augen, schrie grell: »Da lebt keiner mehr! Die sind hin! Hin! Der ganze Berg brennt ja! Ich habe es geahnt! Ich habe es geahnt!«

Wie immer bei Katastrophen war rasch auch die Polizei da und riegelte zusammen mit dem Werkschutz das Zechengelände vor Neugierigen ab. Die großen Tore schlossen sich. Sie öffneten sich nur noch für die heranheulenden Kranken- und Rettungswagen. Auch die Angehörigen wurden ausgesperrt. Als eine dunkle, zusammengeballte Masse standen sie draußen vor dem Haupttor und starrten stumm auf die Rauchwolke über dem Wetterschacht. Leid macht sprachlos, und so standen die Mütter und Frauen eng beieinander, hielten ihre Kinder fest und warteten mit leeren Augen auf die erste Nachricht, auf den ersten offiziellen Bericht der Zechenleitung.

Es war nicht das erstemal in Buschhausen, daß stumme Frauen vor den geschlossenen Toren warteten. Im Jahre 1927 wurden sechsundzwanzig Bergleute durch schlagende Wetter getötet. 1931 waren es neunundvierzig, die bei lebendigem Leib auf der 4. Sohle verbrannten. Auch damals heulten die Sirenen, rasten die Krankenwagen der ganzen Umgebung herbei, wurden die Tore geschlossen wie die eines riesigen Leichenhauses. Und damals wie heute gab es für die Frauen nur eins: warten und beten. Beides taten sie still, mit erschütternder Ergebenheit.

Für Kurt Holtmann und Dr. Fritz Sassen gab es kein Zögern. Sie schlüpften in ihre Bergmannskleidung, setzten den Helm mit der Batterielampe auf und fuhren mit dem nächsten Korb ein. Drei Ärzte befanden sich im gleichen Korb, vier Steiger, zehn Männer eines Spezialwettertrupps und Pater Paul Wegerich. Er war plötzlich ebenfalls da, stand neben dem Korb und niemand hinderte ihn daran, mit in die Tiefe hinabzufahren.

In der Lampenausgabe saß Dr. Ludwig Sassen, der aus seiner Villa herbeigeeilt war, und telefonierte mit Gelsenkirchen und dem Konzern. Dr. Waltraud Born versorgte die ersten Bergmänner, die halb ohnmächtig ausgefahren wurden. Neben den Rettungswagen wurden sie einfach auf die Erde unter Sauerstoffmasken gelegt.

Die ersten zusammenhängenden Berichte kamen aus der Tiefe über

Sohle 3. Über ein Nottelefon hatte von Sohle 6 ein Steiger angerufen. Er hatte sich in eine Umbruchstrecke retten können und keuchte und hustete.

»Der sechste Querschlag!« schrie er.

Dann war nur ein Rauschen in der Leitung, ein Prasseln und dumpfes Dröhnen. Der Boden bebte und wankte.

»Heinrich!« brüllte der Steiger auf Sohle 3 fassungslos. »Heinrich! Was ist denn? Red doch, Junge –«

Keuchen. Husten. Die erstickende Stimme: »Der ganze Querschlag ist zusammengestürzt durch die Explosion. Hinter dem Niederbruch brennt es. Es frißt sich die ganze Strecke entlang bis zu uns.«

»Wieviele sind denn unten, Heinrich?« brüllte der Steiger zurück.

»Über vierhundert! Wir werden gebraten! Hier brennt alles –«

Knacken. Schweigen. Und der Berg bebte noch immer.

Direktor Sassen nahm die ersten schriftlichen Meldungen entgegen und legte die Blätter auf einen dreckigen, kleinen Tisch. Sein Sohn hatte recht behalten. Die Bewetterung war ungenügend gewesen. Was in Gelsenkirchen auf taube Ohren gestoßen war, hatte jetzt durch die Katastrophe seine fürchterliche Bestätigung erfahren.

Generaldirektor Vittingsfeld hatte sofort nach Bekanntwerden des Unglücks zurückgerufen.

»Ich komme hinaus«, hatte er gesagt. »Halten Sie vor allem die Presse fern! Und keinerlei Kommentare, Sassen! Kein Wort! Zu niemandem! Schlagwetter gibt es überall! Und wenn sich erste Verlautbarungen nicht vermeiden lassen, dann so: Ausmaß ist nicht zu übersehen, Menschenverluste nach erster Schätzung gering. Auf jeden Fall zunächst bagatellisieren. Wir müssen vorsichtig sein. Ihr Sohn und dieser Holtmann werden ja jetzt triumphieren. Kann ich mit ihnen sprechen?«

»Nein.« Dr. Sassen hatte Mühe, sich zu beherrschen. »Sie sind als erste vor einer Viertelstunde eingefahren.«

Er feuerte den Hörer zurück auf die Gabel und strich sich mit der Hand über die schweißnasse Stirn. Saustall, dachte er. Verfluchter Saustall. Er erhob sich und trat zum Fahrobersteiger.

»Besorgen Sie mir die Klamotten«, sagte er laut. »Ich fahre auch ein.«

»Aber Herr Direktor –« stotterte der Obersteiger.

»Ich fahre ein!« herrschte ihn Dr. Sassen an. »Und zwar sofort!«

Mit dem nächsten Korb schwebte er hinab in 900 Meter Tiefe. Er kam in eine Hölle aus Hitze und Rauch.

Während über Tage die ersten Verletzten, die mit dem Korb ans Tageslicht gebracht wurden, von Dr. Born und vier anderen Ärzten der Umgebung versorgt und sofort mit den Rettungswagen in die umliegenden Krankenhäuser weitertransportiert wurden und während das Betriebsbüro am Zechentor den ersten Anschlag veröffentlichte: »Auf Sohle 6 hat sich eine Schlagwetterexplosion ereignet – Menschenleben sind noch nicht zu beklagen – Das Unglück scheint harmloser Natur zu sein«, rannten Dr. Fritz Sassen, Kurt Holtmann und die Rettungstruppe mit Sauerstoffmasken durch den Rauch, der die Stollen auf der 6. Sohle wie wallende Nebelschwaden füllte.

Vor der Einbruchstrecke prallten sie zurück. Die Hitze waberte ihnen entgegen. Es war unmöglich, näher an die Strecke heranzukommen. Dort brannte alles, die Kohle, die Verstrebungen, das Gerät, selbst die Steine glühten. Aus Querschlägen wurden Verwundete und Tote zum Förderschacht geschleift. Die meisten hatten von der Druckwelle einen Lungenriß bekommen, die Verletzten waren unter die niederstürzenden Steinbrocken geraten.

Am Füllort kniete Pater Wegerich neben den Sterbenden und gab ihnen das Sakrament der Letzten Ölung. Er hatte über seine dreckige Bergmannskleidung die Stola gehängt und wickelte sie nun um die verkrampften Finger der Stöhnenden und Schreienden, sprach zu ihnen von Gott und drückte ihnen dann die im Tode gebrochenen Augen zu.

Kurt Holtmann und Fritz Sassen kamen aus dem Förderschacht zurück. Am Füllort rissen sie sich die Masken von den Gesichtern und lehnten sich keuchend gegen die Streben.

»Es bleibt gar keine andere Wahl«, sagte Fritz Sassen. »Wir müssen zumauern.«

Pater Wegerich starrte sie von unten her an. Ein sterbender Bergmann hielt seine Hände umklammert, es war, als habe er noch Hoffnung, an der Hand des Priesters vor dem ewigen Dunkel bewahrt zu werden. »Luise –«, wimmerte der Sterbende. »Sechs Kinder habe ich... sechs... o Gott... o Gott... mein Bauch, mein Bauch –«

Unterhalb des Brustkorbes war sein Leib aufgerissen. Die Därme quollen zwischen Blut und Stoffetzen hervor. Pater Wegerich beugte sich über ihn.

»Es wird alles gut werden, alles, Kumpel. Ich bin ja bei dir –«

Er blickte wieder auf und schüttelte den Kopf. »Das lasse ich nicht zu«, sagte er zu Kurt Holtmann.

»Was lassen Sie nicht zu, Pater?«

»Daß lebende Menschen eingemauert werden.«

»Es bleibt uns keine andere Wahl«, antwortete Kurt Holtmann.

»Das lasse ich nicht zu«, wiederholte Pater Wegerich. Zu seinen Füßen starb der Bergmann, der Vater von sechs Kindern. Bis zuletzt sah er den Pater an und klammerte sich an seinen Händen fest.

»Wir können das Feuer nicht eindämmen, ohne einzumauern. Wir müssen es ersticken. Nur wenn wir es luftdicht abschließen, können wir die übrige Grube retten. Es gibt keinen anderen Weg, Pater.«

Pater Wegerich löste die Hände des Toten von seinen Händen. Er richtete sich auf und nahm die Stola in beide Hände.

»Man sagt, es sind noch über dreihundert im Schacht.«

»Ja. Aber die sind ein Opfer der Explosion geworden.«

»Und wenn noch welche leben?«

Kurt Holtmann schwieg. Er war mit dem Berg aufgewachsen, er kannte jede Sohle, er war einer von ihnen, die jetzt hinter dem Bruch vielleicht noch lebten, trotz mörderischer Hitze und Gas, trotz Luftknappheit und niederprasselndem Gestein. Er wußte, daß draußen die Mütter und Frauen und Kinder standen und hofften und beteten. Er wußte, daß er einer von denen hinter dem Bruch hätte sein können – aber die Tragödie des Bergmannes ist es ja, in der Stunde der Gefahr oft gegen sich selbst handeln zu müssen und an den Berg zu denken, an das Ganze, an die tausend anderen Kumpels.

Die ersten Loren mit Baumaterial wurden aus dem Materialschacht gefahren. Pater Wegerich fuhr hoch.

»Ich stelle mich dagegen!« schrie er. »Sie werden mich mit einmauern müssen! Sie können keine Lebenden opfern! Das ist Mord!«

»Das ist in diesem Falle Vernunft. Von mir aus: Mörderische Vernunft.« Dr. Fritz Sassen stieß den Pater grob zur Seite. Die Loren rollten weiter, dem Explosionsort entgegen. »Soll hier alles vor die Hunde gehen?«

Pater Wegerich taumelte gegen die Wand und drückte die Stola auf seine Brust. »Wie wollen Sie das jemals vor Gott verantworten?« sagte er. »Wie wollen Sie dafür Rechenschaft ablegen?«

Kurt Holtmann und Fritz Sassen stülpten die Sauerstoffmaske wieder über ihre Gesichter, schwangen sich auf eine der Loren und rollten mit ihr vor Ort. Dreißig Meter vor dem Niederbruch arbeiteten bereits die Maurerkolonnen und zogen eine Trennwand. Sie arbeiteten wie die Irren, mit fliegenden Händen und keuchenden Lungen.

Zwei Bergingenieure leiteten das Vermauern. An anderen Strecken waren drei weitere Kolonnen tätig, um Querschläge abzuriegeln. Das gesamte Explosionsgebiet wurde rundherum abgeschlossen. Nach dem ersten Schrecken, nach der lähmenden Kopflosigkeit, nach dem Begreifen, daß über Emma II das größte Unglück seit ihrem Bestehen hereingebrochen war, liefen die Rettungs- und Schutzmaßnahmen jetzt mit der Präzision eines Uhrwerkes ab. Im Betriebsführerbüro saß der Generalstab. Von hier aus wurden die Aktionen geleitet. Nebenan, in der Waschkaue, war ein Verbandsplatz entstanden. Hier arbeiteten Dr. Born und die Ärzte aus der Stadt, gaben Spritzen, verbanden Wunden, schienten notdürftig und gaben die Verletzten an die Krankenwagen weiter. Zwei Männer vom Personalbüro führten eine genaue Liste, wer alles wieder ans Tageslicht kam und in die umliegenden Krankenhäuser gebracht wurde. Nach einer Stunde hängte man die erste Liste draußen an das große Zechentor... die Namen der Geretteten, der Verletzten.

Aus der wartenden stummen Masse bröckelten Teile ab. »Er lebt!« gellte ein Schrei. »Hubert ist draußen!« Eine Frau drückte ihre drei Kinder an sich und weinte laut. »Vati ist gerettet!« schluchzte sie. »Kommt, er ist im Krankenhaus. Er lebt! Er lebt!«

Eine alte Frau kniete plötzlich nieder, warf sich in den Staub und betete. Der Name ihres Sohnes stand auf der Liste. Ihre welken Lippen bewegten sich im stummen Gebet. Eine andere Frau, jung und schwanger, wurde von zwei alten Männern gestützt und abgeführt. Sie konnte nicht mehr gehen, ihre Beine wollten ihr den Dienst versagen. Aber ihr Gesicht leuchtete, ihre Augen glänzten, ihr Mund lachte.

Er lebt... er lebt...

Die anderen warteten weiter, hoffend und stumm. Die nächste Liste. Würde er draufstehen? Oder blieb er unten, in der brennenden Hölle? Sie standen da, wieder eng zusammengedrückt, eine kompakte Masse Leid und Anklage. Sie wich nur ein wenig zur Seite, als eine Autokolonne aus Gelsenkirchen vorfuhr und in das Zechengelände eingelassen wurde. Generaldirektor Vittingsfeld mit einigen Herren des

Konzerns war eingetroffen. Er begab sich sofort ins Betriebsführerbüro und verlangte Dr. Sassen.

»Ist eingefahren«, sagte der Ingenieur, der am Telefon saß und die Verbindung mit der 6. Sohle aufrechterhielt. Um Dr. Vittingsfelds Mundwinkel zuckte es nervös.

Sassen ist unten, dachte er mit einem fatalen Druck im Magen, Vater und Sohn sind unten. Ob das Sinn hat, ob sie hier oben nicht wichtiger wären, spielt keine Rolle, sie stehlen jedenfalls die Schau, man wird von ihnen sprechen, die Zeitungen werden voll sein von ihren Heldentaten, man wird sie feiern. Zum Kotzen das, dachte Dr. Vittingsfeld.

»Haben Sie Sprechverbindung mit Dr. Sassen?« fragte er den Ingenieur.

»Ja.«

»Geben Sie mal her!« Vittingsfeld setzte sich an den Apparat. »Sassen!« rief er in den Hörer. »Hier Vittingsfeld. Ich bewundere Ihren Mut, aber was soll das? Kommen Sie sofort rauf! Es ist notwendig, daß wir hier oben die Ruhe aufrechterhalten. In zehn Minuten kommt die Bergkommission, um ihre Untersuchung einzuleiten. Die Staatsanwaltschaft hat sich auch schon angemeldet, warum, das weiß ich nicht. Irgendein Idiot soll ihr erzählt haben, daß die Sicherheitsvorkehrungen auf Emma II nicht stimmten. Sie müssen sofort rauf und das richtigstellen!«

Dr. Ludwig Sassen stand neben seinem Sohn am Telefon des Obersteigers und lächelte grimmig.

»Hören Sie, Vittingsfeld«, rief er nach oben, »ich gehöre hierhin zu den Kumpels, verstehen Sie mich! Ich bleibe so lange unten, bis alle Rettungsmaßnahmen abgeschlossen sind. Das ist meine menschliche Pflicht. Was Ihre Sicherheitsdebatte angeht, so überlasse ich es Ihnen, sie zu führen. Ich bin theoretisch nicht mehr im Amt, man hat mir einen Tritt in den Hintern gegeben, weil ich die Wahrheit erkannte, wenn auch ziemlich spät. Nun halten gefälligst Sie den Kopf hin, der meine ist nicht mehr zuständig. Das ist alles. Mehr habe ich dazu nicht zu sagen.«

»Sassen!« Dr. Vittingsfeld schlug mit der Faust neben dem Telefon auf den Tisch. »Wer war der verantwortliche Direktor von Emma II? Ich oder Sie? Na also. Man wird *Sie* zur Rechenschaft ziehen! *Sie*, nicht mich! Wenn wirklich etwas nicht stimmte mit der Bewetterung, haben das Sie auszubaden!«

Dr. Sassen sah seinen Sohn grimmig an. Er hängte ohne eine Antwort ein und lehnte sich gegen die Wand der Steigerkabine. »Hast du gehört?« sagte er zu Fritz. »Sie wälzen alles auf mich ab. Sie schieben mir die alleinige Schuld zu. Sie werden versuchen, mich zum Mörder von 400 Bergmännern zu stempeln.« Dr. Sassen legte beide Hände auf die Schulter seines Sohnes. »Wir müssen uns wehren, sonst gelingt ihnen das.«

Das Schlagwetter, wie war es gekommen?

Zwei Stunden vorher, als sich das Unglück noch nicht ereignet hatte, aber unmittelbar vor der Tür stand, hatte sich der Hauer Bruno Bandeski zurückgezogen und saß in einer Felsnische, um einen Schluck aus der Blechflasche zu trinken und einen Bissen von Helenes Butterbroten zu verzehren. Die Grubenlampe stand neben ihm, und da Helene die Brote immer in die Morgenzeitung einwickelte, versprach es wie jeden Tag ein angenehmes zweites Frühstück zu werden. Ein Bissen, ein Schluck und die Schlagzeilen der Zeitung, das führte sich Bandeski immer gemeinsam zu Gemüte, eins nach dem anderen.

Hauer Bruno Bandeski, Vater von vier Kindern, schraubte die Flasche auf, setzte sie an die schwarzen Lippen und trank genußvoll. Helenes Kaffee war gut. Sie sparte nicht an Bohnen. Jede Woche ein Pfund. Das ging zwar ins Geld, aber ein guter Kaffee rann auch ins Gemüt. Und das war wichtig.

Am Sonntag fahren wir hinaus zur Gruga, dachte Hauer Bandeski und wickelte sein Brot aus. Zum letztenmal mit dem Omnibus. In vierzehn Tagen kommt der eigene Wagen. Der Kaufvertrag ist schon längst unterschrieben. Helene freut sich und spricht von einem Kleid in der passenden Farbe zum Autopolster. Sorgen haben die Weiber! Hauer Bruno Bandeski biß ins Brot und kaute mit dicken Backen. Soll sie auch noch haben, das Kleid, dachte er. Was hat Helene schon vom Leben? Vier Kinder mit 25 Jahren, ab 19 eigentlich immer im Wochenbett, aber jetzt ist Schluß damit. Jetzt ändern wir das! Jetzt geht's hinaus ins Freie mit Butterbrot und Speck. Zum Baldenay-See, zur Gruga, ins Münsterland, zu den Wasserburgen, zu den Wildpferden des Herzogs von Croy. Kinder, wird das ein Leben. Ab Freitag ist's Feiertag. Man will endlich wissen, wofür man jeden Tag unter der Erde so schwer malocht.

Hauer Bandeski trank noch einen Schluck von Helenes gutem Kaffee und strich dann auf dem Schoß die Morgenzeitung glatt. Kindesentführung in Berlin. Der Täter ein Schwachsinniger. Bandeski sah gegen die schwarze Wand. Wenn sie eines von meinen entführen würden, dachte er. Himmel und Arsch, den Kerl brächte ich um. Da bräuchten wir keine Gerichte mehr.

In diesem Augenblick merkte der Hauer Bruno Bandeski, wie er ohne jedes eigenes Zutun zu schweben begann. Es war nur ein Gedanke, kurz wie ein Wimpernzucken. Er spürte, wie er schwerelos im Raum schwebte und gegen die Wand flog. Er konnte nicht mehr schreien, er hörte auch den Explosionsknall nicht mehr. Er wurde gegen die Wand geschmettert und seine Hirnschale zerbrach wie dünnes Glas.

Es gab keine Wasserburgenfahrt durchs Münsterland mehr.

Der Gedingeschlepper Heinz Haberkamp und der Jungbergmann Franz Zarenga standen beim Holzstapelplatz und verluden Stempel für den neuen Querschlag.

Haberkamp war ein alter »Aufreißer«, das wußten sie alle. Am Samstag fuhr er nach Essen, die Taschen voll Geld, und dann ging es durch die Bars und die Betten der Mädchen, die zwischen dreißig und fünfzig Mark nahmen, je nach Qualität und Leistung. Es war eine kostspielige Welt, deren Luft Heinz Haberkamp sich jedes Wochenende um die Nase wehen ließ. Von Montag bis Freitag pflegte er davon wieder zu zehren und seine anderen Kumpels daran teilhaben zu lassen, indem er ihnen plastische Erzählungen lieferte. Man kannte seine Erlebnisse bis ins Detail und wartete nur darauf, daß er sich eines Tages etwas holen würde, einen gesalzenen Tripper oder eine ausgewachsene Syphilis.

Am schlimmsten war es mit Haberkamp, wenn er mit Jungbergmännern zusammen war. »Wie man 'n Schlag aufreißt, das lernste schnell«, sagte er dann mit großer Geste. »Aber wie du 'n Mä'chen aufs Kreuz legst, wenn du nur noch fünf Mark in der Tasche hast, das ist 'ne Kunst, die dir kein Steiger beibringt.«

Nun standen sie am Holzplatz und Haberkamp berichtete Franz Zarenga von einer Nacht in der Bar »Bei Fifi«. Er sparte nicht mit Kraftausdrücken und speziellen Schilderungen, beschrieb einen Striptease mit kurvenreichen Handbewegungen und erklärte dem Jungen, welch großer Unterschied es sei, ob sich eine Frau im Schlafzimmer oder auf der Bühne auszöge.

Franz Zarenga hörte zerstreut zu. Er hatte andere Sorgen als Haberkamp. Seine Mutter hatte man gestern ins Krankenhaus eingeliefert. Der Arzt wollte nicht recht mit der Sprache raus, aber soviel bekam Franz mit, daß es kein entzündeter Blinddarm war, an dem Mutter litt, sondern etwas anderes. »Verdacht auf Ca.«, sagte der Arzt. Franz Zarenga wußte nicht, daß Ca. soviel wie Carzinom heißt, aber auch wenn er das gewußt hätte, hätte er mit dem Wort Carzinom wenig anfangen können. Nur, daß seine Mutter sehr krank war, das erkannte er auch ohne Arzt. Sein Vater war Invalide, er hatte noch fünf jüngere Geschwister. Und nun die Krankheit. Zu Hause mußte der Vater alles alleine machen. Am Wochenende sprang ihm Franz bei. Deshalb würde es für diesen vorerst Pustekuchen sein mit dem Sonntagsknutschen bei Erna, der kleinen, blonden Verkäuferin vom Konsum.

»Hörst du überhaupt zu?« fragte Heinz Haberkamp und zog sich die Hosen höher. »Ich erzähle dir von der zweifarbigen Ilse, und du starrst in die Bretter. Junge, ich hab da 'ne neue Masche entdeckt. In Essen, nachts auf'm Bahnhof, da kannste Puppen sammeln, sage ich dir, verheiratete Frauen... die zahlen sogar...!«

In diesem Augenblick krachte es. Dem geilen Franz Zarenga zerplatzte das Trommelfell beider Ohren, es war, als berste ihm der Kopf. Haberkamp flog in den Bretterstapel, Balken und Stempel regneten auf ihn hernieder, er schrie tierisch, brüllte wie ein angeschossener Büffel und stieß mit den Armen gegen die auf ihm liegenden Balken. Franz Zarenga lag auf dem Boden, die Druckwelle war über ihn hinweggefegt, aber er bewegte sich nicht, er kam sich vor wie zerfetzt, wie in einzelne Teile zerlegt. Als er sich endlich doch auf die Knie stemmte, pendelte sein Kopf hin und her und er wußte nicht mehr, wo oben und unten war. Sein Gleichgewichtssinn war vernichtet, er kroch herum, stieß mit dem Kopf überall an und lag dann auf dem Rücken und dachte, er stünde aufrecht auf seinen Beinen.

Dann kam die Hitzewelle. Sie überflutete auch das Holzlager und briet die Körper, die wimmernd unter Trümmern und Felsstücken lagen. Heinz Haberkamps tierisches Gebrüll wurde schwächer und verstummte. Blut lief ihm aus dem Mund, er streckte sich und starb. Franz Zarenga kroch noch immer herum und suchte einen Weg. Instinktiv kroch er in einen Querschlag, spürte einen Hauch von frischer Luft und wälzte sich auf Händen und Füßen und auf dem Bauch weiter, ein menschlicher Lurch, der vor dem Gebratenwerden flüchtete.

Nach drei Stunden erreichte er den Ausgang des Querschlages und sah von weitem Scheinwerfer, hörte Stimmen und das Klirren von Handwerkszeugen. Und er sah auch, wie der Schlag ein künstliches Ende fand, wie eine Mauer vor ihm aufgebaut wurde, wie man dabei war, ihn, den Franz Zarenga, lebendig einzumauern.

»Halt!« brüllte er mit letzter Kraft, aber es klang nur noch schwach. »Halt, Kameraden, halt, ich lebe noch! Ich lebe! Holt mich raus! Holt mich doch –«

Über ihm, in einem Mauerspalt, erschien ein Kopf und starrte ungläubig auf ihn herunter.

»Da ist ja noch einer«, stammelte der Maurer.

»Steine runter!« brüllte Kurt Holtmann und riß selbst die obersten Mauerlagen wieder weg. Wie ist das möglich, dachte er. Wo kann der nur herkommen? Wie kann überhaupt noch jemand da hinten in der brennenden Hölle leben?

Franz Zarenga wurde gerettet. Er weinte, als er im Förderkorb nach oben schwebte und von Dr. Waltraud Born in Empfang genommen wurde. »Mutter –« sagte er immer wieder. »Mutter. Ich bin wieder da... ich bin da... da... da...«

Am Abend hatte man endlich einen Überblick. Die Rettung der Überlebenden, Verletzten und die Bergung der Toten, die man gefunden hatte, waren abgeschlossen. An vier Stellen wurde die Katastrophenstelle abgeriegelt und zugemauert. Noch sieben Bergmänner hatten sich aus dem Schacht retten können, im letzten Augenblick wie Franz Zarenga, bevor sich die Mauer schloß um ein riesiges, brennendes Grab, um ein brodelndes Krematorium für einige hundert Kumpels.

Dr. Vittingsfeld hielt die erste Pressekonferenz im Sitzungssaal der Verwaltung von Emma II ab. Er hatte eine Karte aufbauen lassen und erklärte mit einem langen Zeigestock ähnlich einem geduldigen Lehrer den mitschreibenden Journalisten, wie es zu dem Unglück hatte kommen können. Er stellte es als eine nicht vorhersehbare Verkettung unglücklicher Umstände dar, als eine Folge einer nicht erkennbaren Bergverschiebung, die ungeahnte Mengen von Methangas hatte frei werden lassen, das, in Verbindung mit Luft, die ganze Sohle 6 in ein einziges riesiges Sprengstofflager verwandelt hatte. Ein einziger offener Funke hatte dann genügt und es war zu der verheerenden Explosion gekommen.

»Das ist Bergmannsschicksal, meine Herren!« sagte Dr. Vittingsfeld mit umflorter Stimme. »Seien Sie gewiß, daß wir alles tun werden, um den Hinterbliebenen und Waisen zu helfen.«

Was Dr. Vittingsfeld verschwieg, war folgende Rechnung: Die Modernisierung von Emma II, die jetzt sowieso hinfällig geworden war, hätte in drei Bauabschnitten mindestens 40 Millionen gekostet. Die Fürsorge für die Waisen und Hinterbliebenen aber würde nur einen Bruchteil ausmachen. Nach dem ersten Überblick waren 218 Männer im Berg geblieben. Die Unterstützung von 218 Familien belastete den Konzern mit etwa 2,5 Millionen. Zehntausend Mark für jede Familie, das war schon unwahrscheinlich hoch angesetzt und wurde von Dr. Vittingsfeld nur im Hinblick auf die Breitenwirkung bei Presse und Gewerkschaft in Betracht gezogen.

»Bis jetzt haben wir festgestellt, daß lediglich 42 Bergleute vermißt werden«, fuhr Dr. Vittingsfeld fort. »Im Hinblick auf die Trauer der Hinterbliebenen möchte ich noch keine Listen herausgeben. Es kann sein, daß noch einige Eingeschlossene überlebt haben und gerettet werden können. Bitten wir Gott darum«, fügte er theatralisch hinzu.

Kurt Holtmann schwieg. Er hatte die genaue Zahl von 218 Toten in der Tasche. Welchen Sinn hätte es aber gehabt, aufzuspringen und zu rufen: Er lügt! Über zweihundert sind noch im Berg! Sie hinterlassen fast sechshundert trauernde Menschen, sechshundert Frauen und Kinder, die den Berg verfluchen werden ihr Leben lang! Und diese zweihundertachtzig haben darauf vertraut, daß man das Methangas abzieht, daß alle Vorkehrungen, die es nur gibt, getroffen sind, daß sie vor der Kohle stehen und nicht auf einem riesigen Pulverfaß sitzen. Nein, das sagte er nicht, der Kurt Holtmann. Nicht jetzt und hier an dieser Stelle, wo die Welt auf die Zeche Emma II blickte und die Erschütterung in Millionen Haushalte Einzug hielt, am Mittagstisch, vor dem Radio, dem Fernsehapparat, Vater in Hemdsärmeln, ein gutes Schnitzel auf dem Teller, eine Flasche Bier daneben: »Die armen Kerle! Kann denn sowas immer noch nicht verhindert werden? Erna, hast du dir nun schon überlegt, wohin wir am Samstag unseren Ausflug machen…?«

Und dann Musik. Ich hatt' einen Kameraden. Oder die Fünfte von Beethoven. Bumbumbum – bum. Fahnen auf Halbmast. Schwarze

Schlipse für alle Angestellten und Direktoren. Schwarze Fahne auf dem Förderturm.

Kameraden! Ihr werdet ewig in unserer Erinnerung leben!

Und in Gelsenkirchen die Rechnung: Was kostet uns der Zuschuß für 218 Familien? Man ist zwar nicht verpflichtet zu übertriebener Hilfeleistung, aber große Gesten zahlen sich immer aus, vor allem bei Subventionsverhandlungen in Bonn.

Und ein Fond wird gegründet. Ein Spendenkonto bei der Sparkasse Buschhausen eingerichtet. Konto Nummer 1000. Stichwort: Gruben-Opfer von Buschhausen.

Appelle ans Herz des deutschen Volkes! Beweist die Verbundenheit mit dem Kumpel! Zahlt ein, Leute!

Kurt Holtmann schüttelte diese Gedanken ab. Dr. Vittingsfeld sprach von Dr. Ludwig Sassen, der noch immer unter Tage war, beim dritten Querschlag stand und ihn bis auf eine Lücke zumauern ließ. Dieses Fenster aber hielt er frei. Vier Männer waren noch zu ihm hinaufgekrochen, einer bis zur Hälfte verbrannt.

»Es sind welche unten!« schrien sie, ehe sie zum Füllort weitergetragen wurden. »Wir haben noch siebzehn gesehen!«

Siebzehn Lebende in der Hölle. Dr. Ludwig Sassen zögerte noch einmal, das letzte Loch zumauern zu lassen. Er stand davor, starrte in die heiße Dunkelheit und hörte von fern das Prasseln der brennenden Verkästung, das Zusammenbrechen der Stempel, das Rauschen des Brandes.

Pater Wegerich und Dr. Fritz Sassen kümmerten sich mit zwei Ärzten und vier Sanitätern um die Geretteten, ehe diese ans Tageslicht gebracht wurden.

Im Sitzungssaal schloß Dr. Vittingsfeld seine Pressekonferenz. Er blieb am Rednerpult stehen, bis alle gegangen waren und nur noch Kurt Holtmann auf seinem Platz saß. Langsam kam Vittingsfeld auf ihn zu, den Zeigestock noch immer in der Hand, und blieb einen Schritt vor ihm stehen.

»Sie waren während der ganzen Konferenz hier?« fragte er.

»Ja.«

»Und Sie haben geschwiegen?«

»Wie Sie gesehen haben.«

»Warum? Sie haben doch die wirklichen Unterlagen in der Tasche, nehme ich an.«

»Ganz richtig. Es sind 218 Tote. Von den geborgenen Schwerverletzten werden auch noch etliche sterben. Und die Explosion war kein unabwendbarer Schicksalsschlag, das wissen Sie so gut wie ich, Herr Generaldirektor.«

»Und warum haben Sie das nicht hinausgeschrien, Holtmann?«

»Weil das jetzt verkehrt wäre. Jetzt darf nicht die Volksseele zum Kochen gebracht und dadurch eine zweite Explosion herbeigeführt werden, sondern jetzt kommt's darauf an, Mitleid zu erregen.«

»Sie sind durchaus nicht der Schwachkopf, für den ich Sie hielt.« Dr. Vittingsfeld blickte Holtmann nachdenklich an. »Ich muß mich doch noch einmal mit Ihnen befassen.«

Nach Mitternacht – das letzte Fenster in den Sperrmauern war nun auch geschlossen und Direktor Dr. Sassen mit sanfter Gewalt aus der Grube ausgefahren worden – meldete einer der Suchtrupps Klopfgeräusche oberhalb der vierten Sohle. Durch Zufall hatte man sie gehört, weil einer der Ingenieure erschöpft den Kopf gegen den Fels gelehnt und die Augen geschlossen hatte. Da hatte er, kaum wahrnehmbar, wie ein hauchfeines Vibrieren des Gesteins nur, das Klopfen gehört – nicht ein Rollen im Berg, sondern ein rhythmisches Klopfen, so, als wenn ein paar Mann mit eisernen Stützen gegen das Gestein rannten, immer und immer wieder.

Kurt Holtmann und zwei Berginspektoren fuhren wieder ein und standen dann in der 4. Sohle. Mit Membranstethoskopen und Verstärkern tasteten sie die Wände ab, wie Ärzte, die einen riesigen Brustkorb abhörten, um das Geräusch einer beschädigten Lunge wahrzunehmen.

»Da... da ist es!«

Einer der Berginspektoren hielt die Membrane an den Fels. Ganz fern, aber nun deutlich hörbar, getragen von Felsschicht zu Felsschicht, hörten sie es. Bum-bum-bum. Pause. Bum-bum-bum.

»Die Karte!«

Im Licht des Handscheinwerfers studierten sie die alten Pläne der seit Jahren stillgelegten Stollen und Gänge, der aufgefüllten Sohlen und Querschläge, der verlassenen Schächte. Es gab gar keine andere Möglichkeit: Von der brennenden Sohle 6 waren die Überlebenden durch einen alten Wetterschacht nach oben geklettert und saßen nun in einem verlassenen Grubenteil, umgeben von zugeschütteten Stollen, unter sich die flammende Hölle. Sie hatten sich in ein Grab gerettet, aus dem es nur *eine* Möglichkeit der Bergung gab: Die Anbohrung von oben.

»Wie tief liegen sie?« fragte Kurt Holtmann.

»Etwa sechshundertdreißig Meter.«

»Das ist Wahnsinn.« Er faltete die Karte zusammen und drückte das Hörgerät noch einmal gegen den Fels.

Bum-bum-bum – Sie klopften wieder. Die Verzweiflung verlieh ihnen Kräfte, die nicht erlahmten. Sie wollten nicht verhungern und verdursten. Und so rannten sie mit irgendwelchen Gegenständen gegen den Berg und pochten um Hilfe! Sie müssen uns hören – das war ihre einzige Hoffnung. Sie werden uns suchen und hören! Sie werden uns hier nicht sterben lassen!

Die Berginspektoren sahen ratlos drein und tappten zusammen mit Holtmann zurück zum Hauptförderschacht. Schweigend fuhren sie aus und wurden oben von Direktor Dr. Sassen und Dr. Vittingsfeld in Empfang genommen.

»Sie leben noch«, sagte Kurt Holtmann heiser. »Es stimmt… sie klopfen. Wir müssen bohren. Die Stelle muß genau berechnet werden…«

Nach vier Stunden wußte man, wo unter der Erde, mehr als sechshundert Meter tief, einige Überlebende den Flammen entgangen waren. Die Berechnungen waren exakt. Ein Bohrturm aus Gelsenkirchen war schon unterwegs, aus dem Ölgebiet an der Ems sollte ein Tiefbohrer kommen. Drei Kilometer südlich der Schachtanlage lag das Gebiet, ein Kartoffelacker, über den jetzt die ersten Planierraupen krochen, um das Fundament für das Bohrgerüst zu walzen.

Dr. Vittingsfeld gab eine neue Pressekonferenz.

»Wir werden keine Mittel scheuen, die Überlebenden zu bergen!« rief er. »Es ist eine heilige Aufgabe!«

Auf Buschhausen, auf das Ruhrgebiet, auf die Deutschen richtete sich gebannt das Auge der Welt. Was werden sie machen, die Deutschen? Wie werden sie es machen? Wird es ihnen gelingen? Ein kleiner Fleck in dem Kartoffelacker des Bauern Schulze-Wittig wurde zum Brennpunkt des Interesses ungezählter Millionen auf dem ganzen Erdball.

Vier Tage fraßen sich die Bohrköpfe in das Gestein.

Vier Tage und Nächte rissen die Meißel die Felsen auf, wurden die gebohrten Meter verrohrt, das Gestänge gewechselt, verlängerte sich der Bohrstab ins Gigantische.

Zweihundert Meter... zweihundertfünfzig... dreihundert...

Die Hälfte! Nach drei Tagen!

Im Berg hörte man kein Klopfen mehr. Verbissen arbeiteten über Tage die Bohrfachleute. Es gab keinen Schlaf, nur ein minutenlanges Ausruhen, ein Atemschöpfen. Und dann weiter, weiter, hinein in die Erde, hinunter in die Tiefe.

Vierhundert Meter...

Bei Meter 570 pflanzte sich ein Schrei fort vom Bohrturm über die Plattform hinunter zu den Wartenden und von dort bis nach Buschhausen hinein. Ein Schrei, den die Rundfunkstationen um die Welt schickten:

»Sie leben noch! Wir haben Kontakt! Sie antworten! Sie leben!«

Noch waren es nur wieder Klopfzeichen. Dann, nach weiteren sechs Stunden, war ein kleines, im Durchmeser zehn Zentimeter messendes Bohrloch in den toten Stollen getrieben. Ein Mikrophon pendelte in die Tiefe, und aus der Erde, aus sechshundert Metern Tiefe, ertönte eine dumpfe, kaum verständliche Stimme. Sie brach nach wenigen Sätzen vor Erschöpfung ab. Dr. Fritz Sassen, hohlwangig, unrasiert, seit vier Tagen fast ununterbrochen auf dem Gerüst, reichte einen Zettel an seinen Vater weiter. Die wenigen Sätze aus der Hölle waren außerdem noch auf ein Tonband aufgenommen worden.

»Es sind 53 Mann«, las Dr. Sassen senior vor, »37 Unverletzte, 10 Verwundete und 6 Tote. Von den 37 ist einer wahnsinnig und wird von den anderen festgehalten oder durch Schläge betäubt.« Er ließ die Hand mit dem Zettel sinken. »47 Lebende, meine Herren. Wir sollten beginnen, noch an Wunder zu glauben –«

Am sechsten Tag war das große Bohrloch bis zum toten Stollen durchgetrieben. Die Verrohrung war beendet. Die Dahlbusch-Rettungsbombe hing an der Drahtseilwinde. Bevor der erste hinunterfuhr zu den Eingeschlossenen, hatte man ihnen durch das Probeloch Medikamente und Essen hinabgeschickt, Fruchtsaft und Schokolade. Vor allem aber eine Injektionsspritze, gefüllt mit einem Beruhigungsmittel für den tobenden Wahnsinnigen.

Kurt Holtmann setzte seinen Helm auf und überprüfte noch einmal die Verschnürung des Gürtels, an dem er Lebensmittel und Verbandszeug festgeschnallt hatte. Er war der erste, der hinunterfuhr. Dr. Fritz

Sassen und Pater Wegerich sollten ihm folgen. Niemand erhob einen Einwand dagegen, daß es ein Priester war, der auch hinunter in die Hölle wollte. Schweigend sah man es ein. Neben Essen und Trinken war das Gefühl, unter Gottes Schutz zu stehen, ein mächtiger Quell der Kraft.

12

Kurt Holtmann stieg schnell in die enge Bombe, flinke Finger schnallten ihn fest. Ein Kommando, der Motor der elektrischen Winde brummte auf, die Seilrolle drehte sich, langsam versank Kurt Holtmann in der schmalen Röhre.

»Kurt!« schrie ihm Sabine hinterher. Dann sank sie ohnmächtig in die Arme ihres Bruders. Drei Sanitäter trugen sie zu einem der rund um das Bohrgerüst aufgefahrenen Notarztwagen.

Auch Waltraud Born saß mit leeren Augen im engen Raum eines fahrbaren OPs und versuchte vergeblich, das Zittern ihrer Hände zu verbergen. Ein Unfallarzt aus Gelsenkirchen gab ihr ein Glas Wasser und zwei Beruhigungstabletten.

»Sie werden jetzt aussetzen, Kollegin«, sagte er. »Ihre Nerven sind völlig am Ende. Legen Sie sich hin.«

»Hinlegen?« Waltraud Born sah den Arzt an wie einen Verrückten. »Der nächste, der hinunterfährt, ist mein Verlobter.« Sie faltete die Hände, als wolle sie beten. »Ich habe wahnsinnige Angst. Glauben Sie an böse Ahnungen, an schlechte Träume, die wahr werden können?«

»Nein. Liebe Kollegin, machen Sie sich nicht selbst verrückt. Die Eingeschlossenen sitzen zweihundert Meter über dem Explosionsherd. Sie haben leidlich Luft und wissen, daß sie in wenigen Stunden gerettet sind.«

Waltraud Born lächelte schwach. »Es ist nett, daß Sie mir Mut machen wollen. Aber ich weiß, daß von der 6. Sohle her heiße Gase in alle Hohlräume dringen und daß die Luft in dem toten Stollen immer sauerstoffärmer wird. Sie haben alle Zugänge zu den befahrenen Stollen zugemauert, aber zum sogenannten ›Toten Mann‹ hin ist eine Lücke. Eine neue Explosion kann sie alle zerreißen.«

»Daran sollten wir nicht denken, liebe Kollegin.« Der Arzt hielt ihr das Glas Wasser hin. Gehorsam schluckte Waltraud Born die Beruhigungstabletten.

Über die zu allen Stationen und Kommandostellen führenden Feldtelefone ging die Meldung: Nummer 2 ist eingefahren, Dr. Fritz Sassen. Nummer 3 steht bereit, Pater Wegerich.

Waltraud Born schloß die Augen. Er ist unterwegs. Gott, mein Gott, ich habe in den letzten Jahren nie mehr zu dir gebetet – aber nun bitte ich dich: Verlaß ihn nicht!

Nachdem auch Pater Wegerich eingefahren war, hielt alles den Atem an. Wann würde der erste der Geretteten ans Tageslicht kommen? Würde es gelingen, alle zu bergen? Wie war die Sauerstofflage in dem alten Stollen? Die Sprechverbindung war plötzlich abgerissen, in dem Augenblick, als die Rettungsbombe mit Kurt Holtmann in die Tiefe schwebte. Die Leitung war nicht unterbrochen, aber unten im Stollen mußte etwas geschehen sein. Es antwortete keiner mehr, obwohl Dr. Ludwig Sassen immer wieder hinunterrief.

Ein Gerücht flog von Mund zu Mund und verbreitete sich mit Windeseile in ganz Buschhausen: Es ist zu spät. Das Gas hat die Eingeschlossenen erreicht. Sie sind alle erstickt. Alle! Der Berg hat sie uns nicht mehr hergegeben.

In dem engen, halb mit Geröll gefüllten Seitenschlag des »Toten Mannes« wurde Kurt Holtmann von vier Händen aus der Dahlbuschbombe gezogen. Es war die letzte Aktion von zwei noch halbwegs kräftigen Kumpels. Als Holtmann sicher auf dem Felsboden stand, fielen sie seitlich um wie umgestoßene Kegel und lagen steif und mit ausdruckslosen Gesichtern im Geröll. Um sie herum lagen die anderen... zehn Verletzte, siebenunddreißig Unverletzte und sechs Tote. Zwei kleine Taschenlampen erhellten schwach den Raum.

Kurt Holtmann biß sich auf die Lippen. Auch er spürte, kaum nachdem er die Bombe verlassen hatte, einen Druck in den Schläfen, eine dumpfe Benommenheit und eine Mattigkeit in allen Gliedern. Übelkeit stieg in ihm hoch, er hatte das Bedürfnis, tief einzuatmen, aber er bremste, so gut es ging, dieses Bedürfnis, denn jeder kräftige Atemzug bedeutete einen Schritt näher hin zum Tode, vergiftete er doch das Blut mit dem gefährlichen Kohlenmonoxyd. Aus der Tiefe der toten Schächte, von den Brandherden her, stieg das geruchlose, giftige, tödliche Gas zu ihnen hinauf.

Kurt Holtmann tastete sich an der Wand entlang bis zu dem aus der dünnen Verpflegungsröhre hängenden Mikrophon und umklammerte die einzige Verbindung mit der Außenwelt.

»Hallo! Hallo!« hörte er die Stimme seines Vaters im kleinen Lautsprecher, mit dem das Mikrophon gekoppelt war. »Was ist denn? Gebt Antwort! Hallo!«

Hans Holtmann hatte oben den Zechendirektor abgelöst, der eine Erklärung an die Presse abgab und Optimismus zu verbreiten suchte. »Es steht gut«, sagte er. »Wir hoffen, daß in wenigen Minuten die ersten der Geretteten heraufkommen werden.«

Kurt Holtmann preßte sein nasses Taschentuch an den Mund. Er hatte es mit dem Schwitzwasser der Felsen getränkt, ein notdürftiger Schutz gegen das schleichende Giftgas.

»Vater!« rief er dumpf. »Vater! Es muß sofort Sauerstoff runter zu uns! Sofort! Der ganze Stollen füllt sich mit Kohlenmonoxyd. Wir kommen alle um, bevor die Rettung überhaupt beginnen kann!«

Die Bombe schwebte wieder nach oben. Dann fuhr Dr. Sassen ein. Oben wandte sich Hans Holtmann dem Zechendirektor zu und zwei Oberingenieuren.

»Monogas im Stollen!« sagte er entsetzt. »Was nun?«

»Es ist zum Kotzen!« Einer der Oberingenieure sprach bereits über das Feldtelefon mit den Rettungswagen. Zehn Sanitäter mit Beatmungsapparaten rannten zum Bohrturm. Die stumme Masse der Wartenden wurde unruhig. Rufe wurden laut. Also doch! Das Gerücht stimmte! Gas!

»Verdamm mich!« Dr. Ludwig Sassen sah Dr. Vittingsfeld an. »Unten sind noch 47 Lebende. Und fünf Sauerstoffapparate! Und ein Arzt muß auch runter!«

»Das kann ich auch übernehmen.« Pater Wegerich trat noch einmal von der Bombe zurück, in die er gerade steigen wollte, und schob vier Sauerstoffflaschen in die Höhlung. »Ich bin in Erster Hilfe für den Bergbau ausgebildet. Dazu gehört das Beatmen.«

Aus dem Stollen meldete sich jetzt Dr. Fritz Sassen. Auch er berichtete mit dumpfer, hohler Stimme, daß schnellste Hilfe notwendig sei. Kurt Holtmann hockte bereits halb ohnmächtig neben den zum Teil besinnungslosen Bergleuten. Die Gasvergiftung war lähmend, sie machte müde und müder und erschlaffte den Körper völlig.

Dann fuhr Pater Wegerich ein, und wieder begann das große Warten. Hans Holtmann gab in knappen Worten weiter, was unter Tage geschah.

»Sie beatmen die Lebenden«, sagte er, und es war eine dumme Meldung, denn einem Toten nützt kein Sauerstoff mehr. Und weiter: »Kurt ist wieder wohlauf. Sie verlangen Gasmasken. Zum Teufel, haben wir Gasmasken?«

Es zeigte sich, daß man wohl Rauchmasken, aber keine Schutzmasken gegen Monogas hatte. Sie lagen im Krankenrevier von Emma II, schon gestapelt und inventarisiert, da sie seit vier Jahren nicht mehr gebraucht worden waren.

Ein Wagen raste los, mit Waltraud Born auf dem Beifahrersitz, um die Gasmasken zu holen.

Noch dreimal glitt die Dahlbuschbombe in die Tiefe und nahm Sauerstoffflaschen, Schläuche, Verschraubungen und Plexiglastrichter mit.

Pater Wegerich meldete sich als nächster.

Er gab acht Särge in Auftrag, die oben bereitgestellt werden sollten. Zu den sechs Toten des Unglücks waren noch zwei weitere Tote durch das Gas gekommen.

Dr. Vittingsfeld hatte die Aufgabe übernommen, die Ereignisse vor der Presse darzustellen.

»Es verläuft alles planmäßig«, sagte er mit ruhiger Stimme. »Die Bergleute befinden sich wohlauf und bei verblüffend guter Gesundheit. Sie haben Schokolade und Traubenzucker zu essen bekommen und mit Vitaminen hochangereicherten Fruchtsaft.«

Und in der Tiefe kämpften in diesem Augenblick drei Männer um das Leben ihrer Kameraden. Es war ein verzweifelter Kampf gegen den Tod, den man nicht sah, nicht hörte, nicht roch. Den man nur fühlte... und wenn man ihn fühlte, war es oft schon zu spät.

Der kräftigste der Eingeschlossenen war noch immer Luigi Cabanazzi. Er erholte sich sehr schnell nach ein paar tiefen Zügen reinen Sauerstoffs und half dann mit, den anderen Kumpels die Plexiglastrichter vor den Mund zu halten und ihnen das Leben einzupumpen. Nach einer halben Stunde brachte die Dahlbuschbombe neben dem Steiger Ernst Wibronitz auch fünfzig Gasmasken in die Tiefe. Wer wieder etwas kräftiger atmen konnte, stülpte sich die Maske über und kroch auf Händen und Füßen heran, um den anderen Kameraden zu helfen und ihnen zusammen mit dem Sauerstoff Fruchtsaft zwischen die fahlen Lippen zu gießen.

Pater Wegerich kniete bei den Toten und betete, spendete ihnen die Sakramente und segnete sie. Er fragte nicht, ob sie katholisch oder evangelisch waren. Hier unten waren sie alle gleich, Menschen, die ihr Leben gelassen hatten und denen Gott gnädig sein mußte, denn Gott ist der gleiche, ob man ihn von rechts oder von links sieht.

Dann kroch Pater Wegerich zu den Verletzten und verband sie. Er riß die Fetzen weg, meistens Streifen aus zerrissenen Hemden, mit denen sie sich selbst verbunden hatten, und legte richtige Verbände um die zerschundenen, zerquetschten, aufgerissenen Glieder. Sie waren zu schwach, um zu schreien, als er ihnen die Fetzen abriß. Aber dann sahen sie ihn aus dankbaren Blicken an und tasteten nach seinen Händen. Einer der Verletzten betete leise, seine blutigen Lippen bewegten sich und die Augen stierten gegen die Felsdecke, die sein Grabdeckel hätte sein können.

Dr. Sassen kam zu Pater Wegerich, der den letzten Verwundeten versorgte.

»Zuerst die Verletzten«, sagte er. »Sind sie transportfähig, Pater?«

»Ja. Nur noch etwas Sauerstoff —«

Der erste Kumpel wurde in die Dahlbuschbombe gestellt und festgeschnallt. Seine Beine knickten ein, aber mit den Händen über dem Kopf hielt er sich verzweifelt an den Griffen fest und versuchte sogar, zu lächeln.

»Komm, noch 'n Schluck Luft, Kumpel«, sagte Kurt Holtmann und hielt ihm die Sauerstoffmaske vor. Der Verletzte atmete ein paarmal kräftig ein, seine Augen bekamen einen hellen Glanz.

»Gut!« sagte er rauh. »O Gott, ist das gut! Und nun rauf!«

Das Signal, ein Ruck, die Bombe drehte sich am Drahtseil, schwebte zur Decke der Höhle und schlüpfte in die enge Stahlröhre.

Der erste Eingeschlossene kehrte zurück in das irdische Paradies.

Oben, an der Plattform des Bohrturmes, rund um die Rettungswagen, an den Seilen der Absperrung, im Pressequartier und bei den Filmleuten vom Fernsehen und der Wochenschau, sprang die Erregung wie ein elektrischer Funke von einem auf den anderen über.

Die kleine Scheibe, über die das lange Drahtseil lief, drehte sich.

Über das Mikrophon hatte Fritz Sassen den Namen gemeldet. Er flog von Mund zu Mund.

Nummer 1: Hauer Emil Gawlischeck, 46 Jahre alt, Vater von vier Kindern.

Sein Name ging in diesem Augenblick um die Welt. Noch während er emporschwebte zum Tageslicht, zum Licht des Lebens, atmeten Millionen Menschen auf, die mit ihren Herzen jetzt in Buschhausen waren.

In dem »Familienzelt«, in dem die Angehörigen der Eingeschlossenen warteten, wurde Ilse Gawlischeck von zwei anderen Frauen festgehalten. »Emil!« schrie sie immerfort. »Emil! Mein Emil kommt wieder!« Die vier Kinder saßen eng zusammengedrückt auf einer Bank und weinten laut.

Ein Sanitäter sah in das Zelt. »Frau Gawlischeck kann in zehn Minuten zum Wagen 1 kommen.«

Wagen 1 war einer der drei fahrbaren Operationssäle, die rund um den Bohrturm aufgestellt waren.

Ilse Gawlischeck hörte es nicht mehr. Sie war ohnmächtig geworden.

Von nun an ging es schnell.

Nacheinander kamen sie ans Tageslicht, wurden sie auf Tragen gelegt, in Decken gehüllt und im Laufschritt zu den Rettungswagen gebracht. Zwölf Ärzte und dreiundzwanzig Sanitäter standen bereit. Zu jeder Trage gehörten zwei ausgebildete Sanitätshelfer. Die Verletzten wurden sofort, zusammen mit ihren Angehörigen, in rasender Fahrt zum nächsten Krankenhaus gefahren.

Die Organisation klappte vorzüglich, und Dr. Vittingsfeld tat ein übriges, indem er vor den Kameras der Wochenschau und der Fernsehanstalten impulsiv die Hände von Dr. Ludwig Sassen drückte und schüttelte und ihn laut den »Retter von Buschhausen« nannte. Er tat dies nicht aus ehrlicher Dankbarkeit, sondern in weitblickender propagandistischer Sicht. Wenn die Welt jetzt hörte, was für ein großer Mann dieser Dr. Sassen war, wurde seine Pensionierung nicht zu einem Skandal, sondern zum Ausdruck eines Opfers, in das man sie ummünzen konnte: Die Aufregung um seine Bergleute habe ihn die Gesundheit gekostet. Der »Retter von Buschhausen« trete deshalb zurück. Ein Thema, von dem die Illustrierten und Wochenzeitschriften wieder einige Nummern lang leben konnten.

Dr. Vittingsfeld dachte eben auch in dieser Situation an alles, getreu der Devise, zum Konzernherrn gehöre mehr als Geist und Tatkraft, man müsse auch Phantasie haben.

Die letzten, die aus der Tiefe kamen, waren nach Cabanazzi, der als der kräftigste galt, Pater Wegerich, dann Kurt Holtmann und als Schlußlicht Dr. Fritz Sassen. Lauter Jubel begrüßte jeden, aber sie winkten still ab, erwehrten sich der Decken, in die man sie auch hüllen wollte, und gingen schnell in das Kommandozelt, von dem aus die ganze Rettungsaktion geleitet worden war.

Dort wartete Waltraud Born und fiel Fritz Sassen stumm um den Hals. Sie weinte vor Glück und küßte ihn immer und immer wieder.

Etwas abseits stand Dr. Ludwig Sassen und wartete, bis die Begrüßung zu Ende war. Dann trat auch er heran und drückte seinem Sohn beide Hände. Gleich darauf übermannte ihn das väterliche Gefühl, er riß den Kopf seines Sohnes an sich und küßte ihn ebenfalls.

»Mein Junge«, sagte er mit belegter, schwankender Stimme, »mein guter Junge –«

Dann wandte er sich um, beugte sich zu Waltraud Born und küßte auch sie auf die Stirn. »Werdet glücklich, Kinder«, sagte er leise. »Und nehmt einem alten Mann nicht übel, daß er eine Zeitlang so dumm war.«

In einer anderen Ecke des Zeltes lagen sich Sabine und Kurt in den Armen.

»Ich habe dich wieder«, stammelte Sabine und weinte und küßte ihren Kurt dutzende Male. »Ich habe dich wieder … O, wie ich den Berg hasse! Wie ich das alles hier hasse! Aber du bist da … du bist da … Du darfst nie wieder einfahren … nie wieder.«

Pater Paul Wegerich sah sich um. Alle im Zelt lagen sich in den Armen. Es war eine Woge des Glücks, die alle überschwemmte. Ihn selbst beachtete keiner, aber er hatte es auch nicht erwartet. Gott hatte geholfen, ein sichtbares Wunder hatte er in Buschhausen geschehen lassen. Nun gehörte die Szene den Geretteten und ihren Angehörigen. Still verließ Pater Wegerich das Zelt und wurde draußen von den Reportern empfangen.

»Was haben Sie zu sagen, Pater?« wurde er bestürmt. »Wie war es unten im ›Toten Mann‹? Was haben Sie gemacht?«

»Ich?« Pater Wegerich sah sich um und blickte in erwartungsvoll

gespannte Gesichter. »Ich habe nichts getan! Ich habe nur Gott gerufen – und er ist gekommen.«

Beim Wagen 9 gab es wenig später einen Zwischenfall. Der italienische
Bergmann Franco Boltarelli, der unter den geretteten Verletzten war,
fuhr von seiner Trage hoch, als er Luigi Cabanazzi in den Wagen blik-
ken sah.

»Mörder!« brüllte er auf. »Mörder! Haltet ihn!« Er wollte von der
Trage springen, aber drei Sanitäter drückten den Tobenden auf die
Trage zurück.

Der Italiener schrie und brüllte, Schaum trat ihm vor den Mund, er
schlug und trat um sich, und immer wieder brüllte er: »Omicida!
Omicida!« (Mörder! Mörder!)

Nach zehn Minuten Ringkampf mit den Sanitätern schwieg Franco
Boltarelli endlich. Er schwieg, weil es einem der Sanitäter gelungen
war, ihm eine Beruhigungsinjektion in den Hintern zu jagen. An-
schließend fuhren sie ihn ins Buschhausener Krankenhaus.

Luigi Cabanazzi verschwand nach dem ersten Aufschrei »Mörder«
wie ein Schatten. Das allgemeine Chaos half ihm dabei. Selbst seine
Wächter waren vom Unglück auch betroffen. Er rannte um das Kommandozelt herum und traf nicht weit von dort auf einen Sportwagen,
der ihm bekannt vorkam. Ein weißer Sportwagen.

Wie eine Katze glitt er in den Wagen und versteckte sich zwischen
Vorder- und Rücksitzen auf dem Boden. Dann wartete er.

Von dieser Stunde an sah man Cabanazzi nicht wieder.

Er blieb verschwunden. Er war verschollen.

Das Komitee setzte eine Belohnung von 1 Million Lire aus.

Luigi Cabanazzi wurde nicht gefunden.

Nach dem ersten Jubel, nach den Lobreden und Auszeichnungen,
nach den Superlativen in Presse und Rundfunk, die vom »Wunder«
bis zum »Engel von Buschhausen« reichten, kam die große Ernüchte-
rung für alle Beteiligten. Die Untersuchungen über die Ursachen des
Explosionsunglückes auf Emma II setzten ein.

Eine Kommission war gebildet worden. Fachleute des Bergbaus
und Experten der Staatsanwaltschaft berieten, wie es zu dieser Katastrophe hatte kommen können.

Es brachen die großen Stunden von Dr. Vittingsfeld an. Seine diplomatischen Sternstunden.

Drei Zeugen waren es, deren Aussagen den Hergang des Unglückes deutlich machten. Der eine war Franco Boltarelli, der schwerverletzte Italiener, dem es beschieden war, mit einem Bein und einem deformierten linken Arm in die Heimat zurückzukehren, gesichert zwar durch die damit erworbene Rente, aber ein Krüppel bis zu seinem Lebensende.

Es war eigentlich ganz einfach gewesen, so simpel, wie der Tod oft auftritt.

Luigi Cabanazzi hatte ein uraltes Bergmannsgesetz verletzt, ein Gesetz, das der Sicherheit aller unter Tage Arbeitenden diente: Es darf im Schacht nie und nirgendwo geraucht werden. Cabanazzi aber hatte geraucht. Drei Kumpels hatten es gesehen... ein Deutscher, der ihn angeschrien hatte, und zwei Italiener, die ihn auch gewarnt und zu ihm gesagt hatten: »Luigi, du bist wohl verrückt! Wenn der Steiger kommt... mach den Stengel aus!«

Cabanazzi hatte gegrinst. Er hatte in einer Art Grotte gesessen, im Dunkeln, vom Förderschacht aus kaum einzusehen. Nur das schwache Glimmen der Zigarettenspitze in seiner hohlen Hand verriet, daß dort jemand hockte. Dann hatte er die Zigarette weggeworfen, weil wirklich ein Steiger über die Hauptförderstrecke kam, und war in den Stollen hinausgetreten. Er hatte die Kippe nicht einmal ausgetreten.

Was dann geschah, war leicht zu überblicken. Am offenen Feuer der Zigarette mußte sich eine oder zwei Minuten später eine Dosis Methangas entzündet haben, jenes Methangas, das weggesaugt hätte werden können, wenn die Bewetterung des Schachtes V verbessert worden wäre. Es waren die Vorschläge, die Dr. Fritz Sassen, Kurt Holtmann und auch Pater Wegerich vergeblich vorgetragen hatten.

Dr. Vittingsfeld hütete sich, die Sprache auf diese Tatsache zu bringen. Er schob die Alleinschuld geschickt auf Cabanazzi und erläuterte an Hand von Beispielen, daß der glimmende Rest einer Zigarette unter Tage sehr gut eine unvorstellbare Katastrophe verursachen konnte.

»Es ist also ausschließlich einem einzigen Mann zuzuschreiben, daß diese Katastrophe mehr als 120 Kinder zu Halbwaisen werden ließ«, sagte Dr. Vittingsfeld mit vor Ergriffenheit bebender Stimme. »Ich will nicht darauf herumreiten, daß es ein Gastarbeiter war, aber die mangelnde Disziplin zeigt, zu welchen Katastrophen so etwas führen kann! Wir verneigen uns vor den Toten... aber ebenso wünschen wir die schärfste Bestrafung des Schuldigen.«

Dr. Fritz Sassen sah Dr. Vittingsfeld groß an. Der Generaldirektor verstand diesen stummen Blick und wich ihm aus. Von »mea culpa« hielt er nichts und er erwartete auch nicht, daß jemand aufstand und von den Anträgen sprach, die eine bessere Bewetterung gefordert hatten. Wenn es einer getan hätte, hätte sich Dr. Vittingsfeld auch dafür einen Spruch zurechtgelegt gehabt.

Aber niemand erhob sich. Die Bergkommission und die Staatsanwaltschaft waren sich daher einig: Es galt, diesen Luigi Cabanazzi zu finden. Er war flüchtig, er wußte also um seine Schuld.

Am selben Tag ging durch die gesamte Presse und das Fernsehen das Bild des wie ein Don Juan aussehenden Italieners um die Welt.

Aus Italien reiste daraufhin ein gepflegter schwarzgelockter Mann nach Deutschland. In einem Abteil 1. Klasse, als Tourist mit viel Geld, nach der neuesten Mode gekleidet, perfekt deutsch sprechend, ein eleganter Herr mit den Manieren eines Gentleman. Er hieß Enrico Pedronelli und hatte in seinem Paß als Beruf »Exportkaufmann« stehen.

Das war keine Lüge.

Er exportierte den Tod.

Er handelte mit Mord.

Enrico Pedronelli hatte den Auftrag, Luigi Cabanazzi zu finden und hinzurichten.

Er reiste von München weiter nach Dortmund. Von Dortmund nach Gelsenkirchen. Dort mietete er sich in einem guten Hotel ein, besorgte sich ein Auto und fuhr nach Buschhausen. In der Wirtschaft »Onkel Huberts Hütte« gewann er Anschluß an seine Landsleute aus dem Lager. Es wurde ein lauter, fröhlicher Abend. Wein wurde in großen Mengen getrunken, ein Schafskäse, den Pedronelli mitgebracht hatte, wurde geteilt, das Ganze entwickelte sich zum Besuch eines lieben Freundes. Und doch wurde an diesem Abend Luigi Cabanazzi theoretisch bereits zu Grabe getragen.

Wenn die Zentrale in Palermo einen solchen Mann entsendet, ist das auserwählte Opfer bereits ein Toter, auch wenn es noch irgendwo atmet.

Aber Luigi Cabanazzi blieb verschwunden.

Seit dem Aufschrei Boltarellis im Rettungswagen 9 hatte ihn niemand wieder gesehen.

Die Anteilnahme der Welt an dem Schicksal der Opfer von Buschhausen war ungeheuer. Tausende Briefe erreichten die Verwaltung von Emma II. Tausende Päckchen und Pakete wurden an die Waisen adressiert. Von allen Seiten kamen Angebote an die Geretteten, ihren Urlaub kostenlos in den schönsten Gegenden zu verleben. Von der Nordsee bis zu den Alpen, vom Rhein bis zur Havel standen alle Erholungsmöglichkeiten offen. Die Spitze hielt ein deutschstämmiger Fabrikant in Südafrika. Er stiftete einen sechswöchigen Aufenthalt für fünf Bergleute in Johannesburg. Freier Hin- und Rückflug und für jeden 1000,– Mark Taschengeld eingeschlossen.

Die Geldspenden, die eintrafen, machten das Konto auf der Sparkasse Buschhausen fett (Konto Nr. 1000 – Kennwort: Opfer von Buschhausen).

Und das Geld rollte und rollte heran. Eine Lawine der Verbundenheit, die man für unmöglich gehalten hatte, wurde sichtbar. Die Kommentatoren der Zeitungen waren glücklich, nach Jahren der Härte nun einmal romantische Kommentare schreiben zu können. »Wir haben unser Herz nicht in der Wohlstandswelle ertrinken lassen«, hieß es da. »In den Zeiten der Not steht der deutsche Mensch zusammen wie eh und je.«

Das Nationalgefühl schwappte hoch. Wäre es nicht unzeitgemäß gewesen, hätte man die Trommeln gerührt und Fanfaren geblasen.

Die Regierung sprach allen Rettern den Dank des deutschen Volkes aus. Illustrierten-Redakteure gaben sich bei Kurt Holtmann und Dr. Fritz Sassen die Klinke in die Hand und überboten sich in Angeboten für die Schilderung der Rettungstat. Sogar Pater Wegerich bekam einen Hauch echten Journalismus zu spüren: Eine Zeitung aus Amerika bot ihm 30000 Dollar an zur Gründung eines Bergmann-Waisenhauses, wenn er die »Erlebnisse eines Priesters in der Hölle« schreiben würde.

Die Summe auf dem Konto 1000 schwoll weiter an. Innerhalb von drei Tagen wurde es zum bestgefüllten Konto der Sparkasse von Buschhausen.

Aber Luigi Cabanazzi blieb weiterhin verschwunden.

Enrico Pedronelli fuhr mit seinem Mietwagen kreuz und quer durch die nähere Umgebung, besuchte die italienischen Arbeiter in Gelsenkirchen, Essen, Recklinghausen, Wanne-Eickel und Herne, aber niemand hatte Cabanazzi gesehen.

Aus Bonn kam eine Einladung. Trotz der sommerlichen Hitze und der Abwesenheit fast aller Minister wurden Kurt Holtmann, Dr. Fritz Sassen, Dr. Ludwig Sassen und die an der Rettung beteiligten Ingenieure und Bohrarbeiter in die Bundeshauptstadt gebeten. Dr. Vittingsfeld führte die Delegation an. Er war zwar nicht eingeladen, aber er kam mit, schon um im richtigen Augenblick zu verhindern, daß Kurt Holtmann der Regierung eventuell ein anderes Bild vom deutschen Bergbau gab, als es die offizielle Version war.

Diesen Tag benutzte Dr. Waltraud Born, die zu Hause geblieben war, zu einem Spaziergang in die Umgebung von Buschhausen. Sie hatte das Revier der kleinen Schwester Carla Hatz übergeben. Es lagen keine Unfälle vor, und die Verbände der ambulanten Patienten konnte Schwester Carla auch ohne Aufsicht Waltraud Borns wechseln.

Sie hatte sich vorgenommen, einmal nicht durch die aufgeforsteten Halden zu gehen, sondern einen anderen Weg zu nehmen, den sie bisher noch nicht kannte. Es war ein Spaziergang rund um den See, das Baggerloch, herum. Hier war noch so etwas wie Wildnis. Alte Steinbrüche wurden von Büschen überwuchert, eine verlassene Gartenkolonie verfiel, sie erlag den Kräften von Wind und Regen, grasbewachsene Wege führten durch die ehemalige Laubenkolonie, deren größtenteils abgerissene oder windschiefe Häuschen den Eindruck einer Dornröschensiedlung machten.

Langsam bummelte Waltraud Born durch das hohe Gras und las die morschen und vom Wetter zerfressenen Schilder an den alten Gartenlauben.

Villa Abendruh.

Haus Elfriede.

Zum fleißigen Eugen.

Villa Immergrün.

Hier haben unsere Väter einmal Salat und Bohnen gezogen, dachte sie. Sie haben Radieschen gesetzt und Kohlköpfe zusammengebunden. Und abends, am Sonnabend und Sonntag, saßen sie auf der Bank vor der Laube und tranken Kaffee. Mutter trug den selbstgebackenen Topfkuchen auf, und auf dem Tisch lag eine gehäkelte Decke, schön gestärkt mit Zuckerwasser.

Dann war die Zeit über sie hinweggerollt. Eine Eisenbahn wurde nach Buschhausen verlegt, Steinbrüche entstanden in unmittelbarer Nachbarschaft. Da waren die Menschen geflüchtet vor dem Lärm und hatten ihre kleinen Paradiese verlassen. Übrig blieb nur ein Schild mit einer rührend-schnörkeligen Schrift: Villa Abendruh.

Sie gab es längst nicht mehr, die Abendruhe.

Mit einem Ruck blieb Waltraud Born plötzlich stehen. An einem von Büschen überwucherten Steinbruch parkte ein weißer Sportwagen. Sie brauchte nicht zu fragen, wem er gehörte. Sie kannte ihn zu genau. Neben dem Steinbruch lag eine alte, halb verfallene Gartenlaube in einem völlig verwilderten Garten, eines der kleinen Sommerhäuschen, die den Steine brechenden Dampfhammern gewichen und dem Verfall überlassen worden waren.

Vorsichtig, auf Zehenspitzen sich hinter den Büschen haltend, schlich Waltraud Born näher. Wie gelähmt blieb sie schließlich stehen, als sie vor sich die Gestalt Veronika Sassens sah. Sie trug eine große Einkaufstasche, prall gefüllt, und ging schnell auf das alte Holztor zu, das den Garten noch immer vom überwachsenen Weg trennte. Als sie die Laube erreichte, pfiff sie leise. Den Anfang einer italienischen Melodie, einen Musikfetzen, immer wieder die gleichen vier, fünf Takte.

Die Tür der Laube öffnete sich einen Spalt. Dann schwang sie ganz auf und Luigi Cabanazzi trat heraus, nachdem er sich mehrmals nach allen Seiten sichernd umgeblickt hatte.

»Mia Bella«, sagte er laut und breitete die Arme aus. Veronika winkte und lachte, sie lief die letzten Meter und stürzte in seine ausgebreiteten Arme. Mit einer Innigkeit, als versänke tatsächlich die Welt, küßten sie sich. Dann zog Cabanazzi zärtlich Veronika Sassen in die verfallene Hütte und schloß die Tür.

Waltraud Born wartete noch einen Moment und starrte auf das schiefe Dach und die vernagelten Fenster der Laube. Was sie gesehen hatte, war so ungeheuerlich, so unbegreiflich, daß sie mehrmals den Kopf schüttelte, um sich selbst zu beweisen, daß sie wach war und nicht träumte.

Veronika Sassen hielt Cabanazzi versteckt. Den Schuldigen am Tode von mehr als 200 Bergleuten. Den Mann, der unter Tage gefrault hatte. Sie verbarg ihn in einer alten Hütte, brachte ihm Essen und Trinken und war auf einem alten, zerschlissenen Matratzenlager seine Geliebte. Sie hatte ihn schon zehnmal verflucht, ihn gehaßt – und verfiel ihm doch immer wieder. Die Ursache lag in ihr selbst.

Waltraud Born spürte, wie Übelkeit in ihr hochstieg, wahnsinniger Ekel, der zum Ausspucken drängte. Sie wandte sich ab und rannte den

Weg zurück. Sie lief, als werde sie verfolgt, als jage ihr Cabanazzi nach, um sie zu töten.

Außer Atem gelangte sie zum See, unter Menschen, die im Baggerloch badeten und ihr verwundert nachblickten, als sie mit wehenden Haaren an ihnen vorbeilief.

Erst in ihrem Zimmer wurde sie wieder ruhiger, trank einen Kognak und legte sich auf das Sofa.

Was soll ich tun? dachte sie. Soll ich die Polizei anrufen? Soll ich ihnen sagen: Cabanazzi ist im Bergener Bruch? Oder soll ich mit Veronika selbst sprechen, heute abend noch, bevor die Männer ihrer Familie aus Bonn zurückkommen, hochgeehrt und bewundert?

Himmel, was soll ich tun?

Nicht die Polizei, dachte sie weiter. Die Familie Sassen muß herausgehalten werden. Ihr Name ist jetzt in aller Munde. Der Skandal wäre das Ende der Familie, vielleicht auch das Ende zwischen Fritz und mir.

Fritz. Ja, das war ein Gedanke. Sie mußte zuerst mit Fritz sprechen. Vielleicht wußte er einen Weg, Veronika zur Vernunft zu bringen und Cabanazzi der Polizei zu übergeben, ohne daß der Name Sassen mit hineingezogen wurde.

Sie lag auf dem Rücken, starrte an die Decke und hatte plötzlich einen bitteren, einen bösen Gedanken. Die Lösung dieses Problems wäre ganz einfach. Es genügte nur ein Hinweis im Italienerlager. Um das Weitere brauchte sich niemand mehr zu kümmern. Auch die Polizei nicht. Sie würde bestimmt zu spät kommen.

Schaudernd zog aber Waltraud die Schultern zusammen. Nein. Das wäre Mord, dachte sie, nackter Mord. Das kann ich nicht machen.

Sie schreckte hoch, als das Telefon schrillte. Sie war eingeschlafen und rieb sich die Augen. Gleich Mitternacht.

Am Apparat war Fritz. Sie hörte um ihn herum Stimmengewirr und Lachen, Musik und Fröhlichkeit.

»Mein Liebling!« rief er. »Ich mußte dich wecken. Wir sind eben von Bonn zurückgekommen, und nun steigt hier eine große Fete – Der Alte ist aufgekratzt wie ein Hochzeiter, und Mama hat aus dem Keller Champagner geholt. Zieh dich an, Süßes, und komm!«

»Ich… Ich kann nicht, Fritz«, sagte sie mit belegter Stimme. Veronika hat Champagner geholt. Sie feiern… und im Bergener Bruch liegt jetzt der Geliebte und schläft unbeschwert, satt von Essen und Trinken und von der Liebe.

Wieder spürte sie das Würgen im Hals und schüttelte den Kopf.

»Nicht jetzt, Fritz«, sagte sie wieder. »Wir werden uns morgen sehen —«

»Ich komme rüber und trage dich so, wie du bist, zu uns.«

»Sei vernünftig, Liebster —«

»Vernünftig? Jetzt? Die ganze Familie ist zusammen, und du gehörst ja auch zur Familie. Ich lasse doch meine zukünftige Frau nicht im Bett schlafen, wenn hier die Familie Sassen ihren größten Tag hat. Kurt hat seine Eltern bereits geholt. Die einzige, die noch fehlt, bist du. Also anziehen, mein Täubchen, in zehn Minuten bin ich da.«

Ein Knacken. Aufgehängt.

Mit einem Seufzer erhob sich Waltraud Born und machte schnell Toilette. Als sie sich kämmte, hörte sie bereits den Wagen von Fritz. Es schellte, und sie öffnete, die Haarbürste noch in der Hand.

»Das ist richtig!« rief Fritz Sassen fröhlich. »Die Kratzbürste mit der Haarbürste in der Hand! Ein Denkmal fast!« Er hob Waltraud hoch, schwenkte sie in der Luft herum und küßte sie auf Mund, Nase und Augen.

Waltraud Born befreite sich aus den Armen ihres Verlobten und trat zwei Schritte zurück.

»Luigi Cabanazzi steckt in einer alten Laube im Bergener Bruch«, sagte sie mit einer Stimme, die alles jäh veränderte.

Die Fröhlichkeit fiel von Fritz Sassen ab wie weggeblasen. Sein Gesicht veränderte sich total. Es wurde hart und mitleidlos.

»Woher weißt du das?« stieß er hervor.

»Ich habe ihn selbst gesehen.«

»Wann?«

»Heute nachmittag.«

»Wir müssen sofort zur Polizei!«

»Nein. Bleib bitte.« Waltraud Born hielt Fritz am Ärmel fest und zog ihn von der Tür zurück. »Hör mich erst an. Deine... deine Mutter hält ihn dort versteckt.«

Über das Gesicht Fritz Sassens lief ein Zucken. Seine Augen wurden unnatürlich starr und leer.

»Wer?« fragte er endlich. Seine Stimme kam von weit her.

»Veronika. Sie ist seit Wochen die Geliebte Cabanazzis.«

»Das ist nicht wahr!«

»Ich weiß es seit langem. Sie hat es mir selbst vorexerziert. Als ich sie heute wieder sah, liefen sie aufeinander zu und küßten sich. Deine Mutter hält ihn versteckt, ja, du kannst nicht zur Polizei gehen, Fritz...«

Fritz Sassen sank auf einen der Stühle und senkte den Kopf. Seine Hände verkrampften sich ineinander. »Wenn Vater das erfährt... es ist sein Tod«, stöhnte er.

»Das fürchte ich auch, darum habe ich bis heute geschwiegen. Aber nun geht es nicht mehr... Cabanazzi lebt in der Hütte, und Veronika verpflegt ihn... mit allem...«

»Man könnte wahnsinnig werden.« Fritz Sassen schlug beide Hände vor die Augen. So saß er eine ganze Weile, und Waltraud Born schwieg und rührte sich nicht. Nach Minuten erst hob Fritz wieder den Kopf. Seine Augen waren rot umrändert. Vater, dachte er. O Vater, das hast du nicht verdient.

»Komm, Waltraud«, sagte er stockend und erhob sich. »Wir fahren zu uns. Wir wollen die Feier nicht torpedieren. Aber ich werde mit Veronika sprechen. Sie wird Cabanazzi der Polizei übergeben – wenn nicht, dann wird die Explosion auf Schacht V ihren Fortgang finden in der Katastrophe der Familie Sassen. Sie wird uns alle mitreißen.«

13

Die Stimmung war fröhlich, fast ausgelassen, als Fritz Sassen und Waltraud Born in der Sassen-Villa eintrafen und hinüber in die Bibliothek gingen, wo etwas Ruhe war und ein in dieser Stimmung angenehmes Halbdunkel herrschte.

Die Toten von Zeche Emma II, die man hatte bergen können oder die in den Krankenhäusern gestorben waren, hatte man begraben. Die fast zweihundert Bergleute, die man eingemauert hatte, wurden geehrt durch feierliche Reden und Kranzniederlegungen an den zugemauerten Stollen. Auch der letzte Weg, über den man die 53 Eingeschlossenen gerettet hatte, war wieder geschlossen worden. Das Feuer erstickte im Berg, das Gas war eingeschlossen in einem riesigen natürlichen Ballon.

Das alles war knapp vierzehn Tage her.

Und nun feierte man wieder.

Die Tür sprang auf. Veronika kam herein, noch lachend über einen Witz, den sie gerade gehört hatte. Sie blieb erstaunt stehen, als sie Fritz Sassen und Waltraud in der halbdunklen Bibliothek bemerkte, und zog dann die Tür hinter sich zu.

»Ihr seid schon da?« fragte sie. »Ich habe gar nicht gehört, daß ihr gekommen seid.«

»Das war auch beabsichtigt von uns.« Die Stimme Fritz Sassens klang in der Dämmerung doppelt laut. »Wir möchten dich sprechen, Veronika.«

»Mich? Aber gern! Was gibt's?« Sie warf sich in einen der Sessel und schlug die schönen, langen Beine übereinander. So sicher sie sich gab, in ihren Augen flimmerte Unsicherheit.

»Was macht Vater?« fragte Fritz.

»Vater unterhält unsere Gäste mit Anekdoten aus seinem Leben.«

»Wir sind also hier sicher vor ihm?«

»Ja. Mein Gott, wie geheimnisvoll! Was ist denn los?« Veronika sah zwischen Fritz und Waltraud hin und her. »Stimmt was nicht? Bekommt Waltraud ein Baby?« Sie lachte gezwungen. »Ich würde das ziemlich unhöflich finden, mich in meinem Alter schon zur Großmutter zu machen.«

»Ich möchte Vater ersparen, daß er seine zweite Frau wie einen verlausten Hund aus dem Hause jagt«, sagte Fritz Sassen hart.

Veronika sprang mit einem Laut auf, der wie ein Ächzen klang. »Bist... bist du betrunken, Fritz?« rief sie. Dabei starrte sie Waltraud Born an und erkannte, daß deren Blick abweisend, ja feindlich war. »Ich habe keine Lust, mich von euch anpöbeln zu lassen!« erklärte sie und machte kehrt. Aber bevor sie die Türklinke anfassen konnte, hielt sie der Anruf Fritz Sassens zurück.

»Du bleibst!«

»Was ist das für ein Ton?«

»Es werden gleich noch andere Töne angeschlagen werden!« Fritz Sassen steckte die Hände in die Hosentaschen. Er mußte seine Hände verbergen, die sich vor Aufregung zu Fäusten ballten. »Wir sind drei erbberechtigte Kinder, Sabine, Oliver und ich. Ich verpflichte mich, dir den Erbteil, der dir zusteht, zukommen zu lassen, wenn du unsere Familie schnellstens verläßt.«

Veronika lehnte sich gegen die Tür. Vor ihren Augen tanzten die Rücken der Bände in den Bücherregalen.

»Bist du verrückt?« stammelte sie. »Ich werde deinen Vater rufen –«

»Das wirst du schön unterlassen! Es gibt da eine verfallene Gartenlaube im Bergener Bruch –«

Aus dem Gesicht Veronikas wich alles Blut. Sie drückte die Hände gegen die Brust und hatte das Gefühl, ersticken zu müssen.

»Du bist wirklich nur betrunken«, sagte sie kaum hörbar.

»Ich dankte Gott, wenn ich's wäre! Soll ich noch deutlicher werden?«

»Ich weiß gar nicht, wovon du faselst.«

»Von einem Italiener Luigi Cabanazzi, der schuld am Tode von mehr als 200 Bergleuten ist und den die Frau des Bergwerkdirektors verborgen hält und verpflegt, mit Essen, Trinken und Liebe…« Fritz Sassen warf den Kopf in den Nacken. »Die Frau meines Vaters eine erbärmliche Nutte – man sollte dich mit dem Kopf gegen die Wand schlagen, du Luder!«

Einen Augenblick war es völlig still in dem dunklen Zimmer. Dann wankte Veronika zurück zum Sessel und setzte sich wieder.

»Wer hat uns gesehen?« fragte sie tonlos.

»Dem Himmel sei Dank – nur Waltraud.«

»Durch Zufall«, sagte Waltraud Born. »Sie brachten Cabanazzi Essen, und er lief Ihnen entgegen und küßte Sie.«

Veronika Sassen schwieg. Sie stützte das Kinn auf die zusammengelegten Fingerspitzen und starrte gegen die Bücherwand.

»Ja«, sagte sie endlich leise. »Es ist so. Und was nun?« Sie blickte auf, in ihren gefährlichen Katzenaugen standen Tränen. »Wollt ihr ihn der Polizei übergeben? Wollt ihr ihn von seinen Landsleuten töten lassen?«

»Er hat den Schacht explodieren lassen.«

»Aber doch nicht vorsätzlich! Es war ein Versehen, es war nichts als Leichtsinn.« Veronika sah Fritz Sassen flehend an. »Du wirst mich hassen, Fritz. Du hast ein Recht dazu. Ich bin in euer Leben eingebrochen, weil euer Vater sich in mich verliebte. Ich wollte ihn nie heiraten, nie, glaub es mir. Ich habe mich länger als ein Jahr gewehrt, bis ich merkte, daß ich schwanger war. Da konnte ich nicht mehr nein sagen, das Kind sollte seinen Vater haben. Nur um Olivers willen habe ich euren Vater geheiratet – nicht wegen seines Geldes.«

»Und Oliver?« Fritz Sassen kannte kein Mitleid mehr. »Ist Oliver wirklich der Sohn von Vater?«

»Ja. Das schwöre ich euch! Aber was soll das jetzt alles? Euer Vater war ein Narr – und er glaubte, mich kaufen zu können wie alles, was er sich im Leben errungen oder erworben hat. Er wollte meine Jugend als Medizin für sich benutzen. Meint ihr, ich hätte das nicht gemerkt? Gut, ich habe ihm sozusagen die Lebenstropfen gegeben, aber ich bin eine Frau und verlange mehr als Pelze und Schmuck und ein Streicheln welker Hände auf meinem Körper. Ich bin deshalb ausgebrochen aus dieser Ehe, immer und immer wieder ausgebrochen, um die Liebe zu suchen, die ich brauche. Liebe, die animalisch ist, meinetwegen verderbt, brutal – aber befriedigend und befreiend! Kann man mir das übelnehmen?«

Sie schwieg. Fritz Sassen hatte sich abgewandt und ging im Zimmer unruhig hin und her. Waltraud Born stand wie ein Schatten in der völligen Dunkelheit der Bibliotheksecke. Man hörte nur ihr Atmen und, wenn sie sich rührte, das Rascheln des Kleides.

»Ich bin keine Moralistin wie Sie!« schrie Veronika plötzlich zu ihr hin. »Sie mögen mich verachten und mich eine Nutte nennen, das kümmert mich nicht, ich verlange Verständnis für die Sehnsüchte der Natur in mir, denen ich nicht widerstehen kann!«

»Vater darf nie, nie erfahren, was jetzt hier gesprochen wurde.« Fritz Sassen blieb stehen. »Wie hast du dir das alles gedacht? Was willst du mit Cabanazzi anfangen? Soll er für immer, bis ans Lebensende, in der Laube bleiben?«

»Nein.«

»Was also?«

»Er will nach Südamerika.«

»Und du willst ihm diese Fahrt bezahlen?«

»Ja.«

»Wäre es nicht besser, *du* würdest dorthin verschwinden?«

Veronika zuckte unter dieser harten Frage zusammen. Ihre graugrünen Augen bettelten um Mitleid, aber Fritz Sassen sah in ihr nur die Geliebte Cabanazzis und die Frau, die seinen Vater schmählich betrogen hatte. Da gab es kein Mitleid mehr, kein Verständnis, keine Kompromisse.

»Wie willst du das deinem Vater klarmachen, daß ich nicht mehr hier bin, einfach verschwunden…?«

»Ich werde es ihm eher erklären können, als zu ihm sagen zu müssen: Deine Frau Vroni ist eine Hure!«

»Und du würdest Luigi mit mir gehen lassen?«

»Nein!« Es war ein klares und brutales Nein. »Cabanazzi gehört vor ein Gericht! Du fährst allein!«

»Dann gehe ich nicht!«

»Ich werde dich zwingen!«

»Ich habe auch noch Oliver.«

Wieder senkte sich tiefes Schweigen zwischen sie. Die Existenz des Jungen war wirklich ein Hindernis, die Dinge auf schnelle Art zu klären. Oliver war ein Sassen, aber er hatte auch eine Mutter, und wie diese Mutter auch beschaffen sein mochte, sie war für ihn der Mittelpunkt seiner kleinen Welt.

»Willst du sagen, daß du Mutterliebe jetzt als Waffe anführen willst?« sagte Fritz Sassen heiser.

»Ja.« Veronika nickte immerfort, als sei sie eine Puppe mit einem Spiralhals. »Oliver ist mein Kind, ich nehme ihn mit.«

»Auf gar keinen Fall! Das wäre der Tod von Vater. Er hängt an Oliver mit abgöttischer Liebe.«

»Dann vergeßt das alles… um Olivers willen.«

»Vergessen? Und es soll fröhlich so weitergehen? Mein Vater, der seine Frau anbetet, und seine Frau, die sich auf zerschlissenen, modrigen Matratzen herumwälzt wie eine heiße Katze? Du bist wohl total verrückt!« Fritz Sassen blieb vor ihr stehen und sah auf ihr gesenktes Haupt und die roten Haare herab. »Wir werden Cabanazzi morgen abholen und der Polizei übergeben. Ich werde dafür sorgen, daß der Name Sassen in keiner Untersuchung auftaucht.«

»Laß Luigi laufen«, bettelte Veronika. Aller Stolz, alle Würde der großen Dame, aller Glanz der großen Welt fiel von ihr ab. »Ich werde ihn wegbringen. Ich verspreche euch: Ich werde ihn aus Buschhausen wegbringen und ihn nie, nie wiedersehen. Aber gebt ihm die Chance, weiterzuleben!«

»Und was noch?«

»Ich werde dann auch gehen. Nicht sofort, sondern nach einer gewissen Zeit. Ich werde verreisen und nicht mehr wiederkommen.«

»Und Oliver?«

Sie starrte auf ihre Hände, und plötzlich weinte sie laut und mit den greinenden Tönen eines Kindes.

»Ich werde mich zwingen müssen, zu denken, daß ich nie ein Kind gehabt habe!« schluchzte sie. »Ihr seid so grausam.«

Fritz Sassen trat in die Ecke zu Waltraud Born, die bisher geschwiegen hatte und still zuhörte. »Du... du sagst gar nichts?« meinte er, und es war gleichzeitig eine Frage nach Hilfe und Rat.

»Sie ist krank«, sagte Waltraud Born leise. »Sie ist krank an der Liebe, so etwas gibt es, Fritz. Die Medizin kennt das. Es ist unheilbar. Sie müssen einfach so sein, wie Veronika ist, sie können gar nicht anders. Die Liebe, die simple körperliche Liebe ist ihr ganzes Trachten und Sinnen, ihr Wachsein und ihr Träumen. Sie leben nur für diese Liebe und werden wahnsinnig wie ein Verdurstender. Sie ist krank, Fritz. Ich habe es immer geahnt.«

»Was flüstert ihr da?« fragte Veronika mit müder Stimme. »Ist es nicht genug, daß ich Oliver hier lasse? Was wollt ihr denn noch mehr von mir?«

Fritz Sassen trat aus der Dunkelheit der Bücherecke wieder heraus. Wenn sie wirklich krank ist, dachte er, muß man Nachsicht für sie aufbringen. So schwer es fällt, mit dieser Frau zu fühlen, die meinen Vater betrogen hat und noch immer betrügt – sie ist krank.

»Geh zu den Gästen zurück, Vroni«, sagte er heiser. »Wir wollen das alles nicht übers Knie brechen, wir können uns keine überstürzten Handlungen leisten. Laß uns später wieder darüber reden – vielleicht morgen, ja?«

»Ja.« Veronika erhob sich. Steif stand sie in dem dämmerigen Zimmer. »Und was geschieht mit Luigi?«

»Das überlasse uns.«

»Nein!« Ihr Widerstand flammte auf. »Ihr wollt ihn töten...«

»Rede nicht solchen Unsinn! Wir wollen ihn der Polizei übergeben.«

»Macht es doch kürzer! Übergebt ihn gleich seinen Landsleuten, die ihn zum Tode verurteilt haben!«

»Quatsch! Das sind Räubergeschichten.«

»Die Mafia –«

»Die findest du auf Sizilien, aber nicht hier in Buschhausen. Laß dir doch keine Märchen erzählen. Cabanazzi ist ein ganz geriebener Bursche, der alles versucht, um dich an sich zu fesseln. Deshalb seine Räuberpistolen. Er hat dich eingewickelt.«

»Nein!« Veronika blickte Fritz Sassen und Waltraud Born, die nun auch aus ihrer dunklen Bücherecke kam, mit lodernden Augen an. »Ich sehe schon, ich habe in diesem Haus nichts mehr zu erwarten. Aber ihr macht das falsch, wenn ihr glaubt, mich zum Äußersten treiben zu können. Ich habe nichts mehr zu verlieren, aber *ihr!* Ich stelle Bedingungen!«

»Veronika!« brauste Fritz Sassen auf. Aber Waltraud Born legte ihm die Hand auf den Arm, um ihn zu besänftigen. Ruhe, hieß das. Hör sie erst an. Denk an deinen Vater.

»Ich stelle die Bedingung, daß ihr Luigi laufen laßt! Als Gegenleistung verpflichte ich mich, innerhalb von vier Wochen das Haus zu verlassen.« Veronika hob die Schultern, als friere sie. »Was wollt ihr Ludwig nur sagen, wo ich bin?«

»Das kann dir egal sein, wenn du weg bist.«

Veronika biß sich auf die Lippen und ging langsam zur Tür. Dort aber blieb sie stehen und warf den Kopf ruckartig zu Fritz Sassen herum. Ihre grünen Augen sprühten wie die einer Katze im Dunkeln.

»Haß gegen Haß! Wie ihr wollt! Ihr laßt Luigi laufen und ich gehe … oder ihr laßt Luigi verhaften und ich sprenge die ganze Familie Sassen gesellschaftlich in die Luft. Wir verstehen uns?«

»Ja«, antwortete Fritz Sassen rauh. Ihm blieb die Luft weg vor Zorn.

»Danke.« Veronika nickte. In stolzer Haltung, zu der sie sich wieder gefunden hatte, verließ sie die Bibliothek. Noch ehe sie die Tür hinter sich zuzog, hörten Fritz und Waltraud ihr Lachen und ihre helle, fröhliche Stimme: »Aber was ist denn, Freunde? Wo bleibt denn der Sekt?«

Fritz Sassen nagte an der Unterlippe und rückte seine Smokingschleife zurecht. »Sie hat die unheimliche Gabe, immer die Siegerin zu sein«, sagte er dumpf. »Es bleibt uns um Vaters willen gar nichts anderes übrig, als auf ihre Vorschläge einzugehen.«

Der Spendenfonds bei der Sparkasse Buschhausen wuchs und wuchs. Aus allen Teilen Deutschlands, aus dem Ausland, sogar aus Übersee flossen die Unterstützungsgelder für die Waisen und Hinterbliebenen in das kleine Bergarbeiter-Städtchen. Eine Kommission zur Verwaltung der Spendengelder mußte gegründet werden, denn nach alter, guter deutscher Art durfte ein Betrag, der in die Hunderttausende ging, nicht einfach und unkompliziert an jene ausgezahlt werden, für die er gespendet wurde, sondern das Wichtigste war zunächst, das Geld zu verwalten.

Die Zeche berief einen »Ausschuß für Spendenzahlung« ein. Ihm gehörten zwei Vertreter der Direktion, zwei Abgeordnete des Arbeitnehmerverbandes, ein Gewerkschaftler und ein Betriebsratsmitglied an. Um das Zünglein an der Waage zu schaffen, wurde einstimmig auch noch ein Beamter des Sozialamtes in die Kommission gewählt, von dem man sich – ebenfalls ein Beispiel besten deutschen Denkens – einen Überblick über die »soziale Struktur der Familien« erwartete.

Bereits bei der ersten Sitzung dieser Kommission ergab sich Sprengstoff, der fast ausreichte, das ganze Zechenhaus auseinanderfliegen zu lassen.

Dr. Vittingsfeld, der in Vertretung des beurlaubten Dr. Sassen die Verhandlung leitete, legte einen »Verwendungsplan« der eingegangenen Spenden vor. Allein schon dieser Ausdruck brachte den als Gast der Kirche anwesenden, aber nicht stimmberechtigten Pater Wegerich auf die Palme. Er erhob sich und fragte laut:

»Was heißt hier Verwendungsplan?!«

Die Köpfe der Männer um den runden Tisch wandten sich ihm zu, Fritz Sassen und Kurt Holtmann, als Vertreter der Arbeitnehmer, nickten. Genau das gleiche hatten sie sich auch gedacht, nur war der Pater schneller mit dem Wort gewesen. Dr. Vittingsfeld räusperte sich.

»Obwohl ich nicht verpflichtet bin, Zuschauern Rechenschaft zu geben –« er legte auf das Wort Zuschauer einen dicken Akzent – »will ich die Frage beantworten, da sie im nächsten Atemzug von den Vertretern der Arbeitnehmer sowieso auch gestellt würde. Also –« Er blickte auf das vor ihm liegende Blatt Papier. »Die Spenden haben einen gegenwärtigen Kontenstand von DM 345 587,19. Das ist beachtlich. Hinzu wird die vom Bund versprochene Zuwendung von rund 500 000 Mark kommen. Da der Spendenfluß noch nicht abreißt, können wir also mit einer Summe von 1 Million rechnen. Aus dem Katastrophenfonds fließen uns noch einmal 1,2 Millionen zu, so daß wir über 2,2 Millionen Mark verfügen. Diese Summe soll wie folgt verteilt werden: 1,2 Millionen – je nach Notlage – an die 230 Familien, deren Ernährer dem Unglück zum Opfer gefallen sind, und 1 Million – vorerst – zum Ausbau der Grubensicherung in Schacht V, vor allem zum Einbau neuer Wetterabzüge.«

In dem Sitzungssaal von Emma II breitete sich nach diesen Worten tiefes Schweigen aus. Dr. Vittingsfeld schloß seine Akte. Es war dann Pater Wegerich, der die mit Elektrizität geladene Luft fast zum Bersten brachte.

»Das ist ja unerhört!« sagte er laut.

»Das ist – auf gut deutsch gesagt – eine Sauerei!« rief Kurt Holtmann. Dr. Vittingsfeld wurde rot, aber er beherrschte sich.

»Was erregt Sie so, meine Herren?« Er sah sich im Kreise um. »Gerade aus Ihrer Mitte kam doch immer der Vorschlag, die Bewetterung zu verbessern.«

»Aber nicht mit den Spendengeldern, die für die Waisenkinder gedacht sind! Tausende von Bürger zahlen ihre Spenden in dem Glauben, daß den Familien geholfen wird ... und was wird damit gemacht? Man nimmt das Geld und pflastert damit sozusagen die Fehler der Zechenleitung zu.« Kurt Holtmann hieb mit der Faust auf den Tisch und rief noch einmal: »Das ist eine Sauerei!«

Dr. Vittingsfeld sah den Hauer Holtmann aus zusammengekniffenen Augen. Es war ein Blick voller Haß und Gift, ein gefährlicher Blick, der alles versprach, was in der Macht der Zechenherren lag.

»Wenn wir das Geld voll auszahlen würden«, sagte Dr. Vittingsfeld langsam, »hieße das, daß jede Familie der im Berg Gebliebenen mehr als 10 000,– DM bar in die Hand bekäme. Können Sie sich vorstellen, was das bedeutet? Die Frauen würden überschnappen. Das Geld würde ihnen zwischen den Fingern zerrinnen, meistenteils für nutzlose Einkäufe. Das wäre ja Wahnsinn.«

»Es war Wahnsinn, ihre Männer in einen Berg zu schicken, der von Monogas stank!« antwortete Pater Wegerich. »Und es ist eine Ungeheuerlichkeit, nun die Frauen der Toten der Verschwendung zu bezichtigen. Das ist eine Anmaßung.«

»Bei Gott und in Gottes Reich ist alles wohlgeordnet, Pater!« Die Stimme Dr. Vittingsfelds troff vor Spott. »Im Himmel gibt es keine Währung, es sei denn, wer am besten singt, bekommt die schönsten Flügel!«

»Herr Doktor!« Pater Wegerich sprang auf. Vittingsfeld winkte ab.

»Hier auf Erden«, fuhr er fort, »lebt der Mensch nicht im abgeklärten Zustand, sondern mit allen seinen Schwächen. Und die größten dieser Schwächen zeigen sich im Zusammenhang mit Geld. Verschwendung zählt dazu, um so mehr, je niedriger die gesellschaftliche Stufe ist, auf der sie stattfindet.«

»Danke.« Kurt Holtmann sprang auf. »Da man uns Bergleute also in den Augen der Zechenherren als Halbwilde ansieht, habe ich hier nichts mehr zu suchen, sondern kehre in den Kral zurück, aus dem wir ja kommen. Wir werden Ihnen die Antwort geben, Doktor Vittingsfeld.«

»Bitte.« Der Generaldirektor hob die Schultern. »Mit Drohungen schüchtern Sie mich nicht ein. *Sie* nicht!«

»Ich darf mich Herrn Holtmann anschließen.« Dr. Fritz Sassen erhob sich gleichfalls und klemmte sich seine Aktentasche unter den Arm. »Ich protestiere gegen die Verwendung der Spendengelder für den Zechenausbau. Das Spendengeld hat voll den Waisen zuzufließen.«

»Protestieren Sie nur!« Dr. Vittingsfeld sprang ebenfalls auf und verlor die Ruhe. Mit der Faust hieb er auf den Tisch. »Wissen Sie denn nicht, daß wir die 1,2 Millionen vom Bund nicht bekommen, wenn wir nicht die notwendigen Sicherheitsmaßnahmen nachweisen?«

»Dann weisen Sie sie nach... aber mit den Geldern aus der Zechenkasse!« Kurt Holtmann drehte sich an der Tür des Sitzungssaales um. »Ich habe mir sagen lassen, Herr Dr. Vittingsfeld, daß Sie bei Lugano eine Seevilla für 750000,– Mark gekauft haben. Mit Geld aus Aufsichtsratsgebühren und Aktiendividenden. Es wäre sinnvoller, diese Bezüge zu kürzen und die gewonnenen Beträge für die Sicherheit der Bergleute einzusetzen.«

»Mit einem solchen Menschen rede ich nicht mehr!« schrie Dr. Vittingsfeld. Sein Kopf war rot, als platze er jede Sekunde. »Ich werde mich nicht mehr an einen Tisch mit ihm setzen. Ich lehne es ab, überhaupt noch zu verhandeln, solange dieser Herr da ein Wort mitzureden hat!«

»Danke! Nun wissen wir, woran wir sind.« Dr. Sassen wandte sich Kurt Holtmann zu. »Komm, sie wollen es nicht anders, wir gehen. Die Ruhr – Deutschlands Stolz, hieß es einmal! Man muß dies berichtigen: Die Ruhr – Deutschlands Wohlstandsgeschwür, sollte es heißen!«

Zusammen mit Peter Wegerich verließen sie den Saal. Die beiden Männer vom Betriebsrat und der Gewerkschaft saßen wie angewurzelt. Es war für sie schwer, zu reagieren. Ihr Auftrag schien unlösbar zu sein: Für den Arbeiter, aber gutes Einvernehmen mit dem Arbeitgeber – wie soll man sich da verhalten? Am besten, man schweigt.

10000,– Mark für jede der betroffenen Familien, dachte einer. Da könnte sich die Emma Buldraski eine neue moderne Küche kaufen, und das würde bestimmt meine Erna aufregen. Und die junge Jutta Kolwalski würde sich einen Kleinwagen kaufen und damit durch die Lande zockeln. Und was der Opa Benno Bullerkamp ist ... der spekuliert schon lange auf eine neue Musiktruhe, in Stereo natürlich. Das gäbe überall böses Blut, das gäbe sogar das häßliche Gemurmel: Witwe müßte man sein – Vielleicht hat der Generaldirektor doch recht –?

»Die Sitzung ist geschlossen!« sagte Dr. Vittingsfeld. »Wann die nächste sein wird, weiß ich noch nicht.«

In der großen Werkhalle II, die sonst als Reparaturwerkstatt diente und in der die Loren, Waggons und Hunde repariert wurden und Ersatzteile für die Kokerei lagerten, fand die große Betriebsversammlung am Sonntagvormittag nach dem 10-Uhr-Gottesdienst statt.

Vor der Meisterkabine war das Podium aufgestellt, die Grubenelektriker hatten schnell eine Mikrofonanlage gelegt, das Holzgerüst und das Rednerpult waren mit schwarzem Stoff umkleidet, vor den Fenstern der Meisterkabine hingen ebenfalls schwarze Fahnen. Zu beiden Seiten des Podiums waren die Knappen in ihrer Uniform aufmarschiert, die Knappschaftskapelle stand vor dem Podium. Zweitausend Kumpels füllten die Halle, dicht gedrängt, eine Masse sonntäglich gekleideter, friedlich aussehender Männer, die vor zehn Minuten noch ihr Amen in der Kirche gesungen hatten und nun bereitstanden, der Welt zu zeigen, daß es eine Grenze der Geduld gab und der Bergmann nicht der Prügelknabe des Wirtschaftswunders sein durfte.

Zuerst sprach Kurt Holtmann. Kurz, mit Worten, aus denen Erschütterung klang. Er gedachte der Toten, und das Lied vom Guten Kameraden klang durch die Werkhalle.

Im Büro Dr. Sassens saß Dr. Vittingsfeld mit erregtem Gesicht und trommelte auf die Schreibtischplatte. Der Betriebsleiter und zwei Direktoren aus Gelsenkirchen umringten ihn. Das Lied »Ich hatt' einen Kameraden ...« drang zu ihnen herein, eine Demonstration, die ihnen Angst machte.

»Schlappschwänze alle!« sagte Dr. Vittingsfeld. »Die ganze Polizei ist voller Schlappschwänze. Da haben wir eine wilde Versammlung, sie ist nicht angemeldet, der Tatbestand der Zusammenrottung ist gegeben, und was tut man dagegen? Nichts. Kein Schutz, kein Eingreifen... ist das ein starker Staat? Ich werde morgen gleich beim Innenminister vorstellig werden. Wo gibt es denn sowas, daß jeder eine Massenversammlung einberufen kann und an den Fundamenten unseres ganzen Systems rütteln darf? Leben wir im Kongo? Herr Bierlich, Sie werden nachher zu den Kumpels sprechen.«

Theo Bierlich, der Betriebsleiter, wurde blaß. Er kannte seine Püttmänner. Er wußte, wie sie reagieren würden, wenn er das Podium betrat. Das glich dem Versuch, gegen ein aufgewühltes Meer anzubrüllen.

»Sprechen Sie nicht lieber selbst, Herr Generaldirektor?« fragte er. Vittingsfeld schüttelte grimmig den Kopf.

»Ich? Nein. Ich bezahle sie. Soll ich den Leuten, die von mir leben, in den Hintern kriechen? Ich werde höchstens Emma II schließen und sie alle auf die Straße setzen.«

»Man würde Sie zerreißen!«

»Dagegen gibt's Schutzmöglichkeiten.« Dr. Vittingsfeld lächelte böse. »Herr Bierlich, Sie sprechen gleich zu den Hohlköpfen und sagen ihnen, daß die 1,2 Millionen für *sie*, allein nur für *ihre* Sicherheit verwandt werden. Wir können das ganze Geld auch an die 230 Familien ausschütten, natürlich. Aber dann wird sich in 1000 anderen Familien Neid regen. Sagen Sie das den Kumpels ruhig in ganz klarer Form, sonst verstehen die das nicht. Mein Gott, daß man hier den Sonntag vertrödeln muß, meine Zeit ist dafür viel zu kostbar. Es ist wirklich zum Kotzen mit gewissen demokratischen Freiheiten.«

In der Halle II brodelte es wie in einem Hochofen. Dr. Fritz Sassen hatte die Spendenzahlen verlesen und die Vorschläge der Zechenleitung bekanntgegeben, was mit den Spenden geschehen sollte. Und noch etwas kam dabei an den Tag: Die italienischen Toten sollten von den deutschen Toten getrennt werden. Sie lagen zwar nebeneinander auf einem Teil des Buschhausener Friedhofs in einer Art Ehrengrab, aber die Entschädigung der Italiener sollte nicht aus deutschen Spendeneingängen erfolgen, sondern aus einem Katastrophenfonds des Bergbaues. Um diese Gelder aber freizumachen, würde es – wieder nach bewährter deutscher Verwaltungsart – mindestens $1/2$ Jahr dauern, wenn nicht länger. Allein die Bearbeitung der Anträge würde sehr lange dauern, da man über das italienische Arbeitsministerium erst genaue Nachforschungen über Kinderzahl und soziale Lage der Familien der Toten im Heimatland anstellen mußte.

»Jagt die Zechenherren aus ihren Villen!« schrie jemand aus der geballten, wütenden Menge von 2000 Leibern. »Wer bezahlt ihnen denn die Partys und Jagdgesellschaften? Wer hält für sie die Knochen hin? Wir lassen uns nicht länger auf den Arm nehmen! Wir wollen unser Recht!«

Es war der Augenblick, in dem der arme Betriebsführer Theo Bierlich das Podium betrat und sich neben Kurt Holtmann und Dr. Sassen stellte. Ein wildes Pfeifkonzert empfing ihn, die Mauer der Leiber drängte nach vorn, aufgerissene Augen, schreiende Münder machten ihm angst. Ein Wald von hochgereckten Armen, von Fäusten, die geschüttelt wurden, bedrohte ihn. Theo Bierlich wischte sich den kalten Schweiß von der Stirn.

»Leute«, sagte er laut ins Mikrophon. Weiter kam er nicht. Ein zweitausendstimmiges Aufbrüllen übertönte ihn.

»Abtreten! Komm runter, du Lump! Holt ihn vom Podium!« schrie es um ihn herum. Theo Bierlich hob beide Hände, es war eine rührend flehende Gebärde einem Taifun gegenüber.

»Leute!« rief er noch einmal und umklammerte den Mikrophongalgen. »Ich bin doch einer von euch! Ich kann euch doch nur sagen, was man mir aufgetragen hat! Ich kann doch nichts dafür! Seid doch vernünftig!«

»Holt den Idioten runter!« schrie jemand. »Der hält es doch nur mit den Reichen!«

Die Leiberwoge brandete gegen das Podium. Theo Bierlich sah sich hilfesuchend um. Dr. Fritz Sassen und Kurt Holtmann hatten starre Gesichter. Sie waren entsetzt. Der Sturm war nicht mehr aufzuhalten. Es ging ihnen wie dem Zauberlehrling in Goethes Gedicht... die Geister, die sie gerufen hatten, wurden sie nun nicht mehr los. Die 2000 brüllenden Kumpels entglitten ihrer Kontrolle, ihrem Einfluß. Die Halle wurde zur Arena. Man wollte ein Opfer haben. Urinstinkte siegten.

Die einzige Möglichkeit, sich zu retten, war die, die Flucht zu ergreifen. Theo Bierlich, Fritz Sassen und Kurt Holtmann nützten sie. Schleunigst verließen sie das Podium und setzten sich durch die Meisterkabine ins Freie und hinüber zum Betriebsbüro ab.

Eine Minute später war das Podium Kleinholz. Die schwarzen Fahnen wurden abgerissen, die schwarzen Behänge zerfetzt, Nägel und Hämmer waren plötzlich da, und aus Stangen und den schwarzen Tüchern entstanden im Handumdrehen Fahnen.

Dann marschierten sie los, vorneweg die Knappenkapelle, dann die Uniformierten, hinter ihnen die Fahnenträger und die 2000 Kumpels, im Sonntagsanzug, aber mit heißen Köpfen und gelockerten Schlipsen. Sie sangen aus voller Kehle das »Glück-auf-Lied«, marschierten durch die Anlagen der Zeche Emma II, blieben vor der Verwaltung stehen und brüllten im Chor: »Wir wollen unser Recht!« und zogen dann weiter, hinein nach Buschhausen, ein Trauerzug, der heiß war wie ein Steppenbrand.

Sechs Polizeiwagen kamen ihnen entgegen, mit Blaulicht und Sirene. Die 2000 kümmerte das nicht. Sie marschierten den schwarzen Fahnen nach und lachten, als die Polizisten ausschwärmten und eine Schützenlinie bildeten. Ein Lachen, das wie ein Sturmdonnern klang.

Dr. Fritz Sassen und Kurt Holtmann standen Dr. Vittingsfeld gegenüber. In einer Ecke, auf einem Sessel, saß erschöpft der Betriebsleiter Theo Bierlich. Er war einem Herzanfall nahe. Jeder hatte darauf gewartet, daß die 2000 Bergleute die Verwaltung stürmen würden. Der Notruf an die Gelsenkirchener Polizei war daraufhin herausgegangen und eine Hundertschaft Polizei rückte heran.

»Das sind also Ihre Leute«, sagte Dr. Vittingsfeld verächtlich zu Fritz Sassen und Kurt Holtmann. »Mit so etwas sollen wir verhandeln. Sie sehen doch ein, daß das unmöglich ist. Hier liegt ja ein klarer Bruch demokratischer Gesetze vor! Was sich heute hier abspielt, ist eindeutiger Anarchismus. Nein, meine Herren! Unter Druck verhandle ich nicht! Guten Tag und weiterhin einen schönen Sonntag.«

Als Sieger verließ Dr. Vittingsfeld die Zeche Emma II und ließ sich von seinem schweren Wagen unter Umgehung von Buschhausen nach Gelsenkirchen zurückbringen.

Am Nachmittag war er eingeladen zu einem Sommerfest bei Generaldirektor Borbeck von den Stahlwerken.

Dr. Fritz Sassen wischte sich über die Augen und trat an das Fenster. Aus der Ferne hörte er noch den Gesang der zweitausend Kumpels und das Sirengeheul der Polizeiwagen.

»Auf diesen Tag haben sie hundert Jahre gewartet«, sagte Kurt Holtmann leise.

»Ja, und er hat uns hundert Jahre zurückgeworfen!«

Es war eine Wahrheit, der niemand widersprach.

Dr. Pillnitz konnte seine ersten Schritte machen.

Schritte war zuviel gesagt. Er selbst nannte es die »Fortbewegung einer lahmen Schildkröte« und brachte damit sein Urteil über die Kunst seiner ärztlichen Kollegen zum Ausdruck, die alles unternommen hatten, um das zertrümmerte Bein funktionsfähig zu erhalten.

Er humpelte an zwei Krücken im Garten der Klinik herum, machte sich bei den Patienten beliebt und bei seinen Kollegen verhaßt, indem er Verbände oder Schienen als falsch angelegt bezeichnete. Er tat überhaupt alles, um sein Ziel zu erreichen nach der Methode: Immer mekkern erhöht die Chance, bald entlassen zu werden.

Dr. Waltraud Born besuchte ihn nach dem Kumpelaufstand, der natürlich von der Polizei schließlich doch unter Kontrolle gebracht worden war. Waltraud fand, daß Pillnitz ziemlich munter war und das repräsentierte, was man eine Nervensäge nennt.

»Man kann euch doch nicht ein paar Wochen allein lassen«, begrüßte er Waltraud Born sofort und klapperte mit seinen Krücken. »Erst die Explosion, dann der Aufstand, nun der Rücktritt Dr. Sassens, von dem Verschwinden dieses Cabanazzi ganz zu schweigen – Kinder, so geht's, wenn die Katze aus dem Haus ist. Dann tanzen die Mäuse. Wird Zeit, daß ich zurückkomme.«

»Das hat noch eine Weile Zeit, lieber Bernhard.« Waltraud Born nickte und faßte Dr. Pillnitz unter. »Da hätten Sie auch nichts machen können.«

»Glauben Sie?« Dr. Pillnitz sah Dr. Born nachdenklich an. »Sie kennen nicht die Hintergründe, mein süßes Schäfchen. Sie gehen ahnungslos durch die Welt, die für Sie ein einziger, blühender Garten ist, nachdem Sie Frau Sassen werden. Aber diese Welt ist kein Paradies, sie ist das gemeinste Dreckloch, das es gibt. Sehen Sie sich diesen Dr. Vittingsfeld an. Ich kenne ihn seit zwanzig Jahren...«

»Fritz ist völlig niedergeschlagen.«

»Das glaube ich gern.«

Dr. Pillnitz setzte sich ächzend auf eine weiße Gartenbank. Das Kniegelenk schmerzte noch immer höllisch. Man hatte ihm gesagt, daß er wohl nie wieder im Leben schmerzfrei sein würde.

»Ich will sehen, daß ich in zwei Wochen zurückkomme«, sagte er. »Da war endlich mal was los auf Emma II und ich lag im Bett. Ist das keine Schande? Außerdem scheint mir, daß da viele Fehler gemacht worden sind, die ich ausbügeln muß.«

»Welche Fehler?« fragte Waltraud Born.

»Wie geht es Veronika Sassen?« fragte Dr. Pillnitz plötzlich zurück. Waltraud Born zuckte unwillkürlich zusammen.

»Gut«, antwortete sie.

»Das sollte auch nicht sein.« Dr. Pillnitz malte mit einer seiner Krücken Ringe und Winkel in den Sand des Gartenweges. »Habt ihr sie schon einmal gefragt, wo Cabanazzi ist?«

»Nein«, log Waltraud Born und hielt den Atem an.

»Aber das muß getan werden, sie weiß es.« Dr. Pillnitz umklammerte seine Krücken und richtete sich stöhnend auf. Er schwankte noch ein wenig, aber als Waltraud ihn stützen wollte, schüttelte er den Kopf. »Danke. Es geht schon. Es *muß* gehen.« Er sah Waltraud an und nickte mehrmals. »Sehen Sie, deshalb wird es Zeit, daß ich wieder nach Buschhausen zurückkomme. Die Familie Sassen muß aus diesem Skandal herausgehalten werden. *Ich* werde daher Veronika fragen, wo sie Cabanazzi versteckt hält. Es kann damit eine noch offene Rechnung zwischen uns beglichen werden.«

14

Verwirrt fuhr Dr. Waltraud Born zurück nach Buschhausen. Der Besuch bei Dr. Pillnitz in Bochum hatte ein neues Problem aufgeworfen, das man durch die Aufregung der vergangenen Wochen völlig außer acht gelassen hatte. Auf Buschhausen war ein Sturzregen von Ereignissen herniedergeprasselt, es war über Nacht zu einem Begriff in der Welt geworden, der Aufstand der Kumpels war ein Warnsignal für alle Zechen, überall machte sich Unzufriedenheit der Bergleute bemerkbar, Transparente erschienen an den Häuserwänden. Die Staatsanwaltschaft beschäftigte sich mit dem »Fall Emma II« und erhob Anklage wegen Landfriedensbruchs und Widerstands gegen die Staatsgewalt, denn die 2000 Kumpels von Emma II hatten die Polizeiketten mit Steinen und Knüppeln beworfen und die Absperrung gestürmt und durchbrochen. Es waren bewegte Tage. Dr. Vittingsfeld machte Dr. Fritz Sassen und vor allem Kurt Holtmann für alles verantwortlich, denn nach seiner Ansicht hatten sie die an sich friedlichen Bergmänner aufgewiegelt, und so wurde ganz vergessen, daß die Familie Sassen und mit ihr auch die Familien Holtmann und Born weniger durch die äußeren Ereignisse als vielmehr durch die internen Spannungen in Mitleidenschaft gezogen wurden. Und die Hauptgefahr, das erkannte Waltraud nach dem Besuch in Bochum plötzlich ganz klar, drohte von Dr. Pillnitz.

So sehr man sich bemühte, die schwärende Angelegenheit Cabanazzi–Veronika still zu regeln, so wenig würde Dr. Pillnitz Rücksicht darauf nehmen, wenn er wieder in Buschhausen war. Sein Haß auf Cabanazzi war zu groß, seine Leidenschaft für Veronika zu irrsinnig, als daß man ihm mit logischen Argumenten hätte kommen können.

Bevor Dr. Born etwas unternehmen konnte und auch Dr. Fritz Sassen mit Veronika sprach – sie hatte sich nach dem Abend der Auseinandersetzung mit Fritz mit einer schweren Migräne ins Bett gelegt und schirmte sich von allem ab –, wurde es gefährlich. Dr. Pillnitz fuhr mit einem Taxi vor und humpelte in das Krankenrevier der Zeche Emma II. Waltraud Born merkte es plötzlich an der Unruhe, die sie durch die dicke Tür des Wartezimmers gewahr wurde. Als sie die Tür aufriß, sah sie Dr. Pillnitz, auf seine Krücken gestützt, umringt von den Bergmännern mitten im Zimmer stehen und hörte ihn die Patienten beschimpfen. Die Kumpels nahmen ihm das nicht übel, im Gegenteil, sie lachten und grinsten sogar erfreut. Ihr Doktor, ihr Rauhbein, war wieder da. Ihr Doktor, der zu ihnen paßte, der ihre Sprache redete, der ihre Sorgen kannte, der ihre Familien besuchte.

»Was ist das, Otto?« sagte Dr. Pillnitz gerade und sah auf einen kräftigen Hauer, der die Jacke über der Brust geöffnet hatte. »Mit so 'nem Kratzer willst du krank feiern? Ja, Himmel nochmal, seit wann bist du solch ein Jammerlappen? Damit trägt meine Großmutter jeden Morgen Zeitungen aus… und du willst in die Koje?? Nichts da, das Bett ist Gift für dich. Du hast doch schon sechs Kinder.«

Die Kumpels brüllten vor Vergnügen. Otto Plaschenka verzichtete auf eine weitere Untersuchung, knöpfte seine Jacke wieder zu und ging brummend aus dem Wartezimmer.

»Guten Tag, schöne Kollegin«, rief Dr. Pillnitz zur erneuten Freude der Kumpels, als er Waltraud in der Tür sah. »Ich komme gleich. Ich muß hier nur rasch sieben. Gut, daß ich wieder da bin. Die Kerle bevölkern ja das Revier, als gäb's hier was geschenkt. Aber ich weiß schon, was das ist. Jeder will sich von einer zarten Frauenhand betasten lassen. Ich werd euch helfen, ihr perversen Kerle.«

Waltraud Born wurde glühend rot und verschwand im Ordinationszimmer. Durch die geschlossene Tür hörte sie wieder, wie Dr. Pillnitz fortfuhr, zu »sieben«. Sie rief schnell Fritz Sassen an.

»Pillnitz ist da«, sagte sie hastig. »Was nun?«

»Halt ihn fest, Liebling«, antwortete Fritz. »Zwei, drei Stunden, fahr mit ihm hinaus, irgendwohin, ins Grüne. Ich werde in der Zwischenzeit mit der Polizei Cabanazzi aus seinem Versteck holen. Es gibt keinen anderen Weg mehr!«

»Er wird vor der Polizei nicht schweigen, Fritz. Er wird alles erzählen.«

Dr. Fritz Sassen verstummte. Einen Augenblick war er bereit, für die Ehre der eigenen Familie der Gerechtigkeit nicht ihren Lauf zu lassen. Dann aber siegte in ihm die Pflicht.

»Wir müssen auch das überstehen, Liebling«, sagte er entschlossen. »Es muß einmal alles ein Ende haben, und wenn es uns alle mitreißt. Ich weiß keinen anderen Ausweg mehr.«

Dr. Pillnitz war in blendender Laune. Auf seinen Krücken humpelte er ins Ordinationszimmer und setzte sich.

»Von neunzehn Kranken sind sechs übriggeblieben«, lachte er. »Kommt da einer und hat Bauchschmerzen. Ich frage ihn: Was gegessen? Und was sagt er? Pflaumenkuchen. Hau ab und furz einmal richtig! hab ich da gesagt, und der Fall war erledigt. Liebe, schöne Kollegin, Sie sind zu mild mit den Burschen.«

»Wo kommen Sie eigentlich her, Bernhard?« fragte Waltraud Born, um Zeit zu gewinnen. Sie sah verstohlen auf die große elektrische Uhr an der Wand. Zehn Uhr vormittags. Bis 13 Uhr mußte alles vorbei sein, mußte die »Bombe Pillnitz« entschärft werden.

»Aus der de la Camp'schen Klinik. Leute, habe ich gesagt, eure Kunst ist am Ende. Ich sehe es. Was soll ich noch hier? – Und wie Kollegen sind, sie haben mir schleunigst ein Taxi bestellt, um mich loszuwerden. Nun ist wieder Ruhe im Knochenhaus.«

»Das glaube ich«, lachte Waltraud. »Die werden froh sein.«

»Zweifelsohne.« Dr. Pillnitz klapperte mit seinen Krücken. »Das wird in Zukunft meine ständige Erkennungsmelodie sein. Hör, was klappert da so fein, das kann nur Dr. Pillnitz sein. – Ich stelle es als neuen Kinderabzählvers zur Verfügung.«

»Solange Sie so sarkastisch sein können, geht es Ihnen nicht schlecht.« Dr. Born lehnte sich an den Schreibtisch. »Was machen wir jetzt, Bernhard?«

»Wir verarzten die sechs Kranken und gehen dann essen. Ich habe einen wilden Hunger. Viermal habe ich der Schwester das Essen in den Nachttopf geschüttet: Kartoffelbrei mit Kalbsragout! Himmel und Arsch, habe ich gebrüllt, ich will ein Steak haben! Meine Zähne rosten ja ein!« Er seufzte, aber seine Augen lachten dabei. »Nun bin ich dem endlich entronnen. Ich sehne mich nach einem Sauerbraten mit Klößen. Fahren wir nach Gelsenkirchen, schönes Mädchen?«

»Daran habe ich auch gedacht.«

»Also los! Die sechs sollen hereinmarschieren. Sie untersuchen sie, ich verbinde… das geht wie das Brezelbacken.«

Eine Stunde später fuhren sie mit einem Mietwagen aus dem großen Tor der Zeche Emma II. Über dem Förderturm und auf dem Verwaltungsgebäude wehten noch immer die schwarzen Fahnen. Der Betriebsrat hatte sich geweigert, die Fahnen nach der Beerdigung der Toten einzuziehen. »Es liegen noch zweihundert im Berg«, hatte der Vorsitzende zu dem Betriebsleiter gesagt. »Wenn einer die Fahnen herunterholt, schlagen wir ihn krankenhausreif!«

Das war die neue Sprache in Buschhausen. Die Sprache einer Revolution, die schon lange geschwelt hatte.

Dr. Fritz Sassen und die Polizei kamen zu spät.

Die halbverfallene Gartenlaube am Steinbruch im »Bergener Bruch« war leer. Spuren und die zurückgelassenen Lebensmittel bewiesen, daß Luigi Cabanazzi noch vor wenigen Stunden hier gehaust hatte. Sein Aufbruch mußte plötzlich erfolgt sein, völlig überstürzt, denn er hatte sich nicht einmal die Zeit genommen, ein angebissenes Wurstbrot zu Ende zu essen.

Die Polizeibeamten suchten die Umgebung ab, den Steinbruch, die verwilderten, verwucherten Gärten, die anderen Gartenhäuschen. Dann wurde die Hütte amtlich geschlossen und versiegelt.

»Er ist gewarnt worden«, sagte der Polizeimeister, der den Einsatz leitete. »Sehen Sie mal hier, frische Autospuren vor dem Garten, die zur Chaussee führen. Jemand, der motorisiert war, hat ihn weggebracht. Wir werden in wenigen Stunden wissen, welcher Reifentyp es war. Der Profilabdruck im weichen Boden ist ganz deutlich.«

Dr. Fritz Sassen brauchte das Ergebnis der kriminaltechnischen Untersuchung gar nicht abzuwarten. Er wußte, zu welchem Wagen diese Reifen gehörten. Aber er schwieg. Vielleicht ist es besser so, dachte er nun wieder und hatte das Gefühl, aufatmen zu können. Der Tod von 200 Bergleuten blieb so zwar ungesühnt, aber wenn man Cabanazzi wirklich verurteilt hätte, wären die armen Kerle da unten davon auch nicht wieder lebendig geworden.

Im Mannschaftswagen der Polizei wurde das erste Protokoll aufgenommen. Die Gipsabdrücke der Reifenspuren wurden vorsichtig verpackt, die halbleere Chiantiflasche, die man neben dem Matratzenlager gefunden hatte, in ein Tuch gehüllt. Schon die erste Bestäubung mit dem daktyloskopischen Spezialpuder hatte wunderbare Fingerabdrücke sichtbar gemacht. Die meisten mußten von Cabanazzi stammen, aber auch ein sehr schmaler Abdruck war zu sehen. Der Fingerabdruck einer Frauenhand.

»Wir werden ihn finden, Herr Doktor«, sagte der Polizeimeister zuversichtlich. »Nun, da wir die Abdrücke haben und wissen, daß er noch im Lande ist. Gerade als Italiener fällt er ja überall auf. Sie sollen 'mal sehen, wie jetzt die Großfahndung anläuft.«

Das klang stolz und siegesgewiß. Dr. Fritz Sassen teilte diese Polizeiansicht nicht. Er kannte Veronika und die Möglichkeiten, die zu ersinnen sie fähig war. Für die Polizei war die Familie Sassen ein unbescholtener Personenkreis, und so lange sie das war, jagte man mit Cabanazzi nur ein Phantom.

Dr. Fritz Sassen war außerordentlich verwundert, als nach der Abfahrt des Polizeiwagens aus den Büschen des Bergener Bruches eine Gestalt auftauchte und auf ihn zukam.

»Mario Giovannoni«, stellte sich der Mann vor, als er vor Fritz Sassen stand. »Ich bin Ihnen nachgefahren.«

Er sprach fließend deutsch. Das war das Erstaunliche an diesen Leuten.

»Was wollen Sie?« fragte Fritz Sassen grob. »Wer sind Sie überhaupt?«

»Ich bin Schlepper auf der Zeche.«

»Sie gehören zum Italienerlager?«

»Ja.« Mario versuchte ein entschuldigendes Lächeln. »Ich habe die

Aufgabe, auf Luigi aufzupassen. Wir haben auch alles durchsucht. Aber daß er hier war, das haben wir nicht geahnt. Sonst gäbe es kein Problem Cabanazzi mehr.«

Dr. Fritz Sassen spürte ein eisiges Kältegefühl auf seiner Haut. Hatte also Veronika doch nicht zuviel erzählt mit ihren Hinweisen auf die Mafia. Er starrte den kleinen, schwarzlockigen, lächelnden Italiener an und wußte plötzlich, was mit »es gäbe kein Problem mehr« gemeint war.

»Ob das die richtige Methode ist?« sagte er beklommen. »Ich kann Ihnen nur sagen, daß das hier nicht geht.«

»Wir haben unsere eigenen Gesetze, signore dottore. Wissen Sie, daß Cabanazzi in Sizilien vier Morde begangen hat?«

»Nein.«

»Aber es ist so. Er ist geflüchtet und in Deutschland untergetaucht. Wir ahnten es alle nicht. Aber Enrico Pedronelli brachte uns die Beweise mit.«

»Wer ist Pedronelli?«

»Ein Freund, der uns geschickt wurde.«

Wieder verspürte Fritz Sassen das Kältegefühl auf seiner Haut. Mein Gott, dachte er, wer ahnt so etwas, wenn er durch Buschhausen geht oder sonntags am Fußballplatz steht und die gemischte deutsch-italienische Mannschaft siegen sieht. Wer kann wissen, was hinter diesen Fassaden von Lachen und Freundschaft vor sich geht, welche dunklen Mächte regieren und wie gefährlich es ist, sich ihnen entgegenzustellen.

»Wo ist dieser Pedronelli jetzt?« fragte Fritz Sassen. Mario Giovannoni hob die Schultern.

»Das wissen wir nicht. Er sucht... wie wir...«

»Ich würde Ihnen raten, die Finger davon zu lassen.«

»Das geht nicht, signore.«

»Wir sind hier nicht auf Sizilien!«

»Aber *wir* sind hier und haben unsere Gesetze mitgebracht. Es sind gute Gesetze, signore dottore! Sie reinigen uns vom Schmutz! Sie schützen unser Ansehen.«

»Was Ihr ›Spezialist‹ vorhat, ist bei uns Mord.«

»Das mag sein. Die Welten sind verschieden, signore. Aber glauben Sie mir, Ihr Land wird keine Sorgen damit haben. Enrico kommt und geht... keiner weiß ja, ob er überhaupt Pedronelli heißt.«

»Ich bin verpflichtet, unsere Polizei einzuschalten.«

»Was wäre das Ergebnis, signore? Pedronelli würde verschwinden. Ein anderer käme, von dem Sie nichts mehr wissen würden. Cabanazzi ist und bleibt verloren, signore. Keiner kann ihn mehr retten.«

Nach dem Mittagessen in Gelsenkirchen fuhren Waltraud Born und Dr. Pillnitz nach Buschhausen zurück. In dem aufgeforsteten Haldengelände hielten sie an und wanderten durch den Birkenwald bis auf eine Höhe, von der sie das Land überblicken konnten.

»Was glauben Sie, wie kräftig ich mich fühle«, sagte er, als Waltraud daran zweifelte, daß er den steilen Weg schaffen würde, und davon abriet. Am letzten Stück wäre er aber dann doch beinahe gescheitert. Waltraud mußte ihm helfen, sie zog und schob ihn, er hing an ihr, biß die Zähne aufeinander, seine Muskeln zitterten und kalter Schweiß rann ihm über das Gesicht.

»Geschafft!« sagte er oben keuchend und lehnte sich an Waltraud. »Schöne Kollegin, nennen Sie mich schnell einen alten Idioten, das liegt Ihnen doch auf der Zunge.«

»Idiot!« sagte Dr. Born laut.

»Danke.« Dr. Pillnitz lachte. »Aber wir sind oben. Und ich habe Ihnen bewiesen, welche Energie noch in mir steckt.«

»Das war der Sinn der Sache?«

»Ja. Ich wollte mir selbst beweisen, daß ich noch durchhalten kann.«

»Wozu durchhalten?«

»Um abzurechnen.«

»Mit wem? Wenn Sie nicht nur an Veronika Sassen, sondern auch an Cabanazzi, den Sie hassen, denken – den gibt es nicht mehr für Sie.«

»Wieso nicht?«

»Man hat ihn vor einer Stunde verhaftet.«

»Sie wollen mich bluffen?«

»Nein.« Waltraud Born blickte über das hügelige Land, über die Birkenwipfel, über die in der Sonne schimmernden roten Dächer der Bergmannssiedlung Buschhausen und die in den Himmel stechenden Fördertürme und Seilscheiben. »Ich hatte den Auftrag, Sie bis nach dem Mittagessen festzuhalten. In dieser Zeit hat die Polizei Luigi Cabanazzi abgeholt.«

Das Gesicht von Dr. Pillnitz rötete sich. »Wer hat Sie beauftragt?« fragte er zornig.

»Fritz.«

»Und wo hielt sich Cabanazzi versteckt?«

»In einem verfallenen Gartenhaus im Bergener Bruch.«

»Aha! Und sie... sie hatte ihn dort untergebracht?«

»Ja.«

»Ihr alle wußtet es?«

»Ja. Ich habe es selbst entdeckt. Durch Zufall. Bei einem Spaziergang.«

»Sie sind ein böses Mädchen, Waltraud.« Dr. Pillnitz stützte sich auf seine Krücken und starrte auf den Boden. »Nur der Gedanke an Rache hat mich aufrecht erhalten. Er war die beste Medizin. Er fütterte mich mit Energie. Wozu? Das muß ich mich jetzt fragen.« Er wandte den Kopf ruckartig zu ihr. »Warum schützt ihr Veronika? Warum haltet ihr die Hand über dieses Aas? Im Mittelalter hätte man sie verbrannt.«

»Aber wir leben nicht mehr im Mittelalter, Bernhard.« Dr. Born legte den Arm um Pillnitz' Schulter. »Versprechen Sie mir, vernünftig zu sein. Veronika hat uns zugesagt, zu gehen.«

»Wohin?«

»Irgendwohin. Sie will ganz still verschwinden.«

»Und das glaubt ihr alle?«

»Ja.«

»Ihr armseligen Spinner. Ihr kennt Veronika nicht. Jetzt, da dieser Cabanazzi weg ist, durch eure Hilfe, ist sie wieder unantastbar geworden für euch. Oder will einer von euch dem alten Sassen sagen, daß er eine Hure geheiratet hat?«

»Nein.«

»Also bitte! Sie wird bleiben und sicherer im Sattel sitzen als zuvor. Und wenn sie den Alten dreimal im Bett um den Finger gewickelt hat, seid ihr ohnehin bei ihm abgemeldet. O, ihr Vollidioten!«

»Sie will nächste Woche abreisen, Eberhard!« klammerte sich Waltraud Born an dieses Versprechen einer Hexe.

»Ich wette mein Herz dagegen. Sie fährt nicht.«

Am Abend wußte Waltraud Born, wie recht Dr. Pillnitz hatte. Die erneute Flucht Cabanazzis bewies es.

Und sie begann, den Kollegen zu verstehen.

Die Familie Holtmann stand kopf.

Vorbei war es mit der Ruhe in dem schmucken Siedlungshaus, dem Taubensport, den sonntäglichen Ausfahrten mit den geflochtenen Taubenkörben, um die munteren Tierchen irgendwo auszusetzen und zu sehen, ob sie zurück in den heimatlichen Schlag fanden. Auch die heimliche Liebe zwischen Barbara und dem bundesligaverdächtigen Theo Barnitzki erlitt einen Riß, weil Fußballer Theo in einem Anfall von Minderwertigkeitskomplexen sagte: »Das kann ja heiter werden! Wenn ich dich heirate, werde ich der Schwager von Dr. Sassen. Und dann muß ich mich am Riemen reißen, kann nicht mehr Mist oder so was sagen, muß Hummer fressen und Cocktailpartys mitmachen und Händchen küssen... Babs, das ist ja zum Kotzen. Ich bin ein Püttmann und passe nicht dahin. Dein Bruder Kurt, der kann das. Der war schon immer zu was Höherem geboren. Aber ich bin man bloß 'n Kumpel.«

Hans Holtmann raufte sich die Haare. Es half nichts, daß er sich unterm Dach bei seinem Taubenschlag versteckte. Elsi holte ihn herunter, weil auch sie sich keinen Rat mehr wußte. Das Übel begann damit, daß jemand auf den Gedanken kam (und ihn auch sofort in Buschhausen verbreitete), daß der alte Holtmann, in Kürze mit der Familie Sassen verbunden, die richtige Instanz sei, um Beschwerden und Anträge bei ihm loszuwerden. Über seinen Sohn Kurt oder Dr. Fritz Sassen sollten die Anträge dann an die richtige Stelle gelangen. So dachte man, und so handelte man. Die Folge war, daß das kleine Siedlungshaus täglich von Bittstellern belagert war und Hans Holtmann alle Mühe hatte, sich in dem Wust von Worten und Beschimpfungen zu behaupten.

Zu Hilfe kam ihm sein Schwager, der Bruder seiner Frau Elsi, der gute Onkel Borczawski. Onkel Lorenz, ehemals Hauer und durch Steinstaublunge Invalide geworden, hatte schon immer eine Schwäche für Juristerei gehabt. In seiner aktiven Bergmannszeit hatte er als Schrecken der Betriebsleitung gegolten, denn wenn es Beschwerden gegeben hatte, waren sie durch den Mund des Lorenz Borczawski vorgetragen worden. Und nicht etwa polternd und primitiv, im Gegenteil, mit aller Raffinesse und versehen mit halbjuristischen Kommentaren. Man hatte dann immer Mühe gehabt, sich durch das juristische Beiwerk der Beschwerde hindurchzubohren, ehe man an den Kern der Sache kam.

Onkel Lorenz sah seine große Stunde gekommen. Von morgens um

9 bis mittags um 12 und nachmittags von 3 bis gegen 7 Uhr abends residierte er in Holtmanns Häuschen und entlastete seinen geplagten Schwager, indem er die Anträge »bearbeitete«. Das geschah immer in einer freien Honorarvereinbarung, die Onkel Lorenz sehr am Herzen lag: Ein leichter »Fall« kostete drei Korn, ein mittlerer Fall fünf, ein schwerer eine halbe Flasche.

Und so saßen in Elsis Küche ständig fünf oder sechs Mann herum, mit Kornpullen in der Tasche, nahmen ab und zu einen Schluck, um die innere Erregung zu dämpfen, und marschierten dann zu Onkel Lorenz ins Wohnzimmer. Dort wurden sie beraten, wurden ihre Anträge angenommen, wurde das Honorar beglichen. Gegen Mittag und vor allem am Abend, nach Schließung der »Praxis«, war Onkel Lorenz dann jedesmal so weit, daß er laut über seine Kreislaufstörungen klagte und schwankend nach Hause gebracht werden mußte.

»Ich wandere aus!« schrie Hans Holtmann, als nach dem Kumpelmarsch von Buschhausen sich die Anträge häuften. Ein Versuch, die Bittsteller hinauszuwerfen, scheiterte kläglich. Man nannte Hans Holtmann unsozial, einen Knecht der Zechenherren, verdorben durch die Sektgelage bei diesen, einen Verräter und Arschkriecher. Das letzte Schimpfwort vor allem bewog Holtmann, weiter zu leiden. Er ertrug den saufenden Onkel Lorenz, den Schmutz, den täglich dreißig oder vierzig Paar Stiefel in sein Haus trugen, er ertrug sogar, daß fröhliche Klienten beim Hinausgehen Elsi Holtmann in den Hintern kniffen (sie war ja mit ihren 45 Jahren noch eine stattliche Frau), nur als man begann, seine Tauben vollgefressene Spatzen zu nennen, war er nicht mehr zu halten und unterband rigoros die Praxis des Privatjuristen.

Immerhin hatte diese Sammlung von Anträgen etwas Gutes. Zunächst hatte Dr. Fritz Sassen abgewunken. »Alles dummes Zeug!« sagte er zu Kurt Holtmann, der mit dem ersten Stapel zu ihm kam. »Nun denkt jeder, er könne seinen jahrelangen Groll abladen. Dem einen gefällt die Nase des anderen nicht, also wird dieser denunziert. Dem anderen die Schweißfüße. In den Papierkorb damit!«

Bei genauer Durchsicht stellte sich allerdings heraus, daß von fünfzig Beschwerden doch einige begründet waren und Vorkommnisse aus dem Zechenbetrieb geißelten, die man nicht kannte und die es wert waren, aufgegriffen zu werden.

Da wurde von einem Steiger berichtet, der sich auffällig um die

Berglehrlinge kümmerte und in der Waschkaue immer in deren Nähe war. Von Gefahrenquellen war die Rede, von Kabeln, die ungeschützt im Stollen hingen, von einem Abräumhobel, bei dem schon dreimal die Kette gerissen war und der trotzdem nicht herausgezogen wurde, sondern notdürftig geflickt weiterschürfte, von zwei Steigern, die unter Tage wie kleine Könige herrschten und ihre Favoriten am Transportband einsetzten, während die, die ihre Schnauze aufrissen, mit dem Preßluftbohrer vor Ort gehen mußten. Sogar eine Beschwerde über Dr. Pillnitz war dabei. Er hatte zu einem Kumpel, der mit einem gebrochenen Zeigefinger zu ihm gekommen war, gesagt: »Gustav, das nächstemal steckste beim Popeln den Finger nicht so tief 'rein, daß er abbricht.« An den Rand dieser Beschwerde hatte Onkel Lorenz mit Rotstift geschrieben:

»Krasser Fall von Mißachtung unserer Würde. Darf der Arbeiter von den Akademikern gedemütigt werden?«

»Typisch«, sagte Dr. Fritz Sassen lachend. »Dieses Dokument geben wir an Dr. Pillnitz weiter. Er wird sich mit Onkel Lorenz selbst darüber unterhalten.«

Vier Beschwerden waren allerdings massiv und beschäftigten sich mit der Zechenleitung. Sie erhoben Anklage, daß das schlagende Wetter allein Schuld der mangelnden Aufsicht gewesen sei.

Dr. Vittingsfeld ließ Kurt Holtmann länger als drei Stunden im Vorzimmer warten, bis er ihn vorließ. Die Sekretärinnen in dem Verwaltungspalast in Gelsenkirchen tuschelten schon, denn man wußte ja, daß bei Vittingsfeld kein anderer Besucher war, daß er keine Konferenz abhielt, sondern daß er diese drei Stunden verbissen absaß, rauchte, in seinem riesigen Zimmer spazierenging, aus dem Fenster guckte, die Zeitungen las, auf dem Plattenspieler den 1. Satz einer Beethoven-Sinfonie anhörte und schließlich telefonisch mit anderen Direktoren sprach, nur um die Zeit herumzukriegen.

Als er nach drei Stunden dachte, daß dies genug sei, ließ er Kurt Holtmann zu sich bitten. Mit unbewegtem Gesicht empfing er ihn.

»Sie müssen entschuldigen«, sagte er, »daß ich Sie so lange warten ließ. Sie wissen ja, der Terminkalender ist voll, und wenn jemand unangemeldet kommt, ist es schwer, eine Lücke zu finden. Ich habe auch jetzt nur ein paar Minuten Zeit. Gehen wir gleich zur Sache. Was gibt's?«

»Unangenehmes, Herr Generaldirektor.«

»Ich möchte sagen: Anderes bin ich auch nicht von Ihnen gewohnt.«

»Es liegen unserem Verband einige Schriftstücke vor, die wir Ihnen zur Einsichtnahme empfehlen.« Kurt Holtmann legte einen dünnen Schnellhefter auf den Tisch. Dr. Vittingsfeld musterte ihn mißtrauisch.

»Haben Sie schon mit Ihrem Schwiegervater in spe darüber gesprochen?«

»Ja. Aber er meint, er sei nicht mehr im Dienst. Emma II ginge ihn nichts mehr an.«

»Na ja.« Dr. Vittingsfeld hob die Augenbrauen. Sein ›na ja‹ drückte die ganze Mißbilligung aus, die er empfand. »Was ist es denn?«

»Beweise, daß das Unglück auf Emma II auf ein Verschulden der Leitung zurückzuführen ist.«

»Schon wieder dieser alte Hut!« Vittingsfeld schob den Schnellhefter von sich, als stinke er.

»Der alte Hut hat mehr als 200 Familienvätern das Leben gekostet. Vier ringen noch mit dem Tode. Sie haben Verbrennungen dritten Grades.«

»Für die Familien ist gesorgt.«

»Wenn das Ihre ganze Antwort ist, kann ich ja wieder gehen.«

Vittingsfeld sah Kurt Holtmann kurz an, erhob sich und marschierte dann um seinen Schreibtisch herum ans Fenster. Er drehte Holtmann unhöflich den Rücken zu und sagte:

»Über Schuld oder Nichtschuld ist genug gesprochen worden. Es hat auch Untersuchungen gegeben. Dabei hat sich herausgestellt, daß das Unglück durch eine Verkettung unglücklicher Umstände entstanden ist, vor allem aber durch den sträflichen Leitsinn eines italienischen Gastarbeiters. Wie kann man die Leitung verantwortlich machen, wenn ein Italiener raucht? Das ist Sache der Steiger, darauf zu achten, daß sich ihre Leute unter Tage so benehmen, wie es Vorschrift ist. Ich lehne es daher ab, überhaupt noch in dieser Sache belästigt zu werden.«

Dr. Vittingsfeld wartete auf eine Antwort. Als sie nicht erfolgte, drehte er sich um.

Das Zimmer war leer. Kurt Holtmann hatte unbemerkt den Raum, wie angekündigt, verlassen. So etwas war dem großen Generaldirektor noch nie passiert. Wie angestochen rannte er zum Telefon und rief sein Vorzimmer an:

»Wann ist Herr Holtmann gegangen?

»Vor ein oder zwei Minuten, Herr Generaldirektor.«

»Danke.«

Dr. Vittingsfeld setzte sich schwer in seinen Ledersessel. Er fühlte sich zutiefst brüskiert. Er kochte.

»Das ist das Letzte«, zischte er und ballte die Fäuste. »Das sollst du mir büßen, du Laus! Jetzt mache ich dich fertig, du Rotzjunge!«

Und er wußte auch schon das sicherste Mittel, ein gefährliches Subjekt wie Kurt Holtmann für alle Zeiten auszuschalten.

Das Zusammentreffen von Veronika Sassen und Dr. Pillnitz war schicksalhaft.

Jeden Tag bekam Veronika eine Injektion gegen Kreislaufstörungen und gegen ihre Migräne. Der Hausarzt kam meistens um die Mittagszeit in die Sassen-Villa, gab die Spritzen und war zehn Minuten später wieder weg. Da Veronika ihre Zimmer kaum noch verließ und auch keine Besuche empfing, ausgenommen den ihres Mannes, der sehr besorgt war, und den des kleinen Oliver, der die einzige Verbindung zur Außenwelt bildete und alles erzählte, was er so hörte und sah, fiel es nicht auf, daß statt des Hausarztes an diesem Mittag Dr. Pillnitz die Treppe hinaufhumpelte. Das Hausmädchen, das ihn ja kannte, machte ahnungslos die Tür auf und war sogar versucht, ihm beizuspringen, als er sich mühte, die Treppe mit seinen Krücken zu bezwingen.

Veronika saß auf dem Balkon, der zum Park hinaus führte, und las, als sie das Geräusch der Krücken hinter sich im Zimmer hörte. Erstaunt wandte sie den Kopf, und dann sprangen Schrecken und Angst in ihre Augen. Sie fuhr aus dem Sessel hoch, rannte ins Zimmer und schloß sofort die Glastür zum Balkon.

»Was soll das?« fragte sie mit belegter Stimme. »Wie kommst du hier herein? Ich dachte, der Arzt –«

»Dr. Barthel rief mich vor einer Stunde an. Er mußte zu einer schweren Geburt. Da ich dem Hause Sassen ja bekannt bin, bat er mich, der gnädigen Frau die Injektionen zu geben. Ausnahmsweise, nur heute.«

»Ich verzichte darauf!« rief Veronika.

»Angst?«

»Wovor?«

»Daß ich statt des Kreislaufmittels etwas anderes injiziere? Etwa Kurare?«

»Ich rufe um Hilfe, wenn du nicht sofort gehst.«

»Apropos gehen. Waltraud Born erzählte mir, daß du in den nächsten Tagen sang- und klanglos für immer gehen willst, entschwinden. Hier sieht es aber nicht nach Aufbruch aus.«

»Was geht das dich an?« Ihre Stimme zitterte. Trotz ihrer Schminke im Gesicht erkannte Pillnitz ihre fahle Blässe. Sie hat Angst, dachte er zufrieden. Sie hat höllische Angst. Sie stirbt fast vor Angst. Das ist gut.

»Das geht uns alle an, meine Liebe. Die Luft in Buschhausen würde reiner, und wir könnten friedlicher leben. Übrigens: Wo ist Cabanazzi?«

»Wie ich höre, geflüchtet«, sagte sie.

»Laß dieses dumme Theater! Wo hast du ihn jetzt versteckt?«

Schon wurde sie wieder frech. Ein spöttischer Zug kräuselte ihre Lippen.

»Unterm Bett. Sieh mal nach.«

»Deine Reifenspuren waren am Gartenhaus.«

»Lächerlich! Die Reifenmarke, die ich fahre, wird von Millionen anderen auch gefahren. Außerdem habe ich gestern die Reifen wechseln lassen. Der Winter kommt, da braucht man gute Profile, nicht wahr? Die alten haben ausgedient.« Sie lächelte und entblößte dabei ihre herrlichen Zähne.

Sie war ein Luder mit Format. Fast spürte er Bewunderung für sie. Unaufhaltsam geriet er wieder in den Bann ihrer Schönheit, das war das Fatale.

Dr. Pillnitz setzte sich auf einen der fellbezogenen Hocker und streckte die Krücken von sich.

»Gut. Lassen wir dieses Thema. Wenden wir uns meinem Unfall zu. Du weißt, wie es dazu gekommen ist.«

Das Lächeln verschwand aus Veronikas Gesicht. Sie wich etwas zurück und lehnte sich an die Wand mit der französischen Seidentapete.

»Ich schreie«, sagte sie gepreßt.

»Warum? Weil ich dich an den Unfall erinnere?«

»Laß mich damit in Frieden!«

»Du bist schuld, daß ich ein Leben lang ein Krüppel sein werde.«

»Wem willst du das erzählen? Beweise das!«

»Wir haben uns im Wagen gestritten. Du warst furchtbar, hast dich von mir losgesagt, hast den Wagen verlassen, hast mir empfohlen: ›Bring dich doch um! Fahr doch an den nächsten Baum!‹ Ich war außer mir und tat es. Dann kam das Schlimmste: du wolltest mich sterben lassen, hast mich in den Trümmern liegen lassen, bewußtlos, am Verbluten –«

»Du wolltest doch sterben!«

Das Teufelsweib lachte. Ich müßte sie töten, dachte Pillnitz. Das hatte ich ja auch vor, als ich hierher kam. Aber ich kann nicht. Ich spüre es, wie ich ihr von Minute zu Minute wieder mehr verfalle. Ich bin ein Waschlappen, ein ganz großer Waschlappen...

»Ich mache dir einen Vorschlag, Vroni«, sagte er mit bittender Stimme. »Einen letzten Vorschlag..., das schwöre ich dir –«

15

Veronika Sassen verzog das schöne Gesicht zu einer mit Spott und deutlicher Verachtung getränkten Grimasse. Er bettelt schon wieder, dachte sie. Warum erniedrigt er sich so? Er weiß doch, daß alles vorbei ist, daß ich nicht mehr das kleine Mädchen von damals bin, das er sich geangelt hatte.

»Was heißt ein letzter Vorschlag?« fragte sie.

Dr. Pillnitz atmete tief durch.

»Das wirst du gleich hören, Vroni! Heute fällt die Entscheidung. Jetzt, in wenigen Augenblicken...«

»Das klingt reichlich dramatisch.«

»Du hast keinen Grund, sarkastisch zu werden. Du verkennst deine Lage anscheinend.«

»Du drohst mir schon wieder?«

»Ich weise dich nur auf Tatsachen hin.«

»Ich kann mir denken, auf welche. Ich will dir deshalb zuvorkommen. Hör zu, außer Ludwig Sassen weiß die ganze Familie, daß ich ein Luder bin. Dafür hat diese saubere Dr. Waltraud Born gesorgt. Du kannst es jetzt Ludwig auch sagen... bitte, geh zu ihm! Er wird einen Herzinfarkt bekommen, keiner weiß das besser als du, der Arzt. Und wenn er tot ist, wird man das Testament öffnen und feststellen, daß ich geerbt habe. Ich garantiere, so wird es sein, schon wegen Oliver. Was sagst du nun?«

»Man wird das Testament anfechten, das weißt du. Und daß man damit durchkommen wird, dürfte dir auch klar sein. Und das führt auch schon zu meinem Vorschlag. Dir droht Mittellosigkeit. Willst du deshalb nicht mit mir kommen?«

»Mit dir? Wohin?«

»Nach Südfrankreich. Frankreich gehört zur EG. Ich kann mich als Arzt auch dort niederlassen, als Modearzt in einem kleinen Mittelmeerbad. So etwas kann eine Goldgrube werden. Wir können in einer Woche fahren.«

Er wartete auf ihre Antwort. Auf seine Krücken gestützt, suchte er im Gesicht Veronikas eine Reaktion. Aber dieses Gesicht war eine Maske aus Puder und Schminke, nachgezogenen Augenbrauen und schwachem, blaugrünem Lidschatten.

Für Veronika war der Vorschlag Dr. Pillnitz' nicht mehr als ein Witz. Es ist absurd, an so etwas überhaupt nur zu denken, sagte sie sich. Was soll ich mit einem Krüppel am Mittelmeer? Soll ich die aufopfernde Pflegerin spielen? Soll ich ihn im Rollstuhl am Strand herumfahren und abends ins Bett legen wie einen Säugling? Und dann am Bettrand sitzen und ihm vorlesen? Erst die Zeitung, dann ein Buch, womöglich noch über Archäologie, die er, wie er sagt, so liebt? Und inzwischen rauscht das Leben draußen vorbei, man wird alt, runzelig und müde und trauert jeder Stunde nach, die ungenutzt geblieben ist.

»Das ist doch Blödsinn«, sagte sie laut.

Dr. Pillnitz zuckte zusammen. Es war wie ein Schlag ins Gesicht für ihn.

»Es ist deine einzige Chance. Wenn du nämlich jemals in den letzten Tagen mit dem Gedanken gespielt hast, *doch* hier zu bleiben: Es ist unmöglich!«

»Wenn ich gehe, vergrabe ich mich nicht mit einem Krüppel, sondern suche das Leben.«

Dr. Pillnitz drückte sich auf seinen Krücken hoch. Leicht vornüber gebeugt schwankte er und starrte Veronika aus plötzlich erloschenen und gerade deshalb so gefährlichen Augen an.

»Sag das noch einmal...« Seine Stimme war fast unhörbar. Veronika wich zum Balkon zurück.

»Ich schreie«, drohte sie wieder.

»Wer kümmert sich in diesem Hause noch darum, ob du schreist?«

»Die anderen nicht mehr, das stimmt – aber mein Mann!«

Dr. Pillnitz besann sich. Es lag nicht in seinem Interesse, Ludwig Sassen auf den Plan zu rufen. Als Dr. Sassen damals Veronika heiratete, war ihm das sogar als vernünftige Lösung erschienen. Er war seinerzeit noch ein kleiner Zechenarzt mit einem läppischen Anfangsgehalt gewesen und hatte eingesehen, daß er eine Frau wie Veronika auf die Dauer nicht unterhalten konnte. Aber sie hatten sich ein Versprechen gegeben. »Was ich bin, hast du aus mir gemacht, Bernd«, hatte Veronika damals gesagt. »Ich werde dir das nie vergessen. Du weißt, daß ich diesen Sassen nicht liebe, aber er ist die größte Chance meines Lebens. Geliebt habe ich nur einen einzigen Mann, und das warst du. Wir wollen das nie vergessen.«

Was war daraus geworden?

Sie hatte sich in das Leben der Dame von Welt schnell eingelebt. Das bereitete ihr keinerlei Schwierigkeiten, denn die Gabe des großen Auftritts brachte sie mit. Sie lernte die Macht und den Rausch des Geldes kennen und gliederte sich ein in die Reihe der bornierten Geldaristokratie, die verächtlich auf jene hinabsieht, die arm geblieben sind. Armut wirkt in dieser Gesellschaft wie Aussatz. Man unterhielt sich nicht darüber, daß auch in Deutschland noch Tausende in Wohnwagen und Baracken am Rande der Städte hausen, so sehr im Schatten des Wirtschaftswunders, daß man sie überhaupt nicht sähe, brächte nicht ab und zu eine Zeitung oder Illustrierte Berichte und Bilder von ihrem armseligen Leben. Nein, man interessierte sich dafür, wo man den Kaviar am besten kauft, mittelgroßes Korn, silbergrau, leicht angesalzen; wie man einen Sportwagen ausfahren kann (o, diese verstopften Straßen und Autobahnen, und alle diese kleinen Kutschen der armen Leute. Sie blockieren doch nur den Verkehr!), wie die neue Reitmode ist und ob man sich für die nächste Fuchsjagd nicht doch einen neuen roten Reiterfrack machen lassen soll, ganz exklusiv, mit echten Goldstücken als Knöpfen. Das gäbe eine neue Kreation, von der man spricht.

Und dann die Jagdessen! O, meine Liebe, Beste, Gute, der Graf Rupprecht macht einen Rehpfeffer, der brennt nach einer Stunde noch im Hals. Und dieser Skandal von der Baronin Lyndeck! Noch nicht gehört? Hat ein Verhältnis mit ihrem Chauffeur. Ein wundervoller Grieche soll es sein. Typisch Baronin Lyndeck… hat ja auch das humanistische Gymnasium besucht und lernte Griechisch. Hahaha...

In dieser Welt klingender Hohlheit stieg Veronika wie ein Meteor empor. Sie war noch arroganter als die anderen, noch eleganter, noch umwitterter von Frivolität, die anzog. Außerdem war es ihr Vorteil, daß sie allen anderen Damen die angeborene, verderbte Raffinesse des Straßenmädchens voraus hatte, das jeden Vorteil wittert, jede Möglichkeit ergreift und die verwegensten Chancen herausfordert. So wurde sie die Königin der Gesellschaft, beneidet, angefeindet und umschmeichelt, kopiert und gehaßt, geliebt und begeifert.

Wer war da noch ein Dr. Pillnitz, dieser kleine Arzt, dieses verhinderte Genie, das auch nur im Schatten der anderen lebte und nie aus ihm herauskam. Er flüchtete sich in den Sarkasmus, die eigene Welt verkannter großer Männer. Er setzte sich auf eine Wolke und sah auf die anderen herab, erkannte ihre Fehler, staunte über die Macht der Hohlheit und über das Wunder, mit wie wenig Geist man eine Welt beherrschen kann. Aber er blieb immer draußen, stand vor dem Fenster, hinter dem die anderen von Kaviar, Pferden und Frauen erzählten, und sah Veronika in deren Mitte, ein gleißender Stern, unter dessen Decke wie bei den anderen Fäulnis fraß.

Veronika war bis zum Balkon zurückgewichen. Sie sah ihren Mann unten durch den Park gehen, die Hände auf dem Rücken, den Kopf gesenkt. Wenn er so herumlief, dachte er angestrengt über Probleme nach.

»Da unten siehst du ihn«, sagte sie warnend zu Dr. Pillnitz, der den Eindruck erweckt hatte, sie mit seinen Krücken zu erschlagen.

Dr. Pillnitz schwieg. Er sah Veronika lange an, und sie wich schließlich seinem Blick aus, drehte sich um und drückte die Stirn gegen die Scheibe der Balkontür.

»Du fährst also nicht?« sagte Pillnitz.

»Nein. Warum denn?« antwortete sie.

»Du hast Fritz das Versprechen gegeben.«

»In einer Situation, die er schamlos ausnutzte. Er hat mich überrumpelt. In der Zwischenzeit hat sich wieder allerhand geändert. Neues hat sich ergeben.«

»Das stimmt. Ich bin zum Beispiel wieder da.«

»Du bist nichts Neues.«

»Aber ich fordere Neues.«

»Fordern?« Sie schüttelte den Kopf. »Man muß sich mit Dingen, die unabänderlich sind, abfinden.«

»Auch, daß ich ein Krüppel geworden bin?«

»Auch damit.«

»Eigentlich schade, daß ich nicht tot bin, nicht wahr?«

»Ja.«

Es war eine klare Antwort, die bewies, daß sie keine Angst mehr hatte. Auch Dr. Pillnitz merkte, daß er den Augenblick seiner Überlegenheit verspielt hatte. Sie war nun wieder die Stärkere. Der Triumph leuchtete ihr aus den Augen. Und plötzlich wußte Pillnitz, daß selbst Ludwig Sassen nicht mehr ein Druckmittel gegen Veronika war. Es gab keinen Mann, der einer Frau wie Veronika nicht alles verzeihen würde, wenn sie wieder in seinen Armen lag.

»Du wirst einmal elend zugrunde gehen«, sagte Dr. Pillnitz mit Sicherheit in der Stimme.

Veronikas Lippen verzogen sich spöttisch. »Ich halte nicht viel vom Wahrsagen, mein Lieber.«

»Du wirst noch einmal an diese Stunde denken.«

»Nein. Ich werde sie schon vergessen haben, wenn du die Tür hinter dir zugezogen hast.«

»Täusch dich nicht, die Erinnerung kommt wieder. Du wirst dich selbst zerstören.«

Veronika wartete, bis sie unten das Anfahren eines Wagens hörte und wußte, daß Dr. Pillnitz das Haus verlassen hatte. Sie blickte in den großen Spiegel, tupfte etwas braunen Puder über das blasse Gesicht und lächelte sich an.

Mich selbst zerstören, dachte sie. Welch dumme Rede von einem sonst so klugen Mann! Wie könnte ich mich selbst zerstören, wo ich mich selbst so über alles liebe.

Sie ahnte nicht, wie nah sie bereits am Abgrund stand.

Dr. Vittingsfeld hatte zu einer Tagung nach Düsseldorf eingeladen. Man wollte endlich an einem großen Tisch alle Probleme besprechen, die noch zwischen Arbeitgebern und Arbeitnehmern bestanden. Vor allem die Energiepolitik bedurfte einer Aussprache. Der Aufstand der Kumpel von Buschhausen war ein Signal gewesen, das im Ruhrgebiet fortwirkte und sich von Zeche zu Zeche auszubreiten drohte. In den Waschkauen, in den Werkskantinen, bei Betriebsversammlungen schwappten die Wogen der Empörung und Auflehnung gegen die Betriebsleitungen hoch. Presse, Funk und Fernsehen taten ein übriges, um diese Unzufriedenheit der Bergleute in alle Welt zu tragen und einen Zipfel des goldenen Tuches zu heben, mit dem man Deutschland als das Land des Wunders überdeckt hatte. Was darunter zum Vorschein kam, war der konsternierte Püttmann, der einfach nicht begriff, daß man 400000 Fremdarbeiter in den Bergbau holte, wenn man die Pläne zur Schließung einer Reihe von Zechen bereits im Schreibtisch liegen hatte.

Es gab Meldelisten, in die sich die Interessenten an der Tagung eintrugen. Dr. Fritz Sassen und Kurt Holtmann taten dies. Daraufhin wurde Dr. Ludwig Sassen von Dr. Vittingsfeld als »Ehrengast« gebeten, an der Versammlung teilzunehmen. Die Bedenken, die einige Direktoren gegen die Teilnahme Holtmanns erhoben, wischte Dr. Vittingsfeld mit einem hintergründigen Lächeln weg.

»Warten wir es ab, meine Herren«, sagte er und seine helle Stimme hatte etwas wie einen Trompetenton. »Ich habe die berechtigte Hoffnung, daß Herr Holtmann zwar in Düsseldorf eintrifft, aber nicht am Verhandlungstisch erscheint.«

Die Direktoren verzichteten auf weitere Fragen. Wenn Vittingsfeld so sicher war, erübrigten sich Bedenken. Woher allerdings diese Sicherheit Vittingsfelds stammte, blieb unerfindlich. Man bereitete sich auf eine Überraschung vor, zumal es die Art Vittingsfelds war, große Knaller immer erst dann loszulassen, wenn alle dachten, sie blieben aus. Auf diese Art hatte er sich auch selbst zum Generaldirektor emporgeschossen, weil niemand in der Lage war, ihm darin zuvorzukommen.

Zimmer in den besten Hotels in Düsseldorf wurden vorbestellt, ein Saal auf den Rheinterrassen gemietet. Für den Abend war ein Opernbesuch geplant. Es wurde »Rigoletto« gespielt, sehr beziehungsreich, denn in dieser Oper ist der Geprellte der kleine, arme, verkrüppelte Hofnarr.

Die Reise nach Düsseldorf versetzte die Familie Holtmann noch einmal in Aufregung. Bisher waren Sohn Kurt und Vater Hans Holtmann erst einmal in dieser Stadt gewesen, Kurt Holtmann anläßlich eines Fußballspiels und Hans Holtmann anläßlich einer Brieftaubenausstellung, auf der seine Taube Julia II nur den 3. Platz belegte, weil ihr Schnabel nicht genau auf Biß zusammenkam. Das hatte ihn maßlos geärgert, er hatte die Richter Dööskööpe genannt und sich darauf versteift, das hier sei eine Taubenausstellung und kein Dentistenkongreß. Man hatte Mühe, einen zu finden, der ihm den zuerkannten Preis aushändigte, denn die Preisrichter weigerten sich als Beleidigte, Hans Holtmann die Siegerhand zu drücken.

Elsi Holtmann packte ihrem großen Sohn zwei neue Hemden in den Koffer und verfluchte innerlich Onkel Lorenz, der herumsaß, Wacholder trank und als »Sprecher von 1000 Buschhausener Kumpels« – wie er sich nannte – noch einmal den ganzen Heckmeck vortrug, den er schon schriftlich eingereicht hatte.

»Und laß dich nicht überfahren, Junge«, gab Onkel Lorenz die letzten Ermahnungen. »Das sind alles studierte Herren, die sprechen dann plötzlich lateinisch, wenn's brenzlig wird, und du stehst da und kennst kein Wort. Aber laß dir das nicht gefallen, hörst du. Hau auf'n Tisch und sage: ›Meine Herren! Im Pütt wird deutsch gesprochen! Und ich will, daß man auch hier deutsch spricht, denn hier geht's ja um'n Pütt!‹«

Kurt Holtmann lächelte nach allen Seiten. In der Brieftasche hatte er eine lange Liste, was er alles aus Düsseldorf mitbringen sollte. Vor allem Barbara hatte ihm eingeschärft, nicht zu vergessen, daß Theo Barnitzki für seinen Kleinwagen Schonbezüge brauchte. »Die Kunstledersitze sind immer so kalt«, sagte Barbara.

»Vor allem nachts, was?« fragte Kurt zurück, was ihm einen strafenden Blick einbrachte, aber auch ein schwesterliches Blinzeln.

Vor der Versammlung hatte Kurt Holtmann keinerlei Scheu. Er war gut vorbereitet und hatte Aussicht, von Dr. Fritz Sassen unterstützt zu werden, der das Wort führen sollte, während Holtmann als Vertreter der Arbeiterschaft die nüchternen Fakten aufzuzählen hatte. Mit dieser Arbeitsteilung hofften sie, alle Angriffe Vittingsfelds abwehren und im Keime ersticken zu können. Wichtiger aber als alle Verhandlungen war, daß auch Sabine Sassen mitfuhr und im gleichen Hotel wie Kurt wohnte, ja sogar auf derselben Etage. Seit Tagen war zwischen ihnen die stille Freude und Erwartung gewesen, und wenn sie an die beiden Nächte in Düsseldorf dachten, wurden ihre Augen glänzend und versprachen einander stumm die Seligkeit.

Mit zwei Wagen der Familie Sassen fuhren sie nach dem Mittagessen weg. Da Kurt Holtmann abgeholt wurde und im dunklen Anzug und mit schwarzem Hut einstieg, hatte die Nachbarschaft wieder allerlei zu reden, vor allem sagte man zueinander gehässig, wer erst einmal den dunklen Homburg aufsetze, sei für den kleinen Mann verloren. Elsi

Holtmann war wehrlos gegen dieses Geschwätz, nur Onkel Lorenz tippte sich an die Stirn und rief den Meckerern zu: »Ihr Holzköppe! Soll er im Blaumann zum Kongreß gehen? Mit'm Henkelpott am Arm? Ihr habt ja keine Ahnung, wie man erfolgreich verhandelt! Ihr seid Rindviecher!«

In Düsseldorf wurde die Delegation aus Buschhausen in der Hotelhalle von Dr. Vittingsfeld begrüßt, der schon eingetroffen war.

»Es freut mich wirklich, lieber Sassen, daß Sie mitgekommen sind«, sagte er herzlich und drückte Ludwig Sassen beide Hände. Den anderen nickte er zu. Man muß immer und überall einen gewissen Abstand wahren, dachte er dabei. Der alte Sassen ist bereits ausgebootet, mit den zwei Jungen wird es in den nächsten Tagen klappen. Und der alte Sassen wird dabei sogar assistieren, ohne es zu wollen oder zu merken. In ein paar Stunden schon wird die erste Rakete hochgehen.

»Heute abend wird erst einmal der gemütliche Teil absolviert!« rief Dr. Vittingsfeld fröhlich. »Oper, danach Essen im Parkhotel, dann eine schöne Bar…, welche, das bleibt noch meine Überraschung.« Er begrüßte Sabine, die erst noch das Ausladen ihrer Koffer überwacht hatte und nun die Hotelhalle betrat. »Daß Sie mitgekommen sind, Sabine, finde ich besonders charmant.« Dr. Vittingsfeld war in einer Hochstimmung. Die vier bringen selbst den Sprengstoff mit, dachte er und fühlte sich jugendlich beschwingt.

Kurt Holtmann ging auf sein Zimmer, zog sich aus und badete. Vorher rief er noch in Buschhausen an, bei einem Nachbarn, und bat ihn, Vater Hans zu sagen, daß sie gut angekommen seien.

Bis zum Beginn der Oper hatte er noch gut zwei Stunden Zeit. Er zog schon seine Smokinghose an und schlüpfte dann in seinen Morgenmantel. Daß er darunter nur sein Unterhemd trug, sah niemand. So ging er schnell ein paar Türen weiter, klopfte an das Zimmer Sabines und trat ein. Sie lag auf dem Bett, in einem hellvioletten Negligé, und es schien, als habe sie ihn erwartet. Sie hob beide Arme und lud ihn ein, näherzutreten.

»Mein Liebling…«

Kurt Holtmann blieb an der Tür stehen und betrachtete seine Braut. Ein glückliches Lächeln ließ sein Gesicht jungenhaft und fast verlegen wirken.

»Richtig frivol siehst du aus«, sagte er leise.

»Nur für dich.«

»Ich möchte es mir auch verbeten haben, daß andere Männer dich so sehen.«

»Du weißt, daß du der erste und einzige bist, Kurt.«

»Ja, das weiß ich.« Er kam näher, beugte sich über Sabine und küßte sie zärtlich. Sie schlang die Arme um seinen Nacken und drückte seinen Kopf auf ihre Brust.

»Ich bin so glücklich«, sagte sie.

»Ich auch.«

Was weiter gesprochen wurde, ist nicht von Belang. Nichts ist einfallsloser als das Flüstern zweier Verliebter. Und doch klingt jedes »Ich liebe dich!« anders als das vorausgegangene, es ist immer wieder neu, selig, ersehnt.

Der summende Ton des Telefons schreckte sie hoch. Fritz rief an, ob Sabine wisse, wo Kurt sei. Vor der Oper wollte er noch durchsprechen, wie man argumentieren sollte, wenn irgendwann, beim Essen oder in der Bar, doch das Gespräch auf Themen des morgigen Tages kommen sollte.

»Kurt? Nein, der ist nicht hier? Wie kommst du darauf?« Sabine dehnte sich in den Armen Holtmanns. Ihre langen schwarzen Haare, die über sein Gesicht wehten, reizten zum Niesen, und es kostete ihn eine übermenschliche Beherrschung, nicht laut in den Hörer zu schnauben.

Sabine lachte über eine Bemerkung ihres Bruders.

»Du hast eine anständige Schwester, Brüderchen«, rief sie. »Vielleicht ist Kurt in der Hotelbar. Wir treffen uns in einer halben Stunde unten in der Halle. Bis dann...«

Sie legte auf und küßte Kurt erneut und mit der wilden Zärtlichkeit eines jungen Mädchens von heute, das sich seiner Unersättlichkeit nicht mehr schämt. Er bekam keinen Atem mehr, wand sich unter ihrem Kuß hin und her und machte sich dann mit einem Ruck frei.

»Du bist ein Luder! Ein richtiges Luder!« keuchte er lachend und rang nach Luft. »Man sollte Angst haben, so etwas zu heiraten!« Er sprang vom Bett und schlüpfte in seinen Morgenmantel. »Von wem hast du das Küssen gelernt?«

»Da ich keinen Vetter habe, den man vorschieben kann, muß ich sagen: Es ist Naturbegabung.« Sie lachte auch. Ihr gerötetes Gesicht mit den zerwühlten Haaren fiel in die Kissen zurück. Sie breitete die Arme aus und seufzte laut. »Diese blöde Oper! Laß uns nicht hingehen.«

»Das können wir nicht machen, Bienchen.« Kurt Holtmann band die Schleife seines Morgenmantelgürtels. »Los, steh auf und mach dich noch schön! Zieh dich an. Im übrigen ist es eine lehrreiche Oper.«

»Rigoletto?«

»Denk an die Arie: Ach wie so trügerisch sind Weiberherzen...«

»Scheusal!« Sie richtete sich auf und blickte ihm nach, als er zur Tür ging. »Bäh... deine Smokinghose ist total zerknittert!«

»Aas!« Er winkte von der Tür zurück. »Wer dich in meiner Begleitung sieht, wird genau wissen, warum sie so zerwühlt aussieht.«

Vergnügt verließ er das Zimmer Sabines und ging hinüber in das seine. Das Zimmermädchen hatte bereits alles für die Nacht vorbereitet. Die Jalousien waren heruntergelassen, die Vorhänge zugezogen. Er knipste das Deckenlicht an, trat ein und warf in lauter Fröhlichkeit die Tür zu. Dann erstarrte er und strich unwillkürlich an seinem Morgenmantel herunter, um dafür zu sorgen, daß dieser auch wirklich geschlossen war.

Auf der Couch, die in einer Ecke des Zimmers stand und mit zwei Sesseln und einem Tisch eine Sitzgruppe bildete, lag ein halbnacktes Mädchen. Ihre Kleider und Schuhe hatte sie neben einen der Sessel geworfen, auch ihre Strümpfe lagen auf dem Boden. Sie lächelte Kurt Holtmann ungeniert an, dehnte sich und verbarg nichts von dem schönen üppigen Körper in der eng anliegenden, schwarzen, von Spitzen umrahmten Kombination.

»Verzeihung.« Kurt Holtmann sah sich um. Ein falsches Zimmer, dachte er. Sie sehen alle irgendwie gleich aus. Eine peinliche Sache. »Anscheinend habe ich mich verlaufen, gnädiges Fräulein. Ich bitte noch einmal um Verzeihung.«

Er wollte hinaus, um nachzusehen, ob *er* sich in der Zimmertür geirrt hatte, oder die unbekannte junge Dame. Ein belustigtes Lachen hielt ihn zurück.

»Das hier ist Zimmer Nr. 308«, sagte das Mädchen. Es hatte eine dunkle, etwas schleppende Stimme.

»Also doch. Mein Zimmer.« Kurt Holtmann sah zur Seite, in der Erwartung, daß die junge Dame jetzt aufspringen und sich anziehen würde. »Sie haben leider –«

»Aber nein. Ich bin richtig.«

»Das ist mein Zimmer, bitte. 308.«

»Ich weiß.«

Kurt Holtmann kannte sich nicht mehr aus. Das Mädchen lag in unveränderter Haltung da. Sie hatte sogar die Schultern noch freier gemacht. Ihre schwellenden Brüste wurden kaum noch von den Spitzen verdeckt. Kurt warf einen Blick auf die Uhr. In zwanzig Minuten wollte man sich unten in der Halle treffen. Es war sicher, daß Sabine ihn vom Zimmer abholte. Plötzlich erfaßte ihn eine kleine Panik.

»Bitte, ziehen Sie sich an und verlassen Sie mein Zimmer.« Er sagte es härter, als er wollte. »Wenn Sie sich schon in der Nummer geirrt haben –«

»Ich habe mich nicht geirrt.« Das Mädchen räkelte sich. Ihre blonden Haare, zu einem langen Pferdeschwanz gebunden, hingen bis fast auf den Teppichboden. »Ich bin ganz richtig. Ich heiße übrigens Marianne. Freunde nennen mich Lulu. Sie wissen, wegen der Lulu im Film, die alle verrückt machte. Du kannst mich auch Lulu nennen, Schatz –«

»Sind Sie verrückt?« fragte Kurt Holtmann zornig werdend.

»Jetzt ja. Vorher kannte ich dich ja nicht. Aber du bist ein netter Junge. Groß und stark. Ich könnte wirklich verrückt nach dir sein. Mit dir könnt ich wirklich Spaß haben, ohne daß du 'nen Hunderter auf den Tisch legst.«

»Raus!« rief Holtmann laut. »Sofort raus!«

»Das geht nicht, mein Schatz.« Marianne-Lulu dehnte sich. Die schwarze Kombination spannte sich. Holtmann hielt den Atem an. Jetzt müssen die Fetzen platzen, dachte er. Dieser üppige Körper muß den dünnen Stoff sprengen. »Noch 'n paar Minuten, dann bist du mich los. Eigentlich schade. Für'n Beruf tut man so viel, und fürs Herz so wenig. Du wärst was fürs Herz. Bist wohl 'n großer Pinkel in der Industrie, was? Unternehmer, Direktor, Eisenwerke. Kenne diese Brüder, sind meistens alte, dicke Säcke, pervers bis zu den Zehennägeln, aber zahlen tun sie für jeden Jauchzer. Du bist anders, mein Schatz. Die neue Generation, man liest so viel davon. Komm her, Süßer.«

Kurt Holtmann machte ein paar Schritte zum Telefon, um das Zimmermädchen oder den Etagenkellner zu rufen. Als er mitten im Raum stand, ging die Tür auf und Dr. Vittingsfeld und Dr. Ludwig Sassen traten ins Zimmer. Marianne-Lulu stieß einen kleinen, piepsenden Schrei aus und deckte ihre Hände über ihren prallen Busen.

Erstarrt stand Dr. Sassen im Zimmer und erfaßte mit einem Blick die Situation. Auch Dr. Vittingsfeld setzte ein betroffenes Gesicht auf und räusperte sich.

»Pardon«, sagte er nach der ersten Schrecksekunde. »Aber das ahnten wir nicht. Ich habe ein paarmal angerufen und niemand meldete sich. Das kam uns komisch vor, und Dr. Sassen und ich dachten: Sehen wir einmal nach.«

Marianne-Lulu zog die Knie an und setzte sich auf die Couch. Ihre nackten Partien kamen dadurch nur noch mehr zur Wirkung. Sie hatte brave, unschuldige Rehaugen, als sie sagte:

»Wer sind diese Männer? Oh, ich schäme mich ja so, Schatzi...«

Dr. Sassen atmete tief durch und senkte den Kopf. »Ich möchte dich in fünf Minuten in meinem Zimmer sprechen, Kurt!« sagte er hart. »Ganz kurz... ich glaube, mehr ist auch nicht zu sagen.«

»Ich komme sofort mit, Vater.«

»Bitte, nicht mehr diesen Namen!« stieß Dr. Sassen hervor.

»Ich schwöre dir: Ich kenne dieses Mädchen nicht. Ich kam in mein Zimmer und fand sie so.«

»Und wo warst du in der Zeit, in der wir dich vergeblich telefonisch zu erreichen suchten?«

Kurt Holtmann schwieg und sah zu Dr. Vittingsfeld hinüber. Es war unmöglich, in dessen Gegenwart Sabine bloßzustellen. Aber er bemerkte auch das Leuchten in den Augen Vittingsfelds, dieses stumme Triumphieren des Siegers.

»Ich erkläre es dir später, Vater.«

»Was gibt's da noch zu erklären...!«

Dr. Vittingsfeld hob die Schultern, strich sich über die weißen Haare und sagte:

»Es ist uns sichtlich peinlich, Herr Holtmann. Für die Zukunft möchte ich Ihnen nur den Rat geben: Schließen Sie nächstens die Tür ab.«

»Wer sind denn diese bösen Männer, Liebling?« fragte Marianne-Lulu wieder. Sie spielte ihre Rolle vollendet, mit Augenaufschlag und furchtsamer Kinderstimme. »Warum stören sie uns?«

»Vater. Ich versichere –« Kurt Holtmann wollte Dr. Sassen zurückhalten, als dieser das Zimmer verließ. Angeekelt machte sich Sassen von Holtmann los. Er schlug ihm auf die Hand, mit der Kurt seinen Arm ergriff.

»Vater!« Wie betäubt stand Kurt da. Dann rannte er Dr. Sassen nach, und er war sich völlig darüber im klaren, daß er nicht nur seinem Glück, sondern seinem ganzen ferneren Leben nachlief.

Dr. Vittingsfeld schloß leise die Tür des Zimmers 308 und wandte sich zu Marianne-Lulu um. Das Mädchen hatte die aufreizende Haltung aufgegeben und saß nun normal auf der Couch. Aus ihren wirklich schönen Augen sah sie Vittingsfeld verächtlich an, der sagte:

»Gut gemacht, Kleine. Das war gekonnt.«

»Es freut mich, daß Sie zufrieden sind. Das kostet 'n Hunderter extra.«

»Kommt nicht in Frage. Ich habe deinem Manager, oder wie sich so etwas nennt, die Bezahlung per Vorauskasse schon geleistet. Kassier bei dem ab!«

»Geizkragen!« Marianne-Lulu verzog den grell geschminkten Mund. »Bei 'ner normalen Call-Sache würde ich ja nichts sagen. Aber das hier war 'ne Gemeinheit, das merke ich jetzt auch. Und der Junge war süß, ich habe mein Herz verdammt überwinden müssen.«

»Herz! Mach dich nicht lächerlich!« Für Dr. Vittingsfeld war der Fall erledigt. Der Plan war gelungen. Es gab keinen Kurt Holtmann mehr, der die Konferenzen störte und auf Änderungen drang. »Zieh dich an und verschwinde!«

»So nicht, du Mumie!« Marianne-Lulu legte sich wieder auf die Couch. »Noch 'n Hunderter, oder ich singe!«

Widerwillig griff Vittingsfeld in die Rocktasche, nahm einen Schein heraus und warf ihn dem Mädchen auf die Brust.

»Ihr seid ein Pack!« sagte er dabei.

Marianne-Lulu faltete den Schein zusammen, musterte den Spender verächtlich und sagte nur: »Ihr nicht, was?«

Mit hochrotem Kopf verließ Dr. Vittingsfeld das Zimmer. Obwohl er es nicht wollte, er ärgerte sich doch. Es ging ihm einfach gegen den Strich, sich von solch einem Stück Mensch beleidigen lassen zu müssen.

Es schien, als ob unsichtbare Augen die Villa Sassen bewacht und die Abreise der Familie nach Düsseldorf auf schnellstem Wege weitergegeben hätten.

Eine Stunde nach der Abfahrt der Wagen ließ sich ein Besucher bei Veronika melden. Das Hausmädchen, das ihn abwimmeln wollte, resignierte nach einigen Minuten Palavers und stieg die Treppe hinauf zum Zimmer der gnädigen Frau.

»Der Herr läßt sich nicht abweisen«, sagte das Mädchen. »Er ist hartnäckig wie ein Teppichhändler. Und so sieht er auch aus. Er will unbedingt die gnädige Frau sprechen. Er könnte sogar Italiener sein.«

Das letztere Merkmal machte Veronika nachdenklich. Sie hatte aber nichts zu befürchten. Cabanazzi war geflüchtet, wohin, das wußte keiner, zumindest ahnte es keiner. Wenn der Besucher jemand war, der Cabanazzi suchte, so konnte es interessant sein, Dinge zu erfahren, die man zu Cabanazzis Schutz verwerten konnte.

»Führe ihn in den kleinen Salon«, sagte Veronika deshalb zum großen Erstaunen des Hausmädchens. »Ich komme gleich.«

Enrico Pedronelli, der Reisende in Sachen Mafia, erhob sich und verbeugte sich tief, als Veronika in den Salon trat. Man ist in Italien immer höflich, vor allem in Sizilien und besonders zu einer so schönen signora wie Veronika Sassen.

»Ich bin glücklich, daß Sie mir Gehör schenken, signora«, sagte Pedronelli wohlerzogen und musterte dabei sein Gegenüber. Wie kann eine so schöne Frau sich mit einem solch windigen Hund wie Luigi abgeben, dachte er. Aber das ist ja das größte Rätsel der deutschen Frauen: So stolz sie sonst sind, vor einem schwarzen Lockenkopf werden sie weich wie überreife Peperoni.

»Bitte.« Veronika wies auf eines der kleinen, zierlichen Barocksesselchen. Pedronelli lächelte dankend, sagte aber:

»Ich möchte lieber stehen, signora.«

»Wie Sie wollen. Um was handelt es sich?«

»Um unseren gemeinsamen lieben Freund Cabanazzi.«

Also doch. Veronikas Gesicht wurde verschlossen und maskenhaft. Pedronelli kannte das. Immer der alte Trick, dachte er. Sie denken, mit dem Herablassen der Jalousien hätten sie die Fenster verschlossen. Was ist leichter, als die Riegel wegzuschießen! Daß sie nie daran denken, wie einfach die Wege sind, wenn es nur nicht an Entschlossenheit fehlt, sie zu gehen.

»Ich weiß nicht, was Sie meinen«, sagte Veronika steif.

»Signora! Wollen wir blinde Kuh spielen?« Pedronellis etwas dickes Gesicht war voll Sonnenschein. »Wir wissen, daß Sie Cabanazzi lieben, daß Sie ihn versteckt hielten, daß Sie ihm zur Flucht verhalfen. Und wir ahnen, daß er auch jetzt noch hier in der Nähe ist. Bei Ihnen, signora...«

»Sie erlauben sich Dinge...« Veronika warf den Kopf in den Nak-ken. Der ganze Stolz des Reichen gegenüber dem Armen kam in dieser Geste zum Ausdruck. »Bitte, gehen Sie! Mir scheint, Sie haben sogar getrunken.«

»Wie schade, signora.« Pedronelli war völlig ungerührt von dem verletzenden Benehmen Veronikas. Große Dinge verlangen persönliche Opfer, dachte er. Was ist schon eine Beleidigung? »Ich werde Ihnen eine kleine Geschichte erzählen müssen. Kennen Sie Villalba?«

»Nein!« antwortete Veronika barsch.

»Villalba ist ein schönes, kleines Bergdorf mitten im Hochland von Mittelsizilien. Wenn Sie einem Sizilianer den Namen Villalba nennen, wird er sich entweder dumm stellen, oder seine Augen leuchten auf, oder er macht in die Hose oder er bekreuzigt sich. Alles ist richtig, denn dort ist das Herz Siziliens. Dort leben wir! Die Mitglieder einer ehrenwerten Gesellschaft. Wir haben unsere eigenen Gesetze, unsere eigene Ehre, unseren eigenen Tod.«

Durch Veronika lief ein Schauder. Sie musterte Enrico Pedronelli und wußte plötzlich, daß sie hier dem gefährlichsten Menschen gegenüberstand, der ihr bisher in ihrem ganzen Leben begegnet war. Ein lächelnder, jovialer Mann... aber hinter dieser Maske wartete der gnadenlose Tod.

»Luigi Cabanazzi«, sagte Pedronelli mit sanfter Stimme, als lese er aus einem Gebetbuch vor. »Er hat drei Männer getötet, mit der Lupara, dem Gewehr mit dem abgesägten Lauf, das bei uns üblich ist. Nichts dagegen zu sagen. Aber dann hat er etwas getan, was man nie bei uns tut: Er hat auch zwei Frauen getötet, die Witwen seiner Opfer. Und dann ist er geflüchtet, nach Deutschland, hier nach Buschhausen, zu Ihnen, signora. Ein Mörder, ein Frauenmörder...«

»Luigi?... Das ist unmöglich.« Es war Veronika, als zöge man ihr den Boden unter den Füßen weg und sie falle ins Unendliche. »Luigi hat nie... nie...«

Sie dachte an den Tag, an dem sie ihm 10000 Mark geboten hatte, wenn er Dr. Pillnitz umbrächte. Und er hatte nicht gezögert, auf das Angebot einzugehen; er hatte getötet – nur die falschen. Damals hatte sie geglaubt, Cabanazzi habe es aus Liebe zu ihr getan. Jetzt stürzte dieser Himmel ein. Ein Menschenleben galt nichts für Luigi.

Pedronelli wartete ein bißchen, bis sich Veronika innerlich wieder gefangen hatte. Wenn man einen Samen ins Feld streut, muß man ihm die Zeit geben, Wurzeln zu schlagen.

»Es ist falsch, ihn noch länger zu schützen«, fuhr Pedronelli dann sanft fort. »Ich habe den Auftrag, Cabanazzi –«

»– zu töten!« schrie Veronika entsetzt.

»Ihn der Gerechtigkeit zuzuführen, signora. Das ist in unseren Augen etwas anderes als töten. Wenn einer das tut, was Luigi getan hat, muß er sühnen, er muß dafür bezahlen. Sie müssen zugeben, daß das gerecht ist.« Er neigte den Kopf zur Seite und sah Veronika mit väterlicher Güte an. »Und nun sagen Sie mir, wo Cabanazzi ist, signora.«

»Ich... weiß es nicht.« Es klang nicht überzeugend. Das Grauen schnürte ihr die Stimme zu. Pedronelli schob die dicke Unterlippe vor.

»Signora, warum begeben Sie sich in Gefahr?«

»Gefahr?«

»Ich weiß, daß Sie wissen, wo Cabanazzi ist. Noch geschieht Ihnen nichts, wenn Sie fortfahren, zu schweigen. Noch hoffe ich, ihn von allein zu finden. Gelingt mir das nicht, werden Sie uns sagen, wo er ist.«

»Ich rufe die Polizei!« schrie Veronika. »Ich weiß genau, was Sie mit Ihrer Drohung andeuten wollen!«

»Polizia... signora, wie lächerlich. Was kann die Polizei gegen uns machen? Erkundigen Sie sich darüber in Italien. Die Polizei verhaftet mich... und aus dem Dunkel kommt der Schlag um so schlimmer für Sie. Kein Wort zur Polizei, kann ich Ihnen nur raten. Sie lieben doch Ihren Sohn, signora...«

Das Blut gerann Veronika in den Adern. Die Mafia hatte gesprochen, die Mafia selbst – und nicht irgendeine Figur namens Pedronelli.

Veronika Sassen war keines Wortes mehr fähig. Der freundliche, sanfte Mann aus Sizilien verbeugte sich höflich vor ihr und sagte: »Ich sehe, daß wir uns verstanden haben, signora. Dafür bin ich Gott dankbar. Er hat in Ihnen eine Frau geschaffen, in der sich strahlende Schönheit und hohe Intelligenz vereinen. Kummer schadet bekanntlich der Schönheit. Ich sehe aber ganz deutlich, daß Sie nicht die Absicht haben werden, es dazu bei Ihnen kommen zu lassen, indem wir Ihnen Kummer zufügen müßten. Leben Sie – vorläufig – wohl, signora.«

Er glitt aus dem Zimmer. Veronika starrte noch lange stumm auf die Tür, hinter der er verschwunden war. Ihr Schock löste sich erst, als Oliver auf der Schwelle erschien, um ihr zu berichten, daß er im Garten einen schlafenden Igel entdeckt habe. Veronika riß ihren Sohn wie von Sinnen an sich.

16

»Mein Liebling, mein Kleiner, mein Alles«, stammelte sie. »Du bist ja meine Welt. Noch begreifst du es nicht, aber später, wenn du größer bist, wirst du es verstehen. Kommst du mit?«

»Wohin, Mutti?«

»Wir müssen verreisen. Der Onkel Doktor hat gesagt, wie krank ich bin.« Veronika streichelte den Kopf Olivers und blickte über seine blonden Haare hinweg in den Garten. Dort hinten, abseits von der Wiesenfläche, hinter Beerensträuchern, an der Mauer, stand ein alter Schuppen, in dem Geräte aufbewahrt wurden. Seit Jahren hatte ihn keiner mehr betreten, nachdem ein großer Geräteraum neben der neuen Doppelgarage gebaut worden war. Das Himbeeren- und Brombeerengestrüpp war zu stachelig. »Wir müssen weit weg, Oliver… und lange.«

»Wohin denn, Mutti?«

»Nach Spanien.« In Spanien gibt es keine Mafia, dachte Veronika. Überall auf der Welt haben sie ihre Kontaktmänner sitzen, nur in Spanien nicht. Man hat noch nie davon gehört.

»Spanien? O fein, Mutti!« Oliver schlug die Hände zusammen. »Ist das da, wo die Stierkämpfe sind?«

»Ja, mein Kleiner, Dort ist es.«

»Aber die Schule, Mutti?« gab Oliver zu bedenken.

»Wir werden dir ein Attest vom Arzt holen, daß du auch krank bist und Luftveränderung brauchst. Du bist ein kluger Junge, du wirst das alles nachholen.«

»Bestimmt, Mutti, bestimmt.« Oliver hüpfte durchs Zimmer und freute sich. »Wann fahren wir? rief er.

»Vielleicht nächste Woche, vielleicht schon früher.« Veronika zog Oliver noch einmal an sich und hielt ihn fest. »Du bist ja ein kleiner, tapferer Mann, und du mußt mir jetzt etwas versprechen.«

»Was, Mutti?«

»Du darfst Mutti nicht verraten, hörst du! Du darfst Papi noch nichts sagen, daß wir nach Spanien reisen. Es soll eine Überraschung werden. Du mußt ganz verschwiegen sein.«

»Ja, Mutti.« Oliver nickte. »Soll das überhaupt keiner wissen?«

»Überhaupt keiner.«

»Auch nicht Sabine, Fritz oder Onkel Kurt?«

»Gar keiner. Das ist ein Geheimnis zwischen dir und mir. Und ein richtiger Mann hält sein Wort.«

»Ich werde nichts, gar nichts sagen, Mutti.« Oliver nickte ernst. »Ich schwöre es dir, Mutti.«

»Das ist gut, mein Kleiner.« Veronika küßte ihren Sohn auf die Augen und atmete auf. Sie wußte, daß Oliver schweigen würde. Er hatte diese einträgliche Verschlossenheit, die sich meistens auszahlte, von ihr geerbt. »Ich werde dir in Spanien einen schönen Reitesel kaufen«, sagte Veronika leise.

»Au fein, Mutti!« Oliver umfaßte seine Mutter und küßte sie stürmisch. »Mit bunten Troddeln, so, wie im Kino?«

»Mit allem, was du willst, mein Kleiner.« Veronika stand auf und reckte sich. Es war wie das Ausstrecken eines Raubtiers, das aus dem Schlaf erwacht. Wie dumm ich war, dachte sie dabei. Ich habe mich doch tatsächlich von diesem Pedronelli einschüchtern lassen. Ich habe wirklich geglaubt, es gäbe keinen Ausweg. Doch es gibt einen: Spanien! In wenigen Tagen werden wir dort sein, Oliver und ich. Dann sind wir sicher. Es wird keinen Cabanazzi mehr geben, keinen Dr. Pillnitz, keinen Ludwig Sassen... ich werde frei sein, herrlich frei – und ich bin jung genug, um diese Freiheit noch genießen zu können.

»Komm, Oliver«, sagte sie zärtlich und nahm die Hand des Kindes, »ich habe nebenan noch eine Schachtel Pralinen, such dir ein paar Stückchen aus.« Sie blieb stehen und hob den Kopf des Kindes hoch, indem sie ihm unter das Kinn griff. »Und was sollst du nicht?«

»Keinem etwas von Spanien erzählen, Mutti.«

»Brav so, mein Kleiner. Du und deine Mutti, wir werden durch die Welt kommen –«

Der Skandal war perfekt.

Dr. Sassen hörte sich die Erklärungen Kurt Holtmanns mit halbem Ohr an. Sabine lag auf der Couch im Appartement ihres Vaters und heulte wie ein kleines, unglückliches Kind. Dr. Fritz Sassen lief erregt hin und her und versuchte abzuwiegeln. Auch er glaubte der Darstellung Kurts nicht, mit der halbnackten Dame in seinem Hotelzimmer nichts zu tun zu haben, er war aber bestrebt, die Sache noch einmal, wie er sagte, »mit Ruhe zu betrachten«.

Anders sein Vater.

»Ich wünsche keine Diskussionen mehr!« donnerte dieser. »Die

Situation, in der wir Sie antrafen, war zu eindeutig, Herr Holtmann. Verschonen Sie mich also mit Ihrem Gewäsch.«

»Mir geschieht Unrecht«, antwortet Kurt Holtmann verstört. »Je länger ich darüber nachdenke, desto mehr neige ich dazu, mir zu sagen, daß man mir eine Falle gestellt hat...«

»Ach nee! Und wer sollte daran ein Interesse gehabt haben?«

»Das weiß ich nicht. Aber es muß so gewesen sein.«

Dr. Ludwig Sassen sah den Mann, der um ein Haar sein Schwiegersohn geworden wäre, verächtlich an. Welch traurige Figur macht er doch, dachte er, und man sah, was er dachte. Er sollte zu seinem Fehltritt stehen, das ist Männerart. Aber dieses Leugnen, dieses Winseln... wie erbärmlich ist das doch. Hatte man aber etwas anderes erwarten können? Gibt es in den Schichten, aus denen der kommt, überhaupt das, was unsereiner Haltung nennt? Nein, eben nicht.

In diesem Augenblick vollzog sich auch wieder der innere Bruch, der schlimmer war als jeder äußere. Der soziale Gegensatz zwischen Akademiker und dem Mann aus dem Volke träufelte Galle in die Seele Dr. Sassens. Die Klassifizierung des Menschen, die nie verschwinden wird, ganz gleich, in welcher Gesellschaftsform wir leben mögen, weil der Mensch nicht anders kann, als sich Distanzen zu schaffen, um sich im Geistigen oder Wirtschaftlichen unterschiedlich zu entwickeln, brach auch bei Dr. Sassen wieder durch und stellte Holtmann außerhalb seiner Welt.

»Bitte, unterlaß das, uns für dumm verkaufen zu wollen. Falle gestellt! Das liest man in billigen Kriminalromanen. Ich habe auf deinem Zimmer gesehen und *gehört*, was wahr ist!«

»Es muß ein gekauftes Mädchen gewesen sein!« schrie Kurt Holtmann.

»Das nehme ich dir sogar ohne weiteres ab«, antwortete Ludwig Sassen sarkastisch. »Bitte, nenn uns aber nicht auch noch den Preis.«

»Vater!«

»Ich bitte dich zum letztenmal, auf diesen Ausdruck zu verzichten!«

Kurt Holtmann entgegnete nichts mehr. Er ging zu Sabine und berührte ihre Schulter. »Bienchen –«, sagte er leise.

Sie schluchzte auf, schüttelte seine Hand ab und vergrub das Gesicht wieder in die Kissen. Sie war in Tränen aufgelöst und begriff einfach nicht, wie Kurt so etwas hatte tun können. Als ihr Vater sie aus dem Zimmer gerufen und ihr mitgeteilt hatte, daß er das Verlöbnis als aufgelöst betrachte, weil Kurt eine fremde Frau auf seinem Zimmer habe, war sie sofort zu Kurt gerannt und hatte dort tatsächlich ein fremdes Mädchen angetroffen, das sich gerade die Strümpfe über die Beine rollte. Mit einem hellen Schrei war Sabine zurückgeprallt und davongelaufen. Ihr Herz war wie zersprungen. Ich werde wahnsinnig, dachte sie nur immer wieder, als sie die Treppe hinunterlief zur ersten Etage, wo das Appartement Ludwig Sassens lag. Ich werde wahnsinnig, bei Gott... ich kann das nicht ertragen... ich sterbe an diesem inneren Schmerz...

Dann, als sie Kurt im Zimmer ihres Vaters sah, bleich, verstört, hilflos fast, dachte sie an die vergangene Stunde in ihrem Zimmer. Mit einem wilden Schrei war sie auf ihn zugestürzt und hatte ihn mitten ins Gesicht geschlagen. Dann war sie auf die Couch gefallen und schüttelte sich seitdem im Weinkrampf.

»Glaubst du das denn auch, Bienchen?« fragte Holtmann sie fassungslos. »Seid ihr denn alle verrückt?«

»Laß mich... laß mich...« stöhnte Sabine und stieß mit dem Fuß nach ihm. »Faß mich nicht an!«

Kurt Holtmann, der sich über sie hatte beugen wollen, richtete sich auf. Er schüttelte den Kopf. Er verstand die Welt nicht mehr. Fritz Sassen lief noch immer hin und her und erklärte seinem Vater, daß man es sich nicht leisten könne, gerade jetzt nicht, die Front gegen Vittingsfeld selbst aufzubrechen.

»Das sind familiäre Dinge, Vater. Übermorgen können wir zu Hause alles klären.«

»Was gibt es da noch zu klären?« schnaubte der alte Sassen. »Fang du mir nicht auch noch davon an!«

»Es glaubt mir also keiner?« fragte Kurt Holtmann mit dumpfer Stimme.

»Nein!« antwortete Dr. Ludwig Sassen hart.

»Dann ziehe ich die Konsequenzen! Und zwar sofort! Ich gehe!«

»Und die Konferenz?« rief Fritz Sassen.

»Steckt euch die an den Hut, mich interessiert sie nicht mehr!« grollte Kurt Holtmann und nun brach alles, was sich in ihm angesammelt hatte, aus ihm heraus: »Mich interessiert überhaupt nichts mehr von euch. Ich verzichte darauf, Schwiegersohn eines Millionärs zu werden. Ich wußte es immer, ich gehöre in den Pütt. Dort habe ich Kumpel, die keine Intrigen kennen, die ehrlich und offen sind, die sich in die Fresse hauen, wenn's nötig ist, und hinterher ein Bier zusammen trinken. Aber ich habe keinen mehr um mich, der mit der Maske des Biedermannes dem anderen den Dolch in den Rücken rennt, dessen Leben nur Lüge und Betrug ist, Speichellecken und Rufmord. Ich habe genug von der sogenannten ›Gesellschaft‹, von dieser Hohlheit und dieser Ansammlung von Mißgunst und übler Nachrede, von dieser übersteigerten Selbstbewertung, die bis zur Automarke geht, die man fahren darf, abgestuft nach der Stellung. Wehe, wenn ein Direktor den gleichen oder sogar einen besseren Wagen fährt als der Generaldirektor. Man zieht dann Konsequenzen, weil dem Direktor das Gefühl für den nötigen Abstand fehlt. O Himmel, wie hirnverbrannt das alles ist! Und so etwas entsteht in einem Land, das zwei Weltkriege verloren hat und hätte lernen müssen, daß wir nur Menschen sind. Was ist aus diesem Deutschland geworden? Es ist heute borniert und hochnäsiger, als es je war! Es ist erstickt im Reichtum, hat sich überfressen am Wohlstand. Mich kotzt das alles an. Jawohl, es kotzt mich an. Ich gehe.«

Er sah noch einmal hin zu Sabine. Sie lag auf dem Bauch und weinte in die Kissen. Ich liebe sie, dachte er. O Gott, wie soll das werden? Sie kann ja nicht anders, sie ist aufgewachsen in dieser Welt von Reichtum und Sorglosigkeit, und sie muß ja glauben, was sie selbst gesehen hat in meinem Zimmer. Für sie muß es der Zusammenbruch einer ganzen Welt sein. Wie für mich.

Dann ging er. Als die Tür zufiel, blieb eine spürbare Leere zurück. Dr. Ludwig Sassen trat ans Fenster und starrte hinaus auf die belebte Straße. Fritz Sassen trank einen Kognak. Sabine richtete sich auf und hielt sich die Hände vor ihr verheultes, gerötetes Gesicht. Sie hörte aber auf zu weinen. In ihr ging rasch eine Veränderung vor sich, gegen die sie sich nicht wehren konnte.

»Was... was macht er jetzt?« fragte sie kaum hörbar.

»Er wird nach Buschhausen zurückfahren«, antwortete ihr Bruder Fritz.

»Und dort?«

»Wird er uns nicht mehr kennen, Schwesterherz.«

»Vielleicht tun wir ihm doch unrecht...«

»Dann sollten wir uns allerdings schämen.«

Dr. Ludwig Sassen bat seinen Sohn, mit dem Blödsinn aufzuhören. Ob er denn die Flegeleien, die dieser Prolet eben noch zum besten gegeben habe, schon wieder vergessen habe?

Sabine blickte stumm vor sich hin. In ihrem Gesicht arbeitete es. Sie rang mit einem Entschluß. Plötzlich erhob sie sich und ging zur Tür.

»Wo willst du hin?« fragte sie ihr Vater.

»Zu ihm. Ich fahre mit ihm.«

»Das verbiete ich dir!«

»Das hast du schon einmal versucht, Vater, und es war vergebens. Darf ich dich daran erinnern?«

Dr. Sassen stellte sich ihr in den Weg, aber Sabine ging um ihn herum und verließ, wie angekündigt, den Raum. Sie verließ zum zweiten Mal ihre Familie.

Im Zug nach Gelsenkirchen sagte Kurt zu ihr: »Das war eine Falle, glaub mir, ich kann dir nichts anderes sagen.«

»Ich verstehe nicht, daß ich je daran zweifeln konnte, Liebling«, antwortete Sabine.

Sie legten ihre Köpfe aneinander, Wange an Wange. Eine Weile schwiegen sie glücklich.

»Es wird schwer werden, Bienchen«, sagte Holtmann dann und küßte sie aufs Ohr. »Wir werden ganz allein sein.«

»Hast du Angst, daß wir uns nicht durchbeißen könnten?«

»Nein, aber es wird ein anderes Leben für dich sein als bisher. Ich bin nur ein Püttmann.«

»Ich werde auch eine Stellung annehmen. Ich habe Französisch und Englisch gelernt. Es wird reichen, um auf eigenen Beinen zu stehen.«

»Auf wackeligen Beinen, Bienchen.«

»Na und? Das Wichtigste ist, daß wir uns gegenseitig lieben und einander stützen.«

Er legte den Arm um ihre Schulter, und so umschlungen sahen sie durchs Fenster hinaus in die Nacht.

Die ersten Fördertürme tauchten aus der Dunkelheit auf. Flammen und eine glutende, feuerspritzende Woge ergossen sich in Kaskaden neben der Bahnstrecke aus einem dunklen Gebäudeklotz. Eine Kokerei.

Sie näherten sich der Heimat. Dem Herzen Deutschlands, dem Ruhrgebiet.

Dr. Pillnitz war sehr erstaunt, als ein gemütlich aussehender Herr nach kurzem Klingeln in seine Wohnung trat und sich mit einer Verbeugung vorstellte:

»Enrico Pedronelli.«

»Pillnitz. Bitte, treten Sie näher. Doch bevor Sie anfangen, mir Ihr Leiden zu schildern oder sich auszuziehen, muß ich Ihnen sagen, daß ich nicht praktiziere, sondern Zechenarzt bin und nur die Kumpel auf Emma II betreue. Ich habe keine freie Praxis.«

»Darum handelt es sich auch nicht, dottore.« Pedronelli setzte sich auf einen alten Stuhl und legte seinen Hut mangels einer anderen Ablage auf den Fußboden. »Ich bin gekommen, um Sie zu beglückwünschen.«

»Beglückwünschen? Mich?« Dr. Pillnitz blickte seinen Besucher zweifelnd an. Wie ein Verrückter sieht er eigentlich nicht aus, dachte er. Aber einer, der kommt, einen Krüppel zu beglückwünschen, hat nicht alle Tassen im Schrank.

»Ja, dottore. Nachträglich. Sie haben Glück, noch am Leben zu sein.«

»Ach!« Dr. Pillnitz humpelte zu seinem Schreibtisch, öffnete die rechte Tür und holte eine Flasche Whisky und zwei Gläser heraus. Was weiß der von Veronika, fragte er sich. Aber es handelt sich gar nicht um Veronika.

»Danke, dottore. Whisky? Für einen Sizilianer?« Pedronelli winkte ab. »Das schmeckt auf unserer Zunge ganz scheußlich.«

»Einen Marsala habe ich leider nicht hier, signor Pedronelli.«

»Ich gebe mich mit Sodawasser zufrieden.« Enrico lehnte sich zurück und beobachtete Dr. Pillnitz, wie er sich ein Glas halb voll Whisky schüttete und es in einem Zug leerte.

»Sie trinken viel, dottore?«

»Früher nicht. – Erst seit meinem Unfall.«

»Ich bin gekommen, um Ihnen zu sagen, daß Sie getötet werden sollten. Und zwar auf der Fahrt nach Bochum im Krankenwagen. Es hat nur nicht geklappt, weil Cabanazzi nicht so exakt arbeitete, wie er es sonst in solchen Dingen tut.«

Dr. Pillnitz hob die Augenbrauen und stützte sich schwer auf seine Krücken. »Sagten Sie Cabanazzi?«

»Ja. Sie haben das damals nicht mitbekommen und auch nicht in der Zeitung gelesen, weil Sie andere Sorgen hatten. Am gleichen Tag, an dem Sie von Gelsenkirchen nach Bochum verlegt wurden, prallte ein anderer Krankenwagen auf einen quer gestellten Lastwagen und zerschellte. Ein Sanitäter war sofort tot. In diesem Krankenwagen, so vermutete Cabanazzi, seien Sie. Uhrzeit, Fahrtroute, alles stimmte. Nur Sie waren nicht in diesem Wagen. Der mysteriöse Unfall ist nie aufgeklärt worden. Nur wir wissen, wer ihn konstruierte, und konnten auch aufhellen, warum er das tat.«

Dr. Pillnitz atmete schwer. Das war ja ungeheuerlich. Er sagte: »Und Sie sind sicher, daß Cabanazzi das tat?«

»Ja, dottore. Er wollte Sie beseitigen.«

»Warum?« Dr. Pillnitz setzte sich, durch seine Beine zog wieder der wahnsinnige Schmerz, den er bis an sein Lebensende behalten würde. »Wurde er angestiftet?«

»Darüber müssen Sie sich Ihre Gedanken machen, dottore.« Pedronelli strich sich mit den Fingern das Kinn. »Ich möchte Ihnen in diesem Zusammenhang nur verraten, daß signora Sassen weiß, wo Cabanazzi ist. Es widerstrebt uns, auch bei Frauen gleich die Mittel der Wahrheitsfindung anzuwenden, die wir bei Männern so erfolgreich einsetzen. Uns liegt daran, den ganzen Fall lautlos zu bereinigen, hinter dem Vorhang gewissermaßen. Schon aus Rücksicht auf unser Gastland, Sie verstehen. Es soll keinerlei Aufsehen erregt werden. Wenn ein Gastarbeiter plötzlich verschwindet, na ja... der Bursche hatte grenzenloses Heimweh und ist auf dem Wege nach Italia. Es ist nicht tragisch.«

Dr. Pillnitz stützte das Kinn auf seine Krücke und sah seinen Gast sinnend an.

»Und was soll ich nun dabei, signor Pedronelli?«

»Uns helfen, dottore. Sie haben Zutritt zum Hause Sassen. Sie werden nun entdecken wollen, wo Cabanazzi ist.«

»Das habe ich schon auf eigene Faust versucht. Veronika Sassen ist hart wie ein Stein.«

»Wie Lava, dottore. Trotzdem werden Sie hinter ihm her sein, dottore.«

»Und wenn ich Ihnen sage, daß er mir egal ist...?«

»Das glaube ich nicht. Das wäre dumm von Ihnen. Solange nämlich Cabanazzi am Leben ist und – wie soll ich sagen? – mit signora Sassen Beziehungen unterhält, kann sich das wiederholen, was einmal scheiterte. Sie verstehen, dottore? So lange sind Sie Ihres Lebens nicht sicher.«

Dr. Pillnitz goß sich wieder ein Glas ein und trank es aus, ohne abzusetzen. »Wenn ich Sie richtig verstehe, signor Pedronelli, wollen Sie mich anwerben...«

»Ja«, lächelte der Sizilianer.

»Zur Beihilfe bei einem Mord, signor...«

»Die moralischen Grundlagen der Gesellschaft sind in jedem Land verschieden, signor dottore.« Pedronelli faltete die Hände über dem kleinen Bauch. »Wenn in Deutschland die Geliebte ihren treulos gewordenen Geliebten erschießt, ist das Mord. In Frankreich haben die Richter für so etwas mehr Verständnis und urteilen milder darüber. In Sizilien gelten die Ehrbegriffe der vergangenen Jahrhunderte. Wer sie bricht, ist ein Schädling. Was macht man mit Schädlingen, dottore, mit Heuschrecken, Raupen, Käfern, Wühlmäusen? Man rottet sie aus! Prego... kommt es auf die Größe und die Gattung der Schädlinge an?«

»So kann man sich auch ein Weltbild aufbauen«, sagte Dr. Pillnitz sarkastisch.

Er betrachtete seinen Gast und fühlte plötzlich, so groß sein Haß auch war, Mitleid mit Luigi Cabanazzi. Es stand jetzt mit absoluter Sicherheit fest, daß das Leben Cabanazzis nur noch Stunden oder Tage zählte. Es nützte kein Verkriechen mehr, kein Wegrennen, kein Betteln, kein Schrei nach Gnade. Die Unerbittlichkeit des Todes war gekommen, und dieser Tod sah aus wie ein jovialer, gemütlicher Onkel, mit einem Bäuchlein, hellen lachenden Augen und dem Benehmen eines Mannes, den man gerne um sich sieht.

Dr. Pillnitz stützte sich auf seinen Krücken hoch.

»Und warum glauben Sie, bin ich der richtige Mann, Handlanger eines Mörders zu sein?«

Pedronelli lächelte nett. »Weil Sie Luigi sogar selbst ermorden würden, wenn Sie ihn fänden.«

»Nun gut, aber ich zweifle immer noch, ob ich das richtige Geschick dafür hätte.«

»Eben. Dafür gibt es Spezialisten. Wir nehmen Ihnen diese Belastung ab... vor allem aber die Möglichkeit, entdeckt und verurteilt zu werden. Was *wir* machen, ist immer perfekt.« Pedronelli erhob sich und nahm seinen Hut vom Boden auf. »Wir sind uns einig, dottore. Ich wußte, daß ich mit Ihnen offen reden kann, genau wie mit signora Sassen. Wir wissen das immer. Bei Ihnen sahen wir Ihr großes Eigeninteresse; bei der signora, daß sie ein Kind hat. Das schützt uns vor Anzeigen bei der Polizei.«

Mit diesen deutlichen Worten schied Enrico Pedronelli von Dr.

Pillnitz. Sie waren sogar nicht nur deutlich, sondern entsetzlich.

Kurt Holtmann traf mit einem Taxi aus Gelsenkirchen spät nachts in Buschhausen ein und schellte seine Eltern aus dem Bett. Es dauerte lange, bis der alte Holtmann aus den Federn kroch, sich seinen Bademantel überwarf und zur Haustür schlurfte. Vorher sah er aus dem Fenster und lauschte. Nee, keine Sirene, also kein Alarm. Auf Emma II war nichts passiert. Er ließ die Gardine zurückfallen und strich sich die schlafwirren Haare aus dem Gesicht. Elsi saß aufrecht im Bett und klopfte gegen die runde Scheibe des Weckers.

»Zwei Uhr, Hans«, sagte sie ängstlich. »Wer kann denn das sein?«

»Wenn's der Lorenz ist, das versoffene Loch, haue ich ihm 'n Dotz an die Birne«, sagte Hans Holtmann. »Es kann nur der Lorenz sein. Himmel Arsch und Zwirn!«

Fluchend schlurfte er zur Haustür und riß sie auf. Aber es war nicht Onkel Borczawski, sondern draußen standen Kurt und Sabine. Ungläubig starrte Hans Holtmann auf die beiden, und als Sabine wortlos zu weinen begann, gab er die Tür frei und winkte.

»Kommt 'rein!« Er schloß sie schnell wieder, denn die Nächte waren schon kalt und er fror an den bloßen Beinen. »Hat's endlich gekracht? Es mußte ja so kommen.«

Er ging voraus in die Küche, knipste das Licht an und holte eine Flasche Bier aus dem Kühlschrank. Kurt Holtmann drückte Sabine auf einen der Küchenstühle und legte den Arm um ihre zuckende Schulter.

»Wieso sagst du so selbstverständlich: Hat's gekracht? Was weißt du, Vater?« Kurts Stimme war belegt wie mit Rauhreif. Der alte Holtmann öffnete die Bierflasche und trank. Nach einem tiefen Schluck wischte er sich den Mund mit dem Handrücken ab und zog die Nase kraus.

»Wenn 'n Ochse unbedingt 'n Adler werden will, dann ist das Irrsinn. Aber wenn 'n Püttmann auf einmal, über Nacht, zu 'nem feinen Herrn wird, dann soll das gehen, was? Meine Tauben können fliegen, aber nicht wie 'ne Nachtigall singen. Damit muß man sich abfinden, Junge. Und wenn du's jetzt eingesehen hat, biste geheilt.« Er tätschelte Sabine auf die Schulter und streichelte über ihr Haar. »Nu heul mal nicht, Mädchen. Erzähl, was los ist...«

Inzwischen war auch Elsi in der Küche aufgetaucht. Sie saß neben dem Herd, ganz still, aber weil Sabine weinte und Kurt so aussah, als ob ihm nicht mehr viel davon fehlte, heulte sie mit, in ihrer unauffälligen Art, lautlos, aber intensiv. Hans Holtmann sah sie strafend an, trank noch einen Schluck Bier und räusperte sich dann:

»Was war in Düsseldorf?«

»In meinem Zimmer«, antwortete Kurt, »lag ein mir völlig unbekanntes Mädchen in eindeutiger Aufmachung. Ich kam gerade von Sabine und ehe ich etwas unternehmen konnte, erschienen Dr. Sassen und Dr. Vittingsfeld.«

»Du großer Gott!« stammelte Elsi. »Dieses Düsseldorf! Ich sage es ja schon immer…!«

Hans Holtmann gebot ihr, still zu sein, und fragte Kurt:

»Du kanntest sie wirklich nicht?«

»Nun fängst du auch noch an, Vater!« regte sich Kurt auf.

»Gut, ich glaube dir. Aber wer war das Weib?«

»Das weiß ich nicht.«

»Himmel nochmal! Du hast sie nicht gefragt?«

»Nein.«

»Du Idiot! Das hättest du doch tun müssen, um die ganze dunkle Geschichte aufzuklären.«

»Ich hatte nur einen Gedanken: Dr. Sassen und Sabine von meiner Unschuld zu überzeugen. Sabine glaubt mir inzwischen… aber Dr. Sassen nicht, mit ihm bin ich fertig. Und zwar völlig, Vater. Ich fahre morgen wieder ein. Ich bin und bleibe ein Kumpel.«

»Immer langsam!« Zu aller Verwunderung tat der alte Holtmann keinen Begeisterungssprung, sondern äußerte einen von keinem erwarteten Widerspruch. »Der alte Stinkstiefel glaubt dir also nicht? Verzeihung, Sabine, aber ich muß mich erleichtern. Und weil der dir nicht glaubt, Kurt, sollst du einen Tritt in den Hintern kriegen und wieder in die Grube einfahren? Nee, das machen wir nicht. Nun gerade nicht! Ich habe auch meinen Dickkopp, nicht nur dein Vater, Sabine. Was Recht ist, muß Recht bleiben, das ist 'n alter, aber nie gern gehörter Spruch. Und nun wollen wir unser Recht, und wenn's in allen Fugen kracht. Kurt, du gehst nicht wieder in'n Pütt, du machst weiter beim Arbeitnehmerverband!«

»Nein, Vater!«

»Doch, das machst du, zum Teufel nochmal!« Der alte Holtmann schlug mit der Faust auf den Tisch. »Siehst du denn nicht, daß sie darauf gerade warten? Ist dir nicht klar, daß du alles auf dir sitzen läßt?

Du ziehst den Kopf ein – so und nicht anders sieht es aus. Deshalb gehst du nicht wieder in'n Pütt, vorläufig jedenfalls nicht! Hast du mich verstanden?«

Kurt blickte unsicher um sich und fragte dann Sabine:

»Was meinst du, Schatz?«

Sabine hatte zu weinen aufgehört während des Vortrags des alten Holtmann.

»Dein Vater hat recht, Kurt«, antwortete sie mit fester Stimme.

Damit war die Lage klar und in Elsi erwachte der praktische Hausfrauengeist, der die Konsequenzen daraus zog.

»Und Sabine wohnt bei uns«, sagte Elsi Holtmann. »Wir stellen in Barbaras Zimmer noch'n Bett auf. Das Zimmer ist groß genug.«

Sabine hatte noch etwas auf dem Herzen.

»Ich schätze«, sagte sie, »daß bald Papa hier auftauchen wird und mich holen will.«

»Den überlaß nur mir«, sagte daraufhin der alte Holtmann mit einer Stimme, die nichts Gutes verhieß. »Auf den freue ich mich geradezu. Dem werde ich das Nötige erzählen. Wann, denkst du, kommt er?«

»Spätestens übermorgen.«

Es war sogar noch eher der Fall.

Direktor Dr. Sassen nahm bereits den ersten Frühzug, überließ seinem Sohne Fritz alle Verhandlungen in Düsseldorf und verzichtete auch auf die bequeme Autofahrt, weil der Chauffeur, der nichts anderes wußte, als daß er bis 10 Uhr vormittags dienstfrei hatte, nicht aufzufinden war.

Ludwig Sassen brachte eine ganz wahnsinnige Idee mit nach Buschhausen. Er wollte seine Tochter von der Familie Holtmann loskaufen. Und wenn es ein Vermögen kostete.

Wie wenig kannte er die Holtmanns.

An diesem Abend wurde Dr. Waltraud Born telefonisch in die Villa Sassen gebeten. Veronika rief selbst an und sagte: »Liebe Waltraud, so darf ich dich ja nun nennen als deine zukünftige Schwiegermutter, kannst du schnell mal vorbeikommen? Nicht privat, sondern beruflich. Bring deine Medizintasche mit. Es handelt sich um ein Furunkel.«

Waltraud Born war zwar überrascht, gerade von Veronika Sassen gerufen zu werden, ließ sich aber nichts anmerken und antwortete:

»Ich komme. Wo sitzt denn der Furunkel?«

»Im Nacken.«

»Ist er reif?«

»Ich glaube ja.«

»Dann wäre es besser, wenn wir ihn aufmachen. Gut, ich bringe alles mit. Hast du starke Schmerzen?«

»Ja.«

Zwanzig Minuten später stand Waltraud Born in der Halle der Sassen-Villa und wurde von Veronika begrüßt. Sie machte einen frischen, durchaus nicht kranken oder schmerzgeplagten Eindruck, und auch die Kopfhaltung ließ nicht erkennen, daß sie einen großen reifen Furunkel im Nacken hatte. Waltraud sah Veronika erstaunt an und winkte ihr, sich umzudrehen.

»Laß mal sehen«, sagte sie dabei, »was das für ein Ding ist.«

Veronika lachte und zeigte nicht die geringste Verlegenheit, als sie antwortete: »Nicht bei mir. Am Telefon wollte ich dir das nicht sagen.«

»Oliver? Der Arme…«

»Komm mit!« Sie gingen durch die Halle und Veronika öffnete die Tür zum Park. Ehe sie hinaustraten in den dunklen Garten, hielt Veronika plötzlich mit ernster Miene Waltraud am Arm fest. »Du unterliegst doch ärztlicher Schweigepflicht?« sagte sie.

»Natürlich.«

»Unter allen Umständen?«

»Was soll das?« antwortete Waltraud, die einen unbestimmten Verdacht faßte. »Wohin gehen wir?«

Veronika zog sie mit sich fort. »Komm mit!« sagte sie noch einmal.

Sie gingen über die große Wiese, durchquerten den Obstgarten und kamen in den wilden, ungepflegten Teil des Parks, zu den hohen Beerensträuchern, den Komposthaufen, der alten, verfallenden Gerätehütte. Und plötzlich, noch ehe sie den Stall erreicht oder an der Mauer entlang die stachligen Büsche umgangen hatten, wußte Waltraud Born, wer den Furunkel hatte und wohin sie geführt wurde. Sie blieb abrupt stehen und drückte die Arzttasche an ihre Brust.

»Du bist furchtbar, Veronika!« stieß sie hervor.

»Komm!«

»Nein!«

Veronika hielt sie eisern am Arm fest. »Ich dachte, du bist Ärztin«, sagte sie leise, aber mit einer schneidenden Schärfe. »Ich denke, der Eid des Hippokrates bindet dich, jedem zu helfen, der deine ärztliche Hilfe braucht, auch einem Gejagten. Cabanazzi hat einen faustgroßen Furunkel im Nacken, und wenn ihm nicht geholfen wird, kann er eine Blutvergiftung bekommen. Gestorben infolge unterlassener ärztlicher Hilfeleistung, werde ich dann sagen können…«

»Du ziehst mich wieder in deinen Schmutz hinein!«

»Du bist Ärztin! Ich habe dich als Ärztin gerufen – Schluß jetzt! Hier ist weder der Ort noch die Zeit, Moralpredigten zu halten. Wenn es dich erleichtert, kannst du mir morgen Vorhaltungen machen – aber nicht jetzt! Was jetzt zu tun ist, weißt du ganz genau. Also mach schon!«

Waltraud Born nickte zähneknirschend. »Dich muß die Hölle geboren haben!«

Sie traten in die verfallene Hütte. Im Hintergrund, neben einer abgeschirmten Petroleumlampe, hockte Cabanazzi auf einem alten Sofa, hatte den Kopf auf den Tisch gelegt und stöhnte leise. In seinem Nacken glühte ein großer Furunkel. Er mußte fürchterliche Schmerzen haben, denn er hörte nicht, daß jemand in den Schuppen kam. Er stöhnte nur, hatte den Mund auf seinen Unterarm gepreßt und stöhnte und stöhnte.

»Sieh dir das an!« sagte Veronika, und Waltraud war nur noch Ärztin. Sie trat auf Cabanazzi zu und beugte sich über dessen Nacken.

17

Jetzt erst schien Cabanazzi zu bemerken, daß ein Fremder im Raume war. Er schnellte vom Stuhl und warf sich gegen die Bretterwand. Gleichzeitig riß er ein Messer aus dem Gürtel und stieß die Klinge vor. In seinen schwarzen, glühenden Augen glänzte das Fieber und schrie die Angst. Er schwankte unter den wahnsinnigen Schmerzen in seinem Nacken, aber er biß die Zähne zusammen und starrte Waltraud Born an, die zutiefst erschreckt neben dem umgestürzten Stuhl stand und die Arzttasche auf den Tisch gestellt hatte. Noch sah er Veronika nicht, die seitlich von ihm zwischen Tisch und Tür stand.

»Was tun Sie hier?« fragte Cabanazzi und heulte fast bei diesen

Worten vor Schmerz. »Woher wissen Sie... Sind Sie allein... dottora... wollen Sie mir helfen? Ich werde verrückt... verrückt...«

»Setzen Sie sich wieder, Cabanazzi.« Waltraud Born zeigte auf den Stuhl. Cabanazzi bemerkte jetzt auch Veronika. Ein dankbares Lächeln glitt über sein verzerrtes Gesicht. Gehorsam ging er zum Tisch zurück, setzte sich und legte das Gesicht wieder auf die Unterarme. Waltraud Born entfernte den Schirm von der alten Petroleumlampe und ließ den Lichtschein voll auf den Nacken fallen.

Furunkel sind eine weitverbreitete Krankheit gerade im Bergbau und in ähnlichen Berufen, die mit viel Schmutz und Staub verbunden sind. Dr. Born hatte deshalb schon viele Furunkel behandelt, teils mit Ichthyol, das die Kumpels nur »Schwarze Salbe« nannten, teils auch mit dem Skalpell, wenn das Geschwür so reif war, daß man es aufschneiden konnte. Meistens platzte es nach der Behandlung mit der »Schwarzen Salbe« von selbst auf, der Eiter floß ab, mit einer spitzen Pinzette brauchte nur noch der Pfropfen herausgehoben zu werden, und denn verheilte die Wunde und hinterließ im schlimmsten Fall eine Narbe, die zu sehen war.

Der Furunkel Cabanazzis war ein Mustergeschwür, wie man es sonst nur in medizinischen Lehrbüchern findet. Es hatte fast den gesamten Nacken ergriffen, war dick und prall von Eiter und glühte rot, als brenne es innen. Waltraud Born berührte das Geschwür ganz vorsichtig mit der Fingerkuppe, und Cabanazzi knirschte wieder mit den Zähnen. Seine Schmerzen mußten wirklich unmenschliche sein. Daß er sie bisher ertragen hatte, war fast rätselhaft.

»Wie lange hat er den Furunkel schon?« fragte Waltraud Born. Veronika trat neben sie und hielt die Lampe näher an den Kopf Cabanazzis.

»Vielleicht eine Woche.«

»Schon in der Hütte am Steinbruch?«

»Da fing es an. Er hatte sich bei dem großen Unglück unter Tage verletzt. Nur ein Kratzer im Nacken. Er achtete nicht darauf. Dann eiterte es, wurde dick und dicker. Ich konnte doch keinen rufen. Ich habe erst mit Alkohol gekühlt, dann habe ich Salbe darauf gestrichen. Es wurde nur immer schlimmer. Luigi ist fast wahnsinnig geworden.«

Waltraud Born begann, ihre Arzttasche auszupacken. Sie legte auf ein auseinandergerolltes steriles Tuch einige chirurgische Instrumente: Skalpell, scharfe Löffel, Pinzetten, Tampons, Tupfer, Klemmen, Scheren. Dann holte sie eine kleine, braune Flasche heraus, einige Spritzen in einem verchromten Kasten und ein Etui voller Injektionsnadeln. Auch eine Eiterschale packte sie aus und hielt sie Veronika hin.

»Halt fest!«

»Was soll ich damit?«

»Unter das Geschwür halten und den Eiter auffangen.«

»Ich? Nein!« Veronika stellte die Schale auf den Tisch zurück, als sei sie glühend heiß und verbrenne ihr die Finger. »Ich kann kein Blut sehen. Und Eiter... er... er riecht doch.«

»Nein! Er stinkt!« Waltraud Born lächelte grausam. »Da hört die Liebe auf, nicht wahr! Ein Körper ist für dich nur ästhetisch, solange er gesund ist, wie?«

»Hör auf!« stieß Veronika hervor. »Ich falle um, wenn ich das halten soll.«

»Dann fall! Aber das wollen wir erst sehen! Also los!« Waltrauds Stimme war plötzlich hart, laut und kalt geworden und duldete keinen Widerspruch. Cabanazzi stöhnte wieder, seine Fingernägel kratzten die Tischplatte.

»Dottora!« wimmerte er wie ein Kind. »Helfen Sie... machen Sie schnell... dottora.«

Mit widerstrebenden Händen nahm Veronika die Eiterschale und hielt sie an den Nacken Luigis. Sie sah, wie Waltraud die Umgebung des Furunkels abtastete und überall nur geschwollenes und entzündetes Gewebe vorfand. Es war unmöglich, die Nackenpartie durch eine Lokalanästhesie zu betäuben. Resigniert schob Waltraud den Spritzenkasten von sich fort.

»Was ist?« Veronikas Stimme sank zu einem heiseren Flüstern herab. »Mein Gott, was ist denn?«

»Cabanazzi gehört in eine chirurgische Klinik«, sagte Waltraud und steckte den blinkenden Spritzenkasten in die Arzttasche zurück.

»Aber das geht doch nicht!« rief Veronika. »Du weißt so gut wie ich, daß Luigi nicht an die Öffentlichkeit darf.«

»Ich will es dir ganz nüchtern erläutern. Kein Arzt schneidet gern in eine Entzündung hinein. Warum, das würde zu weit führen, dir das zu erklären. Es kann eine Sepsis entstehen, das ist eine Sache, die auch du verstehst. Hier haben wir nun keine andere Wahl mehr, als das Geschwür aus dem entzündeten Muskelgewebe herauszutrennen. Das ist aber nur mit einer Vollnarkose möglich und zweitens nur unter Beachtung größter Sterilität. Beides ist hier in diesem Stall unmöglich. Cabanazzi muß in einen OP, wo man den Furunkel fachgerecht ausräumen kann, ohne die Gefahr, daß Komplikationen entstehen.«

»Aber das geht doch nicht!« schrie Veronika und warf die Eiterschale auf den Tisch. »Du bist doch chirurgisch ausgebildet. Wozu hast du denn studiert und besitzt deinen Doktortitel? Wenn man auf hoher See Blinddärme herausnehmen kann, wenn man im Krieg in einem Unterstand amputierte, wenn man – wie ich gelesen habe – mit einem Taschenmesser operieren kann... warum kannst du das dann hier nicht?«

»Ich kann es, natürlich. Aber was ist, wenn er eine Sepsis bekommt? Wenn im Krieg, um dabei zu bleiben, der Amputierte starb, dann war er eben ein Gefallener fürs Vaterland. Hier aber mache ich mich zumindest fahrlässiger Tötung schuldig, begangen von mir, einer Ärztin. Glaubst du, ich will deinetwegen mein Gewissen damit belasten? Glaubst du, ich setze meine Approbation aufs Spiel, um einen deiner Geliebten zu retten?«

»Er heißt jetzt nicht mehr Cabanazzi... er hat überhaupt keinen Namen mehr. Er ist ein Kranker, der nach einem Arzt fleht, und du *mußt* helfen!« schrie Veronika Sassen.

»Das tue ich, indem ich ihn dorthin überweise, wo er wirklich gerettet werden kann... in eine chirurgische Klinik. Alles andere ist sträflich.«

»Du wirst operieren!« Ganz kalt und beherrscht klang plötzlich die Stimme Veronikas. Sie war an die Tür getreten, und zur sprachlosen Verwunderung Waltraud Borns hielt sie einen kleinen, dunklen Gegenstand in der Hand, der wie eine Pistole aussah.

»Was soll der Quatsch?« fragte Dr. Born nach einigen Augenblicken des Erkennens.

»Operiere!«

»Laß den Blödsinn, Veronika. Geh ins Haus und ruf einen Krankenwagen.«

»Ich meine es ernst. Ich habe die Pistole seit zwei Tagen. Ich brauche sie zu meinem Schutz. Du wirst hier operieren. Treibe mich nicht zu einer Verzweiflungstat. Luigi kann in kein Krankenhaus. Wir können ihn aber auch so nicht hier lassen, mit seinem Furunkel. Er würde wahnsinnig werden, hinauslaufen und schreien, brüllen. Du verstehst, das wäre mein Ende. Eher erschieße ich dich. Das wäre zwar auch mein Ende – aber das deine dazu!«

»Du bist total verrückt!« sagte Waltraud heiser. Sie sah jedoch, daß es Veronika tödlich ernst mit ihrer Drohung war. Ein Mensch, der so in die Enge getrieben war wie sie, verlor den nüchternen Verstand und handelte nur mehr, wie es ihm das augenblickliche Gefühl eingab.

»Die Chancen sind gering, sage ich dir«, versuchte Waltraud noch einmal die zu allem entschlossene Veronika zur Vernunft zu bringen. »Sieh dir doch den Stall hier an!«

»Du operierst!«

Sie standen sich eine Weile stumm gegenüber ... die erbarmungslose Frau mit der Pistole an der Tür und die kleine, blonde Ärztin an der Bretterwand des Verschlages. Zwischen ihnen befand sich der wimmernde Mann, mit dem Kopf auf der Tischplatte. Seine Zähne klapperten vor Schmerz und Fieber, in seinen schwarzen Augen glomm der beginnende Irrsinn.

»Wie du willst«, sagte Waltraud schließlich leise. »Komm her, halt die Lampe und hilf mir bei der Narkose!«

Cabanazzi legte sich nach Anweisung bäuchlings auf den Tisch, die Stirn wieder auf seinen Unterarm, so daß zwischen Nase und Tischplatte eine Lücke blieb. Waltraud tränkte einen Watteknäuel mit Äther und schob ihn in die Lücke zwischen Tischplatte und Nase Cabanazzis. Nach wenigen tiefen Atemzügen streckte sich dessen Körper, die Glieder wurden schlaff, statt zu atmen, begann Cabanazzi jetzt zu röcheln und laut zu schnarchen.

»So ... so schnell geht das?« fragte Veronika verwundert.

»Ja. Ich habe keine Zeit, nach dem Lehrbuch der Anästhesie zu arbeiten.« Waltraud kontrollierte einige Reflexe. Nichts. Cabanazzis Narkose war tief genug. »Gib mir das Jod.«

»Wo?«

»Dort, die braune Flasche.«

Mit einem Tupfer reinigte und desinfizierte Waltraud den ganzen Nacken mit der Jodlösung, legte dann Tampons und Tupfer, einen scharfen Löffel und Pinzetten in greifbare Nähe und nahm das Skalpell in die Hand. Mit einem schnellen Kreuzschnitt öffnete sie das pralle Geschwür und zog mit zwei Klemmen die Wunde auseinander. Dikker, gelber, faulig stinkender Eiter floß aus dem Nacken, als sei eine

Staumauer gebrochen und träge, lehmige Fluten ergössen sich in die Freiheit.

»Schale!« rief Waltraud. »Verdammt, paß doch auf!«

Veronika schluckte krampfartig. Würgende Übelkeit stieg in ihr hoch, kroch in die Kehle, in die Mundhöhle, drängte zum Erbrechen. Aber sie biß die Zähne zusammen, fing mit der Schale den fließenden Eiter auf und verfolgte die flinken Handgriffe Waltrauds, die jetzt mit dem scharfen Löffel in die Tiefe des Geschwürs ging und begann, das faulige Fleisch auszuschälen.

»Merkt… merkt er auch wirklich nichts…?« stotterte Veronika Sassen und lehnte sich an den Tisch, weil sie spürte, wie ihr die Beine einzuknicken drohten.

»Wenn er etwas merkte, würde er jetzt brüllen wie ein angestochener Stier. Die Schale näher und höher! Du siehst doch, daß jetzt verfaultes Gewebe kommt…«

Von da ab verlief die Operation in ungestörter Stille. Dreimal vertiefte Waltraud die Narkose mit dem Ätherwattebausch wieder, wenn Cabanazzi sich zu rühren begann und leise stöhnte. Sie operierte länger als eine halbe Stunde; sie schnitt nicht nur den Furunkel auf und räumte ihn aus, sondern sie schälte ihn völlig aus seiner entzündeten Umgebung heraus und schnitt tief hinein ins gesunde Gewebe, um ein Übergreifen von Eiterbakterien in die Blutbahn zu verhindern. Dann legte sie dicke, mit Penicillinpuder bestäubte Tampons in die Wunde, deckte alles mit Kompressen ab und verband Cabanazzi.

Als sie fertig war, sank Veronika erschöpft auf den Stuhl, und ihre innere Anspannung löste sich in einem haltlosen Weinen. Waltraud beobachtete Cabanazzi und wartete auf sein Erwachen aus der Narkose.

Sie hatte vorher nicht lange gefragt, ob er etwas gegessen hatte. War dies der Fall, so würde er sich gleich erbrechen, wie das Würgen ja fast immer eine Begleiterscheinung der Äthernarkose ist.

Wenig später erwachte Cabanazzi. Er würgte und erbrach sich prompt und Waltraud hielt ihm dabei den Kopf. Sie hoffte innig, ihn gerettet zu haben.

Gerettet für wen?

Das Gefühl Enrico Pedronellis, Luigi Cabanazzi halte sich hier in der Nähe versteckt, wurde immer stärker. Warum, das konnte er selbst nicht sagen. Man hat manchmal solche Gefühle und unterliegt ihnen, ob man will oder nicht.

Von Dr. Pillnitz hatte er sich anscheinend zuviel erhofft. Der Arzt wurde durch seine Invalidität doch mehr in Mitleidenschaft gezogen, als zu erwarten gewesen war. Er betrachtete sich als Krüppel und schien eingesehen zu haben, daß es besser sei, ein stilles Leben in der Ordination der Zeche Emma II zu führen und nicht weiterhin Aktivitäten zu entfalten, die seine Kräfte überstiegen. Die Jagd nach Cabanazzi schien zuviel zu sein für ihn. Resignierte er? Sah er ein, daß ihm auch Veronika endgültig entglitten war? Fand er sich damit ab, daß diese schöne, gefährliche Frau für ihn nur noch eine Erinnerung bleiben würde, eine Erinnerung an wilde Tage und Nächte, in denen er oft geglaubt hatte, mit einer Raubkatze zusammen zu sein?

Pedronelli seufzte und machte sich auf den Weg, den einzigen Mann aufzusuchen, der unter Umständen der Schlüssel zu allem werden konnte: Pater Paul Wegerich.

Nach dem Schlagwetter-Unglück hatte sich Pater Wegerich ganz der Seelsorge der italienischen Gastarbeiter gewidmet. Er hatte erkannt, daß die deutschen Püttmänner für ihre Verhältnisse ausreichend vom örtlichen Pfarrer betreut wurden. Sie besuchten jeden Sonntagmorgen die Kirche, sie beichteten und kommunizierten, und man hätte mit ihnen zufrieden sein können, wenn sie nur ein anderes Verhältnis zu den Italienern gesucht hätten.

Auf dem Fußballplatz kämpften sie Schulter an Schulter um den Sieg und fielen sich um den Hals, wenn sie ein Tor erzielten. Unter Tage und in den Werkstätten der Zeche standen sie nebeneinander und brachen die Kohle aus dem Berg, sortierten und beluden oder stachen in der Kokerei an den Brennöfen die glühende Schlacke ab. Auch in der Waschkaue, Nackte unter Nackten, verwischten sich die Unterschiede. Vor dem Zechentor aber trennten sich Deutsche und Italiener. Es war, als kennten sie sich nicht mehr, als sähen sie sich zum erstenmal, und die einen fuhren mit dem Bus, ihren Motorrädern, ihren Autos nach Buschhausen, und die anderen gingen zu Fuß zum Barakkenlager, moderne Parias, ausgestoßen aus der Gemeinschaft.

Jeden Samstag und Sonntag gab es in den Buschhausener Wirtschaften Streit und Schlägereien, weil die deutschen jungen Burschen es nicht duldeten, daß die Italiener mit den Mädchen sprachen. Ja, schon ein Lächeln, ein feuriger Blick eines Italieners genügte, und die Fäuste flog gegen alles Italienische, das gerade in der Nähe war. Es bürgerte sich ein, daß die Italiener nur noch zu dreien oder vieren ausgingen, um sich wirksamer wehren zu können, wenn sie angegriffen wurden. Was halfen da alle Predigten in der Kirche, alle Mahnsprüche von der Kanzel, alle Appelle des Pfarrers, der von Brüderlichkeit sprach, von den Kindern Gottes, die wir alle sind, von Toleranz und Verstehen. Nach der Kirche ging es wieder los, vor allem in »Onkel Huberts Hütte«, wo die dralle, nach Willi Korfecks Ausfall verwaiste Martha Kwiatlewski am Tresen stand und keine landsmannschaftlichen Unterschiede kannte. Ihre ausgeschnittenen Kleider, Blusen und Pullover sprachen sich im Italienerlager herum, und so umstanden jeden Sonntag die Söhne des Südens den langen Tresen bei Onkel Hubert und konnten sich nicht sattsehen an den runden Formen Marthas. Wen wundert es, daß jeden Sonntag zwei Polizisten vor Onkel Huberts Lokal hin und her gingen, um vorzubeugen, und mit beiden Ohren zum Lokal lauschten. Bei dem geringsten lauten Ton stürmten sie in die Wirtschaft, und fast jedesmal war es nötig, einige feurige Kavaliere voneinander zu trennen. Martha Kwiatlewski schimpfte dann zwar mit Worten, die in keiner Sprachlehre standen, und sie entwickelte darin mit bemerkenswerter Phantasie ganz neue Wortschöpfungen, wie etwa »Drecksaufeiglinge«, aber niemand nahm ihr das übel, auch die Polizisten nicht, denn obwohl sie ehrbewußte deutsche Beamte waren, fühlten sie sich in erster Hinsicht als Kinder des Ruhrreviers und nahmen deshalb solche Injurien nicht tragisch.

Pater Wegerich sah also seine vordringliche Aufgabe darin, für die italienischen Arbeiter zu sorgen, für diese Heimatlosen, die sich bemühten, Anschluß zu finden und doch immer nur auf Abwehr und Spott stießen.

Er zog zunächst aus dem Pfarrhaus von Buschhausen aus und quartierte sich in einem kleinen Raum neben dem Eßsaal des Barackenlagers ein. Dieser Raum hatte früher als Dienstzimmer des Küchenfeldwebels gedient, war dann Abstellraum geworden und am Ende Gerümpellager. Pater Wegerich ließ alles hinauswerfen, stellte ein Feldbett auf, klopfte einige Fünfzoll-Nägel in die Holzwand und hing an ihnen seine Kleidung auf. In der allgemeinen Waschanlage wusch er sich jeden Morgen zusammen mit den Italienern, mit bloßem Oberkörper an den Becken stehend, prustend und auf das kalte Wasser schimpfend. Er war Kumpel unter Kumpels, und nach kurzer Zeit schon hieß es: »Unser padre... die madonna hat ihn uns geschickt.«

Der Ortspfarrer fand diese Wandlung bemerkenswert und berichtete deshalb dem Bischof. Dort schwieg man und gab die Meldung an den Provinzial des Ordens weiter, dem Wegerich angehörte. Es ist zwar gut, und ganz im Sinne des Vatikans, wenn Priester an der vordersten Front der Kirche stehen, aber das Benehmen des Paters ging denn doch zu weit, fand man da und dort. Auch zwischen Priester und Gemeinde muß es eine gewisse Distanz geben. Was Pater Wegerich da zelebrierte, war eine völlige Aufgabe der Würde, ohne die die Kirche nun einmal nicht auskommen kann.

Es war ein Segen, daß im Orden Pater Wegerichs sich die moderne Ansicht durchgesetzt hatte, Religion gehöre nicht ans Volk, sondern ins Volk. Die jungen Vertreter Gottes auf Erden, abhold allem steifen Konservativismus, welcher der Kirche in unserer Zeit nur schadet, schwiegen zu den Anfragen des Bischofs. Und sie schwiegen auch, als bekannt wurde, daß Pater Wegerich nicht nur mit den Italienern badete und predigte, betete und beichtete, sondern auch ein Orchester gegründet hatte, das keine Psalmen spielte, sondern heiße Musik. Jeden Samstagabend spielte die »Sizilien-Band«, wie sie sich nannte, im Speisesaal, und die Musik war so gut und mitreißend, daß draußen vor dem Stacheldraht sich die Jugend Buschhausens versammelte und sehnsüchtig ins Lager blickte, vor allem die Mädchen; aber niemand wagte es, durch das offene Tor zu gehen. In Buschhausen kursierte eine heimliche Warnung, die jedem bekannt war: Dem Mädchen, das sich mit einem der Itacker einläßt, werden die Haare geschoren, so wie man es damals in Frankreich mit den Mädchen machte, die sich mit deutschen Soldaten anfreundeten. Und mit Honig werden sie beschmiert und in Federn gewälzt. In »Onkel Huberts Hütte« sagte es Theo Barnitzki ganz klar: »Unsere Mädchen sind für uns da. Wir brauchen keine Italiener. Die Kinder machen wir uns allein.«

Unter jubelndem Gebrüll wurde diese Resolution angenommen. Was die Mädchen darüber dachten, danach fragte man nicht. Eine Warnung war das Schicksal der Lotte Krackebusch, einer neunzehnjährigen Küchenhilfe mit blonden Haaren, die einmal angetroffen wurde, wie sie einen Italiener hinter einer Scheune küßte. Am nächsten Tag wurde sie aufgefunden im Garten des elterlichen Hauses, blau und grün geschlagen und auf der Brust ein Schild: »Hura italiana«.

So etwas spricht sich schnell herum, und Pater Wegerich verzichtete darauf, die Kumpels mit Worten von diesem Pfad abbringen zu wollen. Schließlich mußte er sich aus seiner Zeit in Italien selbst eingestehen, daß dort die Männer noch ganz anders umsprangen mit ihren Mädchen, die nach einem Ausländer schielten.

So war die Situation, als sich Enrico Pedronelli aufmachte zu Pater Paul Wegerich.

»Wer sind Sie?« fragte Pater Wegerich, der seinen Besucher ja noch nicht kannte, in deutscher Sprache, als sich die beiden gegenüberstanden.

»Mein Name ist Enrico Pedronelli«, antwortete der Gast auf italienisch. »Haben Sie ein bißchen Zeit für mich, padre?«

»Woher wissen Sie, daß ich italienisch spreche?«

»Wir wissen alles über Sie, padre. Ich kann Ihnen sogar sagen, wie der Esel hieß, auf dem Sie zu den Kranken bei uns geritten sind.«

»Bei Ihnen?«

»Ja, bei uns auf Sizilien.«

Pater Wegerich lachte. Er dachte an jenen Esel, einen störrischen Bock, mit dem er oft seine liebe Not gehabt hatte. Trotzdem war ihm etwas unbehaglich zumute bei seinem Lachen. Sizilien, der Ausdruck allein, weckte nicht nur lustige Erinnerungen.

»Was führt Sie zu mir?« fragte der Pater.

»Ich suche Cabanazzi, padre.«

Das war's also. Pater Wegerich wußte sofort, daß die Mafia vor ihm stand, die »Ehrenwerte Gesellschaft«, wie sie sich selbst aus tiefster Überzeugung nannte. Und er wußte auch, daß er zu absoluter Untätigkeit, zu völliger Ohnmacht verurteilt war.

»Ich weiß nicht, wo er ist«, sagte er, froh darüber, damit nicht lügen zu müssen.

»Schwören Sie mir, daß das stimmt!«

»Ich schwöre nicht. Es muß Ihnen genügen, daß ich das sage.«

»Ich glaube Ihnen«, entgegnete Pedronelli sichtlich enttäuscht. »Wir kennen Sie. Dann kann ich auch schon wieder gehen.«

Er verbeugte sich und wandte sich der Tür zu.

»Signor…«, sagte Pater Wegerich. Pedronelli blieb noch einmal stehen. Der Pater startete einen Versuch, von dem er von vornherein wußte, daß er zum Scheitern verurteilt war. »Signor«, sagte er, »können Sie nicht unverrichteter Dinge nach Hause fahren?«

Das Erstaunen in Pedronellis Gesicht war groß.

»Nein, padre.«

»Können Sie nicht das, was Sie hier in die Hand nehmen wollen, Gott überlassen?«

»Nein, padre.«

Enrico Pedronelli sprach ruhig und freundlich. Er war deshalb so erstaunt, weil ihm einer, der Sizilien kannte, solche Fragen stellte.

»Und Sie erwarten von mir«, sagte Pater Wegerich, »daß ich zusehe, was hier geschieht...«

»Ja, padre.«

»Daß ich die Hände in den Schoß lege...«

»Ja, padre.«

Dem Pater platzte der Kragen.

»Ihr seid wahnsinnig!« rief er. »Ihr könnt doch nicht annehmen, daß ihr hier auch in Sizilien seid!«

Pedronelli schwieg. Er sagte nicht ja, er sagte aber auch nicht nein. Was er dachte, war klar. Ein richtiger Mafioso ist davon überzeugt, daß die ganze Welt, wenn die »Ehrenwerte Gesellschaft« es will, Sizilien ist.

Und das wußte auch Pater Wegerich. Er hat recht, dachte er, das ist das Furchtbare. Ich kann nichts tun. Was denn? Zur Polizei gehen? Ich habe einmal erlebt, daß in einem ähnlichen Fall in Parlermo einer zur Polizei rannte. Was war das Ergebnis? Er starb. Der, den er retten wollte, starb. Und sechs Polizeibeamte starben.

Enrico Pedronelli verließ den Pater, der ihm nachblickte und, nachdem sich die Tür hinter dem Sizilianer geschlossen hatte, auf die Knie fiel und betete. Beten, das war das einzige, was er tun konnte.

Der Auftritt Dr. Ludwig Sassens im Hause Hans Holtmanns nahm einen ganz anderen Verlauf, als sich ihn Sassen vorstellte.

Zunächst mußte Holtmann vom Taubenschlag heruntergeholt werden und das dauerte schon ein bißchen.

Während der Wartezeit saß Dr. Sassen allein im guten Zimmer, grollend, tief beleidigt, die gestärkten Deckchen anstarrend, die künstlichen Blumen und die Bilder der Familie Holtmann, welche an der Wand hingen und alle Mitglieder des Clans zeigten, angefangen vom bärtigen Großvater bis zum Säugling Barbara. Daß er überhaupt sitzen blieb und nicht einfach wieder das Haus verließ, war nur dem Umstand zu verdanken, daß er heute reinen Tisch machen wollte.

Elsi, die dreimal ins Zimmer wollte, um dem Herrn Direktor eine Tasse Kaffee und ein Stück Kuchen zu bringen, wurde von Holtmann knurrend davon abgehalten.

»Hiergeblieben!« sagte er. »Der soll nicht den Eindruck haben, daß er hier willkommen ist. Du verwechselst den jetzigen Moment mit dem Besuch, den er uns machte, als er zum erstenmal in unser Haus kam, um uns kennenzulernen.«

»Du benimmst dich wie der erste Mensch«, sagte Elsi. »Wenn man schon einen Gast hat…«

»Mach mich nicht verrückt!« knurrte Hans Holtmann.

»Es ist ein Gebot der Höflichkeit, daß man…«

»Quatsch!« antwortete Holtmann. »Was heißt hier Gast? Haben wir ihn eingeladen?«

Elsi verstummte. Sie kannte ihren Mann gut genug, um zu wissen, daß hier nichts mehr zu machen war. Hans Holtmann wusch sich noch die Hände. Schon das sei dieser Mensch nicht wert, dachte dabei der erbitterte alte Bergmann. Dann ging er hinüber ins Wohnzimmer und traf Dr. Sassen an, wie er das Bild des Großvaters Holtmann betrachtete.

»Julius Holtmann«, sagte Holtmann laut. »Hauer. Kreistagsabgeordneter der Sozis. Gestorben an Staublunge. Witwenrente 190,– Reichsmark.«

»Dafür kann ich nichts. Diesbezüglich haben sich die Verhältnisse heute ja geändert«, entgegnete Dr. Sassen und setzte sich wieder auf einen der bezogenen Stühle.

Dann saßen sie sich gegenüber, schwiegen, sahen sich ab und zu an und sahen wieder weg.

»Sie haben von dem Vorfall in Düsseldorf gehört«, begann schließlich Dr. Sassen.

Holtmann nickte.

»Ihr Sohn –«

»– wurde das Opfer einer Intrige, einer Falle, die ihm gestellt wurde.«

»Das glauben Sie.«

»Ja.«

Schweigen.

Wieder verging eine Weile, bis einer etwas sagte. Es war Dr. Sassen. Er meinte: »Jedenfalls betrachte ich unter solchen Umständen das

Verlöbnis meiner Tochter mit Ihrem Sohn als gelöst.«

»Sie schon!«

»Sie doch auch, hoffe ich.«

»Ich hätte nichts dagegen, Herr Dr. Sassen. Ich bin aber der Meinung, daß ich hier nichts als gelöst oder ungelöst zu betrachten habe. Und Sie, Herr Dr. Sassen, auch nicht!«

»Wer dann?«

»Ihre Tochter. Haben Sie die schon gefragt?«

Verdammt gute Klinge, die der alte Püttmann schlug. Erstaunlich, für einen Menschen ohne die nötige Schulbildung. 1:0 für ihn, mußte sich Sassen eingestehen.

»Nein, habe ich noch nicht«, zwang er sich zu sagen. »Wie ich höre, wohnt sie jetzt bei Ihnen.«

»Ja.«

»Ich möchte sie gerne sprechen.«

»Aber Sabine möchte nicht gerne Sie sprechen. Ich habe keine Möglichkeit, sie heranzuschleifen, falls Sie das meinen.«

Dr. Sassen nagte an der Unterlippe. Er wollte losbrüllen, aber dann beherrschte er sich, denn es war falsch, sich gegen Holtmann etwas von Stimmstärke zu versprechen. Das würde wie beim Eisenschmieden sein: Je mehr man hämmert, um so härter wird der Stahl.

»Wenn Sie sie bitten würden…«, sagte er bescheiden.

»Sabine ist in Essen, mit meinem Sohn.«

»Und wann kommt sie wieder?«

»Ich nehme an, heute abend.«

»Wissen Sie, daß das Kuppelei ist, was Sie tun?« trumpfte nun Dr. Sassen doch etwas auf.

»Was ist denn das?« spottete Holtmann. »Den Ausdruck kenne ich ja gar nicht. Aber wir haben ja ein Altersheim in der Nähe, wo ich mich erkundigen kann. Vielleicht gab's das früher einmal.«

2:0 für Holtmann.

»Aber Sie können ja Strafanzeige gegen mich erstatten, Herr Doktor Sassen. Ihre Tochter wird sich freuen, als Zeugin vor Gericht zu erscheinen.«

3:0 für Holtmann. Nein, das war gleichbedeutend mit einem 5:0.

Dr. Sassen verlor den Kopf. Er entschloß sich, den Stier bei den Hörnern zu packen, und geriet dabei vollends ins Abseits.

»Herr Holtmann«, sagte er, »machen wir es kurz. Mit ist bekannt, daß Sie sich gern ein neues Grundstück im Birkenwald kaufen wollen, Ihr Sohn sprach davon. Es soll rund 10000,- DM kosten. Darf ich Ihnen diese Summe zur Verfügung stellen?«

»Wofür?« fragte Holtmann ahnungsvoll.

»Dafür, daß Sie alles daransetzen, um dem Verlöbnis zwischen Ihrem Sohn und meiner Tochter ein Ende zu machen.«

Die Sitzung war zu Ende. Es ging ganz rasch.

»Raus!« sagte Hans Holtmann.

»Herr Holtmann –«

»Raus!« wiederholte der alte Püttmann mit einem Gesicht, das Herrn Sassen riet, der Aufforderung schleunigst Folge zu leisten.

Draußen im Gärtchen stieß er auf Elsi, die ihn verlegen grüßte.

»Frau Holtmann«, bat er sie, »können wenigstens nicht Sie meiner Tochter bestellen, daß sie mich anrufen möchte...«

»Doch, Herr Direktor, das werde ich ihr sagen.«

»Was macht sie denn in Essen, Frau Holtmann?«

»Einkaufen, Herr Direktor.«

»Einkaufen? Braucht sie denn etwas? Sagen Sie mir es, dann besorge ich das.«

»Ich glaube nicht, daß Sie das besorgen würden, Herr Direktor«, antwortete Elsi noch verlegener – und doch auch ein bißchen keck.

»Wieso nicht? Was ist es denn?«

»Babysachen.«

Was in Dr. Ludwig Sassen vorging, als er das hörte, hätte er gar nicht schildern können. Auf dem ganzen Weg nach Hause wiederholte er sich immer wieder nur: »Babysachen... Babysachen...«

In den folgenden Tagen lag wieder einmal ein trügerischer Frieden über Buschhausen und der Zeche Emma II. Alles vollzog sich wie üblich: Die Schichten fuhren ein und täuften die Kohle ab; ein Spezialtrupp besserte die Schäden, die durch das schlagende Wetter verursacht worden waren, wieder aus; neue Elektrokabel wurden gezogen; zusätzliche Bewetterungen wurden eingebaut; die gemauerten Dämme, die die Brandherde abschlossen, wurden verstärkt; die alltäglichen kleinen Unfälle geschahen, Quetschungen, Schürfungen, Brüche, und Waltraud Born hatte zusammen mit Dr. Pillnitz allerhand zu tun, um die Ambulanten zu versorgen.

Unruhe entstand unter den Kumpels, als man erfuhr, daß ein neuer

Transport Italiener unterwegs war, noch einmal dreihundert Mann, und jeder fragte sich, was dieser Unsinn solle, da die Kohlenhalden ohnehin schon höher und höher wurden.

Die jungen Männer von Buschhausen setzten sich zusammen und gründeten einen Box- und Judo-Club. Das empfahl sich ihnen, damit sie sich später, wenn die dreihundert neuen Gastarbeiter eintrafen, bei den obligatorischen Schlägereien auch noch behaupten konnten. Es gab aber auch Pater Wegerich im Italienerlager Unterricht in Jiu-Jitsu. So war es wie beim Ost-West-Konflikt, nur im kleinen: Ein Nervenkrieg, der von Maßnahmen der Rüstung auf beiden Seiten begleitet wurde.

Im Hause Sassen war Ruhe eingekehrt. Man lebte völlig unter sich, denn die Kinder der ersten Ehe waren ausgezogen. Sabine wohnte bei den Holtmanns, Fritz Sassen hatte ein Appartement in Gelsenkirchen gemietet. Veronika tröstete ihren Mann, so gut es ging, und bestätigte ihm immer wieder, daß das Verhalten Sabines schamlos sei und nicht zu einer Sassen paßte.

»Ein Kind«, sagte sie mit aller Konsternation, die ihr fabelhaft glaubwürdig gelang. »Ein voreheliches Kind in unserer Familie! Was soll die Gesellschaft denken?«

Dr. Sassen steckte in einem großem Zwiespalt. Einerseits war Sabine seine Tochter, und er war auf dem Wege, Großvater zu werden, ein Ereignis, das immer große Wirkung erzielt. Andererseits war er zutiefst getroffen von der Art, wie ihn seine Tochter mit diesem Ereignis konfrontierte.

»Ich könnte dem Mädel eine runterhauen«, sagte er zu Veronika.

»Das hättest du früher und öfter tun müssen.« Veronika sah aus dem Fenster. »Es fehlt nur noch, daß auch Fritz und diese lächerliche kleine Ärztin heiraten müssen.«

»Mal den Teufel nicht an die Wand!« Dr. Sassen stampfte in dem großen Salon hin und her. »Ist denn gar keine Moral mehr unter den jungen Leuten?«

Veronika schüttelte scheinheilig den Kopf.

»Aber es hilft nichts«, sagte Dr. Sassen. »Sabine läßt mir keine Ruhe. Ich muß mich um sie kümmern.«

»Willst du ihr nachlaufen? Der Vater bettelt wie ein Hündchen um einen Knochen! Louis! Das ist unter deiner Würde!«

»Sie bekommt ein Kind.«

»Dann soll wenigstens sie den ersten Schritt zurück ins Elternhaus tun!«

»Sie hat einen Sassen-Schädel!«

»Und du keinen?«

»Vielleicht wartet sie nur auf ein Zeichen, auf ein Wort...«

»Sabine? Die?« Veronika lachte aufreizend. »Die nie! Die litt doch immer daran, sich nach unten zu orientieren. Schon als Schulkind spielte sie am liebsten mit Blagen aus dem Pütt-Viertel. Und später hat sich das fortgesetzt. Hätte sie sonst diesen Kurt Holtmann genommen?«

»Ich werde Großvater!« Dr. Sassen schrie plötzlich, weil er sich dadurch irgendwie von seinem inneren Druck befreien wollte. »Ich bekomme ein Enkelkind, auch wenn mir der Vater desselben nicht gefällt!«

»Schrei nicht so!« sagte Veronika giftig. »Davon wird nichts besser. Ich halte es jedenfalls für falsch, Sabine zurückzuholen. Sie ist stolz, wir sind es auch. Wir haben schließlich mehr Recht dazu.«

Also blieb es dabei. Sabine wohnte weiter bei Holtmanns, aus dem Hause Sassen kam keine Nachricht. Eine unnatürliche Ruhe machte sich breit, dies nicht nur zwischen zwei Familien, die auf Kampf eingestellt schienen, sondern auch in ganz Buschhausen. Der allgemeine Betrieb stimmte sogar den Pater Wegerich zufrieden, der sich nicht so leicht einlullen ließ.

Aber wie gesagt, es lag eine trügerische Stille über Buschhausen. Viele Leidenschaften schlummerten und warteten auf den Ausbruch. Wann er erfolgte, wer wollte das wissen? Manche hatten das Gefühl, auf einer Explosivladung zu sitzen. Der Funken fehlte nur noch, aber daß er einmal zünden würde, ahnten doch etliche.

Drei Wochen später fiel der erste Funke in das bereitstehende Pulverfaß.

Luigi Cabanazzi wurde entdeckt.

18

Wieder war es ein dummer Zufall, der Schicksal spielte, und das Schicksal war so logisch, das Geheimnis des alten Schuppens im Sassen-Park denjenigen entdecken zu lassen, der eigentlich das unschuldigste Opfer Cabanazzis in Buschhausen schon hätte werden sollen.

Es war abends, die Dämmerung war schon eingebrochen, ein kurzer Regen hatte den Kohlenstaub aus der Luft gewaschen und auf den Blättern der Bäume, den Blumen, den Hauswänden, dem Gras abgelagert und sie mit einem schmierigen Schmutzfilm überzogen. Etwas mehr Regen, und es wäre alles wieder abgewaschen worden; so aber waren die schönsten Blumen auch schmutzig geworden. In der Sprache des Püttmanns, die nicht immer stubenrein ist, aber stets das Richtige trifft, heißt ein solches Wetter: Es hat wieder Scheiße geregnet.

Oliver Sassen war mit dem Rad von einem Freund gekommen und hatte es im Garten abgestellt, als der kurze Regen fiel. Nun war auch der rote Lack des Fahrrads mit Kohlenschmiere überzogen, und Oliver schob es durch den Park, dem alten Schuppen zu. Hier wollte er es mit einem Gartenschlauch abspritzen und dann mit einigen Lappen nachpolieren.

Er stellte das Rad an den Rand der Wiese und ging zu dem neuen Schuppen, wo eine Waschanlage eigebaut war und der lange Gartenschlauch aufgerollt lag, der auch zum Rasensprengen angeschlossen werden konnte. Oliver rollte den Schlauch von der Trommel ab und wollte gerade den Schuppen verlassen, als er hinter den Büschen, die das alte Gartenhaus umgaben, einen Schatten hin und her gleiten sah.

Oliver war immer ein tapferer Junge gewesen. Wenn sie unter Freunden Indianer spielten, war er stets der Häuptling, der große Krieger, jedenfalls der Sieger im Spiel. Und das nicht nur, weil er der Sohn des reichen Direktors Sassen war und man es sich nicht mit ihm verderben wollte, sondern weil er wirklich furchtlos und mutig war und nicht gleich losheulte, wenn er sich eine Beule oder eine Schramme holte.

In diesem Augenblick aber wurde es Oliver unheimlich. Es war fast dunkel, im Haus, fast siebzig Meter entfernt, brannten zwar alle Lichter, aber dazwischen lag der weite Park, lag Dunkelheit, lag eine Entfernung, die Rufen nutzlos machte. Er sah auf die Uhr, die er schon hatte. Ein paar Minuten nach 20 Uhr. Jetzt saßen Papa und Mama vor dem Fernsehgerät und sahen die Tagesschau. Dr. Sassen verfolgte selten ein Fernsehprogramm, nur die Weltnachrichten, dann schaltete er meistens ab oder ging in die Bibliothek, wenn Veronika einen Film oder eine Musiksendung sehen wollte. Er hatte eine Abneigung gegen die flimmernde Mattscheibe, die vor allem daher rührte, daß seine Augen das ewige Inslichtstarren nicht vertrugen, nach einer Weile rot wurden, zu tränen begannen und ihn zum alten Mann stempelten. Das aber war etwas, das Dr. Sassen nach Möglichkeit zu verbergen trachtete. Ist es ein Wunder, daß er daher das Fernsehen nicht mochte?

Oliver drückte sich an die Wand des neuen Schuppens und hielt den Atem an.

Kein Irrtum, am alten Schuppen bewegte sich etwas. Jemand ging dort hinter den ihn verdeckenden Büschen hin und her, blieb stehen, sah hinüber zur erleuchteten Villa, ging weiter, lehnte sich dann an die bewachsene hohe Mauer, die das Sassen-Grundstück gegen einen Waldweg abschirmte, und nun glomm sogar ein kleiner, roter Punkt in der Dunkelheit auf, wurde schwächer, glühte wieder, erlosch. Der Schatten an der Mauer rauchte.

Oliver entsann sich, wie Winnetou sich an ein feindliches Lagerfeuer anzuschleichen pflegte. Er hatte sich den Film, der das zeigte, zweimal angesehen, denn man konnte daraus nur lernen und es beim eigenen Indianerspielen verwerten.

Er ließ sich leise ins Gras nieder und kroch auf Händen und Füßen an den Büschen entlang auf den alten Schuppen zu. Die Dunkelheit war nun vollständig. Oliver lag unter einem Johannisbeerstrauch und blickte hinüber zu dem glimmenden Punkt an der Mauer. Er sah, daß die windschiefe Tür des Schuppens offen stand und ein ganz schwacher Lichtschein gegen die Mauer fiel.

Jemand wohnt im alten Schuppen, dachte Oliver verblüfft und erschrocken zugleich. Er hat dort Licht, und er steht nun an der Mauer und raucht. Davon weiß bestimmt niemand etwas. Es wird ein Dieb sein, oder ein Landstreicher, der sich hier versteckt hält, oder... oder...

Mit Oliver ging die Phantasie durch. Was ein siebenjähriger Junge denken kann, schoß ihm durch den Kopf. Er lag platt auf dem Bauch, wie Winnetou, sah auf den Schatten mit der Zigarette und wartete.

Der Mann warf die Zigarette weg, der Punkt beschrieb einen Bogen durch die Nachtluft, fiel ins Gras, verlöschte.

Dann bewegte sich der Schatten wieder, Oliver hörte leise gemurmelte Worte, die er nicht verstand, den Bruchteil einer Sekunde sah er einen männlichen Körper im Lichtschein des Schuppeneingangs, dann wurde die Tür zugezogen, und der Spuk war vorbei.

Oliver wartete. Sein Herz schlug ihm bis zum Hals, und auch das feuchte Gras konnte es nicht ändern, daß er sich wie in einem Backofen fühlte. Wann jetzt Karl, Helmut und Willi hier wären, dachte er. Wir würden mit Geheul die Hütte stürmen. Aber allein ist das aussichtslos, denn der Mann im Schuppen ist ein großer Mann, viel stärker als ich.

So lag er eine ganze Weile und überlegte, was er tun sollte. Das Einfachste wäre gewesen, zurück zur Villa zu laufen und Papa und Mama zu alarmieren. Aber das wäre auch das Feigste gewesen. Tapferer war es, sich erst einmal anzuschleichen und nachzusehen, wer in der Hütte saß. Vielleicht waren es sogar zwei, oder noch mehr, eine ganze Bande. So etwas kommt vor. Oliver hatte es oft gelesen in den Romanheften, die in der Schule unter der Bank von einem zum anderen weitergegeben wurden.

Oliver entschloß sich, nachzusehen. Da der Schatten in der Hütte war, war es nicht nötig, wie eine Schlange anzuschleichen. Nur Geräusche durfte er nicht machen. Er schlich sich also ein Stück auf der Wiese zurück und ging dann auf Zehenspitzen zum Schuppen, den gleichen Weg, den Veronika und Waltraud Born gemacht hatten.

Das Fenster war von innen verhängt, Oliver legte das Ohr an die Holzwand, aber er hörte nichts als ein leises Pfeifen. Und dann, plötzlich – er prallte fast zurück – ertönte Musik. Zärtliche Tanzmusik, wie sie Sabine auf ihren Platten hatte, die Oliver doof und reizlos empfand.

Er – oder sie, die Bande – hatte ein Radio in der Hütte. Ein Transistorgerät. Oliver kannte diese kleinen Taschenradios. Er besaß selbst eines in seinem Kinderzimmer und suchte manchmal den Äther nach Wildwest-Songs ab, die seine Leidenschaft waren.

Leise, immer noch auf Zehenspitzen, schlich Oliver an der Wand entlang zur Tür, um einen Blick durch eine der vielen Ritzen ins Innere des Schuppens zu werfen. Wieder klopfte sein kleines Herz wild und heiß, aber der Gedanke, jetzt wirklich ein Späher und Pfadfinder zu sein, gab ihm Kraft und neuen Mut. Er suchte eine Ritze, wo das Licht durchschimmerte, fand eine und legte das Auge darauf. In diesem Moment ging die Tür auf und der Mann trat heraus. Oliver konnte nur einen einzigen Blick auf ihn werfen.

Überrascht, überrumpelt, tat Oliver das, was ein guter Späher nie tun sollte: Er verhielt sich nicht still, um mit der Wand zu verschwimmen, die ja im Schatten lag, sondern er sprang zurück und jagte mit weiten Sprüngen die Büsche entlang, um die freie Wiese zu erreichen.

Luigi Cabanazzi stieß einen unterdrückten Fluch aus. Er erkannte sofort, was geschehen war, und er zögerte nicht. Er hetzte Oliver nach, wortlos, schnell wie eine Katze, in großen, raumgreifenden Sätzen. Oliver hörte den Verfolger hinter sich näher kommen, fast spürte er schon dessen Atem in seinem Nacken, da erreichte er die Stachelbeerbüsche, die seine Rettung waren. Kopfüber ließ er sich in sie fallen und durchbrach sie, obgleich sie ihm Gesicht und Arme zerkratzten. Aber er erreichte dadurch die offene Wiese, auf die sich Cabanazzi nicht mehr hinauswagen konnte, da sie von der Villa aus einzusehen war.

Oliver war dem Tod entronnen. Cabanazzi hätte nicht gezögert, ihn zu ermorden, um sich selbst zu retten.

Was nun? Der Italiener wußte, daß er entdeckt worden war, und überlegte fieberhaft, was er tun konnte oder mußte.

Er rannte zurück zu seiner Hütte. Panik befiel ihn. Er sah keinen Ausweg mehr. Wie ein Raubtier in der Fallgrube rannte er im Schuppen hin und her. Wohin soll ich? fragte er sich. Er wußte es nicht. Da ergab er sich in sein Schicksal. Er setzte sich auf sein Behelfslager und wartete darauf, daß Dr. Sassen mit einigen Polizisten erscheinen würde, um ihn abzuholen.

Er war fertig, erledigt. Die lange Jagd nach ihm hatte ihn zermürbt. Er war bereit, sich von der deutschen Polizei abführen zu lassen. In einem deutschen Gefängnis bin ich wenigstens meines Lebens sicher, dort werde ich nicht getötet, dachte er. Das war sein einziger Trost.

Er rauchte eine Zigarette nach der anderen und wartete. Wie lange das dauert, dachte er. Wieviel Zeit sie sich lassen. Wann kommen sie endlich?

Aber nichts regte sich, es blieb still, niemand kam.

Veronika war allein im Haus und saß vor dem Fernsehgerät, als Oliver ins Zimmer stürzte.

Noch bevor er etwas sagen konnte, ahnte sie, was geschehen war. Olivers verstörter Blick, sein zerkratztes blutendes Gesicht, seine Hände, die Knie... sie sah genug und sprang auf.

»Warst du im Park?«

»Wo ist Papa?« fragte Oliver zurück.

»Er wurde vor zehn Minuten angerufen und mußte weg – warum?«

»Im Schuppen ist ein Mann!«

»Ein Mann?« fragte Veronika Sassen, sich alle Möglichkeiten offen lassend.

»Er wollte mich kidnappen.«

Diesen Ausdruck kannte Oliver längst. Welches Kind kennt ihn heute nicht.

Veronika zog Oliver an sich und sagte: »Nun bist du ja da, mein Liebling...«

Sie führte ihn ins Bad, um die Wunden auszuwaschen und zu versorgen.

»Ich habe ihn nur kurz gesehen«, erzählte Oliver, »aber ich glaube, du kennst ihn, Mami. Er war mit dir damals auf der Buschhauser Heide, als ich ins Loch stürzte.«

»So?« antwortete Veronika, die sich meisterhaft beherrschte, und fuhr fort: »Dann gilt wieder unsere Verabredung, Oliver. Du darfst Papi nichts sagen. Du weißt, der Arzt ist dauernd bei ihm, er hat ein schwaches Herz und müßte sterben, wenn er sich zu sehr aufregt. Das willst du doch nicht?«

»Nein, Mami.«

Veronika brachte ihren Sohn ins Bett, damit er, sagte sie zu ihm, schlafen und das Ganze vergessen könne.

Noch in der Nacht wurde Cabanazzi »verlegt«. Die eiskalte Veronika hatte eine Idee, die ihrer würdig war. Cabanazzi kehrte in die von der Polizei plombierte Gartenlaube am Steinbruch zurück.

Hier war er noch einmal sicher. Hier suchte ihn niemand mehr, denn diese Frechheit traute ihm niemand zu.

Enrico Pedronelli besaß die Witterung eines Hetzhundes. Vielleicht war er gerade wegen dieser Eigenschaft nach Deutschland geschickt worden. Niemand hatte auch eine solche Ausdauer wie er, seinen Spürsinn nicht erlahmen zu lassen. So war es durchaus kein Zufall, daß Oliver Sassen bei der Rückkehr aus der Schule im Birkenwald einen dicklichen Mann antraf, der sich anscheinend das Bein verstaucht hatte, denn er saß auf einem Baumstumpf, hatte den rechten Schuh ausgezogen und massierte sein Fußgelenk unter fürchterlichen Grimassen.

Oliver hielt sein Rad an und sprang ab. Er war erzogen worden, wenn möglich, jedem zu helfen, der das nötig hatte.

»Haben Sie sich verletzt?« fragte er und sah auf Pedronellis Knöchel. »Brauchen Sie einen Arzt?«

»Nein, mein Junge, nein, so schlimm ist es nicht.« Pedronelli lächelte dankbar. »Wer bist du denn?« Er fragte es, obwohl er das längst wußte und auf Oliver gewartet hatte.

»Oliver Sassen, mein Herr.«

»Ach, der Sohn da, aus der schönen Villa?«

»Ja. Sie gehört meinem Vater.«

»Liebst du ihn?«

»Ja.«

Pedronelli lächelte anerkennend. Er zog seinen Schuh wieder an und versuchte, probeweise herumzuhumpeln. Es ging ganz gut, wie man sah. Oliver nickte verständig.

»Nichts gebrochen, sonst könnten Sie nicht auftreten.«

»Du bist ein kluger Junge.«

»Das weiß ich alles von Dr. Pillnitz. Das ist unser Zechenarzt. Dem habe ich manchmal beim Untersuchen zugeguckt. Und dann hat er mir auf großen Bildern alles erklärt, die Knochen, die Muskeln, die Adern. Das ist interessant.«

»Glaube ich.« Pedronelli sah hinüber zur Sassen-Villa.

»Suchen Sie jemand?« fragte Oliver ihn.

»Ja, das tue ich.«

Nichts ließ die innere Spannung Pedronellis erkennen, die die eines Raubtieres vor dem Sprung war.

»Vielleicht kann ich Ihnen helfen«, sagte Oliver.

»Ja, vielleicht«, nickte Pedronelli. »Es kann sein, daß du ihn schon gesehen hast, in der Nähe deiner Mutter…«

»Ein Mann?«

»Ein mittelgroßer schlanker Mann mit schwarzen Haaren, jünger als ich…«

Pedronelli sah, daß Olivers Gesicht sich verschloß. Ein Geheimnis von ihm war angetastet worden. Diese Sperre mußte überwunden werden.

»Dieser Mann ist gefährlich für deine Mutter«, setzte Pedronelli deshalb rasch hinzu.

»Gefährlich für meine Mami?« stieß Oliver hervor.

»Ja, er will sie töten.«

»Töten?!« schrie Oliver auf.

»Ja, sie weiß es aber nicht. Er sucht nur eine günstige Gelegenheit.«

»Sind Sie von der Polizei?«

»So etwas Ähnliches. Ich kann deine Mutter retten. Es eilt aber. Deshalb mußt du mir rasch sagen, wo ich den Mann finden kann. Ich sehe, du weißt es.«

Oliver zeigte ihm von weitem den Weg zu dem alten Schuppen hinter den Stachelbeersträuchern.

Niemand erlebte die große Enttäuschung mit, die Pedronelli erfuhr, als er die leere Hütte betrat und sie durchwühlte. Er sah, daß Cabanazzi bis vor kurzem noch hier gehaust hatte. Ein Stück Brot, das unter dem Tisch lag, war keine zwei Tage alt. Wieder zu spät, fluchte Pedronelli und raufte sich die Haare. Wieder um ein paar Stunden zu spät. Stunden, die ihn Tage oder Wochen kosten konnten, Cabanazzi zu finden.

Im Büro von Kurt Holtmann im Hause des Arbeitnehmerverbandes ließ sich morgens gegen 10 Uhr eine Dame melden. Die Sekretärin, von der sie angemeldet wurde, sah Kurt Holtmann mißbilligend an, was sich Sekretärinnen ohne weiteres erlauben, wenn sie Grund dazu zu haben glauben.

»Draußen steht eine – Dame«, sagte sie zögernd mit einem gewissen Akzent auf ›Dame‹, »sie möchte Sie sprechen, Herr Holtmann. Sie nennt sich Mizzi Pollak. Mizzi…«

»Soll ’reinkommen«, sagte Kurt Holtmann zerstreut. Er las gerade einen Artikel in dem Pressedienst der Schwerindustrie. Darin schilderte ein Anonymus, was er über den deutschen Arbeiter dachte: Der neue Arbeitertyp sei dumm, faul, arrogant, frech und lebe von Schwarzarbeit, schrieb er.

»Bitte«, sagte die Sekretärin schnippisch, als sie der Besucherin die Tür aufhielt und ihr bedeutete, einzutreten. Eine Wolke von Soir de Paris wehte ins Zimmer. Mizzi Pollak blieb an der Tür stehen, kniff die Augen etwas zusammen, musterte Holtmann und sagte dann sicher: »Ja, Sie sind’s. Ich bin hier richtig.«

Sie trat näher. Kurt Holtmann erkannte sie sofort, sprang auf und rief: »Was wollen Sie denn hier?«

»Das zu hören, wird sie freuen, Herr Holtmann.«

»Genügt es Ihnen nicht, was Sie mir in Düsseldorf eingebrockt haben?«

»Deshalb bin ich gekommen, Herr Holtmann.«

»Wie haben Sie mich überhaupt gefunden?«

»Ganz einfach. Sie hatten sich doch im Hotel in Düsseldorf angemeldet. Der Portier kennt mich. Wir stehen in Geschäftsverbindung.«

»Ihre Geschäfte haben's in sich«, antwortete Holtmann sarkastisch. »Wenn Ihnen mit mir eines vorschwebt, sind Sie an der falschen Adresse.«

»Sagen Sie das nicht, Herr Holtmann, Sie werden im Gegenteil mit beiden Händen zugreifen.«

»Wie kommen Sie darauf?«

»Weil Sie von mir denjenigen hören können, der mich engagiert hat, um Sie hereinzulegen.«

»Wer?« rief Holtmann, der sich wieder gesetzt hatte, erneut aufspringend.

»Was zahlen Sie? Ich sage Ihnen ja, ich bin Geschäftsfrau.«

»Wieviel verlangen Sie? Ich bin kein reicher Mann.«

»Zweihundert Mark. Das ist die Summe, die mir in Düsseldorf entging, weil sie der Geizkragen nicht rausrücken wollte. Im Gegenteil, frech und ordinär wurde er auch noch.«

»Die kriegen Sie von mir! Wer war's?«

»Na, dieser dicke, fiese Generaldirektor Vittingsfeld. Er hat sich mir nicht vorgestellt, aber ich sagte Ihnen doch, der Portier ist mein Freund...«

Holtmann fing an, im Zimmer auf- und abzugehen.

»Der also!« preßte er erbittert hervor. »Dieses Schwein...!«

Er blieb vor Mizzi stehen.

»Sind Sie bereit, das auf Tonband zu sprechen, Fräulein Pollak?«

»Wenn Sie noch einen Hunderter drauflegen, ja. Ich bin Geschäftsfrau.«

Nachdem sie das Band besprochen hatte, fragte sie: »Und was geschieht jetzt mit dem Speckmops?«

»Er wird das Tonband zu hören kriegen.«

»Mehr nicht?«

»Das wird genügen. Ein neuer Vittingsfeld steht uns ins Haus.«

Beim Abschied sagte Mizzi: »Ich würde mich freuen, mit Ihnen in Verbindung zu bleiben, Herr Holtmann...«

»Wozu?« fragte Kurt.

»Zu Geschäften, Herr Holtmann.«

»Wann sollte es je zu einem Geschäft zwischen Ihnen und mir kommen?«

»Wann?« Mizzi blickte im Büro herum. »Vielleicht, wenn Sie einmal Generaldirektor sind. Sie wissen ja jetzt, wovor Sie sich hüten müssen.«

Zwei Dinge geschahen in diesen Tagen in Buschhausen, die niemand bemerkte und die doch wichtig genug waren, um berichtet zu werden.

Dr. Ludwig Sassen suchte eine Begegnung mit seiner Tochter Sabine und fand sie. Enrico Pedronelli, ausgestattet mit dem Sinn eines Spürhundes und der Kombinationsgabe eines Meisterdetektivs erschien bei Dr. Waltraud Born in der Ordination der Zeche Emma II.

Er wählte dazu die Mittagszeit. Die Vormittagsuntersuchungen waren bereits beendet, Schwester Clara Hatz hatte Wartezimmer und Ordination aufgeräumt und war essen gegangen, und auch Waltraud Born füllte nur noch eine Karteikarte aus, ehe sie hinüber in die Kantine gehen wollte.

Der Besuch Pedronellis überraschte sie und jagte ihr gleichzeitig Angst ein, obwohl er nicht viel Zeit in Anspruch nahm und nach wenigen Minuten wieder vorbei war. Pedronelli machte ja kein Geheimnis aus seinem Zusammenhang mit der »Affäre Cabanazzi«. Er fühlte sich sicher. So wie die Dinge lagen und ineinander verwoben waren, konnte er sich das auch fühlen.

»Was wollen Sie?« fragte ihn Waltraud.

»Nur eine Auskunft.« Pedronelli griff in die Tasche, holte eine flache Blechdose hervor und öffnete sie. In ihr lagen zusammengeknüllte, blutbefleckte Verbände. »Das habe ich gefunden, dottoressa, in einem alten Schuppen bei der Sassen-Villa. Erkennen Sie es wieder?«

»Nein«, sagte Waltraud Born. Ihr Herz schlug schneller vor Schreck. Pedronelli lächelte mild.

»Sie sind eine so hübsche Dame, signorina. Und so ehrlich. Sie haben nie lügen gelernt. Man muß das nämlich können und Sie können es nicht.« Er klappte den Blechkasten zu und legte ihn auf den Tisch. »Cabanazzi war verwundet!« sagte er plötzlich hart. Waltraud Born zuckte wieder zusammen und gab zu:

»Er hatte einen Furunkel.«

»Sie haben ihn behandelt?«

»Ja. Ich bin Ärztin.«

»Natürlich. Und nun?«

»Was ›und nun‹?«

»Wo ist er jetzt?«

»Das müssen Sie besser wissen als ich. Sie waren doch in dem Schuppen.«

»Dort ist er nicht mehr. Man hat ihn wieder weggebracht.«

»Weggebracht?«

Pedronelli sah, daß das Erstaunen Waltrauds ehrlich war. Er hatte ihr ja schon gesagt, daß man in ihrem Gesicht lesen konnte wie in einem offenen Buch.

Also wieder nichts. Aber Enrico Pedronelli wurde nicht müde, seiner Aufgabe nachzugehen.

Die Unterhaltung zwischen Dr. Sassen und Sabine war kurz. Sie trafen in der Nähe der Zeche zusammen. Sabine war mit dem Fahrrad hinausgekommen, um Hans Holtmann, ihrem zukünftigen Schwiegervater, im Auftrag von Elsi den Henkelmann, wie man das Eßgeschirr mit dem vorgekochten Mittagessen im Ruhrgebiet nennt, zu bringen.

»Vater!« rief Sabine, als sie ihn plötzlich daherkommen sah. »Was machst du denn hier?«

»Ich gehe spazieren.« Der alte Sassen strahlte vor Freude. Sabine war halt doch seine Tochter. »Und du?« fragte er.

»Ich bringe Vater Holtmann das Essen.«

»Glücklich, Bienchen?« fragte er leise.

Sie nickte.

»Ja, Vater, sehr glücklich.«

»Und wann heiratet ihr?«

»Bald. Wir müssen, Paps. Ich bin schon im dritten Monat«, sagte sie frei heraus. »Ich kriege ein Kind.«

»Ich weiß.« Sassen wischte sich über das Gesicht. Wie alt Paps geworden ist, dachte Sabine erschüttert. Ein richtiger Greis ist er jetzt.

»Ist schon alles vorbereitet?« fragte er.

»So ziemlich, Vater.«

»Und wo feiert ihr?«

»Im Saal von Onkel Huberts Hütte.«

»In einer Kneipe?«

»Wo sonst? Hier ist die Auswahl nicht groß.«

»Wie wär's…« Er schluckte. »Wie wär's mit der Sassen-Villa?«

»Paps…!«

Das Rad fiel um, der Henkelmann schepperte auf dem Pflaster. Sabine fiel ihrem Vater um den Hals und küßte ihn wild. »Paps, du nimmst uns wieder auf?«

Er preßte sie nur stumm an sich.

Gemeinsam gingen sie zur Zeche, durch das Tor, an dem von diesem Anblick überraschten Portier vorbei, warteten auf das Mittagssirenengeheul und schickten dann mit dem Förderkorb den Henkelmann in die Tiefe, zur Sohle 5, wo Hans Holtmann auf einem Bretterstapel saß und auf sein Essen wartete.

Unter dem Klemmbügel des Henkelmanns war ein Zettel eingeschoben, und Hans Holtmann las ihn mit gerunzelter Stirn:

»Schwiegerväter sollten zusammenhalten. Außerdem spiele ich Skat. Ludwig.«

Hans Holtmann kratzte sich den Kopf und öffnete den Henkelmann. Bohnen mit Speck. Es duftete köstlich. Die Elsi war eine gute Frau, und kochen konnte sie, verdammt nochmal.

Er kann Skat, dachte Holtmann. Und Tauben hat er als Junge auch gehabt. Vielleicht probieren wir's doch noch einmal miteinander.

Es blieb Dr. Pillnitz vorbehalten, das Ende der Tragödie herbeizuführen. In diesem Punkte ist das Schicksal genial, es führt eine Regie, wie das beste Theatergehirn sie sich nicht ausdenken kann.

Bewegung hatte man zu ihm in Bochum gesagt, bevor er entlassen wurde. Viel Bewegung. Sie müssen das Bein an Belastungen gewöhnen. Die Muskeln und Sehnen müssen wieder Spannkraft bekommen. Er hatte geknurrt und genickt. Wem sagen sie das, hatte er gedacht. Als ob ich das nicht allein wüßte.

Da er selbst diese Therapie also auch für nützlich hielt, zwang er sich dazu, möglichst oft Spaziergänge zu unternehmen, die sich immer weiter ausdehnten. Er spürte, daß sie ihm gut taten. Er wanderte in der Umgebung von Buschhausen herum und durchstreifte auch die Gegend des »Bergener Bruchs«. Und dort, an einem Morgen, entdeckte er in der verlassenen Laubenkolonie am Steinbruch Luigi Cabanazzi. Der Italiener bemerkte Dr. Pillnitz nicht. Er kam gerade aus dem Steinbruch zurück, wo er sich seine Toilette eingerichtet hatte. Einen

Augenblick blieb er stehen, sah in den Himmel, freute sich über das gute Wetter, nahm sich vor, sich hernach ein bißchen in die Sonne zu setzen, und verschwand in seiner Gartenlaube nicht durch die versiegelte Tür, sondern durch ein loses Wandbrett, das er einfach zur Seite schob und hinter sich wieder zurückfallen ließ.

Dr. Pillnitz verließ, so schnell es ihm seine Krücken erlaubten, den »Bergener Bruch« und humpelte, keuchend und randvoll von Rachegelüsten, nach Buschhausen, wo er in die erste Wirtschaft stürzte, das Hotel Pedronellis anrief und den Italiener verlangte, zu dem er nur sagte: »Cabanazzi ist im Bergener Bruch.«

Dann hängte er ein, ohne eine Antwort abzuwarten.

19

Als Luigi Cabanazzi, der sich sonnte, die Augen öffnete und Enrico Pedronelli sah, war dieser nur noch vier Meter von ihm entfernt.

Mit einem hellen Schrei fuhr Cabanazzi hoch, der Schemel, auf dem er gesessen hatte, fiel um und kollerte in das hohe Gras, wie ein Wiesel schlüpfte Cabanazzi durch das lose Brett in die Hütte, und lautes Poltern von innen zeigte, daß er den Noteingang verrammelte.

Pedronelli ließ einen Fluch hören und trat an das lose Brett heran. Er stieß mit dem Fuß gegen das morsche Holz und zog den langen Mafiadolch aus dem Gürtel.

»Komm heraus, amigo!« sagte er laut. »Es hat keinen Sinn mehr. Bleibst du drinnen, stecke ich die Bude an und du verbrennst. Was ist dir lieber?«

Nichts rührte sich.

»Du weißt, daß ich nicht spaße!« rief Pedronelli. »Ich röste dich!«

Es blieb still. Cabanazzi hoffte, Pedronelli würde es nicht wagen, die Hütte anzuzünden, da der Brand Menschen herbeilocken würde.

An diese Gefahr dachte auch Pedronelli, als sich Cabanazzi nicht rührte. Ich werde ihn ausräuchern müssen, sagte er sich. Aber dann, wenn er herauskommt, muß es ganz schnell gehen, denn ich brauche noch Zeit zur Flucht, ehe Leute kommen und den Toten finden.

Mit geübten Händen zündete er die Hütte an, deren morsche Bretter wie Zunder brannten. Vor vielen Jahren hatte er als Hirtenjunge oft genug Feuer auf dem Felde gemacht, um diese Fertigkeit zu beherrschen.

Als Cabanazzi zum Vorschein kam, war er schon rauchgeschwärzt, hustete und hatte ein langes Messer in Händen.

»Komm her, wenn du Mut hast!« sagte er hustend. »Komm her, du Schwein, du verfluchtes!«

Es war natürlich völlig abwegig, Pedronellis Mut anzuzweifeln. Die Klingen der Messer der beiden blitzten in der Sonne.

Langsam, wie zwei feindliche Raubtiere, umkreisten sie sich. Sie sprachen kein Wort mehr, sie sahen auch nicht mehr auf die Dolche, sie starrten sich in die Augen, in denen zu lesen war, wer und wann jemand sprang. Auch hier, bei diesem Kampf auf Leben und Tod, galt die alte Boxregel: Der Schlag wird im Auge fixiert, nicht in der Faust.

Die Kreise Pedronellis wurden enger und enger. Er stand unter Zeitdruck. Die prasselnden Flammen der Hütte und ihr Rauch konnten nicht unbemerkt bleiben. Der erste Stoß war der entscheidende, das wußten sie beide. Dem, den der erste Stoß traf, war der Nerv genommen.

Pedronelli blieb plötzlich stehen. Er schwitzte, griff sich mit der Linken in die Tasche, um sich scheinbar ein Taschentuch herauszuholen, behielt aber in der rechten stoßbereit den langen Mafiadolch. Cabanazzi grinste.

»Ist dir heiß geworden, du dickes Schwein«, sagte er höhnisch.

Pedronelli schwieg. Seine Linke kam aus der Tasche heraus, aber sie hatte kein Taschentuch zwischen den Fingern, sondern zuckte blitzschnell hoch, etwas Blinkendes flog durch die Luft und bohrte sich in Cabanazzis Oberschenkel. Es war unmöglich, an eine Abwehr zu denken, auszuweichen, sich fallen zu lassen. Man sah das Messer kaum fliegen und erkannte erst, was es war, als es mit zitterndem Griff im Schenkel Cabanazzis steckte.

Cabanazzi brüllte auf wie ein gestochener Stier. Er schwankte, das getroffene Bein knickte ein, der ganze Mann verlor den Halt. Pedronelli hatte leichtes Spiel. Rasch, ich muß weg, dachte er – und machte einen kleinen Fehler. Welchen, war später nicht mehr festzustellen. Das Messer des stürzenden Cabanazzi fuhr ihm in den Hals.

Kinder, die als erste herbeieilten, fanden beide tot. Mit zerfetzten Schlagadern waren sie innerhalb kurzer Zeit verblutet.

Kurt Holtmann stand vor Generaldirektor Dr. Vittingsfeld. Er war einfach in dessen Allerheiligstes hineingegangen wie in eine Kneipe, die man betritt, ohne den Hut abzunehmen. Die Vorzimmersekretärin war von ihm beiseite geschoben worden.

»Wie kommen Sie mir vor?!« schrie ihn Vittingsfeld an.

Holtmann legte ihm zwei Blätter mit dem Text des Tonbands auf den Schreibtisch und sagte ruhig: »Lesen Sie das.«

»Ich denke nicht daran! Was ich lese, bestimme ich selbst – und nicht Sie!«

»Das schickt Ihnen Mizzi Pollak.«

»Wer ist Mizzi Pollak?«

»Sie engagierten sie in Düsseldorf.«

Der Blitz schlug ein, das Gebrüll Vittingsfelds erstarb.

»Lesen Sie!« wiederholte Holtmann erbarmungslos.

Vittingsfeld gehorchte. Die Lektüre der Blätter war so fürchterlich für ihn, daß ihm die Buchstaben vor den Augen verschwammen. Der große Hermann Vittingsfeld wußte, daß alles für ihn zusammenbrach, daß er erledigt war. Das ertrug er nicht.

Noch von keinem bemerkt, trat der unsichtbare Gevatter Hein ins Zimmer, der Tod. Er näherte sich dem leichenblassen Mann am Schreibtisch, der das Blatt Papier in seiner Hand auf den Schreibtisch fallen ließ, griff ihm in die Brust, erfaßte das Herz und drückte es ab. Der Mann sank tot vom Stuhl.

Als auf den Alarm Holtmanns hin die anderen aus den umliegenden Räumen hereinstürzten, konnten sie nur noch vor einem verstorbenen Konzernherrn stehen und Entsetzen heucheln. Ein Arzt stellte einen Herzstillstand fest, ließ Vittingsfeld auf ein Sofa tragen und deckte das weiße Ziertuch aus dem Anzug des Toten über das leblose Gesicht.

Er starb in den Sielen, würde es zwei Tage später bei den ganzseitigen Todesanzeigen in den Zeitungen heißen. Mitten aus dem Schaffen riß ihn der Tod. Er hat sich aufgerieben für sein Werk.

Das letzte Schriftstück, das Vittingsfeld gelesen hatte, wurde vom 1. Direktor mit dem Einverständnis Holtmanns durch den Papierwolf gedreht. Man war es dem Andenken des Toten schuldig, daß die Weste auch im Sarg weiß blieb.

Es wurde ein großes Begräbnis. Sogar von der Regierung aus Bonn kam jemand, legte einen Kranz mit den Bundesfarben nieder und sprach markige Worte über den Mitgestalter des deutschen Aufbaus.

Die Spitzen der Großindustrie warfen ihr Schüppchen Sand auf den Sarg, verweilten einige Sekunden in ergriffenem Gedenken an der offenen Grube und traten dann zur Seite.

Wer wird der Nachfolger werden, dachten sie allesamt. Dr. Rupprecht? Oder Dr. Morgenthal? Nein, Dr. Weidel? Er hatte die älteste Vittingsfeldtochter zur Frau. Er galt als Kronprinz.

Noch am offenen Grab war man sich einig, daß es Dr. Weidel sein würde. Während noch die anderen ihr Schüppchen Erde hinabwarfen – eine Sekunde Gedenken, gefurchte Stirn, ergriffen zusammengepreßte Lippen – drückten die einen schon Dr. Weidel die Hand und luden ihn zu einer Party ein.

Das deutsche Wirtschaftswunder ist gar kein Wunder, es hat eine einfache Erklärung: Man muß hart am Mann bleiben.

Am richtigen Mann, wohlverstanden!

Anders, nicht so pompös, aber um so lauter, war das Begräbnis Luigi Cabanazzis. Das Lagerorchester spielte, ein Chor sang, Pater Wegerich predigte.

Man war völlig unter sich. Bis auf eine Abordnung der Kumpels von Emma II, die ausgelost werden mußte, folgten nur die Italiener dem Sarg Cabanazzis. Für sie war es keine Trauerfeier, sondern eher ein Volksfest, mit Musik, mit Chiantiwein, mit Tänzen und Gesängen.

Die Leiche Pedronellis reiste, in einen Zinksarg verlötet, nach Italien, nach Sizilien. Nach der Freigabe durch die Staatsanwaltschaft hatte sich ein Anwalt gemeldet, der den Wunsch der Witwe Emma Pedronelli anmeldete, ihren Mann in heimatlicher Erde begraben zu sehen. Den Transport bezahlte die Mafia, aber das wußte niemand und es ging auch keinen etwas an. Enrico war ein Held geworden. *Sein* Begräbnis in Sizilien stand dem in Gelsenkirchen von Dr. Vittingsfeld in nichts nach, denn auch seinem Sarg folgten die Spitzen der Gesellschaft, weil niemand wußte, wo und wer der Kopf der ehrenwerten Gesellschaft war. Nur über den Nachfolger war man sich hier im klaren. Er hieß Mario Giovannoni und hatte den Sarg begleitet. Sein Arbeitsvertrag mit Emma II von Buschhausen war erloschen.

Noch jemand verließ Buschhausen in diesen turbulenten Tagen.

Dr. Pillnitz tat dies. Er verließ auch Deutschland. Das wäre nicht weiter aufregend gewesen, sondern nur verwunderlich. Was Staub aufwirbelte, war die Tatsache, daß er Veronika Sassen mitnahm. Er zwang sie nicht dazu, sie ging freiwillig mit ihm.

20

Dem Entschluß Veronikas war eine kurze Aussprache vorausgegangen, deren Beginn Waltraud Born miterlebte, ohne zu ahnen, welche Folgen die Aussprache haben konnte.

Es war nicht lange nach dem Begräbnis Luigi Cabanazzis, an einem Tag, so normal wie die meisten auf der Zeche, mit kleinen Unfällen, Verbandswechseln, Krankmeldungen, Untersuchungen, Injektionen und Bestrahlungen. Dr. Pillnitz hielt die Sprechstunde ab, als sich Veronika Sassen durch Schwester Carla Hatz melden ließ.

Waltraud Born blickte Dr. Pillnitz fragend an. Sie erwartete Abwehr oder zumindest ein Erstaunen bei ihm zu sehen, aber es schien, als errege ihn der Besuch Veronikas überhaupt nicht, ja, als habe er heimlich damit gerechnet.

»Führen Sie Frau Sassen in den Röntgenraum«, sagte er zu Schwester Carla. »Und sagen Sie ihr, daß es noch eine Weile dauern wird, bis ich zur Verfügung stehe. Erst müssen die täglichen Untersuchungen abgeschlossen sein. Der nächste bitte…«

Ein Püttmann kam herein, den Arm geschient. Er machte ein leidendes Gesicht, aber noch ehe er etwas sagen konnte, winkte Dr. Pillnitz ab:

»Kein Wort, lieber Schingaski! Seit sechs Wochen trägste deinen Arm in der Schiene spazieren und er wird und wird nicht besser. Sag mal, wer wickelt dir denn den ganzen Kram abends ab und morgens wieder drauf? Wenn er völlig ruhig läge, dein Knochen, wäre er längst zusammengeheilt. Mich kannste doch nicht auf'n Arm nehmen. Ich war sechs Jahre beim Kommiß, da kenne ich alle Tricks.«

Aber so fröhlich und burschikos Dr. Pillnitz sich auch gab, Waltraud Born merkte an vielen kleinen Anzeichen, wie ihm wirklich zumute war. Seine Nervosität war zu greifen. Er war zutiefst erregt, Waltraud unterbrach deshalb nach dem sechsten Patienten die Untersuchung und winkte Schwester Carla, mit dem nächsten Bergmann zu warten.

»Was ist los, Bernhard?« fragte sie. Dr. Pillnitz sah erstaunt hoch. Aber es war ein gespieltes Erstaunen.

»Was soll denn los sein, schöne Kollegin?«

»Veronika Sassen ist nebenan. Was will sie hier?«

»Vielleicht sucht sie nach einem Rat, wie man Nymphomanie heilen kann. Leider gibt es gegen Mannstollheit keine andere Therapie, als die Rasende zu ermüden.«

»Ihr Sarkasmus rettet Sie nicht mehr, Bernhard.« Waltraud Born setzte sich Dr. Pillnitz gegenüber auf die Schreibtischkante. Er betrachtete ihre langen, schlanken Beine und lächelte.

»Man sollte Sie zur ›Miß Zechenärztin‹ wählen, Waltraud.«

»Sie wissen, was Veronika von Ihnen will?«

»Nein. Ich schwöre Ihnen –«

»Da Sie nicht an Gott glauben, macht es Ihnen nichts aus, ihn zu lästern, indem Sie schwören.«

»Dann schwöre ich beim Barte des Hippokrates. Ich weiß zwar nicht, ob unser medizinischer Ahnherr einen Bart hatte, aber damals, um 370 v. Chr. trug man Bärte. Wenn Sie sich die alten Skulpturen ansehen –«

»Bernhard, lenken Sie nicht mit solchem Quatsch ab.« Waltraud Born beugte sich zu Dr. Pillnitz vor. »Ich schwöre Ihnen meinerseits, daß ich diese Veronika mit meinen Händen zur Tür hinauswerfe, wenn sie frech wird.«

»Mit Ihren zarten Händen, mein Mädchen?«

»Daß sie geduldig im Röntgenzimmer wartet, beweist mir Verdächtiges. Das paßt nicht zu ihr. Wir kennen sie. Um ein Ziel zu erreichen, wird sie geduldig wie eine Katze, die vor einem Mauseloch sitzt.«

»Das ist schön«, sagte Dr. Pillnitz und lächelte.

»Was?«

»Daß ich eine Maus bin.«

»Ach Sie!« Waltraud Born rutschte vom Schreibtisch herunter und knöpfte den weißen Arztkittel wieder zu. »Mit Ihnen kann man nicht reden!«

»Doch.« Dr. Pillnitz wurde plötzlich sehr ernst. »Ich möchte Sie deshalb bitten, Waltraud, nach der Sprechstunde zu gehen und mich mit Frau Sassen allein zu lassen.«

»Nein!« rief Dr. Born entschlossen.

»Ich weiß, wie neugierig Frauen sind, aber hier sollten Sie begreifen, daß es Dinge zu besprechen gibt, die nicht nur für mich, sondern für Buschhausen im Ganzen wichtig sind.«

»Mit Veronika?«

»Ja.«

»Also wissen Sie, warum sie gekommen ist?«

»Nein, ich ahne es nur.« Dr. Pillnitz stemmte sich an seinen Krükken hoch und humpelte zum Waschbecken, um sich die Hände zu waschen. »Ich kann als Mensch ein Trottel sein«, sagte er dabei. »Ich kann im Leben gescheitert sein, aber logisches Denken war immer meine Stärke. Vielleicht ist das mein Grundfehler: Weil ich ahne, was sich aus Situationen, die plötzlich da sind, noch ergeben wird, scheitere ich oft, denn ich handle mit dem Blick auf die Zukunft und bin deshalb, in den Augen der anderen Menschen, die nur bis zur Nasenspitze sehen und danach handeln, ein Sonderling. So auch jetzt, schöne Kollegin. Ich ahne, was Veronika hierherführt.«

»Ich verstehe nicht, was Sie sagen wollen.«

»Lassen Sie uns allein, darum bitte ich Sie.«

Waltraud Born seufzte. »Meinetwegen«, sagte sie. »Man kommt ja doch nicht gegen Sie an.«

Als es dann soweit war, humpelte Dr. Pillnitz zum Röntgenraum, stieß die Tür auf und sagte: »Darf ich bitten, gnädige Frau...«

Veronika Sassen stürmte erbost ins Ordinationszimmer und stieß hervor: »Du hättest mich ja noch länger warten lassen können!«

Dr. Pillnitz schloß die Tür und drehte den Schlüssel herum. Veronika sah es.

»Warum das?« fragte sie nervös. Ihre Stimme war höher als sonst, etwas schrill und durchtränkt von unterdrückter Erregung.

»Es ist besser so, Vroni.« Dr. Pillnitz blieb, auf seine Krücken gestützt, mitten im Zimmer stehen. »Wann fahren wir?« fragte er plötzlich.

Veronika Sassen zuckte zusammen.

»Wieso?« stotterte sie.

»Um mich das zu fragen, bist du doch gekommen?«

»Aber wieso denn?« fragte sie noch einmal.

»Daß ihr Frauen nie begreift, daß das Leben nach logischen Gesetzen abläuft, auch wenn es nach außen hin völlig sinnlos erscheint. Cabanazzi ist tot. Er war dein großer, innerer Anstoß, er war dein Rückfall in die Zeit, die du vergessen wolltest als Veronika Sassen. Aber es ging nicht, die Gier in dir war stärker, deine Natur brach wieder auf, du warst wieder das Mädchen, das genommen wurde, das einen Mann braucht, wenn es nur einen Mann sieht, das gar nicht anders kann, als zu lieben, weil die Liebe das einzige ist, was sie beherrscht.

Ja, so ist das, Vroni. Du bist krank. Eine Kleptomanin muß stehlen, sie kann nicht anders. Du mußt lieben, sonst wirst du verrückt wie eine Morphinistin, der man das Gift entzieht.« Dr. Pillnitz lächelte grausam, als Veronika Sassen an das Fenster trat und nervös den Gardinensaum zwischen ihren zitternden Fingern zerknüllte. »Nun ist Cabanazzi, dieser südliche Sexualathlet, tot. Dir fehlt das Rauschgift der Liebe, denn der gute Ludwig Sassen ist zwar ein Millionär und rührender Ehemann, aber in den Armen einer Frau wie du verliert er den Atem und marschiert am Rande eines Herzinfarkts.«

»Du bist geschmacklos«, zischte Veronika.

»Stimmt es denn nicht? Du stehst jetzt hier, weil du keinen Ausweg siehst. Du weißt nur eins: Bei Sassen kannst du nicht mehr bleiben.«

Schweigen. Veronika starrte hinaus auf den Zechenplatz. Sie sah Menschen, die brav zur Arbeit gingen oder von ihr kamen. Wie mich das alles anwidert, dachte sie. Diese biedere Bürgerlichkeit. Diese Moral um jeden Preis. Ich bin nicht aus dieser Welt, ich war immer ein kleines armes Mädchen, das seinen Vater nicht kannte, das sich selbst ernähren mußte und schon als Backfisch auf die Straße ging, weil man dort mehr verdienen konnte als irgendwo in einer Lehre, genug jedenfalls, um auch die Schnapsflaschen zu bezahlen, die Mutter jeden Tag austrank. Dann kamen die Männer, die mehr wollten als nur eine Stunde. Ich ging durch die Betten reicher angesehener Bürger, lag in den Armen verschiedener Industrieerben, wurde auf Empfehlung zwischendurch Krankenschwester und Serviererin, Bardame und Mannequin, Eckendirne und Call-Girl, Reisesekretärin und Masseuse... bis zu dem Tag, an dem ich Dr. Pillnitz kennenlernte. Er war die große Liebe. Plötzlich spielte das Herz mit, plötzlich war ein Mann da, der mich aus dem Sumpf herausziehen konnte. Er tat es auf seine eigene, sarkastische Art: Er verkuppelte mich an einen Dr. Ludwig Sassen. Einen Millionär. Einen Zechenherren. Mit einem kleinen Wort, mit einem »JA«, konnte ich Mittelpunkt *der* Gesellschaft sein, deren Schlafzimmer ich bis dahin nur kannte, wenn die Ehefrauen verreist waren. Ich sagte ja... und was ist nun daraus geworden?

Langsam drehte sich Veronika Sassen herum. Dr. Pillnitz stand noch immer mitten im Zimmer und wartete auf eine Antwort.

»Wann fährst du?« fragte sie leise.

Dr. Pillnitz nickte. »Siehst du. Genau die gleiche Frage, die ich dir vorhin in den Mund gelegt habe. Ich bin abfahrbereit, Vroni. Es ist alles gepackt. Ich habe keine großen irdischen Güter... bis auf ein Bankkonto von 50000,- Mark und ein Haus bei Antibes am Mittelmeer. Ich hatte Zeit, eisern zu sparen, jahrelang habe ich den gleichen Anzug getragen, bin zu Fuß gegangen, hatte vier Hemden zum Wechseln, aß wie ein Asket. Ich wußte, daß es einmal so kommen würde wie heute, daß wir einmal unser Leben ganz allein führen würden, nur wir zwei, in einem kleinen weißen Haus in verwilderten Weinbergen, mit einem Blick über das Kap Antibes, das blaue Meer und auf die untergehende rote Sonne.« Er strich sich über die Augen. Es war eine resignierende Bewegung. »Ich weiß, was mich dort erwartet. Die Hölle. Die Hölle mit dir. So wie du Sassen und alle anderen betrogen hast, wirst du auch mich laufend betrügen. Mit Kurgästen, mit dem Gärtner, mit dem Milchmann, mit dem Zitronenverkäufer, mit dem Teppichhändler, mit dem Mann vom Elektrizitätswerk, mit dem Polizisten, der seine Streifen macht. Du kannst nicht anders. Aber ich werde es ertragen, weil ich dich liebe. Es gibt auf Erden eben auch eine Hölle, die man genießen kann wie ein berauschendes Getränk, so wie man sich mit Schmerz betäuben kann, wie Selbstqual eine Lust erzeugen kann. Und meine Hölle bist du, Vroni, aber ich kann ohne diese Hölle nicht mehr sein.«

Sie schwiegen. Und sie wußten, daß sie beide die Wahrheit gesagt und gedacht hatten. Sie gehörten zusammen in der rätselvollen Aufgabe, sich gegenseitig zu zerstören und doch zu lieben. Sie waren zwei Menschen, die außerhalb aller Normen waren, aller Moralitäten, aller Wertmaßstäbe. Sie waren gewissermaßen Urtiere ihrer Leidenschaft, unbelastet von Zivilisation und Ethik.

»Hast du mit Sassen darüber gesprochen?« fragte Dr. Pillnitz.

»Nein.«

»Wann tust du das?«

»Ich weiß nicht. Soll ich es überhaupt?«

»Er hat es verdient, daß man ihm sagt, wie die Dinge liegen.«

»Willst... willst du es nicht tun?« fragte sie bittend.

»Wenn du zu feig dazu bist...«

Sie schüttelte den Kopf. »Das hat nichts mit Feigheit zu tun. Es ist mir einfach zu unangenehm.«

»Typisch für dich. Aber gut, ich nehme dir die Aufgabe ab. Was wird mit Oliver?«

Veronika senkte den Kopf und begann zu weinen. »Er bleibt hier bei Sassen.«

»Du kannst dich von ihm trennen?«

»Ich muß! Ich habe es mir lange überlegt, habe mit mir gerungen, es ist besser so. Niemand wird es begreifen, aber ich erbringe damit den größten Beweis für meine Mutterliebe.«

Sie schlug die Hände vors Gesicht und schluchzte: »Ich habe immer Rollen gespielt. Mein ganzes Leben war Theater, mal Komödie, mal Tragödie, wie es gerade sein mußte, ich spielte alles. Nur die Rolle der Mutter, die habe ich nie gespielt, die war echt. Ich liebe meinen Oliver, er ist mein Kind, ihm habe ich das Leben geschenkt, das ist das einzige, was ich an Positivem geleistet habe, er ist meine einzige gute Tat. Glaubst du, daß es mir leicht fällt, ihn zurückzulassen?«

»Nein.« Dr. Pillnitz zeichnete mit einer seiner Krücken Kreise auf den gewachsten Linoleumboden. »Aber wenn du Oliver wirklich so liebst, ist es tatsächlich das Beste, du läßt ihn bei Sassen. In der Welt, in die wir jetzt ziehen, würde er verderben. *Wir* würden ihn verderben, denn unser Atem ist sumpfig, mein Kind. Wir sind Giftpflanzen der Gesellschaft. Wer mit uns lebt, *muß* modern. Glaub es mir. Man muß das ganz brutal sehen. Es ist richtig, was du sagst. Der größte Beweis für deine Mutterliebe ist der Verzicht auf dein Kind.«

»Wann reisen wir?« fragte Veronika tonlos.

»Übermorgen!«

»Womit?«

»Mit deinem Wagen!«

»Nein, ich werde mir nichts aneignen, was Sassen gehört.«

»Man wird dich nicht nackt über die Grenze lassen –«

»Also gut, dann den Wagen. Und einige Kleider...«

»Und den Schmuck –«

»Nein!«

»Doch! Du hast ihn dir in den vergangenen Jahren redlich verdient. Es war eine gewaltige Leistung von dir, Ludwig Sassen die Illusion zu geben, ein glücklicher Ehemann zu sein. Das ist mit deinem Schmuck nicht überbezahlt. Ich würde ihn mitnehmen.«

Es brauchte nicht viel, sie dazu zu überreden. Sie schwieg. Auch der Schmuck war also praktisch schon in Antibes.

»Wer spricht nun mit Dr. Sassen?« fragte Pillnitz, nachdem er sich eine Zigarette angezündet hatte.

»Du.«

»Allein, oder in deiner Gegenwart?«

»Allein, bitte.«

»Wie du willst.« Dr. Pillnitz stieß den Rauch aus. »Ich rufe nachher bei dir an und melde mich offiziell an. Morgen abend um 8 Uhr. Es wäre gut, wenn du für 8.20 Uhr den Hausarzt bestelltest.«

Dr. Ludwig Sassen saß allein im Salon, als Dr. Pillnitz sich melden ließ und hereingeführt wurde. Oliver war schon im Bett, Veronika lag wieder mit Migräne, Sabine wohnte noch bei den Holtmanns, von Fritz hatte Dr. Sassen seit drei Wochen nichts mehr gehört. Er war ein einsamer Mann geworden, ihm blieb viel Zeit, über alles nachzudenken. Dreimal war inzwischen der Hauer Hans Holtmann in der Villa aufgetaucht. Er hatte seinen Schwager Lorenz Borczawski mitgebracht, und dann war Skat gespielt worden. Das war alles.

»Das ist schön, daß Sie mich mal besuchen kommen, Doktor!« rief Dr. Sassen und eilte Dr. Pillnitz entgegen. »Ich komme mir vor wie ein Eremit oder wie ein Leprakranker. Ich hocke hier herum und starre die Wände an und keiner kümmert sich um mich.«

»Ihre Gattin –«

»Sie leidet immer unter dieser schrecklichen Migräne. Doktor, dagegen muß es doch ein Mittel geben. Was nutzt die ganze medizinische Wissenschaft, wenn sie vor Allerweltsleiden kapituliert?«

Dr. Pillnitz setzte sich in einen der Gobelinsessel und stützte die Arme auf die Krücken. Nachdenklich blickte er Dr. Sassen nach, als dieser zur Hausbar eilte, zwei Gläser holte, Whisky, Sodawasser, Eis. Welch armes Schwein bist du doch trotz deiner Millionen, dachte Pillnitz. Mitleid überkam ihn und ein Ekel vor sich selbst. Ich sitze hier, um ihm die Frau wegzunehmen, dachte er. Und er freut sich, daß ich ihm Gesellschaft leiste in seiner Einsamkeit. Was hat er nun von seinen Millionen? Er ist ein zerrupfter Vogel in einem goldenen Käfig.

»Es gibt eine Therapie, von der ich mir etwas verspreche, Herr Direktor«, sagte Dr. Pillnitz mit gezwungener Stimme.

»Ja?« Dr. Sassen drehte sich um. »Und die wäre?«

»Eine radikale Luftveränderung.«

»Übersee? Die Bahamas? Die sollen so gesund sein.«

»Südeuropa würde genügen. Die Mittelmeerküste. Kap Antibes.« Dr. Sassen goß die Whiskygläser halb voll. »Das klingt verheißungsvoll, Doktor. Warum hat man Veronika nicht schon längst dorthin geschickt? Professor Geldern sprach nie davon.«

»Vielleicht war die Zeit noch nicht reif dazu?«

»Die Zeit?«

»Jede Krankheit hat Inkubationen, Krisen, latente Zeiten, Höhepunkte. Ich würde sagen, Ihre Gattin ist jetzt in einem Stadium, das anrät, sie wegzuschicken.«

»Das ist Ihre Überzeugung?« Dr. Sassen stellte die Gläser auf den Tisch. »Ich werde mit Veronika darüber sprechen. Sie wissen ja, sie trennt sich nicht gern von mir und dem Haus.«

»Ich weiß«, antwortete Dr. Pillnitz betroffen. Oh, welche Lumpen sind wir doch, dachte er dabei in spontaner Selbsterkenntnis. Welche Feiglinge. Auch ich werde ihm die Wahrheit nicht sagen können. Er ist ein alter Mann, und die Sonne seines Lebens ist Veronika. Er spürt gar nicht, wie kalt, wie eisig diese Sonne ist.

Eine halbe Stunde blieb Dr. Pillnitz, trank zwei Whisky und humpelte dann hinaus. Veronika hörte ihn von ihrem Zimmer aus und rief ihn nach kurzer Zeit zu Hause an.

»Du hast es ihm also nicht gesagt?« herrschte sie ihn am Telefon an.

»Woher weißt du das?«

»Weil er doch dann schon längst in mein Zimmer gekommen wäre, um mir Vorwürfe zu machen.«

»Ich konnte es einfach nicht, Vroni. Er tat mir leid. Du hättest ihn sprechen hören müssen. Wir werden es anders machen. Hinterlaß ihm einen Brief und wir verschwinden heimlich, ohne Vorankündigung.«

»Wann?« Veronikas Stimme war klar wie immer. Sie hatte eine geniale Gabe, sich auf neue Tatsachen sofort einzustellen.

»Morgen. Ich erwarte dich am Waldausgang.«

»Um 21 Uhr?«

»Ja.«

»Gute Nacht.«

»Gute Nacht, Süßes.«

Eine halbe Stunde später traf der Hausarzt in der Villa Sassen ein, pünktlich, wie ihn Veronika bestellt hatte auf den Rat Dr. Pillnitz' hin. Dr. Sassen war verblüfft, aber er nahm gleich die Gelegenheit wahr, mit ihm die Anregung des Zechenarztes zu besprechen, Veronika nach

Kap Antibes zu schicken.

»Eine ganz gute Idee«, sagte der Hausarzt. »Allerdings auch nur ein Versuch. Aber man soll ja nichts unversucht lassen. Wenn Ihre Gattin es will, lassen Sie sie fahren.«

Am nächsten Abend hatte Dr. Sassen ein paar Gäste. Jagdkameraden. Direktoren aus Gelsenkirchen und Essen. Veronika hatte versprochen, auch auf eine Stunde von ihrem Zimmer herunterzukommen und an der kleinen Gesellschaft teilzunehmen.

Als um zehn Uhr abends Veronika noch nicht im Salon erschienen war, wurde Dr. Sassen unruhig und verließ die fröhliche Tischrunde. Er traf in der Küche das Hausmädchen, das zusammen mit einem Lohndiener eine bunte Platte bereitstellte.

»Die gnädige Frau ist vor etwa einer Stunde weggefahren«, sagte das Mädchen. »Mit einigen Koffern. Wir mußten tragen helfen.«

»Weggefahren? Mit Koffern?« Dr. Sassen schüttelte verwirrt den Kopf. Dann rannte er die Treppe hinauf zu den Schlafzimmern.

In Veronikas Salon fand er, an den Spiegel gelehnt, einen Brief. Mit zitternden Fingern riß er das Kuvert auf und nahm die Karte heraus. Seine Hand bebte so heftig, daß er sich hinsetzte und die Karte auf den Tisch legte, denn anders war es ihm unmöglich, die Schrift zu lesen.

»Du hast mir selbst dazu geraten, ich bin auf dem Weg nach Antibes. Ich komme aber nie mehr zurück. Warum, das frage bitte nicht. Komm auch nicht nach Antibes, es hat keinen Zweck. Werde mit Oliver glücklich und erzieh ihn anders, als ich erzogen wurde. Er ist ein guter Junge, ein Teil meines Herzens bleibt bei ihm zurück. Aber ich kann nicht anders handeln, als ich es jetzt tue. Ich bin nicht die Frau, die zu Dir gehört. Ich bin ein Stück Dreck, weiter nichts. Das mag Dich trösten. Vergiß mich, bitte. Vroni.«

Dr. Sassen starrte die Karte an, mit weiten, leeren Augen. Dann griff er sich an die Brust, riß den Rock und das Hemd auf, stöhnte, bekam keine Luft mehr und sank von dem Stuhl auf den Fellteppich.

Niemand hörte den Fall, niemand war dabei, als er röchelte und um Hilfe stöhnte. Erst nach einer halben Stunde fand ihn der Lohndiener, den das Hausmädchen nach oben geschickt hatte.

Dr. Sassen war besinnungslos und atmete kaum noch. Ein Krankenwagen brachte ihn in rasender Fahrt nach Gelsenkirchen in die Klinik. Kurt Holtmann, Sabine und Dr. Fritz Sassen wurden aus den

Betten geklingelt. Auch sie jagten in die Stadt. Dann standen sie alle vor dem Bett des nach Luft ringenden Vaters. Die Familie Sassen war wieder zusammen, aber Ludwig Sassen erkannte seine Kinder nicht mehr.

Um die gleiche Zeit passierte der weiße Sportwagen Veronika Sassens die deutsch-belgische Grenze.

21

Dr. Pillnitz reichte die Reisepässe aus dem Fenster, der deutsche Grenzbeamte verglich die Lichtbilder im Paß mit den wirklichen Gesichtern und starrte Dr. Pillnitz ungläubig an.

»Das sind Sie?« fragte er und tippte auf das Paßbild.

»Allerdings. Vor zehn Jahren.« Dr. Pillnitz beugte sich aus dem Fenster. »Unterdessen hatte ich drei Schönheitsoperationen. Aber anscheinend sind sie mißlungen? Was meinen Sie?«

»Weiterfahren!« Der Grenzbeamte lächelte säuerlich und winkte. Mit Ärzten soll man sich nicht streiten. Die wissen es besser. Außerdem saß am Steuer eine Dame, die sehr ungeduldig war, denn ihre Finger trommelten während der Paßkontrolle auf das Lenkrad.

Auf der belgischen Seite ging es noch schneller. Dort fuhren sie an dem Zöllner vorbei, der lässig die Hand an die Mütze hob. Zufällig fiel sein Blick auf die Uhr. 22.30 Uhr. Bald kam die Ablösung. Gott sei Dank. Der Dienst an einer Grenze im EWG-Europa wird langsam langweilig.

»Wo übernachten wir?« fragte Veronika, als sie an einer Nachttankstelle den Wagen auftankten.

»Wo du willst. Wir sind jetzt völlig frei, mein Liebchen.«

»Ich bin müde«, sagte sie.

»Soll ich fahren?«

»Du? Mit deinen Beinen?«

»Die hindern mich im Auto nicht. Gas geben, bremsen und kuppeln, das geht prima.«

Sie wechselten die Plätze und Dr. Pillnitz fuhr weiter. Er hielt nicht an, um zu übernachten. Er schien den Ehrgeiz zu haben, so schnell wie möglich die französische Mittelmeerküste zu erreichen. Veronika

Sassen hatte ihren Sitz heruntergeklappt zu einem Liegesitz und schlief fest, zugedeckt mit einem Plaid aus schottischer Wolle.

Wie ein Geschoß, dessen Bahn nichts hindert, flog der kleine weiße Sportwagen durch die Nacht.

Die französische Grenze. Kurze Paßkontrolle, ein paar freundliche Worte, ein galanter Grenzer, der Madame schlafen ließ.

Und dann weiter. Nach Süden. Dem Rhônetal entgegen. Auf der berühmten Route Napoléon, die am Mittelmeer endet.

Dr. Pillnitz schien keine Müdigkeit zu kennen. Zweimal hielt er an Fernfahrerrestaurants, ließ sich eine Cola an den Wagen bringen, trank sie schnell leer und raste weiter durch die Nacht.

Veronika schlief fest und glücklich. Beim Morgengrauen erreichten sie Grenoble, die herrliche alte Universitätsstadt in den Bergen. Durch deren Straßen fuhr Pillnitz etwas langsamer. Hier hatte er zwei Semester studiert, einundzwanzig Jahre alt war er damals gewesen, und er hatte die Tochter seiner Zimmerwirtin geliebt. Babette hatte sie geheißen. Daß man so etwas nie vergißt! Sie hatte braune Haare gehabt, Grübchen und übte immer seinen Namen. Bern'ard, sagte sie immer. Isch lieben disch.

Er fuhr an dem alten, breitgiebeligen Haus vorbei, in dem er ein Jahr lang gewohnt hatte. Gab es Babette noch? Wohnte sie als mehrfache Mutter jetzt in den gleichen Räumen, dort, in der dritten Etage? Wie mochte sie jetzt aussehen? Bestimmt etwas dicklicher, denn sie hatte immer eine pummelige Figur gehabt und knabberte gern Süßes.

Kleine Babette.

Dr. Pillnitz blickte zurück in die Vergangenheit, während er Grenoble durchfuhr. Dann, außerhalb der Stadt, zum steilen Paß hinauf, hinter dem die Straße wieder atemberaubend steil zum Küstenflachland abfiel, erhöhte er wieder die Geschwindigkeit.

Die Straße wurde glatt und seifig, mit vereisten Rändern und eiszapfenverzierten Felsendurchbrüchen. Eine Schneedecke beschwor Gefahren herauf.

Natürlich, wir haben ja bald Winter, dachte Dr. Pillnitz. Um diese Jahreszeit liegt hier oben schon Schnee. Aber die Reifen sind neu und gut. Veronika hat den Wagen ja erst seit sechs Wochen.

Hell singend, mit hochgedrehtem Motor, kletterte der kleine weiße Wagen hinauf zum Paß. Veronika drehte sich etwas auf dem Liegesitz, schlug dann die Augen auf und hob den Kopf.

»Wo sind wir denn schon?« fragte sie schlaftrunken.

»Hinter Grenoble, mein Süßes.«

»Das ist doch unmöglich.« Sie richtete sich auf und blickte ungläubig aus dem Fenster. »Bist du denn geflogen?«

»Fast. Auf den Schwingen des Glücks. So etwas merkt auch die an sich tote Materie eines Autos. Es läuft... und läuft... und läuft.«

»Daß du nie vernünftig werden kannst!« Veronika schüttelte das schlafwirre Haar. »Bist du denn nicht müde?«

»Nein.«

»Du sitzt jetzt länger als acht Stunden am Steuer.«

»Wirklich?« Dr. Pillnitz schaltete das Autoradio ein. Morgenmusik vom Sender Monte Carlo. Erste Grüße des Mittelmeeres, das vor ihnen lag, nur noch ein paar Stunden entfernt. Wenn die Sonne richtig schien, würden sie auch schon das blaue Meer leuchten sehen. Ihre neue Welt. Ihre selbstgewählte Hölle.

»Wie ist die Straße?« fragte Veronika und gähnte.

»Mist, mein Süßes. Glatt wie Schmierseife.«

»Und du fährst fast siebzig.«

»Auf den Flügeln des Glückes.«

Dr. Pillnitz lachte.

Und dann war plötzlich ein Hase da. Er hockte mitten auf der vereisten Straße, starrte den auf ihn zukommenden Scheinwerfer an, hob die Löffel und wußte nicht, was er tun sollte.

»Nicht bremsen, Bernhard!« schrie Veronika, die den Hasen im gleichen Augenblick wie Dr. Pillnitz sah.

Ihr Schrei kam zu spät. Mit einer Reflexbewegung, die jeder Autofahrer macht, wenn er ein lebendes Wesen vor sich auf der Straße sieht, war Pillnitz voll auf die Bremse getreten.

Der Wagen drehte sich um die eigene Achse, der Hase flüchtete in die Felsen, Veronika Sassen klammerte sich am Armaturenbrett fest.

»Kopf einziehen!« brüllte Dr. Pillnitz. Er gab erneut Gas, versuchte, den tanzenden Wagen abzufangen, steuerte gegen, gab erneut Gas und sah, wie der kleine Wagen trotzdem unaufhaltsam dem ungesicherten Straßenrand entgegenrutschte.

Der Abgrund! Das seitliche Ende der Straße! Die Schlucht, die sich in der Tiefe wie im Unendlichen verlor!

»Nein!« schrie Veronika grell. »Nein! Ich will nicht! Mein Gott! Mein Gott!«

Der Wagen stieß mit der Nase über den Straßenrand hinaus, schwebte einen Sekundenbruchteil frei in der Luft, kippte nach vorn ab und fiel dann senkrecht in die endlose Tiefe.

Erst gegen Mittag fanden Holzfäller durch Zufall das völlig zerschellte Fahrzeug auf einem Felsvorsprung. Zwei Körper, bis zur Unkenntlichkeit zerschmettert, lagen in den Trümmern. Entsetzt starrten die Holzfäller den Felsen hinauf. Dort oben war die Straße, ein schmales Band nur. Wer hier herunterfiel, war unrettbar verloren.

Fast um die gleiche Zeit, als südlich von Grenoble der kleine Sportwagen die Felsen herunterstürzte, erwachte in der Klinik Dr. Ludwig Sassen aus seiner Ohnmacht. Es war, als bestünde eine geheimnisvolle Verbindung mit dem Ereignis in den französischen Seealpen, Dr. Sassen fuhr im Bett hoch, griff wie suchend um sich und schrie mit starren Augen: »Vroni! Was ist mit Vroni? Was ist mit ihr geschehen?«

Die Schwester und der Stationsarzt drückten ihn ins Bett zurück und gaben ihm eine stärkere Kreislaufinjektion. Daß er überhaupt noch einmal aufwachte und nicht ins Jenseits hinüberdämmerte, war an sich schon ein kleines Wunder. Der Chefarzt hatte den Angehörigen keine Hoffnung gemacht. Es sei kein bloßer Infarkt, hatte er gesagt. Es sei ein Gehirnschlag. Man müsse das Schlimmste befürchten.

Der Zustand Dr. Sassens blieb ungewiß über zwei Wochen hinweg. Er schwankte zwischen Erkennen und Bewußtlosigkeit, zwischen Stunden geistiger Denkfähigkeit und Tagen völliger Apathie.

So begriff er auch nicht, daß eines Morgens die Besucher in Schwarz zu ihm kamen. Man hatte die Überreste Veronikas und Dr. Pillnitz' begraben. Niemand unterrichtete ihn von der Tragödie in den französischen Seealpen, er hätte es auch nicht verstanden. Man einigte sich, daß Veronika für alle Zeiten verschwunden bleiben sollte und Dr. Pillnitz seine Stellung gekündigt habe und nach Süddeutschland gezogen sei. Um es glaubhaft zu machen, erfand man die Erbschaft einer Patentante, die er dort angetreten hatte.

In diese Zeit fiel der Bau einer kleinen Kirche, einer Kapelle aus altem Holz und rohen Steinen, die die italienischen Gastarbeiter in ihren Freischichten errichteten. Pater Wegerich hatte als Standplatz jene Stelle gewählt, an der sich Luigi Cabanazzi und Enrico Pedronelli gegenseitig getötet hatten.

»Es soll eine Sühnekapelle werden«, hatte Pater Wegerich im Italienerlager gepredigt. »Und wer einmal von euch in Bedrängnis kommt, wer glaubt, nicht mehr weiterzukönnen, wer glaubt, daß ihm nur noch eine böse Tat helfen kann, der soll hinausgehen zur Kapelle und an der Stelle niederknien, die vom Blut der Untat getränkt ist. Wir sind von Gott auf die Welt gesetzt, um Gutes zu tun im Sinne Jesu Christi. Das soll unsere Kapelle zeigen. Sie soll Schutz und Halt für die Schwachen unter uns sein.«

Aus den groben Steinen des Bruchs, aus den Brettern der verlassenen Schrebergartenhütten bauten die Italiener ihre Sühnekapelle. Sie arbeiteten zwei Wochen lang, dann kamen, wie Tropfen, die einen warmen, segensreichen Regen ankünden, vereinzelte Buschhauser hinzu, Kumpels und Rentner, mit Werkzeugen und Winden, mit Gerüsten und Maschinen und vor allem mit ihren handwerklichen Fachkenntnissen als Maurer, Schreiner, Glaser und Fliesenleger.

Nach drei Wochen wimmelte es international im Bergener Bruch, und Pater Wegerich mußte Schichten einteilen, damit die Zahl der Bauwilligen nicht die der Steine übertraf. Auch Onkel Lorenz war dabei. Allerdings schleppte er weder Felsbrocken noch Balken, sondern er hatte einen Stand aufgebaut und fungierte als Kantinenwirt. Er verkaufte Bier und Rotwein (Schnaps hatte Pater Wegerich verboten), heiße Würstchen und Pizza, Panetone und Eis am Stiel. Er verdiente gut dabei, versoff aber seine Einnahmen umgehend wieder im eigenen Betrieb.

So ging das Leben in Buschhausen weiter. Die Schichten fuhren ein, die Kohle kam aus dem dunklen Schoß der Erde, es war eigentlich wie immer – und doch hatte sich Entscheidendes verändert. Wohl standen Deutsche und Italiener nach wie vor nackt unter den Brausen der Waschkaue und spülten im heißen Wasserstrahl den fettigen Ruß von ihren Leibern, aber es war keine unsichtbare Wand mehr zwischen ihnen, keine stumme Ablehnung, keine deutlichen Blicke: Geh weg, du Itacker! Verdrück dich, du Schmalzkopp! Hau ab, du Makkaronifresser! – Nein, das gab es nicht mehr. Man war zusammengewachsen, die Explosion unter Tage hatte sie zusammengeschweißt. Man war Kumpel, Püttmann, ein Mensch an der Ruhr, man war Bergkamerad und jeder half dem anderen, weil man aufeinander angewiesen war.

Die letzte Barriere schwand, als Pater Wegerich die erste deutsch-italienische Hochzeit zelebrierte. Ein Mädchen aus Buschhausen heiratete den italienischen Kumpel Carlo Bernonzi. Und ganz Buschhausen stand in und vor der Kirche und demonstrierte ungeschmälertes Einverständnis mit diesem Ereignis.

Weihnachten kam, das neue Jahr begann. In aller Stille feierte man in der Sassen-Villa eine Doppelhochzeit. Man hatte damit so lange gewartet, bis Dr. Ludwig Sassen an ihr teilnehmen konnte, zwar im Rollstuhl, halbseitig gelähmt, aber wieder mit klarem Kopf, wenn auch nicht mehr mit der alten Energie.

»Nun habt ihr mich am Hals«, sagte er zu seinem Schwiegersohn Kurt Holtmann und zu seiner Schwiegertochter Waltraud Born. »Ich kann euch nicht bedauern. Ihr wolltet ja unbedingt rein in die Familie Sassen. Ihr habt es nicht anders gewollt.«

»Komm, wir kloppen einen!« mischte sich Hans Holtmann ein und rollte Sassen zu einem Tisch am Fenster, wo Karten lagen und eine Flasche Steinhäger in einem Kühler stand. Onkel Lorenz hatte schon einige gekippt, blinzelte aus wäßrigen Äuglein den beiden entgegen und sagte vorwurfsvoll: »Wo bleibt ihr denn so lange?«

Es war ein harmonisches Leben, das wieder in die Sassen-Villa und das kleine Siedlungshaus der Holtmanns einzog. Nur nachts, wenn Dr. Sassen allein im Bett lag, kamen die Erinnerungen und machten ihm zu schaffen.

Veronika, dachte er dann. Wie war das, als ich sie zum erstenmal sah? Ihre goldroten Haare leuchteten unter einem vielflammigen Kronleuchter aus Kristall. Ich war fasziniert und wußte im gleichen Augenblick: Sie wird meine Frau! Nur die kann es werden! An ihrer Seite erlebe ich den Himmel auf Erden!

Den Himmel?

Er drehte sich mühsam zur Wand und starrte gegen die Seidentapete.

Vom Himmel war ihm nur ein Stück geblieben: Oliver. War das nicht genug? In Oliver erkannte er Veronika wieder, vor allem ihre herrlichen Augen. Das machte ihn glücklich, obwohl er sich sagte, daß ihn das Leben betrogen habe.

Ostern war es soweit. Die Sühnekapelle wurde eingeweiht.

Pater Wegerich, im Ornat, empfing Dr. Ludwig Sassen, den Waltraud Sassen, wie sie jetzt hieß, in seinem Rollstuhl heranschob.

»Ich danke Ihnen«, sagte Pater Wegerich mit bewegter Stimme und drückte Dr. Sassen die Hand. Es war ein Händedruck, wie er vor einem Jahr noch völlig unmöglich gewesen wäre, damals, als der großkotzige Direktor Sassen dem kleinen Pater hatte sagen lassen, er solle sich um seine Seelen kümmern; um die Zeche Emma II kümmere er, Direktor Sassen, sich allein.

»Es war selbstverständlich«, sagte Dr. Sassen leise.

Waltraud Sassen sah den Pater erstaunt an. Sie verstand nicht, worum es ging. Pater Wegerich lächelte unsicher.

»Ihre Kinder wissen es nicht, Herr Direktor?« fragte er.

»Nein. Schließlich ist es mein Geld.«

Das war wieder der alte Sassen. Kurt Holtmann grinste breit.

»Als Mitgiftjäger ist es für mich aber interessant, was du da wieder gedreht hast, Vater.«

»Gedreht – Pater, habe ich etwas gedreht?«

Dr. Sassen zeigte auf die offene Kapellentür. »Da, geht hinein! Da drinnen ist es, was er gedreht hat.«

»In der Kirche?« fragte Kurt Holtmann verwundert. »Was kann denn das sein?«

»Ihr Schwiegervater hat den Altar gestiftet«, antwortete Pater Wegerich. »Es ist der schönste Altar weit und breit. Um ein großes Stück Kohle ist aus Bronze der Altartisch gegossen. Und der Korpus auf dem Kruzifix ist von einem meiner italienischen Pfarrkinder aus Kohlegestein gehauen worden. Ein schwarzer Christus – ist er nicht ein Symbol, wie nötig es ist, die Welt zu erhellen?«

Aus der Kapelle drang das Spiel einer kleinen Orgel. Dr. Sassen sah verblüfft von einem zum anderen.

»Eine Orgel? Die fehlte ja noch! Wer hat die Orgel gestiftet?«

»Ich, Vater«, sagte Dr. Fritz Sassen lachend.

»Da hört sich doch alles auf! Und wer hat das Tabernakel bezahlt?«

»Ich.«

Dr. Sassen blickte sich zur anderen Seite um. Da stand der Hauer Hans Holtmann, zusammen mit seiner rosigen Frau Elsi.

»Du? Wovon denn?«

»Ich habe meine Tauben verkauft«, sagte Hans Holtmann seufzend. »Weißt du, Ludwig, wenn man in die Jahre kommt... und die Biester machen soviel Arbeit... und immer rauf unters Dach... wo ich doch jetzt bei dir im Salon sitzen kann und Skat spielen...«

Dr. Sassen wandte sich wieder an Pater Wegerich. Um seine Mundwinkel zuckte es, und seine Stimme war belegt, als er sagte:

»Habe ich nicht eine schreckliche Familie? Jeder tut, was er will, und sagt dem anderen nichts. Zuletzt sind wir alle pleite und landen bei der Caritas.«

In diesem Augenblick begann eine kleine Glocke zu läuten. Die Menschen nahmen ihre Mützen und Hüte ab.

Langsam rollte Dr. Sassen durch eine Gasse von Püttmännern, die ihm gebildet wurde, auf die geöffnete Kirchentür zu. Im Inneren der Kapelle, hinter dem Altar aus Kohle, sang ein italienischer Chor.

Dr. Sassen umklammerte die Lehnen seines Rollstuhles, sein Herz zuckte und sang mit.

KONSALIK

Seine großen Bestseller im Taschenbuch.

Der Himmel über Kasakstan
01/600-DM 6,80

Natascha
01/615-DM 7,80

Strafbataillon 999
01/633-DM 7,80

Dr. med. Erika Werner
01/667-DM 6,80

Liebe auf heißem Sand
01/717-DM 6,80

Liebesnächte in der Taiga
(Ungekürzte Neuausgabe)
01/729-DM 9,80

Der rostende Ruhm
01/740-DM 5,80

Entmündigt
01/776-DM 6,80

Zum Nachtisch wilde Früchte
01/788-DM 7,80

Der letzte Karpatenwolf
01/807-DM 6,80

Die Tochter des Teufels
01/827-DM 6,80

Der Arzt von Stalingrad
01/847-DM 6,80

Das geschenkte Gesicht
01/851-DM 6,80

Privatklinik
01/914-DM 5,80

Ich beantrage Todesstrafe
01/927-DM 4,80

Auf nassen Straßen
01/938-DM 5,80

Agenten lieben gefährlich
01/962-DM 6,80

Zerstörter Traum vom Ruhm
01/987-DM 4,80

Agenten kennen kein Pardon
01/999-DM 5,80

Der Mann, der sein Leben vergaß
01/5020-DM 5,80

Fronttheater
01/5030-DM 5,80

Der Wüstendoktor
01/5048-DM 5,80

Ein toter Taucher nimmt kein Gold
● 01/5063-DM 5,80

Die Drohung
01/5069-DM 6,80

Eine Urwaldgöttin darf nicht weinen
● 01/5080-DM 5,80

Viele Mütter heißen Anita
01/5086-DM 5,80

Wen die schwarze Göttin ruft
● 01/5105-DM 5,80

Ein Komet fällt vom Himmel
● 01/5119-DM 5,80

Straße in die Hölle
01/5145-DM 5,80

Ein Mann wie ein Erdbeben
01/5154-DM 6,80

Diagnose
01/5155-DM 6,80

Ein Sommer mit Danica
01/5168-DM 6,80

Aus dem Nichts ein neues Leben
01/5186-DM 5,80

Des Sieges bittere Tränen
01/5210-DM 6,80

Die Nacht des schwarzen Zaubers
● 01/5229-DM 5,80

Alarm! Das Weiberschiff
● 01/5231-DM 6,80

Bittersüßes 7. Jahr
01/5240-DM 5,80

Engel der Vergessenen
01/5251-DM 6,80

Die Verdammten der Taiga
01/5304-DM 6,80

Das Teufelsweib
01/5350-DM 5,80

Im Tal der bittersüßen Träume
01/5388-DM 5,80

Liebe ist stärker als der Tod
01/5436-DM 6,80

Haie an Bord
01/5490-DM 7,80

Niemand lebt von seinen Träumen
● 01/5561-DM 5,80

Das Doppelspiel
01/5621-DM 7,80

Die dunkle Seite des Ruhms
● 01/5702-DM 6,80

Das unanständige Foto
● 01/5751-DM 5,80

Der Gentleman
● 01/5796-DM 6,80

KONSALIK – Der Autor und sein Werk
● 01/5848-DM 6,80

Der pfeifende Mörder/ Der gläserne Sarg
2 Romane in einem Band.
01/5858-DM 6,80

Die Erbin
01/5919-DM 6,80

Die Fahrt nach Feuerland
● 01/5992-DM 6,80

Der verhängnisvolle Urlaub / Frauen verstehen mehr von Liebe
2 Romane in einem Band.
01/6054-DM 7,80

Glück muß man haben
01/6110-DM 6,80

Der Dschunkendoktor
● 01/6213-DM 6,80

Das Gift der alten Heimat
● 01/6294-DM 6,80

Das Mädchen und der Zauberer
● 01/6426-DM 6,80

Frauenbataillon
01/6503-DM 7,80

Heimaturlaub
01/6539-DM 7,80

Die Bank im Park / Das einsame Herz
2 Romane in einem Band.
● 01/6593-DM 5,80

Eine Sünde zuviel
01/6691-DM 6,80

Die schöne Rivalin
01/6732-DM 6,80

Der Geheimtip
01/6758-DM 6,80

● = Originalausgabe   Preisänderungen vorbehalten